À PROPOS DE L'AUTRICE

Passionnée de livres et de mots, Alfreda Enwy aime s'inventer des histoires et a souvent la tête dans les nuages. Irrécupérable sentimentale et addict aux romances, elle s'est décidée à écrire les siennes. Qu'il s'agisse de romance contemporaine ou de New Adult, Alfreda se plonge avec délectation dans les univers de ses romans et tombe régulièrement amoureuse de ses hommes de papier…

Mad Love

ALFREDA ENWY

Mad Love

Harper
Collins
POCHE

HARPERCOLLINS FRANCE

83-85, boulevard Vincent-Auriol, 75646 PARIS CEDEX 13
Tél. : 01 42 16 63 63

www.harpercollins.fr

ISBN 979-1-0339-1650-5

Chers lecteurs et lectrices,

Ce livre est plus sombre qu'il n'y paraît. En effet, il y a, dissimilées entre ses pages, des scènes violentes pouvant choquer un public non-averti.

Aussi, je veux vous mettre en garde : **viol, pédophilie, torture, séquestration, violences physiques et psychologiques, harcèlement, anxiété et traumatismes** sont des thèmes abordés dans ce livre. Lisez cette histoire uniquement si vous vous en sentez capable. Et si après coup, vous ressentez le besoin d'en parler à quelqu'un, n'hésitez pas.

Je vous souhaite une très belle lecture,

ALFREDA

*« Je cherche quelqu'un… ou quelque chose.
Cette sensation m'obsède… probablement
depuis ce fameux jour. »*

MAKOTO SHINKAI – YOUR NAME

1. Le dieu de la Démesure

Mads

Bordel, j'ai mal au crâne.

Je me redresse dans la pénombre de ma chambre, enfin je crois que c'est ma chambre. Je me frotte le visage et plisse les yeux pour observer la pièce. *Ouais, c'est bien ma piaule*. Comme j'ai pas mal picolé hier, ça ne m'étonnerait qu'à moitié que je me plante. Je me suis déjà retrouvé à dormir sur la table de jardin en pensant être dans mon lit. Je pourrais même lister un top 10 des conneries que j'ai faites en étant bourré, comme me tatouer, laisser mes potes me filmer en train de pisser sur les murs d'un commissariat ou encore vomir dans mes chaussures et vouloir les remettre le lendemain…

Ça sent l'alcool et la baise ici.

J'étire le cou avant de me gifler pour me forcer à me réveiller. J'ai la sensation d'un corps chaud non loin de moi. Peut-être même deux. Je ne sais pas. Je ne sais plus avec qui je me suis endormi. Je sors de mon lit à l'arrache, sans me soucier des gens que je bouscule ou écrase sur mon passage. Bougeant le rideau pour apporter un peu de clarté dans la pièce, je constate qu'il y a bien deux nanas dans mon plumard. Mais je crois avoir le souvenir qu'il y avait un mec dans l'équation quand on a baisé cette nuit.

Aucune limite, jamais.

Une des filles marmonne en cachant son visage dans la couette tandis que l'autre s'étire en plantant le regard dans le mien.

— Je peux utiliser la salle de bains ?

— Ouais. C'est la porte au fond du couloir.

Elle quitte la chambre complètement à poil. Sa copine sort enfin la tête du drap et me scrute de haut en bas.

— Qu'est-ce que tu fais, Maddy ? Tu vas nous apporter le petit déj ?

— Ne m'appelle jamais comme ça, je grogne.

Elle sursaute, pour cause mon ton est dédaigneux. Je n'aime pas les niaiseries après le sexe, et les petits sobriquets affectueux en font partie. La nana, dont le nom m'échappe totalement, se reprend et me sourit.

— Je suis certaine que si je te suce maintenant tu me laisseras t'appeler comme je veux. Je pourrais même t'aider à retrouver la foi au besoin…

Voilà qui est prétentieux.

Elle dit ça en léchouillant la croix qu'elle porte autour du cou. Aussi excitante que soit cette vision, ça ne m'intéresse pas des masses. Maintenant que j'ai légèrement dessoûlé, elle me semble fade. Tout ce dont j'ai envie pour l'instant, c'est une aspirine, une clope et un café bien noir. Et une douche.

— Je ne doute pas de tes talents, visiblement tu as dû t'entraîner très souvent le dimanche après la messe, mais ce sera sans moi.

Elle écarquille les yeux.

— Tu me traites de pute, là ?

— Tu tires des conclusions toute seule. Toujours est-il que je passe mon tour.

Je me penche pour ramasser mon jean. Je soupire intérieurement quand je découvre des capotes usagées sur la table de nuit. Au moins, je me suis protégé.

— Tu es vraiment un connard, lance-t-elle d'un ton rageur. Tu zappes les filles aussi rapidement que tu éjacules, on dirait.

— Je fais ce que je peux, je réponds en m'inclinant solennellement devant elle.

Elle m'adresse un doigt d'honneur.

— D'ailleurs, là, je m'efforce de ne pas m'agacer, alors tu ferais mieux de rentrer chez toi.

— Tu es plus drôle quand tu es bourré.

Elle se redresse furieusement et se penche pour attraper ses fringues.

— Et toi moins crédule.

— T'as dû me droguer, ce n'est pas possible que j'aie pu baiser avec toi…

Ses mots font « crac » dans mon esprit. En deux enjambées, je suis devant elle. Je referme instantanément les doigts autour de son poignet pour la forcer à me regarder.

— Qu'est-ce que tu fous ?

La nana se débat, mais je maintiens ma prise.

— Tu me fais mal, espèce de taré.

— Mesure tes propos, j'éructe. Je ne t'ai pas violée.

Mon ton est blanc, autant que son teint livide.

— Lâche-moi !

— Je ne t'ai pas promis monts et merveilles. Tu n'es plus au lycée, ta romance avec Brad le *quarterback* qui te dit que tu es le plus beau moment de sa vie, c'est fini.

Les mots qu'elle a eus me rendent vraiment fou. Ils me détraquent presque le cerveau.

— Je ne vais pas t'apporter à bouffer parce que tu m'as fait l'honneur d'écarter les jambes et de me sucer. Tu es juste la fille d'hier, rien de plus, et demain je t'aurai oubliée. Si tu espérais de la délicatesse, il ne fallait pas baiser avec un mec que tu ne connais pas pendant une fête d'étudiants.

— Va te faire foutre.

Sa voix est perçante.

Bon sang, elle me donne mal au crâne ! D'accord, je ne suis pas un saint, je me comporte même très souvent comme un vrai connard, mais sa façon de s'insurger, pire, de jouer les victimes, ça me tape sur le système. Tout ce que je veux, c'est qu'elle disparaisse de ma vue. Je finis par lui lâcher le poignet et m'éloigner.

— Bon, et maintenant, si tu pouvais prendre tes fringues, tes jérémiades, ta copine et vous barrer, ça serait sympa.

J'enfile mon jean dans le couloir alors que je l'entends vociférer des insultes et je descends. Parcourant le salon du regard, je constate les dégâts, c'est pire qu'une porcherie. La maison s'est transformée en vraie déchetterie. Il y a des assiettes et des gobelets en plastique qui traînent partout sur le sol et les meubles ainsi que des bouteilles de bière ou de soda.

En soufflant, je me rends compte que la cuisine est dans un état des plus déplorables. On dirait qu'il y a eu une bataille de nourriture et, vu l'odeur qui s'échappe de l'évier, j'ai l'impression que quelqu'un a vomi sur la vaisselle sale. Tandis que je mets la cafetière en marche, je jette une aspirine dans un fond d'eau et je sors dans le jardin pour m'aérer un peu. Après avoir bu mon verre, j'allume ma cigarette et je tire dessus. L'air frais me fait du bien, même si physiquement je me sens dégueulasse. J'ai besoin d'une douche.

— Je viens de croiser une folle furieuse, c'est normal ?

Bane, mon colocataire et meilleur pote, s'appuie contre le chambranle de la porte. Uniquement vêtu d'un jean, il ne semble pas au top non plus. Je ne sais pas ce qu'il a fait hier soir, en revanche, je suis sûr qu'il m'a suivi, comme toujours.

— Ouais, elle m'a soûlé. Elle voulait de la délicatesse, entre autres.

— Une pauvre âme qui ignorait que ce mot ne fait pas partie de ton vocabulaire…

Je ricane.

— Je te préviens, il est hors de question que je nettoie cette porcherie, soupire Bane.

— Je vais appeler la femme de ménage, je dis en m'asseyant sur une des chaises.

Mon meilleur pote s'avance et se pose à côté de moi en me volant ma clope. Bien qu'il soit un queutard invétéré, il est intelligent, il carbure en cours, il a de bonnes notes et m'oblige à en avoir. On est amis depuis plus de onze ans, lui et moi. Bane me connaît mieux que personne, il sait tout de moi. Même les choses les plus intimes. Il est le seul en qui j'ai confiance, le seul capable de me canaliser quand je pète un peu trop les plombs.

— Elle va nous maudire sur dix générations, remarque-t-il en tirant une taffe.

— Tu crois qu'elle ne l'a pas déjà fait depuis un an ? je réplique d'un ton railleur. Je suis franchement étonné qu'elle vienne encore ici.

Il sourit avant de passer une main dans ses cheveux châtain clair.

— Je n'en reviens pas que la maison soit dans un état pareil.

Ce n'était pas vraiment prévu qu'on fasse la fête. Enfin, rien n'est jamais prévu tant qu'on ne l'a pas décidé.

— Je t'avoue que je me suis bien murgé.

— Ça en valait la peine ? demande Bane.

Son air est sérieux. Autant il me suit quand je me comporte comme un con, autant il n'hésite jamais à me secouer ou à me foutre un coup de poing dans la gueule s'il estime que j'abuse. Il n'y a que lui pour se permettre ça. Bane est comme les piliers d'une fondation, il est indispensable. Si toutes les relations que j'ai ou que j'entretiens avec les gens qui gravitent autour de moi sont superficielles, mon amitié avec Bane est la seule authentique. Parfois je m'en veux de lui causer du tort, parfois je regrette qu'il n'ait pas d'autres amis que moi.

— J'espère.

Sur un coup de tête, j'ai ressenti le besoin de faire la fête. Si elle n'avait pas eu lieu à la maison, je serais sorti ailleurs ou je me serais occupé autrement. Je me sens toujours obligé d'être actif. Le calme, le contrôle, ce n'est pas pour moi. Je ne supporte pas de regarder la télé, il y a toujours un moment où ma concentration s'évapore, c'est pareil quand je lis. S'il y a quelque chose que je déteste, c'est de ne rien foutre. Ça m'oblige à passer du temps avec moi, et je n'en ai pas la moindre envie. Lorsque je suis livré à moi-même, je bourdonne de rage et, surtout, je réfléchis. Je pense à des événements que je veux fuir coûte que coûte. Il y a bien la peinture qui m'apaise et me canalise, et le sport aussi, mais ça ne me tentait pas. Quand je baise, quand je bois, quand je fais la fête, j'échappe à mon cerveau. Ça ne dure jamais bien longtemps, mais pendant ce laps de temps j'ai le droit à un peu de sérénité dans le capharnaüm qu'est ma tête.

— Je te préviens quand même, il va falloir limiter tes excès de folie.

— Je préfère le terme *démesure*, je le coupe.

— C'est du pareil au même, mon pote, va falloir te calmer dans la dé.me.su.re, dit-il en martelant chaque syllabe. Je ne veux pas foirer mon année, et t'as pas non plus envie de foirer la tienne.

— Pourquoi ?

— Tu n'as pas envie que je te pète la gueule.

Il esquisse un sourire plein de promesses. Bane me rend ma clope. Je tire dessus en fixant le ciel gris.

— Je vais essayer. T'as fait quoi hier soir ?

— J'ai empoché les cent dollars mis en jeu lors du bière-pong et sensiblement la même chose que toi après, avec moins de participants, cela dit.

Je hausse les épaules en aspirant une dernière taffe, avant d'écraser la cigarette dans le cendrier.

— D'ailleurs, tu ne devineras jamais qui j'ai croisé sur le campus hier.

— La femme de ma vie ? je raille.

Bane éclate de rire, et le regard qu'il me lance est équivoque, mais je ne comprends pas encore pourquoi.

— Presque, j'ai vu Mackenzie.

Ce prénom fait tilt dans ma tête. Des Mackenzie, il y en a probablement beaucoup, et pourtant s'il m'en parle c'est parce que c'est elle. C'est la Mackenzie du lycée, celle qui représente tout mon opposé, celle qui m'insupporte au plus haut point.

— Ça t'en bouche un coin, on dirait, s'esclaffe mon meilleur pote.

On va dire que je ne pensais pas la retrouver à la fac et que je ne suis pas tout à fait certain de l'effet de cette nouvelle sur moi. Il y a quelque chose chez elle qui me rend fou, qui me fait enrager, et je n'ai pas envie de recommencer à gérer ça. Je suis suffisamment *borderline* pour ne pas souhaiter y rajouter du piment.

— C'est elle qui a les coins bouchés ! je réponds finalement.

— Elle a peut-être changé.

La Despotique.

Elle ne changera jamais.

— Je plains le gars qui lui aura retiré le balai qu'elle a dans le cul. Putain, mais il y a plein de facs dans le pays, et faut qu'elle vienne ici.

— Je suis certain que c'est le karma. Il trouve sans doute que vous n'en avez pas fini tous les deux.

— Tu sais ce que j'en pense du karma ? En plus, il n'y a rien à finir ni à commencer avec elle.

— L'université est assez grande pour vous deux. Mais je voulais te le dire avant que tu l'aperçoives par toi-même.

— Merci, je réponds en me redressant. Je vais prendre une douche, on mange le petit déj en ville après ?

Bane acquiesce.

2. La fille au balai dans le cul

Mackenzie

Je fixe mon reflet dans le miroir et j'ai le réflexe de plonger une main dans mes cheveux afin de créer un mouvement de côté avec la longueur, mais j'oublie que je viens de les couper. Il y a deux semaines encore, ils étaient si longs qu'ils tombaient sur mes hanches, aujourd'hui ils m'arrivent aux oreilles. La coiffeuse m'a demandé vingt fois si j'étais bien sûre de moi, elle ne voulait pas passer à l'acte. Elle m'a même questionnée pour savoir si c'était à cause d'une rupture ou d'un garçon. J'ai levé les yeux au ciel. Parce qu'on va chez le coiffeur pour les mecs ? Après quinze ans de cheveux longs, j'avais juste envie de changer de tête. Et ça a changé, j'ai l'impression de faire plus adulte, et plus féminine aussi. Mais je n'avais pas vraiment prévu que je me sentirais légèrement vulnérable. Impossible d'expliquer pourquoi j'éprouve cette drôle de sensation… Peut-être tout simplement, car je ne peux plus me cacher derrière mes mèches quand quelque chose me gêne.

Je sors de la salle de bains et retrouve Rachel dans le salon. Elle s'appelle comme ça à cause de la série *Friends*, dont sa mère est fan. Elle dit toujours qu'elle aurait préféré que ses parents choisissent le prénom Phœbe. Rachel est ma cousine, c'est plutôt une sœur pour moi. On a plus ou moins grandi ensemble. C'est même plus que moins. Mes parents étant toujours occupés, j'ai passé mon enfance et mon adolescence chez elle.

— Un problème ? je demande alors que Rachel me regarde de haut en bas.

— Des bretelles ?

— Ça ne fait pas bien ?

— Au contraire. Mais les mecs vont vouloir te sauter, ton look de prof autoritaire, là, ça va leur donner des idées. Sans parler de ton carré court qui dévoile ta nuque.

— C'est répugnant.

— T'as raison, les jeunes d'aujourd'hui, ils chient vraiment dans la colle.

Je glousse comme une idiote.

Rachel n'a pas de problème avec le sexe, moi, c'est différent. Je n'en vois pas l'intérêt et je n'en éprouve pas l'envie non plus… Tout ça à cause de mes cinglés de parents. Mes vieux ayant une vie de débauche et un métier assez honteux, je me suis forgé un caractère et une mentalité à l'opposé de ce qu'ils sont. J'ai besoin d'avoir le contrôle sur mon existence, contrairement à eux. Mes parents sont acteurs… pornos. *Acteurs pornos*. Imaginez deux secondes la réaction de mes camarades de classe au lycée. Difficile à porter, à assumer, j'ai passé ma scolarité à me renfermer sur moi-même pour qu'on ne me remarque pas.

— Je plaisante, Mackenzie. Sors la tête de tes pensées, la réalité c'est bien aussi.

Je me gifle mentalement.

J'ai tellement détesté ma scolarité à cause de lui : *Mads*.

Mads Mann. Je me le rappelle encore : ses cheveux noirs, ses iris gris perle, son sourire pervers, comme si être désagréable le faisait vibrer, et l'étrange cicatrice sur son torse, qu'il exhibait devant toutes les nanas qu'il voulait impressionner.

Je me souviens surtout de cette pression qu'il exerçait sur moi, de sa façon de me haïr et de me le montrer chaque fois qu'il s'ennuyait. Il a fallu qu'il découvre le métier de mes parents, et la honte et la colère que je ressentais déjà envers eux n'ont fait que décupler. Quand il a quitté le lycée pour aller à l'université, je me suis sentie plus apaisée.

— MACKENZIE EST DEMANDÉE SUR TERRE !!

Rachel sait que je déteste quand on m'appelle comme ça. Si l'origine du prénom *Rachel* est plutôt cool, le mien est glauque. Le nom « de scène » de ma mère, c'est Kenzie. Et ils n'ont rien trouvé de mieux que de m'appeler Mackenzie. Du coup, je préfère le diminutif *Mack*.

— Désolée, je pensais… à des choses désagréables.

Je n'aime pas penser à mes parents et je ne vois pas pourquoi je pense à ce type. Je secoue la tête.

— Prête à affronter une nouvelle semaine ? je demande.

— Quitte à choisir, je préfère rester au lit. La fête de samedi m'a tuée. Tu aurais dû venir.

— Ma soirée était très bien comme ça. Ma sculpture est presque terminée.

Elle attache ses cheveux châtains en chignon lâche en opinant. Rachel fait semblant d'être blasée, mais je sais qu'elle prête attention à tout ce que je dis. Elle voudrait que je sorte plus souvent avec elle et que je m'amuse, mais je n'en ai pas la moindre envie.

— Tu m'as promis de m'accompagner de temps en temps. Tu l'as promis à maman aussi. Tu te souviens de ses mots ?

Je grimace, puis je m'arrête devant le miroir sur pied que Rachel a installé près de la porte d'entrée. Je porte un pantalon carotte beige, un chemisier blanc cassé et, comme l'a justement fait remarquer Rachel, des bretelles. J'enfile mes mocassins.

— Je sais, je sais…

— C'était quoi, ses mots, Mack ?

— Aucune idée.

Faux.

— « Les folies, on les fait à votre âge, pas au mien. L'université, c'est pas seulement le premier pas vers l'avenir, c'est aussi le premier pas vers plein d'expériences. Et vu que ma fille a déjà quelques bases en « expérience » je parle pour toi, Mack. »

— Tu t'en souviens mot pour mot ou quoi ?

— Non, elle me l'a écrit sur un post-it pour que je puisse te le répéter de temps en temps…

— Je…

Je souris. Elle en est tellement capable. Ma tante est une femme incroyable. Elle nous a élevées, Rachel et moi, tout en gérant sa carrière d'avocate.

— OK, mais c'est le début d'année, je ne veux pas me distraire maintenant.

— Non, c'est du baratin, ça, je te connais par cœur. Il va se passer quoi dans deux mois ? Des examens, et après il y aura le second semestre et ainsi de suite, et finalement tu auras toujours une excuse.

— C'est… tu me connais trop bien, je bougonne.

Rachel éclate de rire.

— Je ne te demande pas de sortir tous les week-ends ni de devenir une dévergondée, juste de parler à d'autres personnes qu'à tes sculptures et à moi.

— D'accord.

J'avais hâte d'aller à la fac. Pour changer d'air, pour apprendre de nouvelles choses, voir de nouvelles têtes, faire des rencontres et pour avancer vers l'avenir. Je prends chaque occasion comme un synonyme de renouveau.

Université Columbia.

J'y étudie l'histoire et l'art. J'adorerais travailler dans un musée ou une galerie. J'aimerais être restauratrice du patrimoine ou alors commissaire d'exposition. L'art me fascine énormément depuis que je me suis mise à la sculpture quand j'avais quatorze, quinze ans. À l'époque, Rachel apprenait le piano, mais à l'essai, ça ne m'a pas attirée. Comme son école proposait d'autres activités, j'ai tenté la sculpture, même si je n'avais jamais eu aucun intérêt pour ça, et ça a été une révélation. Quelque part, j'ai eu l'impression qu'on se trouvait. Façonner des formes et des objets m'apaise. Face à un bloc de marbre ou d'argile, un pic et une massette dans les mains, je me sens bien. C'est moi qui contrôle ce que j'imagine.

— Tu ne veux pas qu'on se prenne un café avant d'aller en cours ?

— Pourquoi pas, je réponds. Alors, qu'est-ce que tu as fait à ta fête samedi ?

Rachel esquisse un petit sourire.

— Quoi ? je m'enquiers.

— T'as une façon de demander ça, on dirait ma mère qui me questionne pour savoir si je n'ai pas fait de bêtises.

Je pince les lèvres. Au lycée, on m'appelait « la Coincée », « la Despotique » et autres surnoms sympas dans le genre. Tout ça parce que j'avais de bonnes notes et que je ne faisais jamais le moindre écart. Je me demande si, en disant ça, Rachel pense la même chose.

— Alcool, musique, piscine, sexe. Une fête d'étudiants tout ce qu'il y a de plus normal. Il manquait juste le cliché de l'intello qui débarque en legging avec un livre caché dans son sac et qui, après quelques verres, se découvre un vrai talent pour la drague et la danse, et qui se tape le mec qui se fout de sa gueule.

— Tu parles de moi ?

— Tu te sens visée ?

Je lève les yeux au ciel.

— Dans un jour pas si lointain, je t'emmènerai à une soirée, et on s'amusera comme des folles.

— Tu crois ?

— Les gens ont des choses à dire, figure-toi, contrairement à tes statues.

— L'art parle même s'il est silencieux, contrairement à la musique.

— Tu rencontrerais peut-être quelqu'un avec qui parler d'art justement, à qui tu pourrais montrer tes créations.

Au lycée, je n'ai jamais échangé avec grand monde étant donné que les élèves comme les enseignants savaient ce que faisaient mes parents, et tout ce qu'ils retenaient de moi c'était les vidéos de ma mère et la bite de mon père. J'en frissonne rien que d'y penser.

— On est à l'université, plus au lycée, et tous les mecs ici, même s'ils matent du porno, ne sont pas au courant du métier de tes parents.

— Oui, tu as raison. Je l'espère.

Rachel glisse un bras sous le mien alors que nous avançons vers l'un des *coffee shops* du campus. Ma cousine ouvre la porte du bar quand un mec en sort. Ils se rentrent dedans façon tête à torse.

— Pas de mal ? s'enquiert le garçon.

Cette voix me semble familière.

Je lève les yeux vers lui en même temps que Rachel et j'ai l'impression de retourner à mes années de secondaire en découvrant celui qui est face à nous.

— Bane ? demande Rachel.

Il lui offre un sourire XXL avant de reporter son attention sur moi et de nous saluer :

— Comment allez-vous, les filles ?

À l'époque du lycée, quand il y avait Bane, il y avait Mads pas loin. Toujours fourrés ensemble. Un peu comme Rachel et moi. Discrètement, j'ai le réflexe de regarder derrière lui et sur les côtés pour m'assurer qu'il est seul. *Faites que ce connard ne soit pas là ! Par pitié.*

— Bonjour, je lui dis.

J'ai la sensation qu'il a grandi autant qu'il s'est élargi. Il est plus massif qu'avant. Et toujours aussi beau. Avec ses cheveux blond foncé, son visage angélique et doux, et son sourire enjôleur, il évoque un dieu grec. Nous nous reculons pour laisser passer les gens. Je fais bonne figure, mais sa présence ici me met mal à l'aise. Parce qu'il connaît des choses intimes sur moi, sur ma famille, et je ne veux pas revivre ce que j'ai déjà subi au lycée… Bien que son meilleur pote soit un vrai connard, Bane a toujours été sympa avec nous. Enfin, vu qu'il traînait en permanence avec Mads qui s'acharnait à me pourrir la vie avec mes parents, je ne peux m'empêcher de me dire chaque fois qu'il a dû regarder des vidéos plus que racoleuses de mes vieux.

— Je t'ai aperçue sur le campus, la semaine dernière, déclare-t-il à mon intention. Mais je n'en étais pas tout à fait certain. Vous étudiez à Columbia ?

— Oui, répond Rachel.

— C'est cool, vous vous en sortez ? L'université et le campus sont immenses.

— Pour le moment, tout va bien, je dis en souriant.

— Je peux vous passer mon numéro de téléphone, si jamais vous avez un souci ou une question.

Rachel sourit largement.

— Pourquoi pas, lâche-t-elle d'un air détaché.

Elle lui donne son portable, et il pianote dessus. Rachel est toujours à l'aise en société. Elle a une bonne aura, j'ai pu étudier ça au lycée en l'observant graviter autour des autres. Les gens aiment la fréquenter, elle possède une présence communicative et très chaleureuse.

— Les Kappa font une fête chez eux le week-end prochain, tout le monde est le bienvenu. Si vous avez envie de faire des rencontres, c'est l'endroit idéal.

— Oh super ! dit Rachel. Je… on viendra avec plaisir.

— Bane, tu fous quoi ? lance une nouvelle voix.

Cette voix aussi je la connais. Et elle me glace le sang. Je n'ai pas besoin de pivoter pour savoir de qui il s'agit. Mon être tout entier frissonne.

— Je discute, répond-il en tendant son téléphone à Rachel. N'hésite surtout pas si jamais… Regarde qui étudie également à Columbia.

Je tourne la tête, et nos yeux se croisent. Il me scrute avec un air exaspéré, j'espère le lui rendre, mais aussitôt je sens mes joues rougir.

Lui aussi il a changé.

Il me semble encore plus ravagé et menaçant qu'avant.

— C'est pas vrai, siffle-t-il entre ses dents.

Mon cœur s'emballe. Pourquoi faut-il qu'on se retrouve dans la même université ? Je veux croire qu'il a évolué, qu'il a mûri, qu'il va me foutre la paix, mais à la façon dont mon palpitant réagit je sais que c'est une mise en garde. Et ce regard noir, qui s'acharne à toiser le mien comme s'il lisait mes doutes et mes peurs, en est une garantie.

— Je les ai invitées à la fête chez les Kappa.

— Quoi ? Mais pourquoi ?

— Mads…

Bane tente de dire quelque chose, mais la goupille Mads Mann est enclenchée.

Trois. Deux. Un. Venin.

— T'as proposé de venir à la Despotique ? Tu l'as vue, elle n'a rien à foutre dans une soirée comme ça, elle va plomber l'ambiance en deux secondes.

— Comme si j'avais envie d'aller à un endroit où tu es !

Ma voix est chevrotante, et mon assurance est introuvable. J'ai toujours perdu mes moyens face à lui, je ne sais pas pourquoi je me sens aussi sensible et vulnérable à ce regain de colère et de haine qu'il éprouve pour moi.

— Quoique, il y en a peut-être que ça branche, le look sainte-nitouche coincée, ajoute-t-il en ignorant ma remarque.

Mads, c'est le chaos.

Mads, c'est la démesure.

Quand il me regarde, j'ai l'impression qu'il est capable de lire dans mes pensées et de plonger dans mon esprit pour y mettre le bordel. Quand il est à mes côtés, je sens une étrange tempête sévir en moi. Je maîtrise constamment mes émotions, je les garde intérieurement, mais lorsque Mads me tyrannise j'ai du mal à les tenir en laisse.

— Tu es… toujours aussi désagréable.

Encore une fois, je perds la face et je peine à être crédible. Pourquoi je n'arrive pas à lui dire : « VA TE FAIRE FOUTRE, CONNARD ! » ?

Il avance dans ma direction. Et étrangement je n'ai pas le souvenir qu'il était si grand et si massif. Tout comme Bane, il s'est épaissi.

Je le déteste.

Je ne le comprends pas.

— Et toi, Mackenzie, t'as toujours ton balai dans le cul ? Tu ferais mieux d'agir comme ta mère, tu serais plus drôle.

Ses mots sont aussi désagréables que lui et ils me blessent comme autrefois. J'ai l'impression qu'on a beau accomplir n'importe quelle prouesse dans la vie, les gens ne cesseront jamais de trouver vos petits secrets honteux pour vous humilier avec. Visiblement, il est plus gratifiant de dresser la liste de vos erreurs ou de vos faiblesses que de ce que vous avez fait de positif. Regardez Britney Spears, elle se rase la tête le 16 février 2007 et, bien qu'elle soit une immense star de la pop, on ne retient pratiquement que ça… Il y a prescription pourtant. Je ne dis pas que j'ai réussi quelque chose de génial, je n'ai même jamais rien accompli du tout, mais je ne reflète pas ce que mes parents sont. Et je ne devrais pas subir tout ça.

— Merci pour l'invitation, Bane, mais puisqu'il y va je ne veux surtout pas être là.

Sans attendre la moindre réflexion, j'entre dans le *coffee shop*. Mon putain de cœur bat comme un fou, et mes mains sont moites.

— Tout va bien ? demande Rachel quelques secondes plus tard.

— Je ne sais pas.

Mads n'a pas changé.

Et si je le laisse faire, il va me ruiner, me bousiller.

3. Un cerveau de mec

Mackenzie

Je n'ai pas vu mes parents depuis plus de deux ans. Ils trouvent systématiquement une excuse pour justifier le fait qu'ils ne viennent pas pour les fêtes de Noël ni pour mon anniversaire… J'oscille souvent entre deux émotions que j'étouffe le plus possible en ce qui les concerne. Entre tristesse et indifférence selon les jours. D'après ma tante, ils travaillent beaucoup en Russie.

Enfin, c'est pas plus mal, je crois, qu'ils ne soient pas là. La dernière fois que j'ai passé du temps avec ma mère, je lui ai signalé qu'elle me faisait honte. C'était horrible, nous étions dans un magasin, et un homme l'a reconnue dans une des allées. Qu'on reconnaisse votre mère parce que c'est Scarlett Johansson, c'est classe. Mais qu'on reconnaisse la vôtre parce que c'est une actrice porno, c'est un autre niveau. Mais, quand j'y pense, le type était complètement *cringe*[1] d'apostropher ma mère alors qu'on était en famille.

On m'a tellement humiliée à l'école à cause de ça ! Et quand je le lui racontais elle répondait que je devais me détendre et apprendre à faire avec. J'aurais aimé que, rien qu'une fois, elle comprenne mon point de vue et me dise « je suis désolée ». Je suis contente, je crois,

1 Qui suscite beaucoup de gêne ou d'embarras.

qu'ils soient épanouis dans leur travail, mais j'aurais préféré ne jamais subir tout ça. Je suis presque apparue à l'écran d'ailleurs, puisque ma mère a tourné plusieurs films alors qu'elle était enceinte de moi.

Je me gifle mentalement. Bon sang, il y avait longtemps que je n'avais pas pensé à eux comme ça.

Tout ça à cause de Mads.

Putain de Mads.

Ce mec me casse les ovaires, et pourtant je suis incapable de l'affronter. Le revoir ce matin m'a vraiment ébranlée, il m'a ruiné la journée, car j'ai ressassé tout ce que j'ai pu encaisser par sa faute. Je n'imaginais pas du tout qu'il était à Columbia. Il faut que je positive, après tout, l'université est grande. Je n'ai qu'à l'éviter et faire comme s'il n'était pas là.

Toc, toc, toc.

La poignée de la porte se baisse, et la tête de ma cousine apparaît dans l'entrebâillement.

— Comment tu te sens ? demande-t-elle.

Allongée sur mon lit, je me redresse et je lui souris.

— Bien.

Elle me scrute, puis entre sans ma permission. Il y a quelque chose à propos de moi que je ne sais pas. Autant j'ai conscience que si je contrôle tout dans ma vie c'est pour ne pas ressembler à mes parents, autant j'ignore pourquoi je tiens également mes sentiments d'une main de fer. Je suis pour ainsi dire incapable de les libérer, de les montrer. Je me sens obligée de les garder pour moi à chaque instant. Rachel est la seule à me voir lâcher les vannes parfois.

Elle s'allonge sur mon lit en soupirant.

— Tu devrais prendre les devants pour tes parents.

— Comment ça ?

Rachel se redresse et rive le regard dans le mien.

— Il est toujours là à mettre ça sur le tapis, comme si c'était une tare. Si tu répliquais en prouvant que ça ne te pose pas de problème, il n'aurait plus rien à dire.

— Tu voudrais que j'assume le métier de mes vieux ? En mode super fière ?

— Chaque fois il te parle de ta mère comme un gros malade, alors dis-lui un truc du genre : puisque tu es fan, je peux te filer son numéro. Des remarques de ce genre, qui montrent que tu t'en fous.

Mais je ne m'en fous pas… et je ne suis pas du tout certaine d'être capable de lui répondre.

— Je ne sais pas trop, j'ai la sensation que ça ne ferait que l'énerver, que le rendre plus hargneux.

— Faut voir… parce que je ne pense pas qu'il puisse être encore plus méchant.

Je hausse les épaules.

— Je n'ai pas la force d'affronter un gars comme lui.

— Je suis sûre que si, dit Rachel. Tu crois que non, mais moi je suis persuadée que tu as les armes pour te battre avec lui. Tu le laisses gagner, tu n'as jamais essayé de lui rendre coup pour coup.

— Ce n'est pas moi, je ne suis pas impulsive comme lui. Et puis, tu le sais, je ne parviens pas à lui tenir tête, il a quelque chose que je ne comprends pas…

— Un cerveau de mec, voilà ce qu'il a ! On prétend que les femmes sont compliquées, mais les hommes sont pires que nous. Je maintiens ce que je dis, tu devrais essayer de lui dire d'aller se faire foutre un bon coup !

J'opine. Ce n'est pas l'envie qui me manque, mais la conviction d'y arriver.

— Bon, sinon, j'ai entendu parler d'un endroit pour les étudiants en art comme toi.

— C'est quoi ?

— Ça s'appelle le HangArt. C'est une association pour les étudiants en art. En gros, tu peux y aller pour dessiner et rencontrer des gens. Ils mettent en relation les élèves avec des artistes confirmés et ils proposent à la vente les œuvres fabriquées là-bas, ce qui permet de payer de nouveaux matériaux pour les participants qui n'ont pas les moyens d'en acheter. Ça a l'air vraiment chouette. Tu pourrais faire connaissance avec des personnes qui ont les mêmes centres d'intérêt que toi.

— Montre-moi ça !

Rachel me donne son téléphone portable. Je lis la description et regarde les photos. On y voit des jeunes en train de peindre, de faire de la poterie, du modelage, de la sculpture.

— C'est vrai que ça a l'air pas mal, mais…

— Je sais que tu souffres d'anxiété, mais tu n'as pas grand-chose à perdre à visiter cet endroit.

Je hoche la tête. Elle a raison. Il faut que j'apprenne à aller mieux et à me débarrasser de tout ce qui pèse sur mon esprit.

Donc, si on récapitule, il y a trois choses importantes à savoir sur moi : mes parents sont acteurs porno, les contacts humains me paniquent, et j'aime sculpter.

Et je déteste Mads et les choux de Bruxelles.

Bon sang, j'ai l'impression de ne pas être normale. Et je veux changer ça.

— J'irai y faire un tour. Tu viendras avec moi ?

— Bien sûr. N'empêche, ça a provoqué quelque chose en moi, de revoir Bane.

— Genre ?

— Il est encore plus sexy qu'au lycée.

— C'est vrai qu'il est plutôt pas mal.

Rachel soupire.

— Il m'a donné son numéro de téléphone, j'ai envie de lui adresser un SMS. Qu'est-ce que tu penses de ça : « Tu m'as dit de t'envoyer un message pour quoi que ce soit, et c'est toi que je veux. » ?

— Difficile d'être plus concise.

— Vas-y, j'écris ça.

— Vraiment ?
— Ça ne me fait pas peur…
Cette fille est folle. Un véritable remède à la déprime à elle seule.

4. Perturbé ? Jamais !

Mads

Je reçois un SMS de ma mère, auquel je réponds dans la seconde.

Quelqu'un m'a acheté tes peintures à la galerie aujourd'hui. Si tu veux vendre de nouvelles choses, tu peux. Mais n'oublie pas de bosser tes cours.
Je t'adore.

Je t'envoie des photos dès que j'ai quelque chose de potable.
Je t'adore.

Je n'ai jamais vraiment compris pourquoi mes parents m'ont adopté ni pourquoi ils ont choisi un gosse comme moi. Mon destin était scellé avant que je vienne au monde. Je crois que, si même ma mère biologique ne voulait pas de moi, c'était un signe. Quand ils m'ont récupéré, j'étais détruit, ravagé, bousillé. Le temps a filé depuis, mais je ne suis pas vraiment guéri des stigmates que je portais à l'époque. Je traîne mon histoire comme un boulet incapacitant. Parfois, je me dis que c'est un miracle que je sois en vie et que le karma ne m'ait pas encore achevé.

— Tu restes là ce soir ? demande Bane.

Mon meilleur pote a ses lunettes sur le nez, ce qui signifie qu'il est en train d'étudier. Son truc à lui, ce sont les sciences et la politique. Il se dirige vers la cuisine et revient avec une canette de soda dans la main.

— Oui, je n'ai pas envie de bouger, je réponds.

— Tu as envie qu'on fasse quelque chose ?

— Non, j'ai du boulot, tu peux faire ce que tu veux. Ne t'occupe pas de moi.

Il sourit.

— Question d'habitude.

Parfois, je me sens un peu trop coupable que Bane fasse passer mes désirs avant les siens, tout ça parce qu'il craint que je fasse une connerie ou de me retrouver mort. Sa loyauté est importante pour moi. Hormis mes parents, il est la personne la plus authentique que je connaisse.

— OK, je vais potasser mes cours, si tu veux qu'on fasse un truc ensemble, tu frappes à ma porte.

Je le regarde quitter le salon et je me dirige vers la troisième chambre de notre maison. Nous l'avons aménagée de sorte que je puisse m'en servir pour peindre.

Pour apaiser mes accès de rage et de panique, mes parents ont essayé beaucoup de choses. Psy, thérapies et j'en passe. Ça n'a jamais vraiment fonctionné. Et puis, un jour, ma mère a eu une idée. Elle s'est rendu compte que quand j'étais avec elle dans sa galerie je semblais plus calme et observateur. Alors elle m'a fait essayer l'art et la peinture comme thérapie, et ça m'a aidé.

Je n'avais jamais touché un pinceau avant qu'elle m'en foute un dans la main et me dise : « Vas-y, dessine ce qui te frustre, ce qui te fait mal. » Au début, je me suis demandé ce qu'elle me voulait avec son idée à la con, et puis je me suis aperçu que lorsque je peignais les heures s'égrainaient plus vite et que, pendant ce laps de temps, j'oubliais de penser. Depuis, la peinture est devenue une passion dans laquelle j'excelle et dans laquelle j'ai besoin de me perdre.

Je ferme la porte derrière moi et j'allume les lampes. Je ne sais jamais à l'avance ce que je vais dessiner, à moins que je ne voie quelque chose que j'ai trouvé magnifique. Je ne sais jamais non plus quel style je vais utiliser. Tout dépend de mes envies, de mon humeur, mais j'ai une préférence pour le romantisme et l'hyperréalisme. Il m'arrive aussi de faire des choses plus abstraites. Dans tous les cas, tout ce qui m'importe, c'est ce vide et ce calme qui m'habitent quand je ne fais plus qu'un avec ma peinture.

— Mads ?

Je sors de mes pensées quand je sens une main se plaquer sur mon épaule.

— Tout va bien ?

Bane fourrage dans ses cheveux en bataille et me lance un regard en biais.

— Ouais, je réponds.

Un bâillement m'échappe tandis que je pose ma palette et mon pinceau.

— Ça représente quoi ?

Je fixe mon canevas en même temps que lui. Il semble que j'ai dessiné une fille aux cheveux courts assise au bord d'un précipice.

— C'est Mack ? Tu as peint Mackenzie ?

— Quoi ? Non, j'ai…

Je contemple mon œuvre plus clairement. Une femme à la silhouette fluette, des mèches auréolant ses traits, le visage meurtri et le regard cherchant désespérément une solution pour être ailleurs. Peut-être que…

— Non, je marmonne.

Putain. *Putain, non !*

— Ça t'a perturbé de la revoir ?

Les mots de Bane sont pires que du poison. J'ai envie de lui dire d'aller se faire foutre avec sa question de merde. Comme si j'en avais quelque chose à cirer de l'avoir croisée aujourd'hui. J'attrape un tube de peinture rouge, j'en dépose sur la palette, trempe mon pinceau dedans et d'un geste instinctif je barbouille ma toile encore fraîche.

— Mais qu'est-ce que tu fais ? s'écrie Bane. C'était beau…

Le travail de toute une nuit ruiné en une seconde, à cause d'un orgueil capricieux qui refuse d'accepter la réalité.

— Non, ça ne m'a pas perturbé de la revoir.

Bien sûr que ça m'a perturbé de la revoir.

— Quant à ça, c'était de la merde.

— Mads…

Je pose mes outils et je secoue la tête.

— Il est tôt, j'imagine ?

— Ouais, t'as peint toute la nuit. On peut sortir ce soir si tu veux… On peut certainement trouver des billets pour un match de basket ou alors pour des combats de robots.

Je sais pourquoi il me propose ça, parce qu'il sait que même si je refuse de l'admettre revoir cette foutue Mackenzie m'a bouleversé. Bane avait beau m'avoir prévenu, quand elle a planté le regard dans le mien, tous les poils de mon corps se sont hérissés. Comme une réaction allergique, comme si chacune de mes synapses s'était braquée pour me rendre hermétique. Je ne comprends pas comment elle est capable d'un tel prodige. Rien n'est censé me perturber, mais elle y arrive.

— Non, c'est bon. Tout va bien, Bane.

— Mads, ne la persécute pas.

— Pourquoi tu me dis ça ?

— Parce que je te connais, parce que je sais ce qu'elle éveille en toi. Je tiens à toi, mec, mais elle a le droit aussi de vivre sans que tu la harcèles. Elle a le droit d'avoir une année de fac tranquille. Fais comme si elle n'était pas là, comme si elle n'existait pas. Tu ne l'aimes pas, ça devrait être facile, non ?

Je hausse les épaules en réponse à la franchise de Bane. Oui, ça devrait l'être, mais ça ne l'est pas. Pas dans ma tête en tout cas.

— Continue de faire la fête, de baiser les nanas qui te plaisent et oublie-la.

Sauf qu'elle est là, tout près. Et je ne sais pas comment mettre cette pensée de côté.

J'ai toutes les filles que je veux, et la seule dont je ne veux pas est précisément celle qui me déglingue le cerveau. La seule qui me fait sortir de mes gonds. Depuis un an qu'on est à l'université, je n'avais pas ressenti ça… Cette hargne et cette réaction chimique, comme si elle était le poison de mon existence. Je ne suis pas un saint, je ne traite pas les nanas comme il le faudrait. J'ai conscience (et elles aussi) que je me sers d'elles pour calmer et museler des envies et des pulsions dépravées. Pourtant, je ne parle à personne aussi durement qu'à Mackenzie.

— Si elle ne traîne pas dans mes pattes, ça devrait aller, je marmonne.

— Vu que vous n'avez rien en commun, ça ne devrait pas être trop difficile. Je vais faire du café, tu en veux ?

— Ouais, j'arrive.

Tandis que je me glisse sous le jet d'eau de la douche, je pense à ma peinture, aux mots de Bane et forcément à *elle*.

Elle a changé.

Physiquement d'abord. Avant, elle avait des cheveux très longs, aujourd'hui ils dévoilent son port de tête, sa nuque. Et ses fringues… quand elle était au lycée, elle se cachait derrière des trucs trop amples. Et maintenant elle se la joue bourgeoise, comme si elle espérait être le plus différente possible de sa mère.

Moralement ensuite. Quand elle a rivé le regard dans le mien, j'ai eu l'impression qu'il y avait une tempête que je n'avais jamais perçue autrefois. Et puis finalement non…

Son calme, sa maîtrise de soi, ce contrôle qu'elle a sur elle et sur tout ce qu'elle fait, c'est incompréhensible pour moi. Alors que je ressens le besoin d'extérioriser mes émotions, elle est capable de réprimer les siennes.

Il y a dix ans

— Salut, mon pote ! Tu fais quoi de beau ?

Je relève la tête. Tonio m'adresse un signe à travers la vitre de sa voiture. Il est plus grand que moi. Il doit avoir une vingtaine d'années.

— Je zone, je réponds en m'avançant.

Il me serre la main.

— J'ai un petit boulot pour toi. Ça te dit de gagner quelques dollars faciles ?

— Faut faire quoi ? je demande.

— Désherber quelques plantes autour d'une vieille maison. Le proprio donne vingt dollars pour une heure de travail.

— C'est cool !

Tonio sourit en hochant la tête. Il traîne souvent dans le quartier. Il est gentil avec nous. C'est agréable, car chez la famille d'accueil où j'habite, ce n'est pas la joie tous les jours. M. et Mme Allard sont de gros fils de pute. Ils prennent des gosses dès qu'ils le peuvent et ils se servent de nous comme d'esclaves. Pour éviter les coups de savate, il faut obéir. Un jour, je rêve de vivre ailleurs.

— Tu montes ?

Je contourne le véhicule. Avec les vingt dollars, je pourrais m'acheter un truc pour moi.

— Tu as quel âge déjà ?

— Dix ans, pourquoi ?

Il secoue la tête avant de faire vrombir son moteur et de démarrer en trombe. Le trajet est un peu long, mais c'est cool de se balader en voiture.

On arrive finalement devant une grande maison lugubre. On dirait une baraque de films d'horreur.

— C'est ici ? je demande.

— Ouais, descends.

Tandis que je m'exécute, un homme coiffé d'un haut-de-forme sort sur le palier.

— Tonio ! s'écrie-t-il joyeusement. Qu'est-ce que tu me ramènes là ?

— Approche, lance-t-il à mon intention.

Un frisson désagréable glisse le long de mon échine. Comme un avertissement.

— Non…

Le visage souriant de Tonio se transforme en une seconde à peine et il devient glaçant…

— Tonio, je supplie.

— Ferme ta gueule et avance.

Il me prend par le coude et me traîne à genoux devant l'homme au chapeau. Celui-ci baisse la tête vers moi, esquisse un rictus et se penche. Il m'attrape par le menton et me tire debout.

— Il est magnifique. Ses cheveux sont soyeux, dit-il en mettant la main dedans.

Il la descend plus bas et me force à ouvrir la bouche.

— Ses dents sont parfaites et ses yeux gris… Voilà une pièce de choix.

Mon cœur bat fort dans ma poitrine. Je sens que quelque chose va se passer. Quelque chose de mal.

— Elliot, viens me chercher celui-là et emmène-le à la salle de bains.

— Non…

Je recule de quelques pas. Je ne veux pas entrer dans cette maison, quelque chose me dit que je n'en sortirai jamais. L'homme au chapeau m'attrape par les cheveux et me montre sa canne de plus près. Mon corps tout entier se paralyse, comme s'il comprenait qu'il avait trouvé son maître.

— Regarde cette canne. Elle s'appelle Pan-pan. Et son activité préférée, c'est de punir les vilains petits lapins désobéissants. Pan-pan a une règle : elle laisse passer deux avertissements de conduite inappropriée, à la troisième bêtise elle frappe. Tu vois les traces sur le bois ?

— Oui…

— C'est le sang des enfants qu'elle a malheureusement dû corriger. Donc tu as envie d'épuiser un deuxième joker, mon lapin, ou pas ?

Je secoue la tête machinalement, alors il se redresse et me pousse vers un homme très grand avec un bandeau à l'œil.

— Fais-lui couler un bain chaud. J'arrive dans quelques minutes.

Je veux supplier Tonio de me prendre avec lui.
Je veux lui demander pourquoi il me laisse ici.
Mais je n'y parviens pas.
C'est comme si mon esprit s'était mis en mode survie.

5. Sans trembler des genoux

Mackenzie

— Comment tu t'appelles ? Ça ne t'ennuie pas si je te tutoie ?

— Non, bien sûr, moi, c'est Mackenzie, mais je préfère qu'on m'appelle Mack.

— Enchanté, Mack, moi c'est Lévi. Je suis le créateur et gérant de cette association. Tu étudies à Columbia ?

— Oui, je viens d'arriver, c'est ma première année. J'étudie l'Histoire et l'Art.

L'homme en face de moi me semble avoir une trentaine d'années. Des lunettes rondes sur le nez, quelques cheveux gris se mélangent à ses mèches noires. Il a l'air plutôt convivial. Je suis allée au HangArt sans Rachel, elle était occupée avec ses cours. J'aurais pu m'y rendre un autre jour, mais je me suis décidée à me bouger pour tenter d'acquérir cette confiance qui me fait cruellement défaut. J'ignore si j'ai vraiment besoin de rencontrer des gens, je pense que je le découvrirai en essayant. Lévi se redresse derrière son bureau.

— Est-ce que tu pratiques l'art, Mack ?

— Oui, je fais de la sculpture depuis quelques années maintenant. Je ne sais pas s'il fallait présenter des éléments, alors j'ai apporté un book qui compile mes dernières créations.

— Je n'ai pas besoin de preuve, je me base surtout sur les faits, mais comme il n'y a pas grand monde en sculpture et modelage je suis assez curieux de voir ce que tu as réalisé.

Je sors mon classeur de mon sac en bandoulière et je sens cette boule pesante et désagréable dans ma poitrine remonter pour m'obstruer la gorge. L'anxiété. Elle se manifeste dans ce genre de situation et elle est suffocante. Cette peur d'être jugée, d'être humiliée ou moquée, qui se transforme parfois en crise de panique.

— Mack, c'est vraiment magnifique.

Mes joues deviennent écarlates.

— Mer… merci.

— Tu crées selon tes envies ? Ici, ça ressemble plutôt aux œuvres classiques de Rodin, alors que là c'est plutôt féerique et moderne.

— Je suis mon inspiration, je ne m'arrête pas forcément à un genre. Quand je sculpte, je m'évade, alors je ne veux pas réfléchir et me limiter à quelque chose.

— Je comprends. Ici, il n'y a pas beaucoup de gens qui font de la sculpture, juste Zoey, mais je pense qu'elle sera ravie d'avoir de la compagnie. Je vais te faire visiter.

Je hoche la tête tandis qu'il m'invite à me redresser.

— Il y a une très bonne ambiance entre nous. Les étudiants s'entendent bien, ici ils ont une passion en commun et ils peuvent s'entraider. On accepte essentiellement des élèves afin qu'ils puissent venir rencontrer des artistes confirmés, ou perfectionner leur technique. Ça permet aussi aux jeunes en situation un peu plus précaire de peindre, dessiner, modeler avec du matériel de qualité.

— Comment faites-vous vivre votre association ? Enfin, si ce n'est pas indiscret…

— Quand j'étais moi-même à la fac, je me suis rendu compte que certains de mes camarades n'avaient malheureusement pas accès aux mêmes outils que moi. Je me suis alors dit que ce serait vraiment sympa d'avoir un endroit où tout le monde pourrait se réunir et faire de l'art ensemble.

— C'est chouette.

— Merci, me dit-il avec un sourire en ouvrant la porte de son bureau. Et, pour répondre à ta question, on reçoit des dons de généreux mécènes et de certains artistes qui viennent ici et nous sponsorisent. D'ailleurs, l'une de nos prérogatives pour pouvoir jouir des locaux, et des matériaux, c'est de présenter une œuvre tous les deux mois.

— Oui, j'ai lu ça sur votre site Internet.

Nous sortons de la pièce.

— Vos œuvres sont vendues et, comme ça, ça nous permet de renouveler les stocks. En revanche, tu es tout à fait libre d'apporter tes propres outils si tu préfères bosser avec, il n'y a pas de souci. Suis-moi, je vais te faire visiter.

Nous descendons l'escalier pour explorer les parties communes. Le hangar qui s'étend sur plusieurs mètres est vraiment magnifique, plus beau que sur les photos du site Internet. Des graffitis recouvrent certains murs alors que des dessins plus classiques ornent les autres. Je repère une représentation de la Joconde. L'espace est séparé par des box.

— Ici, tu as la peinture.

Trois inconnus sont assis en face de leur chevalet, occupés à peindre. L'un des trois a des écouteurs sur les oreilles. J'ai à peine le temps de bien regarder les œuvres que Lévi avance déjà.

— Là, tu as tout ce qui est en rapport avec le dessin.

Quelques personnes sont penchées sur leur carnet. Je les observe quelques brèves secondes tandis qu'ils échangent sans nous prêter attention. Au milieu de la table, on trouve toutes sortes de fournitures. Des feutres, des crayons de couleur, des fusains et derrière eux, une grande armoire remplie d'affaires.

— Il y a beaucoup de monde et de matériel.

— Oui, l'association fonctionne bien.

Il en semble plutôt fier, ce que je peux comprendre. Quand on travaille dans un lieu qu'on aime et dans lequel on se sent bien, ça doit être gratifiant.

— Là, c'est l'espace détente. Il y a un distributeur de boissons chaudes, et chacun apporte des gâteaux ou des bonbons, pour qu'il y ait toujours quelque chose à grignoter.

Je regarde la zone dont il me parle, qui comporte trois grands fauteuils en cuir usé, au centre une table basse sur laquelle il semble y avoir toutes sortes de revues et magazines sur l'art.

— Et l'endroit qui t'intéresse sans doute le plus… Nous y voilà.

Lévi entre dans la pièce dédiée à la sculpture et au modelage.

— Salut, Zoey.

Une jeune femme lève la tête et nous fait un signe enjoué. Ses cheveux blonds sont attachés, je souris quand je vois qu'elle a de l'argile sur le front.

— Bonjour, dit-elle.

— Zoey, voici Mackenzie. Elle va peut-être rejoindre nos rangs, et son domaine de prédilection est le même que le tien.

— Super, lance-t-elle en me souriant cette fois.

Je lui rends son sourire. Elle me semble amicale, ma présence n'a pas l'air de trop la déranger, pour l'instant en tout cas.

— Je te laisse lui présenter l'endroit. Mackenzie, reviens me voir avant de t'en aller, pour que je sache si je te fais une carte d'adhérent ou pas.

Je hoche la tête. Lévi part quelques secondes plus tard. J'ai toujours un peu d'appréhension à rencontrer de nouvelles personnes, je crains chaque fois que les gens soient comme Mads, alors je sens mes mains devenir un peu moites.

— Tu peux continuer ce que tu avais commencé avant qu'on te dérange, je peux faire le tour du proprio toute seule.

— Ça ne m'ennuie pas, j'ai tout foiré de toute façon. Aujourd'hui, mon inspiration est vraiment en berne, soupire-t-elle en tournant un pouce vers le bas.

Je fixe l'argile qu'il y a en face d'elle. Ça représente une jeune femme.

— Le visage est magnifique, pourtant. Moi, quand j'ai l'impression d'en avoir raté un, je le transforme en masque. Le tien, d'ailleurs, je le verrais bien en allégorie de la mélancolie.

Elle me scrute avec curiosité avant de regarder son travail.

— En masque ?

— Oui, j'en ai toute une collection. Je découpe le visage et ensuite je creuse l'intérieur pour faire un masque. Comme ça, même si ce n'est pas vraiment ce que j'avais en tête au début, j'estime qu'il n'est pas tout à fait gâché parce qu'un masque peut être n'importe quoi. Masque de colère, d'agonie, de joie. Le tien pourrait être celui de mélancolie.

— Ce n'est pas bête du tout ce que tu dis. Merci, Mackenzie.

— Mack, je préfère qu'on m'appelle comme ça.

Zoey opine.

— Alors tu fais de la sculpture aussi ?

— Oui, depuis quelques années. Ma cousine m'a parlé de ce lieu. Selon elle, je devrais me sociabiliser un peu, alors me voilà.

— C'est génial ici. Tu peux trouver tout ce dont tu as besoin, les gens sont vraiment cool. Si tu restes, ce sera chouette pour moi d'avoir quelqu'un avec qui faire ça.

Je hoche la tête avec un sourire avant de tourner sur moi-même pour découvrir plus minutieusement l'endroit. Sur la grande table derrière Zoey, mille et un outils attendent d'être utilisés : des ébauchoirs, mirettes, seringues à terre, fils à couper, peignes, estèques, raclettes en caoutchouc, couteaux de potier, éponges, compas de potier, tournassins, rouleaux en bois, aiguilles de potier. À côté, un four, et plus loin sur une étagère, différentes sortes d'argiles.

— Il y a du matos, n'est-ce pas ?

— Carrément. C'est génial. Avant, à la maison, j'avais une pièce où je pouvais faire ce que je voulais et je n'arrêtais pas de me demander comment j'allais procéder.

— La solution est là ! Tu étudies où ?

— À Columbia. Et toi ?

— Pareil, c'est ma deuxième année, je suis en science politique. Je pense m'orienter pour être consultante marketing ou responsable de communication dans une grosse boîte à l'international. Enfin, je ne sais pas encore très bien pour le métier, mais les cours sont sympas. Et toi ?

— J'étudie l'art et la littérature.

— Alors, tu comptes rester ?

— Ça me plaît bien ici. Et tu as l'air sympa pour le moment.

Zoey sourit largement.

— En vrai, je suis super sympa. J'aime bien parler sauf quand je suis concentrée sur quelque chose, et je suis affreusement vulgaire quand je rate un truc ou que je me fais mal. Pas plus tard qu'hier, j'ai insulté ma table basse de tous les noms quand mon pied et elle se sont rencontrés.

— Les coups de foudre pied-table basse sont tellement courants.

— Note que c'est chaque fois que tu es pieds nus en plus.

Je laisse échapper un petit rire.

— La vulgarité, je peux gérer.

Nous discutons encore quelques minutes, et je me décide à retourner voir Lévi avant de rentrer à la maison. Je frappe à sa porte et entre quand il m'en intime l'ordre.

— Alors, tu restes avec nous ?

— Je crois que oui. Cet endroit est vraiment super.

Il m'adresse un grand sourire.

— Parfait, je suis content ! la prochaine fois que tu passes, je te donnerai ta carte de membre, et tu pourras venir quand tu le souhaites. La seule obligation, c'est de travailler un peu chaque semaine. Les horaires c'est de 9 heures à 12 heures et de 14 heures à 22 heures, le samedi on est ouvert toute la journée, mais on ferme le dimanche.

J'acquiesce. Et je sors du bureau quelques minutes plus tard. Je crois que Rachel va être fière de moi quand elle saura que j'ai accepté d'adhérer à cette association. J'ai la sensation de sentir de bonnes vibrations dans cet endroit. C'est comme une école, mais on peut faire ce qu'on veut. En plus, Zoey a l'air gentille. Une fois dehors, je lève les yeux vers le ciel gris. Il a plu toute la journée depuis ce matin, et ça menace de tomber encore.

— Putain, il manquait plus que ça.

Je me tourne.

Alors que l'anxiété s'était estompée, voilà qu'elle surgit brusquement et m'engourdit les jambes pour me prendre vicieusement à la poitrine.

Il est là.

Mads.

Appuyé contre le mur du hangar, il me toise tout en fumant une cigarette avec la même dégaine que d'habitude. La poisse ! Il fallait qu'il soit précisément ici, dans ce hangar. Je ne sais rien de lui hormis qu'il concentre toute sa haine sur moi, mais j'ai un peu de mal à l'imaginer être créatif ailleurs qu'en insultes contre moi. Pourtant, en fixant sa main qui tient sa clope, je me rends compte que ses doigts sont noirs.

— Ne me dis pas que tu viens me casser les couilles jusqu'ici, soupire-t-il.

Comme chaque fois qu'il sort son venin, je me sens sur le point de faire une crise de panique. C'est terrible à quel point je suis incapable de l'affronter, alors que j'en ai envie. Je refuse de le laisser jouer à ce jeu avec moi, je n'ai aucune raison de subir ça à l'université.

Va te faire foutre !

VA TE FAIRE FOUTRE !

Dis-le. Dis-le-lui.

— Va te… faire… foutre, Mads !

Il émet un rire sans joie et s'avance vers moi en tirant sur sa cigarette. Il me semble menaçant et chaque fois un peu plus grand. Un peu comme un monstre qui s'abreuverait de la peur de ses victimes et en deviendrait plus puissant encore.

— Tu peux répéter ça sans trembler des genoux ? raille-t-il.

— J'ai le droit d'être là… autant que toi.

Le regard de Mads traîne sur moi avant de se planter dans le mien. Je souffle, mal à l'aise, mais j'essaye tant bien que mal de soutenir son attention. Je n'ai pas plus d'assurance, mais au moins je lui dis ce que j'ai envie de lui dire. C'est quand même incroyable que je sois ce genre de personne à faire des discours de fou dans ma tête pour expliquer ou défendre telle chose et que tout s'évanouisse quand je dois réellement m'exprimer et que je me mette à bafouiller des mots dans le désordre…

— Parce qu'avec ton balai dans le cul, tu prétends être capable de faire de l'art ? Il faudrait d'abord que tu aies un peu de fantaisie.

Réponds-lui. Envoie-le chier !

J'ai beau me répéter qu'il n'est pas impressionnant, c'est faux, il l'est. Mais je refuse de le laisser me saper cette passion que j'ai pour la sculpture ; il ne sait strictement rien de moi en dehors du métier de mes parents. Il ignore absolument tout. Je suis créative, et mes œuvres sont réussies.

— Et toi un peu d'amabilité, je dis d'une voix que j'espère plus affirmée. Tu sais faire autre chose qu'être désagréable ? Étonnant !

Sa bouche s'incurve en un rictus. J'ai l'impression qu'il n'aime pas quand je lui réponds ou que ça anime quelque chose d'encore plus virulent dans son esprit. J'apprécie beaucoup cet endroit, mais puisqu'il semble le fréquenter je ne suis pas sûre que j'aurai le courage d'y revenir. Si Rachel entendait mes pensées, elle me flanquerait une claque derrière la tête et elle aurait raison.

— Tu ferais mieux d'exceller dans le même domaine que tes parents, afin de perpétuer la tradition familiale.

Je me remémore les mots de ma cousine. Ceux qu'elle a prononcés sur Mads et son obsession pour mes parents. Ils sont là, au bout de ma langue, mais ils ne sortent pas. Je ne sais pas pourquoi ça me met autant mal à l'aise. Il appuie pile où ça me blesse, il titille mon secret honteux, et je perds mes moyens chaque fois. Je ne parviens même pas à lui claquer un sourire indifférent.

— Bonne soirée ! Amuse-toi bien avec ton caractère de merde.

Sur cette réplique minable, je tourne les talons pour reprendre la route afin de rentrer à la maison.

— Je préférerais que tu dises adieu.

Maintenant, je ne sais plus si j'ai encore envie de revenir…

6. Madmax et Super Bane

Mads

— Elle est là ! je grogne en claquant la porte de la maison. Elle vient me casser les couilles jusque-là !

Je me débarrasse de mes chaussures. Bane est vautré sur le canapé, son ordinateur sur les genoux. Il n'a pas une once de curiosité dans le regard.

— Je suis censé comprendre, mais là j'ai du mal à te suivre. Je suppose que tu parles de Mackenzie, mais fais-moi un récapitulatif, que je puisse jauger le niveau de ton humeur de chien.

Bon sang, il fallait vraiment qu'elle vienne me casser les couilles ici ? Et qu'est-ce qu'elle fout dans cette association d'abord ? Je ne la vois pas du tout faire de la création. Elle est toujours frigide, indifférente, silencieuse… et elle serait capable de concevoir des choses avec ses mains et son imagination ? Je n'y crois pas. Malgré tout, pour être moi-même passé maître dans l'art du paraître, je me dis que c'est possible. J'aurais dû rester plus longtemps au HangArt, au moins jusqu'à la fermeture, mais sa façon de me répondre m'a sapé toute envie et a monopolisé tout mon esprit.

Je deviens vraiment un abruti quand cette fille est dans les parages.

— Mackenzie, elle vient à l'association, je crache.

Les yeux et la bouche de Bane forment un O, et il lâche un « oooohhh » pour parfaire le tableau de la surprise.

— D'accord, je comprends mieux.

— Elle me casse les couilles.

— Qu'est-ce qu'elle a fait ?

— Elle est là, je réponds.

— Ce n'est pas assez grand pour vous deux ? lance mon meilleur pote.

Aucun bâtiment n'est assez grand quand elle y est. C'est comme si les murs rétrécissaient, les gens disparaissaient et que sa présence se mettait à emplir davantage la pièce.

— Elle fait quoi ?

— Qu'est-ce que j'en sais, moi ? Je ne lui ai pas demandé et j'en ai rien à foutre…

Je me vautre à mon tour sur le canapé. Revoir Mackenzie ravive des souvenirs que je m'efforce d'oublier. Chaque fois que je la croise, je me sens faible et je déteste ce sentiment. Je l'étouffe le plus fort possible pour lui échapper, et ma colère prend le dessus.

— Tu devrais commencer par ça, alors, dit Bane. Ce n'est pas compliqué, je peux te faire un petit mémo si tu veux : « Salut, Mackenzie, je peins, et toi ? » Si elle est là, c'est qu'il se pourrait que vous ayez un point commun. Peut-être que vous allez mieux vous entendre, du coup.

Je passe une main dans mes cheveux avant de sortir mon paquet de cigarettes de ma poche arrière.

— Tu es un connard, Bane !

— Ah non, ça, c'est plutôt ta spécialité.

— Ce n'est pas parce qu'on a un pauvre truc en commun qu'on va baiser ensemble.

Je glisse ma clope entre mes lèvres et approche le briquet quand Bane enfonce son poing dans mon épaule.

— On ne fume pas à l'intérieur.

Je lâche une injure, puis je lève fièrement le majeur. Pour toute réponse, mon meilleur pote m'envoie un baiser. Il a raison, on a quelques règles, et ne pas fumer dans la maison en fait partie. Je me redresse.

— Tu es tellement braqué que tu ne veux même pas admettre ou assimiler l'idée que tu puisses avoir un point commun avec elle.

— Parce qu'on n'en a pas.

Je grommelle entre mes dents. Bane sourit comme un abruti, ce qui me donne envie de le frapper. Il y a des fois comme ça où il est aussi borné que moi et il aime me mettre en boîte.

— Et puis quoi, tu lui fais si peur qu'elle va probablement finir par ne plus y aller, et tu auras encore gagné. Ou alors tu lui fous la paix, on en avait parlé, tu te souviens ?

— Tu me prends pour un abruti ?

— Pour un impulsif, mais je t'aime quand même ! Tu es le premier à défendre les valeurs de cette association et tu adores l'art, tu ne peux pas en priver quelqu'un.

Ses mots font mouche.

Cela me force à cogiter, et je déteste ça.

Je me dirige vers la cuisine et je soupire quand j'entends qu'il me suit.

— Va te faire foutre, elle m'a dit d'aller me faire foutre.

Bane éclate de rire.

— Putain, et j'ai manqué ça ? Peut-être qu'elle a enfin décidé de se rebeller contre Madmax.

Cette idée semble l'amuser, alors que moi elle me rend dingue.

— Mais tu es de quel côté ?

— Je sais ce qu'elle t'inspire, mais je n'ai rien contre elle, me répond-il le plus sincèrement du monde. Et je n'aurai jamais rien contre elle. Même si elle te bottait les fesses, je l'apprécierais davantage. Je trouve que t'en as besoin.

— Tu sais quoi, je vais aller fumer parce que cette conversation ne sert absolument à rien. Tu es foireux comme pote.

— C'est ça ! Tu fuis parce que tu ne peux pas lutter contre l'intelligence de Super Bane.

— Rien que le fait que tu te surnommes Super Bane montre que tu n'es pas intelligent du tout.

Je claque la porte de la cuisine, qui mène au jardin, mais Bane l'ouvre à la volée.

— Elle ne t'a rien fait, cette pauvre porte, dit-il avec son foutu sourire à la con.

— Je t'emmerde.

— Et moi je t'aime.

Je me laisse tomber sur une des chaises d'extérieur et j'allume enfin ma cigarette. Je tire dessus et je fixe le ciel bleu. Je me souviens qu'il y a un moment, quand j'étais gosse, je rêvais d'avoir le pouvoir de me téléporter partout ailleurs. Si je le pouvais aujourd'hui, je voudrais pouvoir changer le passé pour sauver mon âme.

Merde, je divague.

Fumer m'aide à me détendre, mais ça ne fonctionne pas vraiment ce soir. Je fulmine sans raison, et mon esprit carbure à deux cents à l'heure. Je pense à elle. J'ai vraiment un gros problème avec cette nana pour qu'elle vienne foutre le bordel dans mon cerveau.

Elle m'a répondu, ça me perturbe. Elle ne riposte jamais.

Elle a les cheveux courts, ça me tracasse aussi. Elle les a toujours eu longs.

Putain, putain, PUTAIN !

Il faut vraiment que je trouve une occupation ce soir parce que sinon je vais devenir dingue. Je préfère m'anesthésier la tronche plutôt que de faire face à ce qu'il y a dans ma tête.

J'ai mal au crâne.

J'ai trop bu. C'était soit picoler soit affronter mes pensées. J'ai décidé d'être lâche. Il y a des choses plus fortes et plus puissantes que moi. Des choses que je ne sais pas affronter. Je ne peux pas m'encadrer quand je fais ça.

— Salut, Mads ! lance Marcus en me tendant le poing.

Je checke avec lui.

— 'lut.

— Putain, t'as une gueule à faire peur !

— Je fais ce que je peux, je rétorque en ricanant.

Comme tous ceux qui traînent ici, Marcus est étudiant. À la fac de New York, cela dit. Enfin, l'université importe peu, les prérequis pour fréquenter cet endroit, c'est être étudiant et pratiquer un art. Je ne saurais pas expliquer pourquoi j'aime venir. Je pourrais dire que c'est une autre façon de tuer le temps car, quelque part, c'est un peu le cas, mais non, c'est plus que ça. Mes parents font régulièrement des dons, et ma mère achète parfois des œuvres qu'elle expose ensuite dans sa galerie. Entre les murs de ce hangar, je me sens bien et je peux discuter avec des gens qui, comme moi, s'expriment en créant des choses.

Je suis souvent en colère, enragé, et ici c'est l'un des rares endroits où j'arrive à me vider la tête sans être obligé de boire ou de faire le con.

— Il y a eu une nouvelle aujourd'hui, elle est super belle.

— Une nouvelle ?

Je crains de deviner de qui il parle. Si elle se met à fréquenter aussi le HangArt, alors il risque d'y avoir des perturbations dans mon refuge. Et je ne suis pas sûr d'être d'humeur à affronter ça. D'autant que les mots qu'a eus Bane l'autre jour sont vrais, j'aime cet endroit et je sais ce qu'il m'inspire, de ce fait je peux comprendre qu'il soit un temple pour quelqu'un d'autre.

— Elle fait de la sculpture avec Zoey, dit-il avec un mouvement de tête.

De la sculpture ?

Je regarde dans sa direction. C'est elle. Mackenzie est venue quand même. J'ignore si ça m'agace ou si je suis surpris qu'elle ne se soit pas évanouie comme d'habitude. Elle semble porter un vieux jean troué et un simple débardeur sous son tablier. Je crois que c'est la première fois que je la vois si décontractée. Elle discute avec Zoey tandis que ses mains malaxent de la glaise.

— Je ferais bien du *body painting* avec elle, ou je la laisserais bien me palper comme elle le fait avec l'argile.

Je grimace. Mieux vaudrait être sourd qu'entendre des conneries pareilles.

— Bon courage pour retirer le balai qu'elle a dans le cul, je lâche. C'est aussi difficile que tirer Excalibur de son rocher.

— Qui sait, je suis peut-être l'élu. Tu la connais ?

Je me tourne vers Marcus, l'air agacé, alors qu'il a toujours les yeux rivés sur Mackenzie. Je ne suis pas certain d'avoir la patience de supporter de voir mon pote flirter avec cette nana ou se la taper. Je n'ai pas envie qu'elle devienne un sujet de conversation récurrent.

— Ouais. Malheureusement.

À ces mots, il me lance un regard curieux.

— Pourquoi tu dis ça ?

— Laisse tomber, je soupire. Je ne l'apprécie pas des masses, c'est tout.

Marcus hausse les épaules et ne m'en demande pas davantage. Il doit probablement comprendre que cette conversation m'agace un peu.

— Qu'est-ce que tu as fait de beau hier soir pour avoir des valises pareilles sous les yeux ?

— Pas grand-chose, j'ai fait la fiesta.

— Et tu as fêté quoi ?

— Le fait d'être aussi génial, je réponds en souriant.

— Cela va sans dire, approuve Marcus en hochant la tête. Ça ne doit pas être de tout repos d'être toi.

Je lui claque mon expression la plus vantarde. L'art du paraître et du mensonge. Il n'imagine pas un instant, comme tous ceux que je fréquente, que j'aimerais ne pas être moi. Je suis tellement abîmé que chaque jour est une nouvelle menace de me craqueler encore plus. J'ai l'impression de ne faire que survivre et de flirter avec l'excès en attendant vainement quelque chose.

— Et ce week-end, t'as prévu quoi ? demande Marcus.

— Il y a une fête chez les Kappa sur le campus, je pense y faire un tour. Je peux te filer l'adresse si jamais ça t'intéresse.

— Ouais, je n'avais rien au programme. N'empêche, avec ton train de vie tu vas finir par y laisser ta peau.

— Quitte à crever, autant que ce soit en s'amusant.

Marcus éclate de rire.

Faire la nouba chez les Kappa n'est pas quelque chose qui m'excite vraiment en soi. Tout ce que j'espère en y allant, c'est tuer le temps pour quelques heures.

— Tu vas commencer une nouvelle peinture ?

— Ouais, mais je ne sais pas encore quel en sera le sujet.

J'aimerais juste que mon esprit ne se la joue pas perfide comme à la maison. Je range mon sac dans un coin et je saisis une palette, puis j'y dépose plusieurs nuances de bleu. Je n'ai pas vraiment conscience de ce que je veux dessiner, mais il semblerait en revanche que ça touche à du bleu. Le bleu, je l'associe à la liberté, à l'infinité du ciel, à l'immensité de l'océan.

Je prends un pinceau et je m'installe derrière mon chevalet avec une toile vierge. Alors que je me concentre pour concrétiser ce que j'ai envie d'entreprendre, mon attention dévie vers Mackenzie. Elle est toujours occupée sur son truc, le sourire aux lèvres, le regard rivé à l'argile. Je ne sais pas si je peux tolérer de partager cet endroit avec elle… J'imagine que, si je l'ignore, on peut cohabiter dans ce grand espace. Encore faudrait-il que mon esprit ne réduise pas ce lieu à sa simple présence. Je suis assez curieux de voir le rendu de ce qu'elle est en train de faire…

7. C'était pas prévu au planning

Mackenzie

5 h 30 : le réveil sonne.

Je l'éteins avant d'allumer ma petite lampe de chevet. Il est très rare que je lambine le matin. J'aime avoir le temps de me laver, de me préparer et de déjeuner. Je n'aime pas me lever à l'arrache, j'ai la sensation de rater ce moment de calme qui annonce le début de la journée. Il m'arrive de paresser au lit, mais globalement je suis plutôt lève-tôt.

Mes journées sont souvent réglées comme du papier millimétré. Je sais toujours plus ou moins de quoi elles seront faites. Je gère mon emploi du temps et ne laisse place à aucun débordement. J'aime que les choses soient carrées et déteste les imprévus. Je ne m'autorise des écarts que lorsque je fais de la sculpture et encore… quand je fais du modelage, il y a quand même une sorte de contrôle puisque c'est moi qui façonne l'argile comme je le souhaite.

5 h 50 : sport.

J'essaye de m'entraîner au moins deux fois par semaine, histoire de me maintenir en forme. De temps en temps, je fais un footing, mais ce matin je me contenterai de quelques squats et abdos.

6 h 10 : douche.

Et soudain, lorsque j'ouvre la porte de la salle de bains, je me retrouve face à un cul. Un cul bien rebondi. Un cul de mec. Je retire les écouteurs que j'avais mis pendant que je faisais mes exercices. Le rouge me monte aux joues, et je reste là, figée. À mater.

— Hé, Rachel, tu ne veux pas me rejoindre plutôt que de me reluquer ?

Mon cœur s'emballe, et j'ai une espèce de sourire nerveux.

— Ce n'est pas… Rachel, je bégaye.

Tandis que Bane se retourne vers moi et me montre le recto sans honte ni pudeur, je sens la gêne empourprer davantage ma peau.

— BANE ?

Après le bafouillage, voilà que je vocifère son prénom comme une folle. Pour le naturel, on repassera.

— C'est moi, lance-t-il alors que mes yeux tombent sur son torse.

Et plus bas.

— Je…

J'ignore ce qui est le plus bizarre, que mon regard ne dévie pas ou que Bane ne fasse rien pour se cacher. Ce n'était pas prévu dans mon planning, ça.

— Respire, Mackenzie. Respire, c'est qu'une bite et des fesses.

Mon cerveau de zombie finit par émerger de sa torpeur, et je me tourne vers la porte pour sortir quand il laisse filer un petit ricanement moqueur. Pourquoi c'est moi qui suis la plus gênée ? Je me dirige vers ma chambre en essayant de ne pas penser à son cul, mais mon esprit n'est pas d'accord, je ne vois plus que ça.

— Désolé de t'avoir fait peur, tu peux prendre la salle de bains si tu veux, j'ai terminé.

Je me tourne vers lui. Il s'est simplement drapé d'une serviette à l'effigie des Totally Spies. Je crois que Sam, Clover et Alex n'avaient jamais vu le loup d'aussi près. Et, bien que ce linge soit absolument ridicule autour de ses hanches, le V sexy et les abdos qui l'accompagnent aident considérablement à effacer le pseudo-ridicule. Il est vraiment bien fichu. Sacrée Rachel, elle ne m'avait pas dit qu'elle avait de la compagnie cette nuit.

— Qu'est-ce que tu… fais là ? je bégaye.

— Alors « là », maintenant, je sors de la douche, et sinon « là » de manière plus globale, j'ai peut-être dormi ici.

— Peut-être ?

Il sourit largement et enfouit une main dans ses cheveux blonds pour les plaquer en arrière.

— C'est plus certain que peut-être. J'ai passé la nuit avec Rachel.

Le SMS a dû faire mouche finalement.

— D'accord, je dis en opinant.

— Ne t'inquiète pas, il n'y a que moi.

Je grimace en comprenant à qui il a fait allusion.

— Il manquerait plus que ça, je soupire.

Bane esquisse un sourire alors que Rachel finit par passer une tête à la porte de sa chambre.

— Vous ne pouvez pas baisser d'un ton ? Les gens normaux, ils aiment abuser de l'heure et retarder l'inévitable.

— J'imagine que la nuit a été courte, je lance pour la taquiner.

— Courte, oui. Et bonne.

Bane me dépasse pour aller rejoindre Rachel. Je me demande si c'est sérieux entre eux ou juste un plan cul. Enfin, je le saurai bien assez tôt, en attendant, je me réfugie dans la salle de bains.

6 h 45 : petit déjeuner.

Pour le calme et la contemplation du matin, on repassera. Les attributs de Bane trottent dans mes pensées en mode GIF. À voir comment c'est facile pour Rachel et même pour le commun des mortels de créer des relations, je me dis que je ne suis pas normale. Je crois que j'aimerais corriger ça. Alors que je suis en train de me faire un *bowl* avec du fromage blanc, du muesli et des fruits rouges, Bane débarque dans la cuisine.

— Bonjour, dit-il en souriant. C'est mieux ? demande-t-il en désignant sa tenue.

— C'est mieux que la serviette des Totally Spies, je réponds en l'inspectant.

Il porte un jean noir troué aux genoux et un T-shirt au motif japonais.

— J'ai préparé du café, si tu en veux les tasses sont dans le placard juste au-dessus de la cafetière.

Bane pose son téléphone sur la table à manger.

— Ce n'est pas de refus. Qu'est-ce que tu fais ? Ça a l'air bon ton truc, lance-t-il en passant à côté de moi.

— C'est un *bowl*.

Bane se penche au-dessus pour regarder le contenu de mon bol.

— C'est vachement esthétique.

— Hum… Le mien est moche et préparé à l'arrache, en revanche, il y en a de magnifiques sur Instagram ou Pinterest. Tu en veux ?

— Carrément.

— Va chercher le fromage blanc dans le frigo, je dis.

Il m'obéit sans un mot et le dépose sur la table. Tandis qu'il se verse un café, je confectionne un second *bowl* pour lui. Bane s'installe à côté de moi, et je dois avouer que ça me paraît bizarre de me retrouver à faire ça avec lui. Mais c'est assez facile de parler avec Bane, il est très solaire, très amical. Je rougis un peu quand il me sourit.

— C'est étrange d'avoir de la compagnie le matin, je déclare.

— Ah bon ?

— Je déjeune souvent seule. Rachel préfère dormir.

— Il suffisait de m'envoyer un message, je suis un parfait accompagnateur pour les repas, ou toute autre occasion d'ailleurs.

Je souris. Il est si différent de Mads. Tellement plus gentil, plus lumineux, plus doux. C'est le jour et la nuit. Je me demande s'il n'est pas comme ça avec moi par pitié et pourquoi il n'agit pas comme son copain. Non pas que je m'en plaigne, au contraire.

— Tu aimes, au fait ?

— Ouais, c'est super bon.

Puisqu'il est ici, j'ai envie de l'interroger sur le problème de son pote, mais je m'abstiens, car les mots ne veulent pas sortir.

Quand j'étais en proie aux sautes d'humeur de Mads, je me sentais piégée entre les quatre murs en béton de mon lycée. Maintenant, j'ai comme un sentiment de liberté. C'est sans doute un peu idiot de dire que j'ai rêvé et espéré la vie universitaire, mais c'est la vérité. Je sais la chance que j'ai d'avoir réussi à intégrer une fac aussi prestigieuse, et de pouvoir étudier les cours qui m'intéressent et me plaisent.

— Salut, Mack !

Tandis que nous arrivons enfin au comptoir après dix longues minutes d'attente, Zoey m'accueille avec un grand sourire. Bien que surprise de la voir ici, je lui rends son salut.

— Bonjour, je dis.

— Qu'est-ce que vous voulez ?

Rachel se penche vers la vitrine, et ses yeux s'élargissent comme des soucoupes.

— Hé, tu ne peux pas te grouiller un peu ? lance un mec derrière nous. On n'a pas tous le temps de s'extasier devant des pâtisseries à la con.

Rachel et moi pivotons vers lui. Ma cousine semble remontée à bloc et prête à en découdre avec cet inconnu.

— Oh ! je suis désolée, rétorque-t-elle. Absolument navrée d'avoir cru que je pourrais m'octroyer deux pauvres minutes pour choisir une boisson et un truc à manger quand ce serait à moi. Vraiment, quelle malpolie je fais ! Donc, ce sera un *mocha* avec supplément de crème.

— Un *mocha* aussi, mais sans le supplément, je complète.

Zoey acquiesce.

Tandis que Rachel commande quelques petites choses à manger en plus, je songe que j'aimerais être comme elle.

Avoir sa force de caractère, son charme et son charisme. Elle n'a pas conscience de ce qu'elle dégage ni qu'elle ressemble à sa mère quand elle répond avec passion ou colère à quelqu'un. Elle s'intéresse aux sciences, mais elle aurait largement pu se lancer dans des études de droit. Et je crois qu'elle ignore combien j'aimerais avoir son aplomb. Moi, je m'évanouis tout le temps…

— Je te présente ma cousine, Rachel, je dis quand Zoey revient nous encaisser. Zoey est l'étudiante dont je t'ai parlé à l'association.

Rachel hoche la tête et lui sourit.

— J'espère qu'on aura l'occasion de se revoir, déclare ma cousine.

Nous quittons le comptoir, puis le *coffee shop*. Les bras chargés de douceurs, Rachel semble de bonne humeur.

— Putain, mais quel con ce mec ! Il porte un costard et un attaché-case et ça y est, le gars se prend pour je ne sais qui…

— J'ai adoré ta réponse.

Elle sourit. Je me demande si c'est bizarre d'avoir un modèle de son âge. Je crois qu'elle devient de plus en plus le mien. Parfois (souvent), je me dis que je préférerais être plus comme elle que comme je suis. Rien qu'une fois, je voudrais être capable d'affronter mes angoisses comme une grande fille.

— On va se régaler avec ça ce soir. Ça t'ennuie si on repasse devant l'immeuble pour que je dépose ça à l'appartement ?

— Non.

Je m'installe derrière le volant et, après avoir mis mon clignotant, je m'engage sur la voie. Rachel augmente le son quand la radio diffuse la chanson *Adore You* de Harry Styles. Une fois devant chez nous, je reste dans la voiture. Rachel s'absente quelques minutes à peine.

— Est-ce que c'est sérieux entre Bane et toi ?

Rachel attache sa ceinture et fait mine de réfléchir à ma question.

— Sérieux ? Dans quel genre ?

— Sortir ensemble, j'ânonne bêtement.

— Non, répond-elle alors que je m'engage sur la route. On s'entend bien et on matche plutôt bien au lit. Mais c'est juste pour s'amuser. J'applique les conseils de ma mère sur l'expérience, tout ça…

— Pas certaine qu'elle parlait de tes plans cul.

— Disons qu'entre toi qui ne fais pas assez de folies et moi qui en fais trop on arrive à un équilibre correct.

Je souris en m'arrêtant à un feu rouge. Le soleil est au rendez-vous aujourd'hui. Les femmes qui traversent la rue sont majoritairement en robe et les mecs en short. Sauf les gens qui bossent.

— Si ma mère était là, elle confirmerait que tu devrais avoir un peu de ma folie et moi un peu de ta sagesse.

— Du coup, vous êtes des espèces de potes de baise ?

— Oui, acquiesce Rachel. On peut dire ça. On se fait du bien, on ne se prend pas la tête et on s'amuse.

J'opine, même si je ne comprends pas tout. J'ai l'impression d'être une handicapée sociale quand je vois comment je suis par rapport à Rachel. Parfois, je me demande si c'est la faute de Mads avec son harcèlement ou si c'est juste la mienne.

— Ça veut dire que tu vas le voir souvent ? je reprends.

Rachel me lance un regard en biais. J'essaye de ne pas rougir. Je n'ai pas envie de subir Mads sous prétexte qu'elle fréquente Bane. Même si je sais qu'elle éviterait de me mettre dans une telle situation.

— Selon notre humeur, je pense. Pourquoi tu me demandes ça ? Pour Mads ? Ne t'inquiète pas pour lui, je ne t'imposerai pas sa présence. Le seul truc qui cloche avec Bane, c'est son pote, ils sont si différents…

— C'est vrai. Je n'ai pas trop envie de tomber sur lui. Déjà que c'est un étudiant de l'association et que ça me démotive d'y retourner.

— Ah non ! s'écrie Rachel. Je vais te faire la gueule si tu fais ça.

— Si je fais quoi ?

— Si tu cesses d'y aller alors que tu apprécies cet endroit. Qu'est-ce qu'a dit Camila Cabello dans sa chanson *Havana* ? demande Rachel.

— *« Havana, ooh na-na (ayy, ayy)*

Half of my heart is in Havana, ooh na-na »

Rachel me lance un semblant de regard noir tandis que j'essaye de ne pas rire.

— Dans son clip, à la fin de la chanson, elle dit quoi ? *« Hey sweetie, if you don't like my story go write your own »*. Alors tu sais ce que tu dois faire.

Je soupire.

— Quel rapport dans le contexte ?

— Déjà, tu peux lui balancer à la gueule cette réplique. Tu verras les veines de son cou sortir, ses narines vont se rétracter aussi. Ensuite, tu dois écrire ton histoire, sans te soucier des autres. Tu as autant le droit que lui d'être là, et s'il n'est pas content c'est pareil. Fais les choses en te foutant de ce qu'il pense et REBIFFE-TOI !

Je sais qu'elle a raison, c'est pour cela que j'y suis retournée après notre altercation, mais j'avais parfois l'impression de sentir son regard sur moi. C'était comme ressentir un étrange frisson, un petit picotement sur la nuque. Et puis je craignais qu'il ne parle à ses amis…

— D'accord, je continuerai d'y aller.

— C'est tout ce que je veux entendre.

8. Et si tu passais sous un bus ?

Mads

— Tu te tapes Rachel ? je demande, perplexe.
— Ouais.
— Il y a plein de filles sur le campus, mais toi tu te tapes la copine de la seule que je n'aime pas.
— C'est sa cousine, et ouais.
Je soupire, bien qu'il fasse ce qu'il veut. J'ai pour habitude de me contrefiche royalement de ses conquêtes et inversement, mais son plan cul actuel est bien trop proche de Mackenzie, et je n'ai pas la moindre envie de la voir davantage.
— Qu'est-ce que ça peut te foutre ? Je ne sors pas avec Mackenzie !
— Manquerait plus que ça, je marmonne.
— Pourquoi, ça te rendrait jaloux ? demande Bane en arquant un sourcil.
Je lui lance un regard en biais, ce qui le fait éclater de rire. Visiblement, il se paye ma tronche. Nous sortons du bâtiment, comme c'est l'heure de manger, il y a de l'effervescence partout. Les couloirs sont bondés.
— Ah ah ah ! Très drôle.
— Je trouve effectivement que ta gueule en mode choqué était vraiment hilarante.
Il me frappe dans le dos et manque de m'arracher un poumon avec sa délicatesse. Je grogne.

— Bon, je crève de faim, on va se chercher un truc ?

— On va à la cafétéria ?

— Non, je dis en secouant la tête.

— Il faudra que tu m'expliques pourquoi on a un abonnement à la cafétéria de la fac pour ne jamais y bouffer.

— Je te connais, tu serais capable de me faire manger à côté de la Despotique, et je n'ai pas envie qu'elle me coupe l'appétit.

— Elle m'a préparé un *bowl* l'autre jour, et c'était super bon.

Je me masse les tempes avant d'attraper mon paquet de clopes. Elle lui a fait son petit déj. Je ne sais pas quoi penser de ça. Je crois que je m'en tape, en réalité.

— Hé, Mads, tu n'aurais pas une cigarette par hasard ?

Larissa me sourit largement en s'approchant. Elle n'est pas vraiment mon plan cul, mais s'il n'y a qu'elle on s'amuse ensemble. On s'amuse bien. De la baise quand on en a envie, en plus Larissa n'est absolument pas farouche.

— Salut, Bane, ajoute-t-elle.

— Tu fumes ? je demande.

Je ne l'ai jamais vue avec une clope au bec, mais tous les prétextes sont bons pour qu'elle vienne nous parler. Si j'avais sorti autre chose de ma poche, elle en aurait forcément eu besoin. Je lui tends une cigarette qu'elle glisse entre ses lèvres roses de façon on ne peut plus expressive.

— Du feu ?

Elle approche sa bouche de la flamme. Larissa est sexy. Elle a de longs cheveux blonds bouclés, un corps parfait avec des jambes interminables mais, comme la plupart des filles que j'ai rencontrées ici, elle est banale. Elle n'a rien de moins que les autres, mais rien de plus non plus. Je ne dis pas que je suis mieux qu'elle, mais je m'ennuie vite avec quelqu'un qui ne partage pas beaucoup de mes centres d'intérêt.

— Vous allez où ?

— Manger, commente Bane. D'ailleurs, on n'a pas beaucoup de temps. On se voit plus tard…

Bane tourne les talons et tire mon T-shirt pour que je le suive. Il n'attend même pas la réponse de Larissa.

— Pour une fois que c'est toi qui te la joues désagréable, je lance pour le narguer.

— Je n'aime pas cette fille. Elle a quelque chose qui me dérange. Comme sa façon de se comporter avec les autres.

— Comme une garce, tu veux dire ?

De mon côté, je ne suis pas un saint, et c'est sans doute un peu hypocrite de ma part de la critiquer.

Bane ricane.

— C'est ça, je n'aime pas les garces. Elle rabaisse sans cesse les gens, elle parle d'elle à la troisième personne… J'ai suffisamment de toi dans ma vie, je n'ai pas envie d'en faire collection.

Cette fois, c'est moi qui le frappe.

— Même si dans ton cas je dirais plutôt connard.

— Je fais ce que je peux, je réplique.

— D'ailleurs, si Mackenzie est la Despotique, tu es quoi, toi ?

Sa question est rhétorique, j'imagine qu'il n'a pas besoin de moi pour trouver une réponse.

— Le Démesuré, ça sonne bien. *Le Démesuré et la Despotique*, ça ferait un bon titre de livre, hein ?

— Ouais, et mon poing dans ta gueule, ça ferait un rebondissement adapté ?

— Non, trop prévisible.

— Tu me fatigues…

J'allume enfin ma clope et lève les yeux vers le ciel. Il est bleu, et il n'y a pas l'ombre d'un nuage.

— Tu ne veux pas qu'on aille voir un match de basket ce soir ? je demande.

Nous zigzaguons entre les étudiants.

— Putain, je ne peux pas, j'ai oublié de te dire : ma mère m'a appelé ce matin.

— Tout va bien ?

— Mon père a eu un accident, répond Bane.

Je me tourne vers lui. Vu qu'il en parle maintenant et qu'il n'a pas l'air plus alarmé que ça, je crois que ça ne doit pas être si grave.

— Il va bien ?

— Oui, il s'est juste pété le pied et il s'est fait une grosse frayeur, mais sinon il est en pleine forme. Ma mère trouve qu'il est imbuvable avec le personnel soignant. Mais je vais quand même aller le voir.

— Qu'est-ce qui s'est passé ?

— D'après ce que j'ai compris, un camion de livraison aurait grillé le feu rouge et foncé dans sa voiture. Sa Mustang Shelby est bien amochée. Je n'en sais pas plus…

— Tu veux que je t'accompagne ?

— Non, soupire Bane. Je t'épargne la soupe à la grimace. Il va pester toute la soirée. Franchement, ça ne vaut pas le coup. Je vais m'occuper de lui, je rentrerai très tard, ou j'irai directement à la fac demain matin, je ne sais pas encore.

J'acquiesce.

— En plus, ma mère ne sera pas là, elle prend son service de nuit à l'hôpital…

Il a l'air dépité.

— N'en profite pas pour détruire la maison en mon absence, ajoute-t-il en tournant la tête vers moi.

— Comme si j'étais capable d'un tel prodige !

Il fait semblant de s'étouffer.

— Tu vas sortir quand même ? dit-il.

— Ouais, probablement, ou alors je vais peindre. On verra bien. En attendant, je crève la dalle.

— Ça tombe bien, on est arrivés.

J'écrase ce qu'il reste de ma clope et la jette dans une poubelle avant de me glisser dans la queue de notre food-truck habituel. L'odeur qui flotte dans l'air chatouille mon estomac, mais il y a du monde dans la file.

Bane pianote sur son portable.

— C'est ma mère, dit-il en me montrant l'écran. Je vais répondre. Prends-moi la même chose que toi.

Je hoche la tête et, alors qu'il s'éloigne, son téléphone collé à l'oreille, la personne devant recule et me marche sur le pied. Elle se retourne vivement.

— Je suis…

Mackenzie.

Lorsque son regard me trouve, la fin de sa phrase tombe dans l'oubli. Bane a peut-être raison après tout, c'est sans doute le karma. Je la vois bien trop souvent depuis la rentrée. Son sourire timide disparaît, son nez en trompette se retrousse, et dans ses iris mauves la crainte prend le dessus. Tout ce qu'elle était avant de me reconnaître s'efface, et son expression se fige.

— Pardon, c'est pour les chiens ? je grogne.

Elle lève les yeux et les plante dans les miens. Dans ma tête, tout se met en branle. Chaque fois, j'ai l'impression qu'une part de mon cerveau endormi s'éveille quand elle apparaît. C'est comme si elle possédait le même pouvoir que la coke et que sa simple présence agissait comme un excitant qui me détraquerait les neurones. C'est toujours pareil, je n'y échappe jamais. Même quand je veux fuir ce qu'elle m'inspire, je suis prisonnier.

— Si seulement, siffle-t-elle soudain.

Je ne suis pas habitué à ce qu'elle riposte ni à cette étrange tempête dans son regard. C'est nouveau, tout comme ce look et sa coupe de cheveux. Je ressens une espèce de pulsation dans les veines quand elle me répond et un regain de vindicte.

— Qu'est-ce que tu as bafouillé ?

— Même s'il est vrai que tu ressembles à un… chihuahua hargneux, je ne te demanderai pas pardon pour ça. C'est une maigre… compensation pour toutes les fois où tu as été odieux.

Il lui manque un wagon d'assurance pour espérer être crédible, mais putain sa réplique me déglingue quand même le cerveau. Mackenzie se retourne dans la file sans rien ajouter. C'est plus fort que moi, mon instinct prend le dessus. J'agrippe sa nuque pour l'empêcher de bouger et, me penchant vers elle, je passe la tête par-dessus son épaule. Elle tourne lentement le visage, et ses yeux paniqués et révoltés se plantent dans les miens. Elle a peur de moi.

— Lâche-moi…

Sa voix n'est qu'un souffle, mais j'y décèle tout de même un soupçon de rage, pour une fois. Sauf que sa colère n'est qu'une infime poussière en comparaison de la mienne. Je suis un loup, et elle n'est rien qu'un petit agneau. Elle ne fait que remuer ma pitoyable folie et me rendre encore plus mauvais.

— Ne joue pas avec moi, Mackenzie. Tu vas te brûler les ailes.

Comme elle ne veut pas attirer l'attention sur elle, elle se débat à peine. Je ne desserre pas ma prise et en me penchant davantage je peux sentir le parfum qu'elle dégage. Je m'attendais à une fragrance horrible et âcre, mais c'est plutôt agréable en fait.

— Tu… joues seul depuis toujours. Alors, remballe ta merde et ton jeu de dégénéré. Et, pour la dernière fois, lâche-moi.

Sinon quoi ?

— On dirait que tu essayes de dire quelque chose, mais tes genoux s'entrechoquent tellement que je n'entends rien. T'as pas une once de crédibilité.

— Et si tu passais sous un bus pour voir, Mads ?

Je ricane.

Elle vient de me tacler comme jamais, et ça me met la tête en vrac. *Échec et mat*. Malgré tout, elle semble aussi frêle qu'un agneau. Je ne sais pas encore si ça me calme, me perturbe, m'excite…

— Honneur aux dames. Si tu veux, je te donne de l'élan.

Ses joues sont rouge écarlate, mais comme il y a une sorte de défi dans ses yeux je ne dévie pas le regard.

— Tu peux partir maintenant ? siffle-t-elle. Tu es trop près, et… ça me fiche la nausée.

Je sens un sourire sur mon visage. Si elle essaye de jouer à ça, je lui garantis que je serai à la hauteur et qu'elle ne gagnera pas. Elle me donne un coup de coude dans les côtes, et je me dégage. *La garce.* J'ignore d'où vient ce semblant de rage, mais il est là, et je ne sais pas encore si ça me rend dingue ou pas.

— Tu vas t'en mordre les doigts, Mack, je grogne.

Elle ne réagit pas, elle reste devant moi, en silence.

Putain.

Fêtes, beuveries, combats clandestins, affrontements de robots, sorties, baise… tous les moyens sont bons quand la peinture peine à apaiser mon esprit.

Ce soir, j'ai choisi les combats clandestins.

J'avais besoin de déconnecter, et ce milieu sombre et dépravé est plutôt pas mal pour décompresser. Je n'ai jamais mis les pieds sur le ring, mais j'ai souvent été spectateur. Parfois, je me demande ce que ça fait d'être dans « l'arène » et de se battre contre quelqu'un. Si mes parents apprenaient que j'en regarde de temps en temps, ils se feraient des cheveux blancs, alors j'achèverais probablement ma mère en m'inscrivant. Aujourd'hui, le tournoi a lieu dans un théâtre abandonné. Si je n'étais pas familiarisé avec ce genre d'endroits, je pourrais presque prendre peur. Autant les entrepôts, les tunnels ont quelque chose de mystique et d'aventureux, autant les cinémas et les maisons vides ont quelque chose de flippant et de hanté.

Les sièges rouges sont nappés de poussière, de toiles d'araignée, de graffitis. Certains courageux se sont assis dessus alors que d'autres sont debout sur les coussins. Avant le début, un vieux poste de musique passe du rap. Les murs décrépis sont couverts de moisissures, de mousses, de tags. J'ai l'impression d'être hors du temps.

Il y a du monde. Il y a toujours foule à ce genre de rassemblement. Principalement des mecs, mais aussi quelques nanas. Les matchs auront lieu sur la scène, qui est éclairée par des spots sur pied. En attendant que ça commence, je zigzague vers le responsable des paris, qui braille comme un dément pour attirer des joueurs.

— Il y a qui en lice aujourd'hui ? je demande.

— Ryzen, une montagne de muscles, a remporté ses trois derniers combats. Face à lui, Mao, on le surnomme « le Ninja d'Atlanta ». Il est percutant.

— Qui est donné gagnant ?

— Ryzen.

— Mille dollars sur la victoire de Mao, je dis.

Le mec écarte les gens autour de nous pour venir jusqu'à moi.

— Poussez-vous, j'ai un client sérieux.

Il me tend la main pour me saluer. Je serre ma paume contre la sienne. Il ouvre son calepin. Je ne déchiffre pas son écriture, mais je remarque qu'il y a pas mal de paris sur Ryzen, le favori. Ce qui veut dire que je vais doubler, voire tripler ma mise si ce fameux Mao gagne.

— Et cinq cents de plus sur le fait qu'il va envoyer valser ton Ryzen dans les vapes en moins de cinq minutes.

— C'est noté. Ton nom ?

— Madmax, je réponds.

— On se voit après, Madmax, me dit-il avec un sourire.

Je me trouve une place dans la foule. Je me rends compte que j'ai encore des traces colorées sur les doigts et sous les ongles. J'ai essayé de peindre ce soir, mais je n'ai pas réussi, tout ce qui me traversait l'esprit prédominait sur le reste, alors je suis venu ici.

J'aimerais être plus fort que les tourments qui m'assaillent, mais souvent j'échoue. Je suis las d'être si faible et de choisir la facilité chaque fois. Je sais pertinemment que je vais finir par picoler pour faire taire mes idées noires. Parce que c'est moins dur comme ça…

Remarque, aujourd'hui, je n'arrête pas de me remémorer mon altercation avec Mackenzie. Impossible de chasser notre petite dispute de la tête. Sa façon de me répondre, ses mots, son coup de coude, ce semblant de hargne sorti de je ne sais où. C'était énervant et presque distrayant. N'empêche que je me sens revanchard. J'ai…

— La place est prise ici ?

Une femme aux cheveux blonds me lance un sourire aguicheur et me fait perdre le fil de mes pensées.

— Peut-être plus pour longtemps.

Elle me sourit encore.

— J'ai une bière en trop. Peut-être que ça t'intéresse ?

— Dois-je m'inquiéter de la présence d'une éventuelle drogue dedans ? je demande, méfiant.

Elle regarde l'étiquette sur la bouteille.

— Malt, houblon, levure, eau… hum non, visiblement il n'y a rien de louche.

Il semblerait que la soirée soit bien partie.

— En fait, je t'ai vu au loin et j'en ai pris une deuxième. Je ne vais pas y aller par quatre chemins, je ne suis pas là pour trouver l'amour, mais pour m'amuser. Alors, tu veux t'amuser… ? Comment tu t'appelles ?

— Mads.

— Kate.

Elle me tend la bière, que j'accepte.

— Enchanté.

Il y a dix ans

Je vois une fille nue enfermée dans une cage qui est suspendue en l'air dans le salon. Des gens vêtus bizarrement sont en train de boire et de parler entre eux comme si de rien n'était.

J'entends des hurlements de douleur, des sanglots, des gémissements de plaisir alors qu'on longe le couloir pour aller vers la salle de bains.

Je lis les inscriptions sur les portes : La Tortura, La Fantasia, La Nerverland.

Je me déshabille devant un inconnu, puis j'entre dans le bain qu'il a fait couler pour moi.

La peur m'empêche de pleurer.

Elle me lèche la peau, m'engouffre dans son manteau et me maintient prisonnier. Quand la porte s'ouvre, les battements de mon cœur s'affolent tellement ça me fait mal.

— Laisse-nous, lance l'homme au chapeau.

Celui qui me surveillait part sans répliquer. Et l'homme retire son chapeau. Il le pose sur le rebord du lavabo et prend une chaise pour s'asseoir à mes côtés. Sans un mot, il remonte les manches de sa chemise sur ses coudes. Mon sang se glace quand il attrape le gant de toilette et plonge la main dans l'eau. Je ne crois pas en Dieu, pourtant mes pensées sont pour lui… pour qu'il m'aide, pour qu'il me sorte de là.

Je ne veux pas rester ici.

Je sursaute quand je sens le tissu-éponge se poser sur ma peau.

— N'aie pas peur, je ne vais pas te faire de mal.

Il me frotte le dos, puis les bras.

— Tu es vierge ?

La terreur me paralyse tellement que je ne peux que hocher la tête.

9. Garde à vue

Mackenzie

Il est 4 heures du matin quand mon téléphone sonne. Bien que je ne connaisse pas le numéro, je décroche.

— Oui ?

— Mack, c'est Bane.

Bane ? Je me redresse dans le noir et allume ma lampe de chevet. Je pense immédiatement à Rachel et je me dis qu'elle a dû avoir un souci alors qu'ils étaient ensemble, mais elle était là hier soir… Rachel a dû lui donner mon numéro de téléphone sans mon autorisation.

— Je peux savoir pourquoi tu m'appelles à cette heure-ci ? Tout va bien ?

— J'ai un petit problème et j'ai besoin d'un coup de main.

— Ah bon ?

Ma voix est rocailleuse, et je tente de tousser discrètement.

— Mads, c'est Mads qui a des ennuis et…

Mads ? J'ai dû me cogner la tête ou alors je suis encore en train de dormir. Pourquoi est-ce qu'il me téléphonerait pour me parler de Mads ?

— Attends, tu m'appelles en plein milieu de la nuit pour ton pote ? Ton blaireau de meilleur ami que je ne peux pas supporter et qui est odieux ?

— Ouais, je sais, c'est délicat.

— Non, tout ce qui a rapport avec Mads n'est pas délicat. C'est chaotique… Il est parfaitement taré. Et tu m'excuses, mais j'ai du mal à piger ce que tu espères me voir faire.

— Mackenzie…

— Bane ?

J'ai l'impression qu'il soupire à l'autre bout du fil, comme s'il était gêné ou alors contraint.

— Il est en garde à vue, et j'aimerais que tu ailles le tirer de là.

Je… *Quoi ?*

Mads en garde à vue ? Et il me sort ça tranquillement, comme si je devais le chercher après sa séance de cinéma ? Comme c'est étonnant, tiens ! Qu'est-ce qu'il a bien pu faire pour atterrir en taule, ce crétin fini ?

— Non, mais… tu te fous de moi ? Tu ne peux pas y aller toi-même ?

— Tu te doutes bien que si je pouvais je m'en chargerais, mais je ne peux pas, alors c'est à toi que je le demande. Je surveille mon père, il a eu un accident hier, et ma mère est de garde cette nuit. En attendant, je ne peux pas.

Je grimace.

— D'accord, je suis désolée pour ton père, mais… Mads a plein de potes, il y a plein de nanas qui veulent baiser avec lui et… tout ça, c'est assez de monde pour que tu évites de m'appeler, moi, non ? Et puis tu es au courant qu'on ne s'aime pas ? Et qu'il est 4 heures du matin ?

— Je sais, mais je n'ai confiance en personne. On côtoie des gens de notre âge, on passe du temps avec eux, ce ne sont pas forcément des proches. C'est plus des connaissances qu'autre chose.

Étrangement, je comprends ce qu'il sous-entend.

— Je ne suis pas son amie, je marmonne. Pourquoi tu n'appelles pas ses parents ?

— Parce que c'est mon ami, et je ne veux pas le trahir.

Ça pourrait lui être bénéfique pourtant. Peut-être qu'il a besoin de se faire remonter les bretelles par papa maman pour que ça lui serve de leçon.

— En toi j'ai confiance, reprend Bane. Je sais que tu ne l'entraîneras pas dans des conneries, que tu ne te serviras pas de lui pour n'importe quoi.

J'ai envie de réagir, mais je n'y arrive pas. Je réfléchis à ses mots, légèrement perplexe.

— Je ne sais pas.

Je n'ai pas envie.

— S'il te plaît, Mackenzie. Je te le revaudrai. Quand tu veux, pour n'importe quoi.

Je grogne.

— Je te donne droit à trois coups de poing ou baffes. Tu n'auras qu'à me dire : « Bane, maintenant », et je le cogne.

J'aimerais ne pas rire, mais c'est plus fort que moi.

— C'est tentant, mais…

Et là, c'est mon anxiété qui se pointe.

— Je n'ai aucune autorité sur lui… Il va juste être désagréable.

— Fais-en autant. Envoie-le chier, défends-toi. Et s'il va trop loin, frappe-le.

— Je suis incapable de faire ça.

— Je suis certain que si, proteste Bane.

Visiblement, Bane comme Rachel savent mieux que moi que je pourrais tenir tête à Mads. C'est facile pour eux, c'est un peu plus dur quand l'anxiété vous prend en étau.

— D'accord, d'accord…

Je lâche un grognement de frustration.

— Merde, tu es la meilleure, lance Bane.

— Je dirais plutôt maso et idiote.

Il rit tandis que le fait d'avoir accepté me rend nerveuse et me noue le ventre.

— Est-ce que tu as de quoi payer pour le sortir de là ? Je te rembourserai bien sûr, mais si tu n'as pas les moyens alors passe chez moi avant et je te donne ce qu'il faut. Ça doit avoisiner les cent cinquante, peut-être deux cents dollars.

— Ça va aller, je dis. Tu me rendras ça plus tard.

— Super ! De toute façon, on se voit dans la journée. Si jamais tu as le moindre problème, n'hésite pas à m'appeler.

— Bane ? je l'interromps.

— Oui ?

— Je peux l'assommer s'il me fait chier ?

Il éclate de rire.

— C'est même vivement recommandé. Mack ?

— Oui ?

— Tu es un amour.

Je me redresse lorsqu'on raccroche. Je n'en reviens pas d'avoir accepté une telle chose. Moi, aller chercher Mads au commissariat de police. J'enfile un jean, une paire de baskets et un sweat en songeant que je suis vraiment une bonne poire. Surtout après ce qui s'est passé hier midi.

Je ne sais pas ce qui m'a pris, mais j'avais l'impression d'avoir un petit diablotin qui me soufflait quoi dire. En vérité, quand je me suis rendu compte que c'était lui et qu'il m'a intimé de lui demander pardon, quelque chose a fait tilt dans mon esprit. Je me suis dit que, si je m'excusais comme une gentille fifille alors qu'il est odieux, il aurait toujours son ascendant sur moi et pourrait transformer mon année en un véritable enfer. Cette idée m'a terrifiée, et j'ai ravalé mon anxiété pour lui tenir tête. Bien sûr, il s'est penché vers moi en m'attrapant, et je n'étais pas vraiment rassurée. Mais j'étais plus affolée encore par le fait qu'il puisse me gâcher mon année. Je crois que ça m'a soulagée de lui balancer ces vacheries. Ça ne me ressemble pas, et j'ignore si ça va accentuer sa hargne envers moi ou pas, mais sur le coup j'ai ressenti une forte excitation, comme si un poids libérait mes épaules.

Lorsque je me gare devant le commissariat, je me sens parfaitement idiote. Et nerveuse. J'ai l'impression que mon cœur bat à toute blinde dans ma poitrine. J'inspire profondément. *Ça va aller.*

Il me faut quelques minutes de plus pour me décider à bouger. On pourrait croire que c'est pour le faire mariner, mais c'est l'anxiété qui demande du temps et de la préparation. Je pousse finalement la porte du poste de police. C'est assez calme. À cette heure-ci, en même temps, c'était prévisible. Un peu en retrait, une flic est en train d'interroger ce qui me semble être une prostituée tandis qu'un autre mange un bagel. Je m'approche de l'accueil.

— 'jour ! C'est quoi le souci ?

La femme a une voix bourrue.

— Bonjour, je viens chercher Mads Mann, je réponds.

— Mads Mann ?

Elle regarde les papiers qui traînent sur son bureau.

— Ah… deux cent cinquante dollars pour la caution.

— Vous prenez les cartes ?

— Non, mais on a un distributeur à l'entrée, lance-t-elle.

— D'accord.

Deux cent cinquante dollars pour libérer ce con ? Et si j'en donnais quatre cents, ils le garderaient combien de temps en plus ? Je retire ce dont j'ai besoin et je retourne devant la policière.

— Attendez ici, je vais leur dire de l'amener.

Tandis qu'elle me tourne le dos, j'avance vers les chaises pour patienter et j'envoie un SMS à Rachel. Je serai peut-être déjà rentrée avant qu'elle le voie, mais je préfère la prévenir pour qu'elle ne s'inquiète pas. Bon sang, mes mains sont moites et ma poitrine légèrement douloureuse, comme si j'appréhendais quelque chose. Je fais partie de ces gens qui stressent tellement qu'un simple rendez-vous pour un job par exemple peut foutre leur journée en l'air. Je ne devrais pas être dans cet état pour quelqu'un comme lui.

— Elle est là ! annonce la femme en revenant.

Derrière elle se trouve Mads. Le visage fermé, les yeux ternes, la tenue débraillée. Je me redresse, droite comme un I, tandis qu'il s'avance vers moi en enfilant sa veste en cuir. Le monde qui nous sépare est semblable à un gouffre. Je crois que je ne le comprendrai jamais.

— Super ! Manquait plus que ça pour terminer cette soirée décevante, siffle-t-il en plantant le regard dans le mien.

Ce n'est pas comme si j'avais espéré qu'il serait poli, bien que parfois les gens savent se montrer surprenants. Mais pas Mads, lui, il est toujours fidèle à lui-même.

— Parce que tu t'imagines que ça me remplit de joie d'être là ? je dis en tournant les talons pour sortir. Comme si je n'avais rien de mieux à faire que de venir ici !

— Au moins, ça met un peu d'action dans ta petite vie monotone.

Ses pas résonnent dans les miens alors qu'on arrive sur le parking. *Faites que le karma me récompense pour cette bonne action. Faites que l'univers entende mes prières et me dédommage grassement de supporter cet abruti fini.*

— Qu'est-ce que tu fous là ?

Son ton est acerbe, parfaitement désagréable, et il s'est arrêté. Je me tourne vers lui. Bien sûr, pour que tout se passe bien, il faut qu'il y mette du sien, mais c'est visiblement au-dessus de ses forces.

— Moi, je te sors de prison, je réponds. Et toi, qu'est-ce que tu fous là ?

Il fait un pas vers moi.

— Je m'amuse. Un concept que tu ne connais pas dans ton monde stérile.

— Bon, on y va ? Je n'ai pas que ça à faire.

— Fallait pas te donner cette peine. Il y avait plus d'ambiance dans la cellule qu'avec toi. Quitte à choisir, j'aurais préféré que ce soit ta maman qui vienne. Elle n'a pas déjà joué dans un commissariat ?

La gêne, la honte, elles se blottissent contre mon cœur, elles l'emprisonnent. Dès qu'il parle de mes parents, je suis comme paralysée. C'est difficile d'assumer les choses qui nous rabaissent. Les personnes qui y arrivent sont vraiment fortes.

Pense à Rachel !

Que me soufflerait-elle ? Qu'est-ce qu'elle lui répondrait ?

— Puisque... tu es son fan numéro un, tu le sais probablement mieux que moi, je lâche d'une traite.

Son nez se retrousse deux fois, et ses yeux gris deviennent plus sombres que du jais. Je continue de le fixer comme si je n'avais pas honte, comme si j'assumais pleinement et… qu'il ne me perturbait pas. Je ne suis pas faite pour les conflits. Ce que je réussis à merveille, par contre, c'est gérer mon calme et ma vie. Je n'ai pas les armes pour affronter le chaos en personne.

— Dis-moi, Mackenzie, t'as trouvé une paire de couilles avec le dossier d'inscription à la fac ? s'esclaffe-t-il. Hier, je t'ai mise en garde de ne pas jouer avec moi.

— Tu joues tout seul. Je ne fais que me défendre, alors va chier, Mads.

Il avance d'un pas supplémentaire, ce qui nous rapproche un peu plus. Il est grand, et pour continuer de le défier je dois allonger le cou. Pourquoi faut-il que les garçons soient toujours immenses ?

— Tu devrais appliquer ce conseil sur toi, ça glissera peut-être assez pour décoincer le balai que t'as dans le cul.

Cette conversation est dérangeante, ses mots sont gerbants, et lui est comme toujours odieux.

— Je te proposerais bien un peu d'aide, mais les glaçons, ce n'est pas mon délire, ajoute-t-il avec un semblant de sourire en coin.

— Comme si j'avais envie qu'un gars comme toi me touche. Désolée, mais l'émétophilie, ce n'est pas mon truc.

— Garce, siffle-t-il.

— Étonnant que tu connaisses la signification de ce mot.

— C'est ta maman qui me l'a appris.

— Visiblement, elle a oublié de t'apprendre à être moins con.

— Elle n'a pas eu le temps, dit-il en imitant une fellation.

Bon sang, quel blaireau fini !

Je n'en reviens pas d'avoir une conversation de ce genre sur le parking d'un poste de police en plein milieu de la nuit. Qu'est-ce qui m'a pris de dire oui à Bane ? Je suis vraiment stupide parfois.

— Quelle conne je suis ! je siffle. Non seulement je me suis levée et j'ai déboursé deux cent cinquante dollars pour te tirer de cellule, mais en plus tu te permets d'être odieux ? Tu ne fais jamais de pause, tu es toujours une grosse raclure.

— Attends, c'est ton fric que tu veux ? Parce que s'il ne faut que ça pour que tu te casses, alors…

Il glisse les doigts dans la poche intérieure de sa veste et il en sort une liasse de billets qu'il déplie.

— Cinquante, cent, deux cents et deux cent cinquante ! lâche-t-il en me les tendant. Voilà, comme ça je ne te dois rien et je rajoute cinquante pour que tu t'achètes une personnalité.

Je fais un pas vers lui mais, lorsque je veux lui arracher l'argent des mains, c'est autre chose qui se produit. Mon poing fermé lui atterrit directement en plein visage. Je crois que je suis aussi surprise que lui quand il titube en arrière.

— VA TE FAIRE FOUTRE ! je hurle à pleins poumons. Va te faire foutre, Mads. C'est toi qui as un putain de problème, c'est ta personnalité à toi qui est merdique.

Oh. Mon. Dieu !

Je n'avais jamais pété un plomb comme ça, je n'étais jamais sortie de mes gonds de la sorte. Je garde toujours mes émotions pour moi, mais cette fois elles ont été le prolongement de mon corps, et je l'ai frappé.

Bon sang, j'ai donné un coup de poing à Mads !

Il relève le visage vers le mien. L'ombre dans son regard ne me dit rien qui vaille, tout comme sa mâchoire crispée. Il est fou de rage.

— Putain ! rugit-il.

En deux secondes à peine, il est face à moi. Mon cœur est affolé sous ma poitrine. Je crains qu'il ne rende coup pour coup, mais je m'en fous, je recommencerais juste pour le plaisir primaire que ça m'a procuré pendant quelques secondes. Je ne regrette pas ce geste parce que, même ça, ça ne rachète pas toutes les horreurs qu'il a pu me dire depuis le lycée.

10. L'art de donner un coup de poing

Mackenzie

— Tu trouves que mes doigts ont gonflé ou pas ?

Rachel se penche et relève la tête vers moi, les yeux gros comme des soucoupes.

— Tu rigoles ? Ils ont triplé de volume.

— Ça me fait un peu mal, je chuchote.

— Ça me fait un peu mal, qu'elle dit. On file à l'hôpital.

— Non, je ne veux pas manquer les cours et…

— Je me contrefous de ça, m'interrompt Rachel. On y va, et c'est tout. T'as vu tes doigts ? C'est lui qui t'a fait ça ? C'est Mads ? J'avais bien compris que tu m'avais caché des trucs, tu…

— Non, c'est pas ça.

Elle secoue vivement la tête.

— Ne le couvre pas…

— C'est moi, je proteste en la coupant. C'est ma faute.

— Comment ça ?

— Il m'a foutue en rogne, et je lui ai mis un coup de poing. Je ne sais pas ce qui s'est passé. C'est comme s'il avait fait ressortir le pire en moi. Et d'un seul coup, BAM, je l'ai frappé.

Le visage de ma cousine affiche une myriade d'émotions. D'abord l'étonnement, puis la joie, la surprise.

— Sérieusement, tu as quoi ?

— Je lui ai mis une mandale…

— Oh ! putain ! Putain, putain, putain, c'est génial. Je suis si fière de toi.

Le contraire m'aurait étonnée.

Remarque, je le suis un peu aussi.

J'essaye de cacher mon sourire, mais sa réaction me fait du bien. Je crois qu'elle espérait depuis une éternité que je tienne tête à Mads. Et qu'elle soit fière de moi, même pour un acte aussi violent, me met du baume au cœur.

— Mais attends, c'est génial. Depuis le temps qu'il le mérite. Franchement, il ne l'a pas volé. Je n'arrive pas à imaginer que tu aies pu réagir comme ça. Je n'en reviens pas. Il a dû halluciner. Ah, purée, il va devenir encore plus taré ! Ça t'a fait du bien de le frapper ?

Je ne peux m'empêcher d'esquisser un sourire. Avec le recul, je peux dire deux choses sur le fait de frapper quelqu'un : la première, c'est affreusement et bizarrement libérateur, ça soulage, ça libère la poitrine. La seconde, c'est horriblement douloureux, surtout quand on ne sait pas donner un coup de poing.

— Quand je l'ai cogné, ça m'a fait un bien fou. Et maintenant j'ai la main en miette.

J'espère que je ne me suis rien cassé.

— Bon, on va aller à l'hôpital ce matin. Je ne pense pas que ce soit trop grave. Mais il vaut mieux consulter pour qu'on soit sûres. Et on demandera une facture pour la lui claquer dans la gueule.

— D'accord, je réponds.

Rachel me lance un grand sourire.

— Je n'en reviens pas. Bon, par contre, la prochaine fois, on regardera un tuto sur l'art de donner un coup de poing, car là c'est très drôle.

Alors que Rachel part dans sa chambre en s'extasiant à haute voix, je m'assieds dans le fauteuil en fixant ma main douloureuse. J'espère que je ne me suis rien cassé. Bon sang, ça serait la misère pour manger, suivre les cours et même sculpter. Il fallait que ce connard me fasse mal par ricochet.

— Tu crois qu'il va être encore plus méchant ? je demande à son retour.

— Aucune idée. En tout cas, maintenant, il sait que tu peux être percutante, commente Rachel en mimant un uppercut.

— Je ne veux pas recommencer, je n'ai pas aimé faire ça. Quand il s'est montré désagréable et que j'ai répondu, c'était comme si ça accentuait le pire en moi.

— T'as pas eu l'impression d'être vivante ?

— Un peu…

— Viens.

Je me redresse, suis Rachel, et nous prenons l'ascenseur pour sortir de l'immeuble. Je m'installe dans la voiture et je laisse ma tête partir en arrière contre le dossier.

— Tu as peur ? demande Rachel.

— Non…

En fait, je ne sais pas. Mads a toujours été chaotique et méchant. Je me contentais de subir sans broncher, maintenant que j'ai réagi, j'ignore à quoi m'attendre. Tout ce que j'aimerais, c'est qu'il me foute la paix, qu'il m'oublie.

— De toute façon, ne t'inquiète pas, qu'est-ce que tu veux qu'il fasse de plus ?

— Qu'il m'humilie devant la fac entière, qu'il parle du métier de mes parents à tout le monde…

— Moi, je crois que le pire qui pourrait t'arriver, ce serait qu'il tombe amoureux de toi.

Je grimace.

— Mais tu es folle.

Rachel me fait un clin d'œil en s'arrêtant au niveau d'un feu.

— Tu ne trouves pas que, comme Bane, il est devenu encore plus sexy ?

Je tourne la tête vers elle d'un air horrifié.

— Pardon ?

— C'est un connard, tout ça tout ça, je sais. Mais prends Chuck Bass ; c'est un connard, mais il est sexy. Sawyer dans *Lost*. Spike dans *Buffy*. Ils ont tous un point commun : ce sont des connards, mais ils sont sexy.

— Ça fait deux points communs. Et non, Mads n'est pas sexy, je bougonne.

— J'ai honte de te l'avouer, mais tu sais pertinemment que c'est faux. Sa cicatrice qui coupe son sourcil droit, ses yeux gris, sa mâchoire carrée…

— Oh ! mon Dieu, mais qui êtes-vous et qu'avez-vous fait de ma cousine Rachel ?

Elle me tire la langue.

— Tout ce que je veux bien admettre c'est que, comme tous les connards, il est… passable. C'est fait exprès pour que les nanas craquent.

— Passable ? Mais qui utilise encore ce mot aujourd'hui ? s'esclaffe-t-elle. Je te pardonne parce que tu lui as mis un coup de poing et que ta main est bien amochée. Passable qu'elle dit, alors qu'elle le trouve méga canon en vrai.

— En vrai, je le trouve odieux, chaotique, *borderline*, méchant… et sexy. Je suis d'accord sur le fait qu'il est beau, mais ça n'excuse rien. Tu pourrais craquer pour un gars qui te fait chier et que tu ne supportes pas ?

— J'imagine que non, répond Rachel.

Foutue entorse.

Je n'en reviens pas de m'être fait une entorse en frappant cet abruti. J'ai vraiment dû être une garce dans une vie antérieure pour avoir un karma pareil, ce n'est pas possible autrement. Du coup, je me tape une attelle sur le majeur et l'annulaire afin de les tenir droits.

Le point positif c'est que, lorsque je sculpte, j'ai appris à me servir de mes deux mains. Bien que je sache que

Mads fait partie de l'association, j'aime aller là-bas. Zoey est vachement cool en plus. Et puis, me réfugier dans la création, c'est mon bonheur à moi.

— Cette œuvre est absolument incroyable.

Je relève la tête tandis qu'une dame d'une cinquantaine d'années est en train de fixer mon ébauche. Ses cheveux blonds sont attachés en chignon, et elle porte un tailleur beige.

— Oh… merci.

— Votre travail sur ce renard… C'est un renard, n'est-ce pas ?

— Oui.

— Votre travail est vraiment merveilleux. J'ai un coup de cœur. Vous avez déjà songé à exposer vos œuvres dans une galerie ?

Exposer mes œuvres ? Une galerie ? Si je comprends parfaitement ses mots, j'ai un peu de mal à tilter pourquoi c'est à moi qu'elle les dit.

— Non, jamais…

— Vous devriez, ajoute-t-elle. Vous en avez le talent.

— Je ne… crois pas.

Je bafouille. Je ne sais pas quoi dire, elle me prend au dépourvu. J'ai conscience d'être plutôt bonne dans ce que je fais, mais de là à entendre ça.

— Moi, je vois, en tout cas. Je m'appelle Matilda.

Elle m'offre un grand sourire.

— Mack.

— Enchantée, Mack. Je vais être franche avec vous, je suis assez cash comme personne. Assez impulsive aussi. Je fonctionne au coup de cœur.

J'opine machinalement.

— Je tiens une galerie en plein cœur de New York et je connais pas mal de mes habitués qui seraient intéressés par cette sculpture.

— Intéressés ?

Elle hoche la tête en souriant alors que je tombe des nues. Je n'arrive pas à croire ce que j'entends. Et mes doigts tremblent un peu quand elle me tend ce qui ressemble à une carte de visite. Il est écrit : Matilda Galerie.

— Les gens qui ont de l'argent, qui aiment l'art, veulent des choses uniques, différentes. Des œuvres qu'ils pourront exhiber devant leurs amis par exemple. Ils n'achètent pas le bibelot reproduit en dix mille exemplaires qu'ils peuvent trouver dans le magasin de meubles d'à côté. Ils cherchent des objets rares, originaux, et ils n'hésitent pas à mettre le prix.

— D'accord, je comprends, mais…

— L'élan de l'animal, son regard, les formes que vous avez incorporées dans sa fourrure, le hérissement de son poil. Vraiment, c'est magnifique.

— Merci…

— Je pense que je pourrais le négocier aux alentours de cinq mille dollars.

Cinq mille dollars ? J'ai l'impression de me prendre une tonne de briques sur le coin de la gueule. C'est une blague, c'est pas possible autrement.

— Pardon ?

Elle sourit en pressant mon épaule.

— Pas plus tard que la semaine dernière, j'ai vendu un éléphant en argile, il était plus petit que ça, plus de quarante mille dollars. C'était la deuxième création de cet artiste. Mais comme il a cédé sa première pièce à un riche collectionneur qui l'a exhibée, lorsqu'il a fait la deuxième, elle est partie quatre fois plus cher.

— C'est incroyable. Je n'ai jamais songé à proposer mes œuvres. Je sculpte par simple plaisir.

— Et ça se voit. Vous en avez d'autres ? Vous ne faites que de la fantasy ?

Ses questions me prennent au dépourvu et l'angoisse devient pesante dans ma poitrine.

— Je touche à tout, je ne me limite pas, en réalité. Je crée des choses plus classiques parfois.

— Vous seriez prête à les exposer ? Du moins à me les montrer ?

— Pourquoi pas. Je crois que j'aimerais beaucoup, oui, j'avoue enfin.

— Je vois tellement de créateurs du sexe masculin, alors un peu de féminité dans le milieu de la sculpture me ravit.

Lévi m'avait prévenue que les donateurs venaient souvent ici pour rencontrer les artistes. Je n'aurais jamais pensé que l'un d'eux s'arrêterait devant mon travail et qu'il me ferait de tels compliments.

— Est-ce que vous avez songé à les peindre ?

— Je ne suis pas très douée avec des pinceaux. J'ai déjà essayé plusieurs fois, mais ce n'était pas concluant.

— Imaginez la beauté de votre œuvre avec un dégradé de marron et de roux flamboyant.

C'est certain qu'apporter des couleurs sur une créature fantastique comme celle que je viens de faire serait encore mieux. En plus, ce serait mon premier projet en couleurs.

— J'aimerais beaucoup, mais je ne crois pas me réveiller demain avec un don pour la peinture.

— Il suffit de demander un peu d'aide, et on est au bon endroit.

— C'est vrai, mais… je n'ai pas envie de déranger qui que ce soit pour mon projet alors que chacun ici en a un.

— Je vous enverrai mon fils. Il fait partie de l'association et il peint à merveille. Je suis certaine qu'il sera enchanté de vous donner un coup de main, et ça ne lui prendra pas beaucoup de temps.

— Vous…

— Il faut croire en vous, Mack. Vous êtes pleine de talent. En tout cas, je serais ravie que vous veniez me rendre visite à la galerie. La prochaine fois que je passe ici, je veux que cette beauté soit prête à être exposée.

11. Le karma ressemble à ma mère

Mads

Il m'a fallu plus d'un an pour demander à ma mère un câlin. Quelques mois de plus pour lui dire que je l'aimais. Et encore quelques autres supplémentaires pour enfin m'avouer que son étreinte me faisait du bien. Mes parents m'ont tout donné, de l'affection, de la nourriture, de l'attention, des soins. Tout ce que je n'avais jamais vraiment eu.

Ce soir, ma mère a proposé qu'on mange au restaurant. Mon père est souvent en déplacement. C'est un chef de chantier très réputé. Tellement qu'il croule sous les demandes, tout le monde veut bosser avec lui. De ce fait, il mène à bien des projets un peu partout dans le pays.

— Bonsoir, chéri !

— Salut, maman.

Elle s'installe en face de moi et elle me considère quelques instants. Elle s'attarde notamment sur le bleu que j'ai sur le visage à cause de cette garce de Mackenzie. Elle n'y est pas allée de main morte. Dire qu'elle m'a foutu un coup de poing, j'en reviens pas.

— Est-ce que je peux savoir pourquoi tu as une ecchymose sur la joue ? me demande-t-elle.

Elle sourit.

— Non, je réponds. En plus, c'est d'une banalité affligeante. Je t'assure que ce n'est pas intéressant du tout.

— Tu es irrécupérable.

Je lui souris à mon tour, et elle pose un regard bienveillant sur moi. Je dois avouer que je n'aurais jamais imaginé qu'un jour un adulte porterait son attention de manière aussi aimante sur moi.

— Je suis passée à l'association aujourd'hui. Tu n'y étais pas ?

— Non, j'avais des cours à réviser. J'irai demain, je pense.

Elle hoche la tête et lève le bras pour interpeller un serveur.

— Bonsoir, dit-il en approchant de la table. Souhaitez-vous prendre un apéritif avant de commander ?

— Oui, un verre de vin blanc pour moi. Et toi ?

— Un Coca, je réponds.

— Très bien. Vous avez déjà choisi ce que vous voulez manger ou je reviens ?

— Je vais goûter le risotto aux champignons.

— Et moi la pizza au cheddar.

— C'est noté. Je vous apporte vos boissons.

Alors qu'elle veut parler, son téléphone sonne.

— C'est ton père, m'annonce-t-elle.

— Dis-lui bonjour.

— Allô ? Tout va bien, je suis au restaurant avec Mads…

Tandis qu'elle discute avec lui, je l'observe. Elle est toujours habillée très classe. Ses cheveux blonds sont impeccables, ses vêtements à la mode et chics. Au début, elle me faisait peur. Je craignais ce côté très guindé qui se dégageait d'elle. Je dois dire que tout m'effrayait à ce moment-là. Je crois que le karma a dû se dire que j'avais besoin d'une petite pause quand il m'a mis sur leur route. Je crois que sans eux je serais probablement mort quelque part. Bien que je sois complètement ravagé, je leur dois tant ! Tout. Je ne l'exprime jamais, car je pense qu'ils le savent, mais je leur suis tellement reconnaissant d'avoir voulu de quelqu'un comme moi.

— Voilà, je suis désolée.

Je secoue la tête.

— Je te donnerai l'argent de tes tableaux en sortant du restaurant.

— Je suis content de les avoir vendus, je confirme.

Et je suis ravi que, quoi que je fasse, elle soit fan de mon travail. Avant, j'avais l'impression qu'elle disait ça juste pour me conférer de l'estime et de l'importance, mais un jour je l'ai vue pleurer en regardant une de mes peintures. Cette toile, elle ne s'en est jamais séparée. Elle trône fièrement dans le salon de la maison.

— Tu as un talent fabuleux, lance ma mère. Quand tu fais du romantisme, tes œuvres sont si touchantes, elles partent à une vitesse folle. Je ne doute pas qu'un jour ton nom sera connu.

Je m'en fous de ça, mais je ne l'énonce pas à voix haute. Que j'en fasse mon métier ou pas, c'est pareil pour moi. Tout ce que je veux, c'est prendre les pinceaux quand j'en ressens le besoin et exprimer ce qui bout dans mes pensées autrement qu'en pétant un câble.

— J'ai une cliente qui m'a demandé de la prévenir dès que tu auras fini la prochaine.

— Je ne sais pas encore ce que je vais faire. Je peins pas mal en ce moment, mais rien de vraiment exaltant. C'est assez… personnel.

Ma mère incline légèrement la tête et me regarde avec bienveillance.

— Tu as du mal à gérer tes émotions ces derniers temps ?

Elle sait tant de choses sur moi que c'est sans doute un peu flippant quand on y pense…

— Un peu, oui. Disons que récemment c'était assez compliqué. C'est comme si mes émotions découlaient toutes seules de moi.

— Tu veux qu'on en parle ?

— Non, ça va aller.

Je lui souris. Je n'aime pas évoquer mon passé. Ni avec elle ni avec personne d'ailleurs.

— J'ai un petit projet pour toi, qui t'occupera peut-être pendant quelques heures.

— Un projet ?

Je suis assez curieux de l'entendre, puisque c'est la première fois qu'elle me propose de faire quelque chose. D'habitude, elle me laisse libre de mes choix.

— À l'association, je suis tombée amoureuse d'une œuvre d'art. Une pièce vraiment originale.

— Une peinture ?

— Non, c'est une sculpture absolument magnifique.

Mon cerveau démarre au quart de tour, car je percute tout de suite. J'ai une chance sur deux pour qu'elle ne me parle pas de Mackenzie.

— Une sculpture ? je répète.

— Comment elle s'appelait déjà… bon sang, je ne retiens jamais le nom des gens.

— Zoey ? je tente.

— Non, ce n'était pas Zoey. Mack, je crois. Oui, c'est ça.

Putain. Putain de merde.

— Son œuvre est vraiment fabuleuse, j'aimerais la présenter à la galerie et lui donner la chance d'être vue.

Ma mère adore lancer de jeunes créateurs. Et son goût pour l'art est indiscutable. Mais cette fois j'émets certains doutes. Je ne parviens pas à imaginer que la Despotique ait pu concevoir quelque chose que ma mère aime au point de vouloir l'exposer. Ça me semble aussi ahurissant que l'idée d'être associé à ce « projet ».

— Le petit hic, c'est qu'elle ne sait pas mettre en peinture. Et pour parfaire son œuvre il manque quelques coups de pinceau. Et c'est là que tu interviens.

— Non, je réponds.

— Pardon ?

Le serveur arrive au moment où elle me fait ses grands yeux. Il pose les verres devant nous. Bon sang, il est sorti tellement spontanément celui-là.

— Pourquoi ? demande-t-elle.

— Je n'ai pas de temps à perdre avec ça. J'ai envie de créer mes œuvres, pas de faire du gribouillage sur celles des autres. En plus, il y a plein de monde qui peint à l'association et…

— Tu es le plus doué d'entre tous, me coupe ma mère.

Je soupire. J'ai beaucoup de mal à envisager d'assister Mack. Ma mère ne pouvait trouver pire duo que nous.

— Il te suffit de donner quelques conseils et de l'aider à embellir sa sculpture. Pour toi, ça ne prendra qu'une soirée, peut-être deux.

C'est déjà trop.

— J'aimerais vraiment exposer cette jeune femme dans ma galerie. Elle est très prometteuse. Toi qui défends toujours les artistes et qui les comprends, je suis étonnée de voir que tu refuses de donner de ton temps. D'habitude ça ne t'ennuie pas.

D'habitude ce n'est pas elle.

Elle me pose une colle. Je ne peux pas me retrouver à peindre l'œuvre de Mackenzie. C'est impossible. Incompatible. Je n'ai pas envie, et réciproquement d'ailleurs. Je voudrais le lui dire, mais je n'y arrive pas. Bien que je me confie beaucoup à elle, cette fois ma fierté malsaine m'empêche de lui avouer que Mack est un élément perturbateur.

— C'est une jolie fille, dit ma mère avant de prendre une gorgée de vin.

— C'est censé être un argument pour me convaincre ? je raille.

— Oh ! je t'en prie, d'habitude tu es ami avec toutes les jolies filles.

Je soupire. *Sauf elle.*

— Elle n'est pas si jolie, je dis finalement.

— Tu la connais ?

— Ouais, vite fait.

— Alors tu as déjà vu ses yeux ? demande ma mère. Des iris mauves, c'est incroyable. Ils sont magnifiques.

J'affiche une expression exaspérée.

— Qu'ils soient bleus, verts, orange, couleur licorne arc-en-ciel, quel est le rapport ?

— Mon fils, quand il s'agit d'art, on ne mentionne que les hommes. En peinture, on va te citer Monet, Picasso, Renoir, Dali et j'en passe. En sculpture, on parle de Rodin, Giacometti. Il y a bon nombre de femmes artistes, mais les noms qu'on retient le plus sont ceux des hommes. Et moi ça m'agace. Alors, quand une jeune femme avec du talent se pointe, il faut la préserver. Rien ne permet de supposer qu'elle va laisser son empreinte dans ce milieu, mais rien ne dit qu'elle ne le fera pas non plus. Et pour couronner le tout elle a des yeux incroyables.

— Ils sont rares, certes, mais de là à les trouver magnifiques… Ce n'est qu'une foutue mutation génétique appelée le gène d'Alexandria.

Bon sang, comment je sais ça, moi ? Je m'étais renseigné sur les iris mauves en voyant justement ceux de Mackenzie…

Abruti.

— Ça ne te prendra que quelques heures. Aide-la à mettre en lumière son œuvre. En plus, elle avait une attelle, la pauvre, et elle maniait quand même ses ustensiles avec de la grâce.

Une… quoi ?

— Une attelle ?

— Oui, à la main.

Je ne sais pas pourquoi, mais je sens que je souris. Elle s'est pété les doigts en me donnant un coup de poing. Je jubile.

— D'accord, j'irai la voir, je dis.

Je ne peux pas laisser passer une occasion de me foutre d'elle.

12. Projet à deux

Mackenzie

Je me penche sur ma sculpture.

J'en suis particulièrement fière. Je n'avais encore jamais réussi à réaliser une si belle fourrure sur un animal. D'ordinaire, je me casse la tête, et le résultat n'est jamais probant. Mais pas cette fois. J'y ai mis du temps, mais je peux vraiment dire que j'aime ce que j'ai fait. C'est probablement un peu idiot, mais c'est parce que je me sens bien et en confiance dans cet espace.

Maintenant, j'ai hâte de passer à quelque chose d'autre. Je crois que j'ai envie de modeler des mains… j'aurais du mal à expliquer pourquoi, mais dans ma chambre j'ai une étagère avec des sculptures qui représentent des mains. Elles ont quelque chose de fascinant. Les mains sont le reflet de notre personnalité, elles sont un moyen d'action, de création et d'expression… j'observe souvent celles des inconnus. Je trouve qu'elles révèlent tant de choses : la nervosité, la colère, la tendresse. C'est mon excentricité à moi. J'ai scruté de nombreuses fois celles de Mads lorsqu'il me mettait mal à l'aise et que j'étais incapable de soutenir son regard, car je ne voulais pas qu'il voie qu'il me rendait vulnérable. *Je pourrais sans doute les dessiner tant je les ai contemplées…*

Je souris à l'idée de me replonger dans la création et, en attendant, je repense à Matilda. Ma rencontre avec cette femme m'a vraiment fait plaisir hier. Mais honnêtement je stresse beaucoup. Je ne sais pas si je suis prête à ça… Je ne partage jamais mon travail avec qui que ce soit et ne collabore jamais. L'idée que quelqu'un vienne peindre ma sculpture m'angoisse, et des tonnes de questions se mélangent dans ma tête. Et si ça se passait mal ? Et si on se moquait de moi ? Et si la personne n'écoutait pas mes souhaits et s'appropriait mon œuvre ?

Je me gifle mentalement pour sortir de mes pensées. Je suis ridicule. Il faut que je me calme. Je dois dompter mon anxiété. Tout va bien se passer, il n'y a aucune raison que ça dégénère.

— Salut, la Despotique !

Ce ton. Ce surnom.

Mon cœur s'affole instantanément.

Je tourne la tête alors que Mads est en train de me dévisager, les bras croisés sur le torse. Qu'est-ce qu'il fiche ici ? J'avais espéré qu'il ne se pointerait jamais dans ce petit coin dédié au modelage et qu'il allait simplement me foutre la paix. Il faut croire que non. Je ne veux pas me battre avec lui, je ne veux pas des conflits qu'il amène toujours avec lui.

— Il y a assez d'espace pour que tu ne viennes pas ici, je marmonne.

Je me félicite d'avoir dit ce que je pensais sans bafouiller.

— Ce n'est pas que ça m'enchante d'être là, soupire-t-il. Je n'ai pas vraiment envie de traîner avec toi, les gens pourraient s'imaginer qu'on est amis… mais je n'ai pas le choix.

— Pardon ?

— Je suis de corvée de peinture, même si j'ai encore du mal à croire que tu saches faire de l'art.

— Je me fous de ce que tu penses et je ne veux pas que…

Ma phrase se meurt au moment où je devine pourquoi il est ici. *Oh non !* Il a bien dit « corvée de peinture » ?

Non. Non. Non. Non…

— Non…

C'est quand même incroyable d'avoir un karma pareil !

— Tu aurais tort de te priver de mes dons. J'excelle avec un pinceau. Je peux changer un truc moche en véritable œuvre d'art.

Il lance son venin sans cesser de me regarder. Et c'est avec moi que le karma joue les enfoirés ? Je refuse d'imaginer que Mathilda l'ait envoyé, lui. Finalement si, ça ne peut que mal se passer. Rien de bon ne pourrait sortir de cette pseudo « collaboration ».

— C'est incompatible.

— Je sais, mais ma mère a eu raison de moi, je suis une âme charitable.

— C'est vrai que « charitable », c'est le premier mot qui me vient quand je te vois. Remarque, le mot auquel je pense, il commence par un *c* également. Dis-moi, Mads, t'as pas trop peur de t'éclabousser avec la merde que j'ai sculptée ? je lance d'un ton mauvais.

Je n'aime pas du tout ce qui ressort de moi quand il est là.

Comment je pourrais envisager de travailler avec lui ? De lui faire confiance ? Je peine déjà à avoir confiance en moi, alors s'il faut que je collabore sur un projet avec lui je ne suis pas certaine de pouvoir le gérer.

— Laisse tomber, tu diras à ta mère que je préfère me choper le typhus plutôt que de faire équipe avec toi.

Je jette l'éponge, car passer du temps avec Mads ce n'est pas possible. C'est au-dessus de mes forces. La dernière fois, je l'ai tiré de prison, je me suis fait une entorse en lui foutant un coup de poing tellement il m'a poussée à bout, alors qu'on était ensemble depuis cinq minutes… Si on doit rester côte à côte quelques heures pour peindre, on va s'entretuer avec les ustensiles à notre disposition. Je n'ai pas envie de continuer à jouer à ça. Il est toxique et imbuvable. Impossible de lui trouver la moindre qualité ou chose positive qui pourrait me faire changer d'avis.

— Tu peux retourner à ton œuvre d'art et à ton cynisme.

Il esquisse un sourire comme s'il était fier de lui. Bien sûr qu'il est fier de lui, il a encore gagné.

« Cher Putain de Karma,
Et si tu allais te faire foutre ?!
Cordialement. Connard. »

Mads

Je m'approche d'elle, je fixe sa main. Ma mère avait raison, elle porte une attelle. Elle a réussi à se niquer les doigts en me foutant un coup de poing, c'est absolument risible.

— T'as aucune personnalité, je lance de but en blanc.

Et je le pense. Elle jette l'éponge comme ça, elle ne défend même pas ses idées, son œuvre. Bien sûr, je suis une sombre merde et je ne fais rien pour l'aider à se sentir à l'aise, mais avec elle je ne sais pas me comporter autrement. *C'est physique, putain.* J'ai l'impression qu'une part de moi espère la faire réagir parce que je ne la comprends pas. J'ai dû mal à piger pourquoi elle s'efface comme si elle n'avait aucune émotion, pourquoi toutes mes pensées et mes sentiments sont exacerbés.

— Pardon ? souffle-t-elle.

— T'as pas de personnalité, je répète plus fort.

Ses joues virent au rouge écarlate tandis que je la toise. Je crois honnêtement que je préférerais qu'elle me foute un coup de poing dans la gueule, au moins j'aurais la sensation d'interagir avec un humain.

— Tu ne défends même pas ton art, tu ne saisis pas l'occasion d'en faire quelque chose. Tout ce que je vois, c'est que comme toujours tu es une froussarde et que tu évites le conflit.

— Tu es bien pire qu'un conflit, Mads. Tu es… chaotique, et je ne joue pas avec toi.

Elle m'a bien cerné. Je suis chaotique. Mais moi je ne me cache pas. Je n'ai jamais prétendu être autre chose.

— Et ça, c'est quoi ? je dis en lui montrant le bleu qu'elle m'a fait sur la joue. Il me semble que ton jeu est percutant. T'as pas trop mal aux doigts d'ailleurs ? j'ajoute en fixant son attelle.

Mackenzie rougit encore plus fort, alors que je ricane. Cette fois, je sens qu'elle redevient en colère comme sur le parking.

— Ce bleu ridicule, c'est un des effets négatifs de fréquenter ta personnalité, répond-elle en relevant le visage pour planter ses yeux mauves dans les miens. Tu fais ressortir le pire chez les gens.

Je l'observe attentivement, elle m'a montré plus de choses en deux semaines ici qu'en deux ans de lycée.

— D'ailleurs, tu me dois des sous pour les frais d'hôpital que j'ai dû payer à cause de toi.

— À cause de moi ? Je ne t'ai pas demandé de me frapper.

— C'est ton visage qui m'a éclaté les doigts et c'est ton odieuse personnalité qui m'a fait perdre mon calme. Donc, si on réfléchit, c'est ta faute.

— Et le fait que tu ne saches pas donner un coup de poing, ça ne t'a pas effleuré l'esprit ? C'est hilarant.

— Peut-être que si mon genou rencontrait tes couilles de manière assez brusque ce serait encore plus hilarant.

— Essaye, Mackenzie, et tu verras bien ce qui t'arrive. Vu comme tu es nulle, tu risques de te péter un orteil.

— Je trouve ça peu cher payé pour te voir plié en deux en train de hurler « mes couilles, tu m'as broyé les couilles ».

Je m'approche d'elle, surpris par sa soudaine véhémence. Il semblerait que *mon robot* ait décidé de dévoiler ses sentiments. Je ne sais pas bien ce que me procure ce brutal changement chez elle. Une chose est sûre, ça ne me rend pas plus calme ni moins ardent.

— Personne ne me met à genoux, Mack.

À nos regards qui sont plongés l'un dans l'autre, je comprends plus encore que nous sommes deux pôles que tout oppose. Je suis le feu, elle est la glace. Mais le plus troublant c'est ce défi dans ses yeux et le fait qu'elle n'en a même pas conscience.

— Si tu as terminé, j'aimerais travailler en paix.

— T'as tellement honte de ta sculpture pour refuser de me la montrer ?

— Je n'ai pas honte.

— Visiblement, si.

Tout ce que je fais, tout ce que je dis quand elle est là a pour but de la rendre folle. C'est physique, je n'arrive pas à fermer ma gueule. Je voudrais vraiment ne plus la revoir, car je ne suis comme ça qu'avec elle.

Mackenzie soupire, puis glisse ses cheveux courts derrière ses oreilles. Ça aussi, ça me perturbe…

— Je sais ce que je vaux, et je sais aussi que je n'ai pas envie de passer plus de temps avec toi.

— Ouais, parce que tu as honte.

Je suis un éternel gamin. Un véritable connard. Elle rougit davantage. Je crois que c'est vraiment elle qui me détraque les neurones parce que je ne critique jamais une œuvre. Jamais d'un point de vue aussi dédaigneux en tout cas. L'art est subjectif, et je sais à quel point il est important pour moi. Alors je comprends qu'il soit une passion, un passe-temps ou un exutoire pour quelqu'un d'autre. J'ai un tel problème avec elle que je ne peux même pas admettre qu'elle puisse avoir besoin de cette échappatoire.

Sans un mot, elle tourne les talons et se dirige vers l'étagère sur laquelle elle était penchée avant mon irruption. Et, bien que sa main soit attelée, elle arrive tant bien que mal à apporter sa sculpture pour la poser sur la table devant nous.

— Alors, puisque tu es un expert, dis-moi en quoi je devrais avoir honte de ça ?

Je baisse les yeux vers son œuvre. C'est un renard au pelage ébouriffé que je découvre. L'élan de l'animal est magnifique, et la manière dont la fourrure est modelée est incroyable de minutie. Quelque part, j'espérais vraiment qu'elle allait me sortir une affreuse figurine en pâte à sel. Je n'ai pas envie d'avoir un point commun avec elle ni d'admettre qu'elle est capable d'être imaginative.

Elle a du talent, c'est certain.

Sans un mot, je me penche pour admirer de plus près les motifs celtiques, presque tribaux, qu'elle a glissés dans le pelage. Les détails sont bien travaillés. Étonnamment puisque ma mère a eu un coup de cœur, je m'attendais à quelque chose de plus classique, mais ce côté fantastique est vraiment fascinant.

— C'est moi ou tu t'es inspirée des *alebrijes*[1] ?

— C'est ça, dit-elle. Mais je vois plus ce renard comme une ombre, comme un fantôme.

— C'est captivant à contempler, ça le sera encore plus avec une mise en couleurs.

— Tu… m'as…

Je relève la tête vers elle. Elle repousse nerveusement ses cheveux derrière ses oreilles. Ses joues sont rouge écarlate et son regard fuyant.

— … fait un compliment ?

Je grogne tandis que Mackenzie semble soudain très vulnérable. Je suis toujours sincère et je dis ce que je pense. Je ne peux pas m'en empêcher. Je suis instinctif. Je suis un connard, mais je ne mens jamais.

— Je suis honnête, je réplique. Et, toujours honnêtement du coup, j'ai du mal à croire que tu saches être créative. Comment tu veux procéder ?

Il me semble qu'elle marmonne quelque chose.

— Qu'est-ce qui me dit que, toi, tu es doué ?

Je ricane.

— Moi je le dis : je suis doué.

C'est probablement la seule chose que j'ai pour moi.

1 Sculptures d'art populaire mexicain, aux couleurs vives, de créatures fantastiques.

— Bon, comment tu veux procéder ? j'insiste. Tu as envie de lui donner un pelage naturel ? Quelque chose de plus féerique, multicolore, ou alors du sombre ?

Je fixe ses doigts quand elle caresse le cou de la sculpture comme s'il s'agissait d'un véritable animal. C'est comme s'il était vivant pour elle, comme si elle cherchait à le lui demander.

— Qu'est-ce qui serait mieux ?

Elle me pose la question sérieusement.

— Le plus vendeur, sans doute, avec des couleurs naturelles, mais les goûts varient d'une personne à l'autre. Le plus important, c'est ce que tu ressens. C'est ton œuvre après tout.

— Sombre. Je vois quelque chose d'assez sombre. Comme s'il était recouvert d'un noir abyssal étincelant. Mais je voudrais qu'il ait des reflets plus clairs également. Je ne sais pas trop où encore.

— Et si je faisais des accents blancs, brillants, sur les épis que forme sa fourrure au niveau de sa queue et dans son cou ?

— Ça me semble pas mal. Est-ce que tu saurais lui faire des yeux blancs, mais remplis d'émotion ?

Elle me regarde avec beaucoup de sérieux. Ses iris mauves me défient de lui refuser son idée ou d'avoir quelque chose à y redire.

— Je peux le faire, je réponds.

Quand Mackenzie hoche la tête, je ne peux pas m'empêcher de trouver bizarre d'être ici avec elle et de l'aider. Je dois être barjo pour m'infliger sa compagnie alors qu'elle éveille en moi des inspirations que je veux fuir.

— Je vais griffonner rapidement un renard et mettre sur papier plusieurs nuances de blanc et de noir, et tu choisiras ce qui te plaît.

— D'accord… Pourquoi tu n'as pas dit non à ta mère ? s'enquiert enfin Mackenzie. Je ne comprends pas…

— L'art est important pour moi, je peux admettre que ça le soit pour quelqu'un d'autre. Même s'il s'agit de toi.

— Waouh, merci de cette compassion ! Tu es désagréable en toute circonstance.

Je hausse les épaules.

— Ma mère m'a demandé un coup de main, je le fais, c'est tout.

— Tu ne lui as pas dit que tu étais un odieux personnage avec moi ?

— Non, comme ça, je reste le fils parfait à ses yeux. Elle ne sait pas non plus que je fantasme sur ta mère. C'est notre secret.

Mackenzie affiche une expression désespérée. Il n'y a rien de pire pour saper sa confiance que de parler de ses parents.

— Si tu l'aimes tant, je pourrais te filer son numéro de téléphone.

Un ricanement m'échappe.

— Tu peux, mais je prendrais la place de ton papa et je ne suis pas certain d'avoir envie de te fréquenter aussi souvent.

C'est à son tour d'avoir un rictus. C'est la première fois que je la vois en avoir un.

— Tu devrais alors, parce que je t'assure qu'on se croiserait très peu.

Son ton est pour une fois dédaigneux. Je cherche toujours à toucher la corde sensible en elle et, vu la tempête qui sévit dans son regard quand elle remet sa sculpture sur l'étagère, j'y suis parvenu, et elle ne réussit pas à le cacher. Mackenzie retire son tablier et le plie avant d'enfiler un blazer *oversize* par-dessus son T-shirt violet pastel.

— Franchement, Mads, toi, moi, cette collab, c'est de la merde. C'est n'importe quoi.

Je veux répliquer quelque chose, mais elle ne m'en laisse pas l'occasion, elle tourne les talons.

13. Un plan Q, c'est quoi ?

Mackenzie

— C'est nous ! s'écrie Rachel en ouvrant la porte d'entrée à la volée.

— Je suis dans la cuisine.

Nous retirons nos chaussures et nous avançons dans la maison de notre enfance. Nous traversons le couloir, passons devant la salle à manger et arrivons à la cuisine. Notre grand-mère nous y accueille avec un grand sourire. Je suis toujours heureuse quand je la retrouve. Avec la rentrée, ça faisait plus d'une semaine que nous n'étions pas allées la voir. Avant, on passait tous nos mercredis et nos samedis ici.

— Mes deux personnes préférées au monde, dit-elle en frottant ses mains sur son tablier.

Elle nous serre dans ses bras. Son parfum est le même depuis toujours et son étreinte, aussi chaleureuse. Du haut de ses presque soixante-dix ans, elle est rayonnante et elle croque la vie à pleines dents. J'adore ses longs cheveux grisonnants qu'elle tresse ou qu'elle attache en queue-de-cheval.

Je crois qu'elle était en train de confectionner des pâtisseries.

— Qu'est-ce que tu faisais ? demande Rachel. Ça sent trop bon.

— Ce sont des sablés, je vais les enfourner d'ailleurs.

— Mmh, soupire ma cousine.

Elle a raison, l'odeur qui embaume la pièce est agréable et elle donne faim.

— Qu'est-ce qui te dit que c'est pour toi ? je lance d'un ton railleur.

Devant ses yeux de cocker battu, mamie ne peut s'empêcher de rire. Souvent je songe que, malgré l'absence de mes parents, j'étais quand même entourée par ma famille.

— On peut t'aider ?

— Je viens de faire la dernière fournée, alors il ne reste que le rangement et la vaisselle. Mais je pourrai m'en charger plus tard.

— On a tout le temps de s'en occuper pendant que les gâteaux cuisent. Rachel, tu essuies ?

Ma cousine hoche la tête, bien qu'elle me lance un regard noir. Je remplis l'évier et j'ajoute du liquide vaisselle pour faire mousser.

— Alors, c'est comment l'université ?

— Génial, répond Rachel. Le campus est super beau, il y a des fêtes super cool et les mecs sont super canon.

— Je pensais que tu allais à la fac en particulier pour les cours, j'ai dû me tromper.

Je glousse.

— Et les cours aussi…

Nonna éclate de rire. Je ne peux m'empêcher de sourire également. La bonne humeur règne toujours en maître ici.

— Vous avez fait des rencontres, vous sortez avec des garçons ?

— Moi j'en fréquente un, mais c'est juste un plan cul.

Je manque de m'étouffer. Elle dit ça avec un tel naturel, comme si elle parlait à un pote de beuverie plutôt qu'à sa grand-mère.

— « Plan cul », c'est une expression pour dire « sortir » ou c'est à prendre au sens littéral ?

Et ma grand-mère qui entre dans son jeu et lui demande des explications ! Elles ne sont pas croyables. Vu que

Rachel a délaissé la vaisselle, je lui donne un coup de coude et lui passe une assiette.

— Au sens propre. Je vois un mec quand j'en ai envie, et on s'éclate ensemble sans se prendre la tête. On fait l'amour, quoi.

— Et c'est tout ?

Rachel opine. J'imagine que dans une famille normale on parle de jardinage, de cours, du prochain film au cinéma.

— En gros, tu te sers d'un mec juste pour le sexe et tu restes célibataire ?

— Voilà, c'est exactement ça.

— C'est une idée à creuser, dit-elle. Je devrais faire la même chose, tiens.

— Même mamie est plus dans le coup que toi, chuchote Rachel.

— Va te faire foutre, je réplique.

— Ce soir, qui sait !

Je me mordille la lèvre pour ne pas rire. Être ici m'aide à oublier ma dernière rencontre avec Mads. Chaque fois que je passe quelques minutes avec lui, j'y pense pendant des heures. Je réfléchis à ce que j'aurais pu faire, ce que j'aurais dû dire… Il n'est vraiment pas bon qu'on reste ensemble trop longtemps, ça finit toujours par devenir désagréable.

— Et toi, mon colibri ? Tu as un plan cul ?

Je rougis jusqu'aux oreilles. Il y a des choses qu'on ne croirait jamais entendre de la bouche de sa grand-mère.

— Non, soupire Rachel. Elle a un plan cours. Elle ne fait que bosser.

Je ne vois pas le visage de ma grand-mère puisque je lui tourne le dos, mais j'ai comme la sensation de sentir son regard bienveillant. Elle ne nous a jamais jugées, elle ne nous jugera jamais. Elle se fiche que je sois trop sage ou que Rachel soit trop extravertie. Elle nous aime comme on est et elle nous pousse souvent à nous dépasser. Elle a été hôtesse de l'air dans sa jeunesse et elle a vécu une histoire d'amour comme dans les livres. Mon grand-père était pilote de ligne. Ils sont tombés amoureux dans le ciel. Il nous a quittés il y a une dizaine d'années. Il est mort dans un accident d'avion. Une défaillance technique. Il a réussi à poser l'appareil, mais le temps que les secours arrivent il avait succombé à ses blessures. Il vouait une admiration aux engins volants. Avec Rachel, il nous a emmenées tant de fois à bord de son Piper Arrow, car il pilotait aussi en loisir.

— J'aimerais bien la contredire, mais elle a raison, je dis enfin. C'est Rachel la fille cool.

— Tu es cool aussi. C'est bien d'être différente.

Je termine de laver le dernier plat et le tends à Rachel. Après que je me suis essuyé les mains, ma grand-mère m'offre un sablé. Ils sont encore tièdes à l'intérieur. C'est délicieux.

— C'est un régal, Nonna.

Elle sourit et en donne un à Rachel qui s'extasie autant que moi.

— Je vais ramasser quelques légumes dans le jardin. Vous pouvez aller au salon, si vous voulez.

— J'aimerais faire un peu de piano, ça t'ennuie ? demande Rachel.

Elle rougit un peu. Je ne l'ai pas entendue jouer depuis très longtemps. Peut-être qu'avoir un synthé pour son anniversaire lui plairait. *J'y penserai.*

Nonna secoue la tête.

— Vas-y, mon chaton.

— Je vais t'aider, je lance en souriant.

Le jardin de ma grand-mère est un enchantement en octobre. Moi qui raffole de l'automne pour ses couleurs, j'adore venir ici. Au-delà de la terrasse s'étend son potager. Dans le fond, il y a un cabanon avec un gros bidon bleu pour récupérer l'eau de pluie. Sur la droite, près du mur quasiment recouvert par le lierre, une table en bois délabrée. Dessus se trouvent mille et un ustensiles de jardinage. À gauche, un grand carré de légumes. Potimarrons, doubeurres, potirons, pommes de terre, son domaine est un vrai marché de saveurs d'automne. Je fixe avec amour les courges.

— Est-ce que tout va bien, mon colibri ?

Je me tourne vers ma grand-mère.

— Oui, oui.

— Tu as l'air soucieuse. Quelque chose te tracasse ?

Elle enfile des gants et ses bottes de pluie, et s'avance vers moi avec une caissette en bois vide dans les mains.

— Peut-être, oui…

— Tu veux me raconter ?

Je n'ai pas encore eu le temps de parler de mon altercation avec Mads à Rachel. Plutôt, je n'en avais pas envie. Je sais pertinemment qu'elle allait me reprocher d'avoir laissé tomber.

— En fait, j'ai un dilemme, et ça m'angoisse. Je me suis inscrite dans une association d'art et j'y fais de la sculpture. Une dame est venue me voir et elle a trouvé mon travail magnifique, elle voudrait exposer mon œuvre dans sa galerie.

— C'est très bien, ça.

Je souris en même temps que mon cœur s'active légèrement.

— Oui, mais… elle m'a dit qu'il fallait la peindre et comme je ne sais pas le faire elle m'a envoyé quelqu'un pour m'aider, et… je ne m'entends pas du tout avec cette personne, alors j'ai tout arrêté…

Même avec du recul, j'ignore comment réagir. M'enfuir, c'est lui donner raison, mais rester avec lui, ça me donne une angoisse… Quand il m'a fait un semblant de compliment, pendant un quart de seconde j'ai eu un moment de répit, mais il est redevenu odieux l'instant d'après. Est-ce que je dois prendre sur moi et le supporter pendant quelques heures ou est-ce que ça n'en vaut pas la peine ?

— Oh ! je vois. Maintenant, tu te demandes si tu as fait le bon choix, parce que c'est une belle occasion.

— Oui, je soupire, parce que c'est une chance incroyable, et je m'en veux de la rater. Mais avec ce gars on n'accroche pas du tout.

— Je pense que c'est juste quelques heures à passer et que c'est bête de se priver d'une telle ouverture parce qu'on n'apprécie pas une autre personne. Parfois, il faut mettre un peu d'eau dans son vin et accepter de faire des choses qui ne nous plaisent pas pour avancer.

— Je sais…

— Pourquoi vous ne vous entendez pas ? demande Nonna.

— Il est désagréable, et on n'a rien en commun. On n'est pas compatibles du tout…

— Vous aimez l'art déjà, c'est un point commun.

Si ça suffisait à gommer son caractère de merde. Je la regarde se pencher au-dessus de son potager.

— Tu sais, ton grand-père avait un ennemi. C'était un pilote, lui aussi. Ils ne pouvaient pas se supporter et ils ne rataient jamais une occasion de se tirer dans les pattes. Quand William est mort, son rival est venu à l'enterrement. Il s'appelait Edwin. Il était ému lorsqu'il m'a dit que ton grand-père allait lui manquer. Et c'était sincère. Même s'ils ne s'appréciaient pas, il y avait une forme d'attachement. Quand tu passes ton temps à t'engueuler avec quelqu'un et qu'un jour il n'est plus là, ça crée un vide.

Je comprends ce qu'elle veut dire. Pour autant, j'ai la sensation qu'entre Mads et moi ce n'est pas pareil. Il est juste imbuvable au possible.

— Tu devrais le faire. Au moins, même si tu ne l'aimes pas, tu le connais. Il vaut mieux un ennemi qu'on connaît.

— Sans doute.

Je crois que j'aurais quand même préféré un parfait étranger. Mais, quelque part, je sais à quoi m'attendre avec Mads.

— Et si je ne vends pas ma sculpture, ça voudra dire que j'aurai passé du temps avec lui pour rien ?

— Dans ce cas, il faut mettre à profit ce temps, apprendre de ce garçon. Il sait peindre, alors dis-toi que tu te sers de lui pour acquérir de nouvelles connaissances.

Elle a raison, même si je sais qu'après avoir rejeté sa proposition c'est mort. Tant pis, je le regretterai peut-être plus tard.

— C'est vrai, je vais faire ça.

Nonna me couve d'un regard bienveillant.

— Maintenant, choisis une citrouille à emporter chez vous pour la décorer.

Je hoche la tête avec le sourire.

J'ai ressenti une profonde angoisse à l'idée de venir à l'association aujourd'hui. Ça m'a littéralement bouffée. Je suis restée plus d'une dizaine de minutes devant l'entrée sans trouver la force de pousser la porte. J'avais peur de voir Mads, peur qu'il me tombe dessus. Dans mon esprit, j'ai été saisie par l'idée qu'il ait cassé ma sculpture après mon départ, puis je me suis refait l'historique de notre conversation et je me suis souvenue que pendant une brève seconde il a confié qu'il aimait l'art. Et j'ai fini par me calmer. Quelque part, je sais qu'il aura toujours l'ascendant sur moi si je ne dompte pas les craintes qu'il m'inspire. Rachel a raison, je devrais, je dois lui tenir tête. Mais c'est si facile à dire et beaucoup plus compliqué à faire. Je rêve de ne plus être angoissée pour un rien. Parfois, un tout petit rien se transforme en une montagne impossible à gravir. C'est tellement pesant à force.

— Salut, la Despotique.

Mon cœur s'emballe instantanément. Ce surnom qu'il emploie me tape sur le système. Est-ce que j'en ai quelque chose à faire qu'il soit complètement décomplexé et frappadingue, moi ? Non, je lui fous la paix. Je me tourne vers

Mads. Je ne peux m'empêcher de penser à Rachel quand mes yeux tombent sur lui. Il porte un T-shirt blanc ainsi qu'un jean et des boots noires.

— Ne m'appelle pas comme ça, je réponds sèchement.

— Pourquoi ça te dérange ? C'est pas une insulte, c'est simplement ton caractère.

— Alors c'est normal si je te surnomme le Taré ? Ce n'est pas une insulte, c'est juste ton caractère.

— Exactement, siffle-t-il. Et je préfère largement être taré sur les bords que d'avoir un balai dans le cul.

Je penche la tête sur le côté pour l'observer. Ses yeux ne dévient pas de moi. Son regard gris semble aussi froid que l'acier. Mon cœur palpite à tout rompre sous ma poitrine. Il n'a aucune idée de combien cela me coûte de me battre avec lui. C'est fatigant. Et, bien que je ne pense pas que la présence de Zoey puisse transformer son caractère, j'ai l'impression qu'il attend qu'elle soit absente ou partie pour venir.

— Change de disque, tu me sors toujours la même rengaine, je lâche à mon tour.

C'est sorti tout seul. Ça m'a échappé.

Mais quelque part je trouve ça libérateur. Mads s'approche de moi. Je fixe son visage, irritée. Les battements de mon cœur accélèrent davantage, mais cette fois je ne fuis pas.

— Moi, tout ce que je remarque, c'est qu'il a l'air de t'obséder, mon balai, puisque tu m'en parles constamment, j'ajoute.

Le son de ma voix n'est pas ce qu'il y a de plus menaçant ni de plus autoritaire, mais au moins je n'ai pas bafouillé.

— Parce que je suis tiraillé entre l'envie de le retirer ou pas, juste pour vérifier si c'est lui qui bloque ta personnalité ou si tu es vraiment chiante à en mourir, répond-il avec un semblant de sourire.

— Je préfère être chiante à en mourir que con comme un manche à balai. Tu vois, tu n'as pas de raison d'être jaloux, ton balai n'est pas placé au même endroit que le mien, c'est tout.

Il écarquille les yeux et se lèche les lèvres. Je le fixe, troublée par ce changement d'attitude. Quand il lève la main vers moi, mon cœur fait une cabriole. Pendant une brève seconde, j'imagine qu'il va me frapper, mais déjà ses doigts plongent dans mes cheveux, et il les dégage derrière mes oreilles. Sa peau effleure mon lobe. J'ai la sensation d'être plus rouge que je ne l'ai jamais été. Lorsqu'il esquisse une petite moue, je le repousse.

— Ne me touche pas ! Qu'est-ce que tu fiches ?

Il glisse une main dans ses mèches et se baisse pour amener le visage à hauteur du mien.

— Je vérifiais juste si tu n'avais pas une paire d'oreillettes avec quelqu'un qui te soufflait les réponses. Non, parce que toi avec une personnalité, ça m'étonne…

— Va te faire foutre et ne t'avise plus de me toucher comme ça.

Mads sourit.

— Sinon quoi ?

Il me cherche avec son petit air suffisant.

— Je te la coupe et je te la fais bouffer.

— Tu vas réussir ce prodige sans trembler des genoux ni te péter une phalange ? Elle a tant de talents et de fans en plus…

— Tu es répugnant.

— Et toi frigide.

Je veux dire quelque chose, mais nous sommes interrompus par Lévi.

— Salut, vous deux !

Je m'écarte de Mads tandis qu'ils se saluent d'une poignée de main. Lévi porte un béret noir et de grosses lunettes assorties.

— Bonjour, je réponds avec un sourire.

Je me sens encore troublée par cet échange. J'ai besoin de souffler un peu et surtout de m'éloigner de Mads.

— Matilda m'a dit que vous alliez bosser ensemble pour une œuvre qu'elle va exposer, alors je venais jeter un coup d'œil. Et voir comment ça se passe.

Je secoue la tête, ce qui attire son attention sur moi.

On s'insulte, voilà comment ça se passe…

— On ne va…

— Je venais justement apporter des croquis à Mackenzie pour qu'elle choisisse quel genre de teinte elle voulait pour sa sculpture, me coupe Mads.

Le regard de Lévi passe de moi à l'autre taré. Soit il ment à Lévi, soit il a dessiné pour moi alors que je lui ai signalé que ce n'était pas la peine. Je ne sais pas trop quoi en penser.

— Dès qu'elle aura fait sa sélection, je commencerai à peindre.

— Très bien. Je ne devrais pas dire ça, mais Mads est l'un des plus talentueux du HangArt, me confie Lévi.

Mads esquisse un sourire satisfait. Je demeure silencieuse alors que dans mon esprit je fais semblant de vomir.

— Il n'y a pas de mal à dire la vérité, affirme l'intéressé.

Lévi rigole tandis que je rêve de piquer l'ego de Mads avec une grosse aiguille.

— Je vous laisse bosser alors.

J'aimerais accompagner Lévi plutôt que de rester ici.

— Bon, lance Mads. J'ai fait quelques recherches. Tu me dis ce que tu préfères.

— Pourquoi ?

— Ma mère m'a demandé quelque chose, je m'exécute pour lui faire plaisir, c'est tout.

Il sort des feuilles de son carton à dessins. Et il les dispose devant moi. Il y a trois esquisses.

— Tu regardes, tu réfléchis à ce qui te convient le mieux. Si tu vois quelque chose à modifier dans le choix des couleurs ou si tu aimes une nuance d'un premier dessin et une autre du troisième, tu me l'indiques. Mais ça donnera autrement sur l'argile bien sûr.

Je hoche la tête et, en silence, je me penche vers le travail de Mads. Il a reproduit sur du papier cartonné les formes de ma sculpture. Sur le premier il a mis des teintes foncées, mais en respectant le réalisme du pelage d'un renard normal. Sur le deuxième l'animal est vêtu de noir, mais la fourrure de son cou ainsi que sa queue et ses yeux sont blancs, comme on l'avait plus ou moins dit. Mais le dernier croquis, je ne sais pas pourquoi, il m'attire plus que les autres.

Le manteau noir brillant s'éclaircit par endroits, scintille presque comme la couleur des étoiles, puis s'assombrit de nouveau. C'est comme s'il était composé de Voie lactée.

— Alors ? demande Mads avec une pointe d'impatience dans la voix.

— Tu permets ? je rétorque.

Je laisse le regard planer sur les esquisses de Mads encore quelques secondes, même si mon choix est fait. Et tandis qu'il attend, je demeure étonnée qu'il ait eu le temps de faire ça. Il doit tenir à sa mère.

— Celui-ci est mon préféré, je dis.

— C'est le mien aussi.

On se regarde en chiens de faïence pendant un instant, et j'ai l'impression que changer notre dessin favori nous traverse l'esprit à tous les deux pour qu'on n'ait pas le même.

— Bien, soupire-t-il au bout d'un moment. Je peux faire ça chez moi et te le rapporter à la fin de la semaine.

— Non, je lâche d'une petite voix. Pas question.

Mads penche la tête sur le côté et me scrute curieusement. Il croyait vraiment que j'allais lui donner ma sculpture comme ça ? J'ai presque envie de rire face à autant de naïveté.

— Je pensais que tu apprécierais mon offre, pour une fois que je suis gentil. Histoire de ne pas avoir trop de temps à passer ensemble.

— Je préfère te subir plutôt que de te laisser bosser sur mon œuvre sans moi.

— Tu n'oublieras pas de me remercier, parce que si tu le vends ce sera grâce à moi.

— Commence déjà par me montrer ce que tu sais faire, Mads.

J'ignore d'où je sors ce défi dans mon ton, mais visiblement c'est là.

— T'es pas prête pour ça, Mackenzie. Je vais t'éblouir, et ça va changer le cours de ta vie.

— Il y a tellement de conviction dans ta voix que tu me donnes presque envie d'y croire.

Mads s'approche de moi, se penche et lâche :

— Alors, sois là vendredi à 19 heures. Ça te laisse deux jours pour préparer tes *punchlines*.

Mads
Il y a dix ans

Mon cœur est affolé tandis qu'un brouhaha incessant résonne à mes oreilles. Mon corps à demi nu tremble alors qu'une dizaine de personnes sont rassemblées autour de moi.

Ils me scrutent comme si j'étais de la viande.

Ils se lèchent les babines comme des animaux affamés.

— On ne touche pas, lance l'homme au chapeau alors qu'un autre essaye de passer la main à travers les barreaux de la cage qui me retient prisonnier.

Je le fixe, perdu, perplexe et apeuré. Quand son regard rencontre le mien, mon âme m'échappe. Silencieusement, je tente de les supplier de m'aider, mais… ils ont faim, et c'est moi qu'ils veulent. Ce ne sont pas des humains, ce sont des démons grimés en gens normaux.

Et je suis leur proie.

— Reculez maintenant !

Ils obéissent à la voix autoritaire de l'homme au chapeau. C'est lui le chef, et ils boivent ses mots comme des toutous transis. C'est lui qui les nourrit, c'est lui qui leur offre des enfants… L'homme qui m'a mis dans le bain remonte ma cage vers le plafond. Instinctivement, je me recroqueville sur moi-même.

J'ai peur. J'ai froid.

J'ai peur. Tellement peur qu'elle me ronge le cœur, qu'elle fait ployer mon corps, qu'elle tord mon esprit.

Je vais souffrir. Je vais mourir.

L'homme au chapeau, quand il m'a lavé, je l'ai vu dans ses yeux, je l'ai compris. Il m'a chuchoté à l'oreille que les gens ici allaient m'adorer, qu'ils allaient m'aimer si fort que ça resterait profondément gravé sur ma peau et que si je cherchais à m'enfuir, si j'essayais de résister, alors… alors il me briserait à petit feu pour que je souffre le plus possible.

Ici, ce n'est pas un endroit pour les enfants.

Ici, c'est un cimetière pour les enfants.

— On débute la mise aux enchères avec dix mille dollars, mes amis.

Enchères ?

Il veut me vendre ou…

— Notre petit lapin numéro treize a des yeux gris incroyables. Il est robuste, en parfaite santé. Il vient d'avoir onze ans.

— Trente mille, s'écrie une femme.

— Trente-cinq mille dollars.

— Il est encore vierge.

— Cinquante mille.

— Il sera lavé, apprêté pour vous offrir sa pureté et sa beauté. Vous pourrez l'avoir parfaitement conscient ou drogué, attaché ou libre. Vous pourrez le dépuceler comme bon vous semble. Douceur, brutalité, peu importe. Il sera à vous pendant une heure entière. Son innocence sacrifiée à la meilleure enchère. Mesdames et messieurs, lesquels d'entre vous sont les plus généreux et dépravés pour prendre soin de ce petit lapin ?

Les larmes coulent. Elles ruissellent abondamment le long de mes joues.

La peur a laissé place à l'envie de mourir.

— Soixante-cinq mille dollars.

Des voix s'élèvent, alors que le sang bat à mes oreilles et me fait tourner la tête.

Cent mille dollars.

C'est l'enchère remportée pour… ma virginité.

14. Compliment furtif

Mads

Je me réveille en sursaut, noyé entre cauchemars et réalité. Des images floues dont le souvenir me donne la chair de poule se mélangent à la pénombre de ma chambre. J'ai l'impression de sentir des mains sur mon corps, des liens me clouer au matelas. Je m'étouffe en même temps que je plonge dans les abysses. De rage, j'enfonce les ongles dans mon bras pour me tirer de cette horrible léthargie.

Putain !

Bien que je sois à moitié dans les vapes, je vire la couette et me lève. La sueur couvre mon front, et les frissons me donnent froid. J'ai l'impression d'avoir de la fièvre, mais ce n'est pas la température qui me rend si mal.

Je saisis un T-shirt et ma veste en cuir à l'arrache et je sors de ma chambre. J'ai irrépressiblement besoin d'air. En passant par la cuisine, j'attrape une bouteille d'eau et je vais dans le jardin. Je prends une grande goulée d'air et, tout en fixant le ciel noir vide d'étoiles, je m'efforce de me calmer.

Les souvenirs sont si vivaces.

Souvent, quand je fais le guignol, je me dis que je suis devenu plus fort, et puis un simple rêve suffit à détruire cette carapace que je tente inlassablement de reconstruire. Je ne suis pas fort, je suis un gosse brisé coincé dans une armure craquelée qui ne cesse de tomber en lambeaux.

J'aimerais trouver quelque chose qui me fasse vibrer, quelque chose qui durerait plus longtemps qu'une fête d'étudiants ou une cuite. Un truc qui vaudrait le coup, quelque chose de permanent qui serait capable de m'aider à contenir tout ça.

Je sors un paquet de clopes de ma veste que j'enfile. J'ai cette vieille fripe depuis plus d'une dizaine d'années, et elle me va correctement depuis un ou deux ans. Je l'ai gardée tout ce temps comme un talisman, un porte-bonheur. C'est un flic qui me l'a offerte. Je me souviens qu'il s'en est défait, l'a posée sur mes épaules et a refermé le zip. Elle était trop grande pour moi, elle semblait presque trop lourde et, pourtant, elle m'a apporté du réconfort et de la chaleur. Je la conserve depuis lors. Je ne compte plus les nuits où je me suis recroquevillé dedans pour… je ne sais plus vraiment en fait, je crois que je cherchais à me rassurer, à m'accrocher à quelque chose d'inestimable à mes yeux et à me sentir protégé.

Cette veste, le flic ne l'a jamais récupérée ; quand j'ai voulu la lui rendre, il m'a dit de la garder. Il avait laissé un paquet de Marlboro dans la poche intérieure. C'est comme ça que j'ai grillé ma première clope. Quelques années plus tard, lorsque je me suis mis à fumer, je me suis remémoré ce paquet et j'ai acheté cette marque. Quand j'y pense, cet homme est mon héros.

J'allume la cigarette et prends une longue taffe. Je me sens encore tellement vulnérable et fébrile que la rage et la tristesse forment un drôle de mélange dans mon cerveau.

— Putain ! Pourquoi j'ai rêvé de ça ?

Puisqu'on est capable de faire des drogues comme le GHB, pourquoi on n'arrive pas à inventer quelque chose qui pourrait calmer les esprits ravagés comme le mien ? Je ne touche pas à ces saloperies. Je pourrais, cela dit, mais je ne veux pas perdre le peu d'estime que j'ai aux yeux des gens qui comptent pour moi. Je n'ai pas envie de décevoir mes parents ni Bane…

Je checke sur mon téléphone : 4 h 30.

Qu'est-ce que je peux bien foutre à cette heure-ci ?

Je m'installe sur une des chaises longues sur la terrasse et je vais sur Instagram. Je pourrais faire ça dans mon lit ou sur le canapé du salon et espérer m'endormir, mais je préfère la liberté que me procure l'extérieur. J'ai reçu quelques notifications sur mes derniers posts, mais je les regarde à peine, j'appuie sur le profil de Bane puisque je vois qu'il a actualisé sa story. Il apparaît en selfie avec Rachel. Ils ont l'air de s'amuser. En tout cas, ils sourient sur le cliché. Et comme Rachel est identifiée ça me donne envie d'aller regarder son profil. Il y a plein de photos d'elle, mais aussi de paysages, de nourriture, de figurines Funko Pop Disney qu'elle semble collectionner.

Sur les nombreuses vignettes de la page d'accueil de son compte, une image me tiraille. J'hésite à cliquer dessus, car elle pose avec Mackenzie. Et puisque personne ne me surveille et que ce n'est qu'une simple photo j'appuie dessus pour l'agrandir. Le cliché est récent, car elle a les cheveux courts. À voir la taille de son sourire, elle semble heureuse. Et comme Rachel l'a identifiée je suis piqué par l'horrible pulsion de jouer les voyeurs et d'aller consulter son profil. Je pourrais faire autre chose, mais j'ai une flemme monstre. Et, honnêtement, je n'ai pas envie de me bourrer la gueule ni de trouver une nana pour passer le temps…

Le compte Instagram de Mackenzie est suivi par un peu plus de dix mille personnes. Pour quelqu'un d'aussi chiant qu'elle, je ne m'attendais pas à ça. Quelques photos d'elle, de lectures, de paysages, mais essentiellement d'art. Une étagère remplie de mains sculptées, des bustes, des masques de carnaval, des outils, elle qui sourit à l'objectif alors qu'elle semble occupée à bosser… Cette photo a quelque chose d'onirique, de poétique. Au milieu des statues, elle a l'air dans son élément. Sans m'en rendre compte, l'évidence me fout un petit uppercut en pleine gueule.

Elle est douée. Elle est passionnée.

Et elle peut être aussi fantaisiste et classique dans son art.

Comme moi.

Comme moi ? Putain, incroyable.

Enfin, ce n'est pas parce qu'on a visiblement un point commun que ça va changer grand-chose. Elle demeure la même. Non… en fait, elle n'est pas vraiment la même. Elle a évolué puisqu'elle répond à mes attaques. Le pire, c'est que je sais maintenant : j'aime ça.

Je préfère qu'elle me tienne tête plutôt qu'elle reste là à ne rien dire.

La journée a été longue.

Mais Bane étant Bane, il a décidé de me changer les idées en… m'emmenant faire les magasins afin de trouver des décorations pour Halloween. Comme je traînais les pieds, il a mis des bonbons et un pack de bières dans le Caddie, histoire de me redonner le sourire. Il nous a même acheté des pantoufles Chewbacca et il les porte fièrement en ce moment.

J'aime bien Halloween, cette fête permet d'être n'importe qui, d'incarner n'importe quoi. Je l'apprécie peut-être aussi parce que sur les campus ça rime en général avec soirées, alcool, déguisements. Et dans mon cas très, très souvent, une partie de jambes en l'air.

— Tu comptes siroter ta bière encore longtemps ou venir m'aider ? lance Bane.

Il semble galérer à accrocher sa guirlande de chauves-souris, mais je suis plutôt bien avec ma bibine à la citrouille.

— Tu espères vraiment que je vais me lever ?

Je lui décoche mon plus beau sourire.

— En plus, je trouve ça distrayant de te regarder faire.

Descendant de son escabeau, il me balance une des décorations en plastique. Je l'esquive d'un mouvement de côté et attrape une vilaine sorcière au nez crochu.

— Je vois que tu es toujours nul en visée.

— Et toi que t'en branles pas une. Les choses restent les mêmes finalement.

Je lève ma bière.

— Pourquoi changer une équipe qui gagne ?

— Je me le demande bien… Dis-moi au moins si c'est droit, connard.

Je laisse échapper un rire.

— C'est Monsieur Connard, d'abord. Ensuite, remonte légèrement sur la gauche.

Il s'exécute.

— Voilà, c'est parfait.

Bane scotche la guirlande et descend de son escabeau. Il attrape sa bière et boit une gorgée.

— Comment va ton père ?

— Il gueule parce qu'il ne peut pas se déplacer comme il le veut mais, comme le souligne ma mère, tant qu'il râle, c'est que tout va bien.

C'est vrai que son paternel est un peu bourru, mais c'est un homme bien.

— Il commande des pièces pour sa Mustang, il la retape. Comme c'est l'autre chauffard qui était en tort, ils attendent de toucher l'argent de l'assurance.

Je hoche la tête.

— Et Rachel, c'est toujours qu'un plan cul ?

Il lève plusieurs fois son sourcil droit avant de me sourire. Voilà qu'il se prend pour Flynn Rider.

— Ouais, pourquoi ?

— J'ai vu ta story avec elle sur Instagram.

— On passe du bon temps ensemble, répond Bane. Elle est super sympa, on s'éclate bien.

Je n'ai jamais eu de plan cul régulier comme Bane peut en avoir de temps en temps. Je ne sais pas rester avec la même fille, tout comme j'ai du mal à tenir en place. Parfois, je me demande si j'aurais pu tourner autrement ou si j'aurais pu devenir pire encore…

— Ça va ? s'enquiert Bane.

Je lui lance un regard en biais et hoche la tête avant de lui envoyer la petite sorcière que j'avais toujours dans la main.

— Tu n'accroches pas Mackenzie ?

Bane lève les yeux au ciel.

— Ooh, Mackenzie, dit-il d'un ton mielleux. Je pourrais la suspendre à la porte de ta chambre ou au-dessus de ton lit.

— Je fais assez de cauchemars comme ça.

— Tu devrais faire gaffe quand même, le karma a pris les traits de ta mère pour que tu l'aides à l'association. Méfie-toi, il est partout, il nous écoute.

Je grimace.

— Si tu continues comme ça, le karma va se débrouiller pour que vous vous retrouviez coincés rien que tous les deux pendant des heures. Tu ne m'as pas dit comment était sa sculpture, d'ailleurs…

Bane a un sourire parfaitement débile planté sur le visage. Il sait pourtant que j'ai du mal avec Mack.

— Belle, je bougonne.

— Tu peux répéter ? s'esclaffe mon meilleur pote. Je n'ai pas dû bien entendre.

Il se paye ma tête et il en est fier. Il a de la chance que j'aie la flemme de me lever du fauteuil pour lui en mettre une.

— Sa sculpture est belle, il n'y a pas de quoi en chier une galette non plus.

— Non, mais toi qui fais un compliment à ta Mackenzie.

— C'est pas ma… c'est pas ma Mackenzie, putain ! Je respecte ma mère et je respecte aussi l'art.

Un peu trop, sans doute, pour avouer qu'elle est étonnamment douée.

— Tu sais que je te mets en boîte juste pour t'emmerder.

Je bois la dernière gorgée de ma bière.

— Elle me répond maintenant. Je ne sais pas où elle s'est trouvé une paire de couilles, mais elle s'amuse à me tenir tête.

— C'est bien, ça te donne un peu de fil à retordre.

— Tu parles comme une vieille, j'ironise.

Bane sourit, absolument pas vexé.

— Tu veux que je te dise ?

— Non, je ne veux pas, mais je suis sûr que tu vas quand même l'ouvrir.

— Bien sûr parce que, au fond de toi, tu crèves d'envie d'entendre ma sagesse. Il est temps qu'elle te réponde, comme ça, ça modifiera l'effet qu'elle a sur toi. Et puis, bon, elle a bien raison de ne plus se laisser faire, t'es un vrai con en ce qui la concerne.

— J'aurais pu devenir pire, non ?

Un frisson désagréable me parcourt l'échine.

Je tente de paraître détaché, de faire en sorte que ces mots qui m'ont échappé ne soient pas si douloureux.

— Bien pire, dit Bane. Tu aurais pu être sympa.

Il fait semblant d'avoir la nausée à cette idée, et cela m'arrache un rire.

— Franchement, je suis certain que ça ne te va pas au teint.

Ses mots, sa façon de les prononcer, c'est tout ce dont j'ai besoin. Je hoche la tête et je sens mon marasme s'évaporer.

— Tu sais s'il y a une fête de prévue pour Halloween ? je demande pour changer de sujet.

— Non, répond Bane. Je n'ai pas eu d'écho, mais j'imagine que les Kappa vont faire quelque chose comme toujours. Si ça peut nous éviter d'organiser ça ici, je suis plutôt partant.

J'acquiesce, même si chaque fois on se paye le luxe de prendre quelqu'un pour qu'il nettoie le bordel qu'on laisse derrière nous. Quand on entend quelques coups résonner contre la porte, on se regarde avec Bane.

— T'as invité du monde ? me demande-t-il, perplexe.

— Non, je soupire en me levant du canapé.

Je me dirige vers l'entrée et découvre Marcus, les bras chargés de deux cartons à pizzas. Il me claque un sourire XXL.

— Salut, je dis.

— Je ne suis pas venu les mains vides.

Marcus nous rend souvent visite et, comme toujours, il apporte la bouffe.

— Je ne dérange pas, j'espère ?

— Pas le moins du monde. Mais je te préviens, tu risques de devoir mettre la main à la pâte après la pizza.

Marcus me regarde, perplexe.

— C'est encore une de tes idées dégueulasses ?

J'éclate de rire.

— Atelier manuel, rien de sexuel. Tu es doué pour décorer des citrouilles ?

On s'installe pour manger autour de la table basse. Tout en dévorant une part de pizza au cheddar, je m'appuie contre le fauteuil derrière moi. Marcus nous parle d'un *escape game* fait par des étudiants non loin de Columbia et d'autres choses encore. Au bout d'un moment, j'écoute à peine. Les pensées que j'ai eues plus tôt, avant que Marcus débarque, remontent à la surface. Je sais que je ne suis pas quelqu'un de bien, que je ne suis pas un saint, mais je fais ce que je peux. Je fais de mon mieux avec l'histoire et le passé qu'on m'a donnés. Les tueurs en série sont majoritairement des hommes, dans quatre-vingts pour cent des cas de type caucasien et, pour une majeure partie d'entre eux, ils ont vécu et baigné dans un univers violent… alors parfois, quand je me sens minable comme aujourd'hui, je me dis que j'aurais pu être pire encore.

15. Les « Guet-apens » en action

Mackenzie

— Bienvenue au *Haught Mansion*, mes chers visiteurs. Certains considèrent que c'est du courage de pousser les portes de cet endroit, pour ma part je pense que c'est de la folie.

Les lumières d'un énorme lustre vacillent dans le hall où nous sommes tous réunis. Cris et gloussements se mêlent. Quand la clarté revient, des appliques prennent le relais. Nous sommes dans un ancien manoir au style baroque, qui a été transformé en salle de jeu à l'occasion de Halloween. Notre locuteur nous parle depuis le milieu d'un vieil escalier en bois. Derrière lui, une immense fenêtre cintrée donne certainement sur le jardin. Accrochés aux murs dont la tapisserie marron et dorée est aussi légèrement décrépie, deux portraits. L'un représente un couple, l'autre une fillette.

— C'est excitant, glisse Rachel à mes oreilles.

Je suis plutôt réceptive et friande de ce genre de petit jeu et des ambiances de Halloween. Il y a une dizaine d'étudiants avec nous.

— Pour les besoins de notre histoire et de nos scénarios, je vais vous demander de fermer les yeux et de n'émettre aucune résistance quand on viendra vous kidnapper pour vous emmener dans les endroits qui vous seront attribués.

Bizarrement, je ne me sens pas angoissée, je suis même un peu excitée par cette aventure. Je n'ai jamais participé à un jeu de ce genre, mais j'ai hâte de découvrir ça. D'autant que ce type d'animation fait fureur depuis quelques années.

— Puisqu'il est tard et qu'il reste trop de monde, je vais former deux groupes de quatre personnes. Ceux qui sont seuls ou à deux, veuillez vous mettre sur la droite, qu'on puisse répartir les équipes.

Rachel me tire par la manche pour qu'on aille se placer. Quand arrivent d'autres personnes, les yeux de ma cousine s'illuminent.

— Bane ?

Celui-ci s'avance vers nous avec un sourire charmeur.

Je n'y crois pas. *Faites qu'il soit seul !*

Faites qu'il…

C'était trop beau pour être vrai. Mads apparaît derrière lui et me lance un regard exaspéré. Je l'observe, il porte un pull noir fin à col roulé, un jean noir craqué et des boots en cuir marron. Pendant une brève seconde, je me remémore les mots qu'avait eus Rachel en disant qu'il était sexy et je songe qu'elle a raison. Bon sang, je dois m'être pris un coup invisible sur le coin de la tronche pour penser ça ! Mads n'est en rien séduisant.

— Ce n'est pas vrai, je siffle.

— Si tu crois que ça m'enchante, siffle Mads.

— Bon, du coup, on se met ensemble ? lance Bane.

— Oui.

Rachel semble ravie. Bane me sourit avant de lever la main pour appeler l'un des membres du staff. Je les regarde curieusement, les bras croisés sur le torse.

— J'ai mon mot à dire ? s'enquiert Mads.

— Non, répond Bane. On va former une équipe, tous les quatre, ajoute-t-il en s'adressant à la fille qui vient vers nous.

La blonde hoche la tête et note nos prénoms que Rachel lui dicte, moi je flaire le traquenard entre les deux potes de baise. Impossible que ce soit le destin qui nous ait encore réunis, Mads et moi ce soir, ça me semble tiré par les cheveux. Je suis certaine qu'ils ont arrangé ça.

— Ça sent le coup fourré, cette histoire, je bougonne en pointant un doigt vers Rachel.

— Quoi ? Mais qu'est-ce que tu racontes ?

Je fixe Rachel et Bane, qui secouent la tête comme deux idiots.

— Comme par hasard, on se retrouve au même endroit à la même heure et le même jour…

— Putain, ce que je vais dire m'écorche la gueule, mais je suis d'accord avec elle, lance Mads. Crachez le morceau !

Alors que ma cousine devient rouge écarlate, son complice se passe une main dans les cheveux. Plus coupable tu meurs.

— C'est possible, dit Bane.

Je fulmine contre Rachel, mais aussi contre moi qui n'ai rien vu venir. Je ne comprends pas du tout la manœuvre.

— Mais… qu'est-ce qui ne tourne pas rond chez vous deux ? je soupire.

— Est-ce qu'à un moment on vous a donné l'illusion qu'on avait envie de faire des choses ensemble ? renchérit Mads d'un ton mauvais. Vous êtes fêlés, ma parole.

— Lui et moi dans un jeu de coopération. C'est vraiment l'idée du siècle…

Quand je lève les yeux vers lui, je remarque qu'il me jette un regard en biais.

— Au moins, vous ne vous disputez pas, vous faites front commun pour nous enguirlander, il y a du progrès, lance Rachel avec un sourire radieux.

— Toi, ne la ramène pas, je te jure que je vais me venger.

Je ne sais pas encore quand ni comment, mais je vais le lui faire payer, c'est certain. Mads veut dire quelque chose, mais la fille de tout à l'heure l'interrompt.

— Vous avez deux minutes pour trouver un nom d'équipe, dit-elle en s'éloignant déjà.

— Je propose Le Traître, son Plan Cul, la Despotique et Dieu, comme nom de groupe, lance Mads.

Bane semble vouloir répliquer, mais je suis plus rapide.

— Le Taré serait plus approprié, parce que t'as rien d'un Dieu.

— Pourtant quand je baise on m'appelle toujours comme ça.

Je grimace face à son regard appuyé.

— Suicide Squad, propose Rachel.

— J'ai mieux ! renchérit Mads. S'il faut que ce soit approprié, alors je dirais Guet-apens. Je suis certain que la Despotique sera d'accord avec moi.

— La Despotique, elle t'emmerde, je grommelle.

— Certes, mais elle valide le nom de groupe ?

Je soupire avant de hocher la tête car, même si ça me coûte d'être d'accord avec ce connard, j'en veux à Rachel.

— Alors vous avez un nom ? s'enquiert l'animatrice.

Mads le lui donne, elle nous regarde étrangement. Je ricane intérieurement en voyant les têtes de Bane et Rachel. À croire qu'ils pensaient qu'on allait s'appeler les BFF[1].

— Bien, vous devrez suivre le *Game Master* quand il vous appellera. Il vous mènera dans l'une des salles pour entamer la partie. Pour le début de votre aventure, vous porterez des bandeaux que vous pourrez retirer une fois le jeu commencé.

Elle nous tend un bout de tissu à chacun, puis elle s'en va sans un mot de plus. Au moins, ça pose l'ambiance.

— C'est tout ? demande Bane.

— Bonne chance, lui marmonne-t-elle en lui adressant à peine un coup d'œil.

— J'espère que tu ne vas pas te chier dessus, lâche Mads.

Je lui lance un regard noir, puis je me sens esquisser un petit sourire.

— Avec un peu de bol, tu vas décider de te barrer avant le début.

— Ça te ferait trop plaisir, répond-il avec véhémence.

1 Best Friends Forever.

Il ne manquait plus que ça, que je me retrouve coincée dans un *escape game* avec la seule personne qui me tape sur les nerfs. Je crois que si l'énigme principale se réduisait à devoir appuyer sur un bouton rouge ou un bouton bleu on perdrait, car on ne serait pas capables de tomber d'accord.

— Les… Guet-apens, venez avec moi ! s'écrie alors une voix.

— C'est nous, dit Bane.

Nous montons l'escalier pour suivre un homme assez jeune, vêtu d'un ensemble façon *dark academia*[1], qui se fond parfaitement dans les lieux. Les couloirs que nous longeons ont des allures de maison hantée.

— Visiteurs, laissez-moi vous conter l'histoire de cette demeure.

Je regarde chaque décor : les tapisseries décrépies, les tableaux sinistres de naufrages, de cimetières, de monstres, et les portraits de visages disproportionnés, la moquette sombre au sol, les bustes en marbre, les livres poussiéreux sur les étagères ancrées aux murs. Je me verrais bien vivre dans un lieu de ce genre plus tard, le côté macabre en moins bien sûr. Je pourrais à la limite autoriser l'accès à Casper le gentil fantôme.

— En 1984, la petite Mary Temple emménage avec sa famille dans cette grande maison. Je sais, je sais, vous connaissez l'histoire. Une demeure bizarre, une famille modèle et unie…, et soudain tout part en vrille. Eh bien, vous avez raison. Le parquet craque, les portes grincent, et Mary a peur, mais M. Temple, son père, est un homme lucide : « Les canalisations sont certainement bouchées si elles font du bruit et, si le parquet grince, il faudra appeler un professionnel pour qu'il vérifie la charpente. »

Le *Game Master* s'interrompt et nous regarde.

1 Version mélancolique des uniformes de grandes écoles britanniques. La palette de couleurs comporte du noir, mais aussi des nuances de gris, du brun, du vert foncé…

— « Mais alors, qu'est-ce qui fait parler les murs, papa ? » demande Mary.

Le ton de sa voix est légèrement angoissant, et il me happe dans son filet. Parfois, j'écoute des émissions de gens qui racontent des histoires effrayantes, il y a un podcast que j'adore tenu par une nana qui se fait appeler Star Killer. Elle évoque des tueurs en série et leur psychologie, c'est vraiment génial. Ça me détend…

— M. Temple est d'abord glacé par les propos de sa fille, poursuit notre maître du jeu, mais il lui répond que les murs ne parlent pas et que ce sont sûrement les courants d'air qui chuintent des semblants de mot… C'est ainsi que les jours passent, deviennent des semaines, et la petite famille prend ses repères dans la maison. Mais dans l'ombre, sans que personne s'en rende vraiment compte, des changements s'opèrent…

Je vois que Rachel est de moins en moins souriante. Bien fait.

— Telles ces terribles démangeaisons dont Mme Temple est victime… comme si des centaines d'insectes lui lapaient sans cesse la peau. Ou alors cette éternelle et désagréable pression sur la nuque que ressent son mari, comme si quelqu'un l'épiait en permanence. Et la pauvre petite Mary entend toujours les murs qui parlent. Les chuchotements inaudibles deviennent des phrases… Que disent-ils ?

Le narrateur ralentit la cadence de ses pas.

— « Quand j'ai soif, le sang je bois.

Quand j'ai faim, la chair je mange.

Quand Samain arrivera, m'entendre enfin tu vas. »

Je me place à hauteur des deux traîtres et de Mads. On dirait que nous sommes parvenus à destination, car le *GM* s'arrête et frappe à une porte sur laquelle il est écrit le prénom de Mary.

— Que s'est-il passé ? je demande.

Il pose la main sur mon épaule.

— Quand Samain est arrivé, l'âme maudite de la demeure s'est éveillée… et dans la folie la famille a sombré. Mme Temple s'est grattée jusqu'au sang, presque à mort. Elle a fini par s'ébouillanter le corps pour faire partir ces petites bêtes invisibles qui n'étaient que dans sa tête… Son époux a tenté de fuir avec sa fille, mais c'était devenu impossible, et les personnes ayant succombé à la sauvagerie de la maison sont venues les assaillir. Ils avaient soif, ils avaient faim… Seule Mary a survécu, sauvée par son père. Dans un acte de désespoir, il a mis le feu à la maison. Pourquoi diable tient-elle encore sur ses fondations dans ce cas, vous me direz ? Personne ne peut l'expliquer, pas même Mary. Pourtant, les cicatrices des brûlures qu'elle a subies sont toujours sur son corps…

Je me sens prête à affronter ça, même si je dois faire équipe avec deux crétins et un connard.

— Dans ce scénario, vous vous êtes moqués de Mary, comme beaucoup avant vous. Vous n'avez pas cru à son histoire, alors elle décide de se venger, et vous vous retrouvez enfermés dans une des pièces de cette maison qui la terrifie tant… Elle vous accorde une heure pour survivre et vous échapper. À partir de maintenant, je vais vous demander d'enfiler vos bandeaux et de laisser les animateurs vous emmener dans la salle.

On se consulte des yeux, un peu angoissés tous les quatre. Sauf avec Mads, nos regards s'insultent et se balancent des sarcasmes. Je noue le tissu et je ressens une pointe de stress se loger dans mon ventre. On a beau savoir que c'est faux, il y a quand même quelque chose d'effrayant et de bizarrement excitant à avancer dans le noir dans un endroit que l'on ne connaît pas.

Je me laisse guider quand on m'emmène. Je ne sais pas où sont mes compagnons ni ce que l'on fait de moi, je sens juste qu'on me force à m'étendre au sol, enfin, je crois. Le but du jeu à présent est de résoudre des énigmes pour pouvoir sortir de cette salle.

— À partir de maintenant, comptez jusqu'à dix. Vous pourrez ensuite ôter votre bandeau et commencer l'aventure.

On entend une porte qui claque. Je me redresse, pas très à l'aise d'être allongée dans un lieu inconnu, puis je retire le tissu, mais nous sommes dans la pénombre, et je ne parviens pas à bien distinguer la pièce ni même les autres. Il me semble qu'on nous a placés aux quatre coins de l'endroit.

— Vous êtes tous là ? demande Rachel.

— Présent, clame Bane.

— Oui, je dis.

Mads reste silencieux, ce qui me donne l'infime espoir qu'il soit parti.

— Mads, tu es avec nous, connard ? grommelle Bane.

On entend un râle désagréable.

— Ouais, malheureusement.

— Réponds quand on te cause…

La coopération s'annonce merveilleuse.

— Désolé, j'espérais qu'en fermant les yeux je me retrouverais dans mon lit en charmante compagnie.

Soudain, une lumière blafarde nous éclaire. Le décor se dessine autour de moi. Nous sommes dans la chambre de Mary. La tapisserie aux murs est couverte de moisissures et d'une substance que je ne veux pas forcément connaître. Une couche de poussière et de toiles d'araignée nappe la coiffeuse, la bibliothèque et les jouets qui traînent un peu partout.

— On fait quoi ? demande Rachel.

La lumière clignote au même moment, et nous nous rejoignons vers le centre de la pièce.

— On ferait mieux de dénicher un truc pour nous éclairer, je ne suis pas certain que l'ampoule tienne longtemps, lance Mads.

Il a raison, il ne faut pas être malin pour le deviner. Le but est de faire peur et de compliquer la fouille. Je fixe Bane quand il se rend devant la porte.

— Il y a trois cadenas, dit-il.

— Alors, il faut trouver trois clés, renchérit Rachel.

La lumière clignote de nouveau, nous nous retrouvons un moment dans le noir. Lorsqu'elle revient, je me dirige vers le lit. Visiblement, Mads a la même idée que moi puisque nous nous penchons en même temps vers la petite lampe. On se regarde en chiens de faïence avant qu'il se redresse en lâchant un grognement. Je m'incline pour la prendre quand l'ampoule s'éteint de plus belle. Elle ne se rallume pas cette fois, et la lueur bleutée du chevet éclaire à peine.

— C'est bleu, je dis.

— Une lampe à UV, lance Mads.

— Il doit y avoir un message visible uniquement avec elle, ajoute Bane.

Alors que j'attrape la lampe pour inspecter autour de moi, un cri strident, suivi par des dizaines d'autres, nous vrille les oreilles. Ce sont des hurlements de douleur, d'agonie…, et puis une étrange lueur verdâtre illumine nos pieds avant que le sol se mette à bouger comme s'il était hanté.

— Putain, c'est flippant ! s'écrie Rachel.

— Grouille-toi, siffle Mads en me donnant un coup de coude. Essaye de trouver le message.

— Ne me pousse pas, je réponds.

Je tente de passer outre à l'effet désagréable du parquet qui tangue sous mes pieds et éclaire le mur ainsi que les alentours jusqu'à déchiffrer une phrase.

— Là ! je dis. C'est écrit :

JE SUIS TOUJOURS ADOSSÉE, LES VÊTEMENTS J'AIME COLLECTIONNER, SI TU CHERCHES UN BOUT DE LIBERTÉ TU ACQUERRAS.

— L'armoire, dit Mads. Il faut fouiller l'armoire.

Il a raison, mais nous sommes dans un scénario d'épouvante, et il ne ressort jamais rien de bon dans les films quand on ouvre des choses… Souvent, il y a des monstres qui se cachent pour nous effrayer.

— C'est… c'est sans moi, je ne suis pas maso, je ne vais pas ouvrir une armoire dans une chambre hantée, déclare Rachel.

Je souris à l'idée qu'elle soit flippée. Bien fait pour elle.

— C'est votre plan à la con, siffle Mads, alors bougez-vous le cul pour nous aider.

Le sol s'arrête de tanguer quand on s'éloigne du lit, et la lumière revient, mais elle est si faible qu'elle ne nous permet pas de distinguer grand-chose. Je suis Mads pour avancer vers l'armoire. Il l'ouvre, la porte grince exagérément, mais aucun monstre n'en sort… pour le moment.

— Tu trouves quelque chose ? demande Bane.

Il s'est approché et Rachel aussi. Je la sens qui me tient le bras comme si sa vie en dépendait. Pour le coup fourré qu'elle m'a fait, je lui dirais bien de me lâcher, mais je comprends qu'elle n'est pas à l'aise du tout, alors je me tais.

— Il n'y a rien, soupire Mads. Attendez, si ! Il y a un double fond.

Je l'observe tandis qu'il bouge la double planche. Alors qu'on se penche, un chat surgit sur Mads en miaulant comme un damné.

— Putain, siffle-t-il.

Il me marche sur le pied en reculant vivement et manque de me péter les orteils avec sa délicatesse.

— Fais gaffe, je lance.

— T'as qu'à pas traîner dans mes pattes ni avoir des pieds de la taille d'une ogresse.

— Continue, et ce pied pourrait atterrir dans tes petites noisettes, je soupire.

— Ne vous engueulez pas comme ça, je ne suis déjà pas bien rassurée…

— C'est ta faute, je siffle à l'intention de Rachel. Tu n'avais qu'à pas nous enfermer dans un *escape game* tous les deux.

Bane se penche dans l'armoire.

— Je ne voudrais pas plomber cette magnifique ambiance, mais je crois qu'il faut que quelqu'un y aille.

— Fais-toi plaisir, propose Mads.

— Trop étroit, malheureusement…

Leurs regards se tournent vers Rachel, puis moi. Sauf qu'elle frissonne de la tête aux pieds. Je ne me sens pas tellement rassurée à l'idée d'entrer dans un trou noir, mais Rachel semble paniquée.

— Je vais le faire, j'annonce.

— Tu es sûre ? souffle Rachel.

— Non, mais tu préfères t'en charger, toi qui trembles comme une feuille ?

Elle nie frénétiquement, alors je prends les devants. Rachel me lâche. Je ne m'étais pas rendu compte que mon cœur battait à tout rompre dans ma poitrine avant de me retrouver à quatre pattes, prête à entrer dans un couloir sombre et exigu pour trouver une clé.

— Ça va aller ? demande Bane.

Je souris en hochant la tête. Pas question de flancher devant Mads. Je m'y refuse, alors j'avance.

À peine ai-je parcouru quelques mètres qu'une odeur plutôt nauséabonde me chatouille les narines et que des bruits semblables à des grattements se font entendre. Je déglutis, mal à l'aise, et je retiens mon souffle lorsque je sens que quelque chose me frôle les cheveux. Mon instinct me dit de continuer ma route sans regarder, mais j'ai un besoin urgent et un peu malsain de savoir ce qui me touche… Comme je suis à quatre pattes, je me tords le cou pour lever la tête. J'ai le cœur au bord des lèvres et je pousse un petit cri aigu quand une araignée agite les pattes devant moi.

Oh ! seigneur !

Je sens les poils de ma nuque se hérisser.

— Tout va bien ?

J'inspire profondément, lentement, pour me calmer. C'est du chiqué. C'est juste un jeu.

— O… oui, je réponds finalement.

Je me dirige vers la lueur que je distingue devant moi, un peu en hauteur. Lorsque je termine mon ascension, j'arrive dans un réduit à peine plus grand qu'un placard à balais. La lumière au plafond grésille. Je tente de me concentrer pour observer méticuleusement les lieux, mais il n'y a pour ainsi dire rien. Les murs sont jaunis, et l'un d'eux semble posséder une trappe. Au centre de la pièce, sur une petite desserte ronde en bois trône un coffret, mais il est fermé par un cadenas à chiffres. Il faut donc que je les trouve pour l'ouvrir. Comme les cloisons n'indiquent pas de numéros, je me baisse sous la table, il n'y a rien non plus… Le code est certainement en haut.

— Mack qu'est-ce qui se passe ? demande Bane.

— Il y a un verrou, il faut déterminer une suite de quatre chiffres.

— Essaye « 1, 2, 3, 4 », lance Mads.

Alors même que je me trouve dans un placard à balais qui me file les chocottes, ce mec arrive à me rendre folle.

— Va chier ! je gueule.

La lumière s'éteint au-dessus de moi. D'abord quelques secondes, puis totalement.

— Oh ! putain…

Les premières secondes qui passent sont stressantes. Je ne me sens pas à l'aise du tout de me retrouver seule dans le noir ici. Qu'est-ce qui m'a pris de m'enfermer là-dedans ? J'aurais dû pousser Rachel après tout, elle n'a pas hésité à me faire un sale coup avec Bane. Tandis que je marmonne, un bruit semblable à un cliquetis résonne à mes oreilles, et je perçois un léger courant d'air. Comme si on avait ouvert ou fermé quelque chose.

Putain, putain, putain !

Je n'ai pas la moindre idée de ce qui se passe, je ne vois rien et je commence à flipper. Soudain, un râle, suivi d'un grognement identique à celui d'une créature horrifique, retentit.

— Trouvez-moi un indice, je siffle d'une voix aiguë.

Je ne sais pas ce qu'ils foutent en bas, mais c'est long. Le temps me semble complètement démesuré d'autant que le grondement est toujours présent en fond et qu'il m'est impossible de dire si c'est un bruit d'ambiance ou si je suis tellement stressée que c'est dans ma tête. La lumière revient au moment où quelque chose me saisit la cheville. Je hurle carrément en reculant et baisse les yeux. La trappe est maintenant ouverte et, à travers la grille, je vois une espèce de zombie dont les bras mutilés, déchiquetés et en sang, dépassent pour essayer de m'attraper. La lampe grésille à nouveau, juste histoire de me rendre dingue, et alors que je surveille le monstre quelque chose commence à couler du mur. La substance noire laisse échapper un bruit qui grouille. Je me rends compte à ce moment-là que ce sont des centaines d'araignées qui sont en train de venir vers moi et je hurle presque à la mort. J'ai une peur bleue des arachnides.

— Essaye de mettre 2359, lance Rachel.

J'ai les mains qui tremblent quand je tourne le mécanisme du verrou pour y entrer les chiffres de Rachel. Ça ne s'ouvre pas, et je sombre dans la terreur, car les araignées continuent de ramper sur le mur, et c'est carrément flippant. En bas, je crois qu'ils me posent des questions, mais la panique a gagné mon corps et mon esprit. L'accumulation des bruits, du noir, des araignées et du zombie sanglant forme une boule d'angoisse que je n'arrive pas à dompter.

Je retape les numéros malgré mes tremblements, je vais plus doucement, j'essaye de ne pas prêter attention aux bestioles qui grouillent et se rapprochent de moi.

J'ai une sainte horreur de ces saletés.

Je parviens à ouvrir le coffre dans lequel se trouve une clé. Je l'attrape à l'arrache avant de redescendre via le chemin qui mène à l'armoire et à mes compagnons. Je longe le passage pour revenir vers eux, mais je les sens, les araignées. Elles tombent sur moi, dans mes cheveux, et je manque de tourner de l'œil.

— Mack ?

Lorsque je sors de là, je n'ai pas le temps de voir mes amis, l'éclairage refait des siennes. Et je panique, j'ai l'impression qu'elles sont sur moi, qu'elles sont partout.

Soudain, je sens quelque chose se blottir tout contre moi. Je me serre contre l'étreinte chaleureuse qui me protège.

— Des araignées, je souffle.

Alors que je tremble malgré moi, une main se plaque contre ma nuque et la frictionne avec douceur.

— Tout va bien. Tu es avec nous.

Je hoche la tête. Du moins, je crois. C'est difficile, je sens encore les sueurs froides dans mon dos et mon cœur battre comme un fou. Mais cette étreinte me fait du bien, elle m'éloigne de mes angoisses et m'apaise.

Lorsque l'éclairage revient, je relève les yeux.

Il me faut plusieurs secondes pour réaliser dans les bras de qui je suis. Je ne sais pas pourquoi j'étais persuadée que j'étais serrée contre Rachel… et certainement pas contre *lui*. Mes joues deviennent rouge écarlate, et je ressens un drôle de pincement au cœur. Comme celui de m'être montrée vulnérable face à lui, comme celui de m'être calmée à son contact… Je ne comprends pas pourquoi il m'a témoigné un soupçon d'humanité sous son masque de mec odieux et je trouve ça perturbant. Quand la réalité nous rattrape de plein fouet, nous écarquillons les yeux, il me lâche la nuque en même temps que je décrispe les doigts de son pull, et on se pousse mutuellement comme si nous étions toxiques l'un pour l'autre.

— Putain, faut vraiment qu'on sorte de ce truc, siffle Mads.

Je suis d'accord.

16. Le Traître, son Plan Cul et la Despotique

Mads

Trente secondes.

Nous avons émergé de la pièce trente secondes avant la fin du temps imparti. Bien que ça ne soit qu'un jeu, il faut avouer que l'ambiance était vraiment prenante et angoissante. Je suis content d'être enfin sorti de ce machin.

Je consulte l'heure sur mon téléphone. Il est plus de 23 heures. Puis je lève le visage vers le ciel noir dénué d'étoiles et de nuages, et je respire un grand coup l'air frais. Quand je reste enfermé longtemps quelque part, j'aime aller dehors. Sentir le froid piquant, contempler le monde qui m'entoure, fixer l'horizon. Je crois que j'associerai toujours l'extérieur à la liberté.

— On a réussi finalement, dit Rachel d'une voix guillerette.

— C'était vachement cool.

Bane et Rachel parlent ensemble. Mackenzie est silencieuse. Elle n'a plus dit grand-chose après être revenue du tunnel. Je la regarde au moment où elle met ses cheveux derrière ses oreilles. J'ai l'impression qu'elle a encore le réflexe de les imaginer longs.

— Vous voulez qu'on aille boire un verre et grignoter quelque chose ? propose Bane.

Mon meilleur pote a le sourire aux lèvres. Bon sang, il m'agace. Il sait pertinemment que je n'ai aucune envie de passer du temps avec elle, alors pourquoi est-ce qu'il m'impose subitement sa présence ? Son coup fourré d'abord, et maintenant il se dit qu'on va tous manger ensemble comme si on était une bande de copains ?

Et pourquoi pas tomber amoureux, tant qu'à faire…

Bon sang, va falloir que je lui parle pour essayer de comprendre à quoi il joue, parce que ça va vite me soûler s'il recommence.

— Ça sera sans moi, je réponds.

Mon meilleur ami me lance un regard en biais, je lui claque un sourire. À croire qu'il pensait vraiment que j'allais lui dire oui.

— J'ai assez vu ta tronche pour ce soir, j'ajoute.

— C'est moi qui ai la voiture. Tu tiens vraiment à rentrer à pied ?

— Pas grave, ça va me faire du bien de prendre l'air.

— Fais pas ton connard, on va juste manger un truc quelque part.

— En fait, je vais rentrer aussi, lâche Mackenzie au milieu de notre conversation. Je suis fatiguée.

Elle ment, j'en suis certain. J'ai l'impression qu'elle a juste envie de les fuir, tout comme moi. Elle non plus n'a pas apprécié de se trouver dans ce petit guet-apens avec moi.

— Tu es sûre ? Tu préfères que je t'accompagne ? propose Rachel.

Mack secoue vivement la tête. Il semble qu'elle aussi en veuille à sa cousine qui semble déçue de sa défection. J'ai beau chercher, je ne comprends pas comment ils en sont venus à cette idée. Et d'ailleurs, je me demande si Bane a parlé de moi et de mon passé à Rachel.

— Vous avez le droit d'être plus que des potes de baise si ça vous amuse, je lance d'un air exaspéré, mais ne nous forcez pas à être en contact, la Despotique et moi. J'en ai pas la moindre envie.

Mon regard croise celui de Mackenzie. Rancœur et insultes silencieuses se mêlent dans nos iris. Je ne l'aime pas, et depuis qu'elle a décidé de faire entendre sa voix elle me le rend plutôt bien.

— C'est vrai… comment voulez-vous que j'apprécie de passer du temps avec un mec comme lui ? Il est désagréable jusqu'au bout des ongles.

Elle dit ça sans me quitter des yeux.

— Ne t'en fais pas, c'est réciproque. Tu es tellement chiante que j'ai peur que ça déteigne sur moi.

Elle sourit avant de me dévoiler son majeur.

— T'as rien à craindre, tu es immunisé par ta connerie.

Je jette un regard à Bane et Rachel. Leur expression est difficile à interpréter. Incrédulité et déconfiture, apparemment. À les voir, on dirait vraiment qu'ils espéraient qu'après cet *escape game* on serait devenus potes.

— C'est pas que j'ai mieux à faire, mais finalement… si, j'ai mieux à faire que traîner avec le Traître, son Plan Cul et la Despotique.

Je tourne les talons et je les laisse en plan. Je sors mon téléphone de ma poche, y branche mes écouteurs pour me mettre de la musique et je marche dans la nuit afin de chasser les idées un peu sombres qui viennent me hanter. J'ai du mal parce que, bizarrement, j'ai encore la sensation de sa nuque dans ma main, de son corps contre le mien, et ça me perturbe. Parce que ce n'était pas aussi dégoûtant que ce que j'imaginais depuis toujours. Parce que je ne m'explique pas pourquoi j'ai fait ça.

Putain, dire que je l'ai serrée contre moi.

Un réflexe à la con. Une pulsion.

Elle était paniquée, et j'ai refermé les bras autour d'elle comme par automatisme, pour la protéger. J'ai ressenti instinctivement le besoin de la rassurer. Elle m'a rappelé des temps sombres, elle m'a fait penser à…

Je secoue la tête, dégoûté, blasé.

Je sens malgré moi que la tempête arrive et qu'elle va comme toujours me déglinguer le moral. Je sais que je vais y céder et que je n'aurai aucun moyen de la combattre. Quelle connerie, cette soirée ! Fait chier, c'était censé me changer les idées, et finalement c'est pire encore.

17. Crac. Crac. Crac…

Mads

J'ai fui la maison aujourd'hui. Un peu comme un gamin. Je l'avoue, je n'avais pas envie de parler à Bane ni de me prendre la tête avec lui d'ailleurs. Je sais que je suis un connard la plupart du temps et que je mérite très probablement que le karma ou mon meilleur ami s'occupe de moi de temps en temps, mais je n'ai pas apprécié ce petit coup fourré qu'il a monté avec Rachel concernant Mackenzie et moi.

Je n'aime pas cette fille, et ce ne sont pas quelques heures passées avec elle qui vont changer quoi que ce soit. J'ai toujours froid dans le dos en l'apercevant, j'ai toujours ma rage qui bouillonne en sa présence. Mon corps, mon instinct, ma tête, tout se met en branle quand je vois son visage, et rien de beau, rien de tendre, rien de drôle n'en ressort.

Je ne suis qu'un amas de haine.

Elle me colle au cœur, à la chair, à l'âme, comme du mazout.

De ce fait, j'ai quasiment passé la journée à l'association.

J'ai alterné entre peinture, clopes et café.

Je ne sais pas trop quelle heure il est, mais Mackenzie ne devrait plus tarder. Nous devons commencer à mettre en couleurs sa sculpture, et j'ai déjà hâte d'en finir pour éviter les tête-à-tête avec elle. Quoique, maintenant qu'elle a visiblement décidé de me répondre chaque fois, les choses sont différentes. Le fait qu'elle évolue comme ça, qu'elle ne soit plus si « fragile », a un petit côté qui est étrange pour moi. Je ne sais pas bien comment l'expliquer encore. Jusqu'à récemment, je ne connaissais que ses silences, à présent j'entends sa voix…

Enfin, tout ça ne change rien.

En attendant qu'elle arrive, je continue mon tableau. Ce matin, j'avais envie de quelque chose de classique. Voilà pourquoi je me retrouve avec un homme assis contre le tronc d'un arbre dénudé en train de fixer un ciel d'orage. Cette œuvre est peut-être encore un peu autobiographique quand on y pense… Cependant, j'aime plutôt ce que j'ai fait.

Il n'y a pas foule à l'association aujourd'hui. Ce n'est pas plus mal. Je ferme les tubes de peinture à l'huile noir et blanc, et je m'étire quand je la vois arriver. Elle porte un pantalon marron avec une chemise en soie crème et des chaussures de la même couleur. Elle s'avance vers moi, ses yeux sont rivés sur le café qu'elle tient dans la main, comme si elle cherchait à tout prix à éviter d'attirer l'attention. Sous bien des aspects, presque tous en fait, elle m'évoque…

— Salut, la Despotique.

Elle s'arrête et me lance un regard de travers.

— Moi qui avais espéré que tu te ferais porter pâle, soupire-t-elle.

Son ton est agacé. Quand je pense qu'au lycée elle était incapable de me répondre, et maintenant c'est systématique. Je me demande bien ce qui la pousse à agir différemment.

— J'ai hésité, et puis j'ai réfléchi à ce qui te ferait le plus chier, que je sois là ou que je n'y sois pas. Et me voici juste pour toi.

Je joue les fortes têtes, les gros cons, mais en réalité je veux en finir le plus vite possible avec cette histoire de collaboration. Dès que je reste un moment avec elle, je me retrouve à devoir affronter à des idées négatives.

— Laisse-moi dix minutes, que je termine et range mon matériel.

Je suis son regard quand elle se rend compte qu'il y a mon chevalet derrière moi. Elle écarquille les yeux. Je donnerais cher pour lire les pensées qui lui passent par la tête actuellement.

— Tu trouves ça assez bien pour toi ? je demande.

Ses iris mauves restent rivés sur ma peinture.

— Ça, c'est vraiment magnifique. Les tonalités de gris et de bleu ont un côté très mélancolique. Le ciel est superbe, ça donne envie d'en voir un comme ça…

Puis, glissant les yeux dans les miens, elle boit une gorgée de café.

— Ce qui est dommage, c'est que l'artiste en revanche soit odieux.

Je lui souris et, sans un mot de plus, elle s'avance vers son stand.

— Et mon café, je dis d'une voix plus forte. Il est où ?

— Dans ton cul, Mads.

— Tu n'offres rien à celui qui va t'aider à embellir ta sculpture ?

— Laisse-moi une minute pour trouver du cyanure, ensuite je t'apporte volontiers un café aussi infect et imbuvable que toi. De rien.

— Regardez-la faire du sarcasme alors que je suis censé lui donner un coup de main… Tu risques gros, Mack.

Elle hausse les épaules et reprend sa route. Je la suis des yeux avant de secouer la tête et de ranger le matériel que j'ai utilisé. Je nettoie les pinceaux, la palette, je remets les tubes de peinture à leur place et pose ma toile dans un coin pour la faire sécher. Puis je prépare ce dont j'ai besoin pour la sculpture de Mackenzie et je m'apprête à la rejoindre.

— Tu t'en vas ?

C'est Marcus. Il est rare de le voir ici le week-end.

— Salut, mec ! je dis. Qu'est-ce que tu fous ici ?

— Je n'avais rien de mieux à faire, et ça m'obsédait de terminer ma peinture. Tu fais quoi ? demande-t-il.

— Je dois aider quelqu'un aujourd'hui et après je file, je suis là depuis ce matin.

Il hoche la tête. Je glisse la main dans mes cheveux avant de bâiller.

— Qui ça ?

— À la sculpture.

— La jolie nouvelle ?

— C'est ça, je réponds d'un air agacé.

Il jette un coup d'œil par-dessus mon épaule, le sourire aux lèvres. Un peu plus et il baverait presque en la matant. Il y a des visions dont on se passerait bien.

— Tu pourrais lui donner mon numéro de téléphone ? Elle est vraiment canon.

— Je ne suis pas entremetteur, si tu veux la brancher, démerde-toi. Tu es assez grand d'habitude.

Marcus me regarde d'un drôle d'air.

— Pourquoi t'es de mauvais poil ?

— Je ne suis pas de mauvais poil, je n'ai pas une gueule à transmettre des messages, c'est tout.

— Si ça t'emmerde que je tente ma chance avec elle, dis-le-moi plutôt que de faire ton connard.

Pourquoi est-ce qu'il me les brise comme ça ?

— Tu branches qui tu veux, je réplique. Mais déjà que je ne la supporte pas je ne vais pas jouer les entremetteurs.

Il esquisse un sourire tout à coup.

— Quoi ? je demande.

— Rien…

Ce petit mot semble signifier beaucoup, vu son expression, et je ne pige pas pourquoi. Je ne cherche même pas à comprendre, je reprends ma route jusqu'à elle. Mackenzie est dos à moi quand j'arrive, elle est penchée sur une étagère. Je reste silencieux et je l'observe. Elle a un ruban en soie marron dans les cheveux, je baisse les yeux et… je fixe sa nuque dégagée. Mackenzie lève alors une main et la plaque dessus. Pendant quelques secondes, elle laisse courir ses doigts tout le long, puis elle se tourne vers moi, comme si elle avait senti ma présence.

Je m'avance jusqu'à elle, l'air de rien. Comme si je n'avais pas reluqué le cou de la nana que je n'aime pas… je pose les matériaux sur le grand plan de travail.

— Tu es toujours sur ton envie de la dernière fois ou tu préfères apporter des modifications ?

— Comme la dernière fois, répond-elle.

— On commence quand tu veux, je dis.

Elle hoche la tête.

— Je vais chercher mon renard.

Pendant ce temps-là, je prépare mes couleurs et j'étale les pinceaux que je vais utiliser sur la table. Des tonalités de noir, un peu de gris et du blanc brillant. Mackenzie pose sa sculpture sur le plan de travail et s'installe ensuite en face de moi. Je n'ai pas vraiment l'habitude qu'on m'observe pendant que je peins, je n'ai pas l'habitude non plus de bosser sur autre chose qu'une toile et encore moins de faire tout ça pour une fille dont l'existence me perturbe.

— T'es pas obligée de rester, si tu as des choses à faire, ne te gêne pas. Je peux très bien m'en sortir sans toi.

— J'imagine que ça t'arrangerait, mais puisque ma présence semble tellement te révulser je vais rester. Et il est hors de question que je te laisse seul avec mon travail. Comment… je pourrais avoir confiance en toi ?

— Je vais la mettre en peinture, ta sculpture, je vais me surpasser comme toujours, mais ça s'arrête là. Je te préviens tout de suite, ne t'avise même pas de tomber amoureuse de moi. Je ne ferais qu'une bouchée de toi, sans le moindre scrupule. Je n'ai rien de vertueux. Tu es tellement frigide que c'en est aussi pathétique que ton potentiel fantasme du chevalier blanc qui viendra te déflorer.

— Les probabilités pour que je puisse m'éprendre d'un type qui bloque sur une actrice porno et qui se comporte comme une ordure sont de zéro, alors ça ne risque pas. Je me trahirais moi-même si je m'entichais de quelqu'un comme toi.

Comme moi ? Je me demande ce que ça signifie.

Je suis tant de choses après tout.

— Méfie-toi, je pourrais bousculer malencontreusement ta sculpture et la renverser, et c'en serait terminé de notre collaboration.

— Fais-lui le moindre mal, et c'est moi qui te ferai tomber de ton petit piédestal de mesquinerie. Je t'y laisse depuis des années, car t'as visiblement besoin de chaos pour te sentir exister, mais ne détruis pas ce qui m'appartient, car j'en ferai de même. Et c'est moi qui suis pitoyable…

Elle dit ça sans trembler, sans bafouiller, sans cesser de me toiser. Elle me tient admirablement tête pour une fois.

J'esquisse un sourire.

Attends, j'esquisse un quoi ?

— Je me demande ce qui a bien pu t'arriver dans ta vie pour que tu sois aussi con et aussi ignoble avec moi.

Des choses. Plein de choses. Beaucoup trop.

Son regard est aussi noir que mon âme, et ses mots plus fulgurants qu'un uppercut me rendent fou. Mes souvenirs se mettent en branle, ils sont plus vivaces et plus virulents que jamais. Je laisse tomber mon pinceau, perturbé par la violence inouïe qu'ils propagent en moi en à peine quelques secondes.

Crac. Crac. Crac.

Je vois des choses. J'en entends d'autres. Je me rappelle tout. Absolument tout. Je n'ai rien oublié, pourtant je m'y efforce ; c'est mon plus grand souhait.

Crac. Crac. Crac.

« C'est le son que font les insectes quand on les écrase » – je me souviens de ces mots-là. Je les ai entendus parfois lorsqu'on nous corrigeait. Je ne suis qu'un insecte. Je n'aurais jamais dû survivre.

Crac. Crac. Crac.

C'est le bruit de mon âme qui se disloque.

Je sens une vague d'émotion monter en moi. Je peine à respirer, et le sang bat à mes oreilles. Un mélange de rage et de désarroi me noue les tripes.

Il faut que je m'éloigne. Il faut que je sorte de là, que je prenne un peu l'air, que je me ressaisisse. Il faut que je retrouve le contrôle. Si je reste ici, je risque de faire une connerie que je pourrais regretter.

Je me recule brusquement de la sculpture de Mack. Nos regards se croisent à peine quelques secondes avant que je tourne les talons.

Putain !

18. Je suis la démesure

Mads

L'alcool coule à flots.

La musique est gérée par un DJ torse nu affublé d'un masque de clown. Tout le monde porte des tubes fluorescents autour du cou, aux poignets… De fête à orgie, il n'y a qu'un pas. Des couples baisent en public sans la moindre honte. Non loin de moi, une nana est en train de se faire lécher par une autre pendant que des mecs les regardent. À quelques mètres à peine, des jeunes dansent sous les stroboscopes dans la mousse. J'aimerais savoir ce qui amène les gens ici. Est-ce pour avoir un peu d'adrénaline ou alors est-ce plutôt pour échapper à leur routine ou leur vie de merde ? Une question me taraude toujours quand je fais la fête comme ça : est-ce que j'aurais apprécié ça si je n'avais pas eu autant de souvenirs ravagés dans la tête ?

Il n'y a pas vraiment de but à cette soirée. Si ce n'est être dépravé et oublier la réalité pendant quelques heures. On paye l'entrée sans savoir ce qu'on va découvrir et ensuite on se laisse guider. Alcool, drogue, musique, sexe, bagarre, tout est possible.

Les fiestas délurées comme ça, il n'y a que ça de vrai pour m'effacer. Encore une fois, j'ai choisi la facilité pour m'aider à me supporter, c'est mieux comme ça.

Zéro limite. Jamais.

De la démesure. Toujours.

Je suis la démesure.

— J'aime trop quand tu me baises.

Je me penche vers Larissa qui, appuyée face au mur pour tenir en équilibre, me laisse la culbuter aussi fort que possible. Elle a encore sa robe et ses chaussures, et ses cheveux dansent dans son dos.

Il n'y a aucune douceur, aucune chaleur.

Tout est sale, animal, pervers.

Il y a juste deux bêtes affamées qui se servent l'une de l'autre pour jouir mutuellement.

J'enroule une main autour de sa hanche pour la maintenir plus fermement tandis que je sors entièrement de son cul, puis y entre de nouveau. Elle laisse échapper un râle qui me rend encore plus dur. Je ne crois pas qu'elle soit brisée, elle m'a dit une fois qu'elle aimait être *borderline*. Larissa ondule contre moi pour s'empaler le plus profondément possible sur ma queue. Je ne l'apprécie pas spécialement, mais elle m'aide souvent à décompresser. J'ignore si je peux dire que c'est un plan cul, mais ce n'est pas la première fois qu'on baise ensemble. Elle sait pertinemment que je suis un connard de première et elle s'en branle carrément. Je saisis ses longs cheveux et je les déplace sur le côté pour voir sa nuque et l'attraper.

— Tu es tellement dépravée, je lâche d'une voix gutturale.

— Toi aussi.

Je lui donne un coup de reins. Elle gémit mon prénom.

Larissa est incontrôlable, elle n'a ni limites ni tabous, elle n'a pas un foutu balai dans le cul. *Elle m'a moi ce soir.*

— Mads, ça vient…

Je resserre ma prise autour de sa taille et j'y vais plus fort et plus vite jusqu'à ce que je jouisse. Essoufflés et en sueur, on reste quelques secondes pressés l'un contre l'autre avant que je recule.

— Dis, Mads ?

— Quoi ?

Je referme le bouton de mon jean.

— Tu ne veux pas me bouffer la chatte ? Je suis encore tellement excitée, susurre-t-elle.

Je la regarde tandis qu'elle remonte son string.

— Je passe mon tour. Les caresses, demande ça à quelqu'un d'autre, je ne suis pas là pour ça.

Elle fait la moue en s'avançant vers moi, puis elle pose les doigts sur mes abdos.

— Tu es égoïste. Tu sais que je crève d'envie de te voir entre mes cuisses.

J'attrape ses mains pour qu'elle arrête de me toucher et je recule d'un pas. Elle n'est pas vexée, pas contrariée, elle me fixe toujours avec une lueur plus que salace dans les iris.

— Je dois y aller.

— Dommage… mais c'est comme ça que je t'adore. Je vais chercher quelqu'un d'autre en attendant de t'avoir à moi.

Je la regarde partir avant de parcourir l'endroit des yeux. Nous sommes dans un hangar désaffecté. J'étais déjà venu ici, mais c'était pour un combat de rue. Je finis par trouver Bane. Quand il a remarqué que je n'allais pas bien, il a proposé qu'on sorte pour me changer les idées. Il se reprochait son coup fourré avec Rachel. Mais à le voir adossé au mur, l'air perdu, je m'interroge sur ce qu'il espérait réellement. Je ne lui ai rien demandé après tout.

— Tu veux boire un truc ? je m'enquiers.

— Non, répond-il.

Son ton est aussi désagréable que son attitude. Je ne lui ai rien réclamé, moi. S'il ne peut pas accepter que je sorte, qu'il se casse. Je n'ai besoin de personne pour me mettre la tête à l'envers. J'excelle dans ce domaine.

C'est si compliqué à comprendre que je n'ai pas envie d'être moi ? Que je ne supporte pas ce que j'ai dans l'esprit ni d'être… moi ? Qui aurait envie d'être dans ma peau, dans le corps d'un gars dont on a abusé trop de fois ?

Personne.

Personne ne veut être un insecte.

— Pourquoi t'es venu si tu fais une gueule de trois kilomètres de long, si tu ne baises pas et si tu ne bois pas non plus ?

— Pour t'éviter de te retrouver dans la merde et de crever dans le caniveau. Je te surveille.

— Va te faire foutre ! je crache.

Il me tape sur le système. Il y a vraiment des fois où j'ai l'impression d'être seul et que personne ne peut me comprendre. Ce n'est même pas une impression, qui pourrait savoir ce que j'ai dans la tête, mis à part quelqu'un comme moi ?

— Toi aussi ! siffle Bane. Il serait temps de te contrôler et d'arrêter tes conneries.

— Facile à dire quand t'as pas de soucis.

— C'est vrai, je ne suis pas comme toi, mais je te supporte depuis des années. Et le coup de la biture, des soirées dépravées, ça me fatigue… Ça ne t'aide en rien.

— Qu'est-ce que t'en sais ?

— Ce que je sais, c'est que depuis un an t'as pas vraiment changé, t'as pas vraiment évolué. Tu ne cherches pas à aller mieux, tu te complais dans le chaos.

Parfois, il y a des vérités qui ne sont pas bonnes à entendre. Mes choix de vie sont discutables, ils sont problématiques, je le sais…

— Tu aurais préféré que je devienne comme les tarés qui m'ont torturé et abusé ?

Il secoue la tête et se pince l'arête du nez.

— Je dis juste que tu devrais essayer autre chose parce que ces soirées, ça te tue à petit feu, c'est tout ce que ça fait. Ça ne t'aide pas vraiment.

Facile à dire.

Qu'il me trouve quelque chose qui me change la vie.

— Je ne bois pas parce que je n'ai pas envie de rater l'examen que j'ai demain. Je ne baise pas parce que je n'ai pas envie de baiser avec une autre que Rachel.

— Alors, rentre et fous-moi la paix. Vu ton humeur, je m'amuserai plus sans toi.

— Viens avec moi, je ne pars pas sans toi. Pour une fois, laisse-moi être égoïste et suis-moi.

— Je n'ai pas envie.

— Pourquoi ? Tu viens de baiser avec Larissa et tu peux picoler dans ta chambre à volonté.

— Ce n'est pas pareil, je réplique.

— Effectivement, à la maison, c'est moins glauque qu'ici. Pis je préfère encore me branler devant un porno que de baiser avec Larissa.

— Si tu en as marre de moi, si tu me trouves chiant à fréquenter, rien ne t'empêche de te barrer fissa, Bane.

Il fait un pas vers moi.

— Rentre avec moi, Mads. S'il te plaît.

J'ai comme un rictus, pourtant j'abdique.

— OK, rentrons.

Bane semble soulagé. Tant mieux pour lui. Je le suis hors du hangar et jusqu'au parking où est garée la bagnole. Je ne me sens pas aussi mal qu'en arrivant, mais pas mieux non plus.

La question de Mackenzie me reste en travers de la gorge, elle me trotte dans la tête. J'aurais dû lui répondre que ça me fait juste bander de jouer les gros connards blasés, mais je n'ai pas réussi.

— Hé, fils de pute !

Soudain, quelqu'un me retient par l'épaule. Je reviens à la réalité et je pivote vivement. Un mec aussi grand que moi, mais avec la carrure de John Cena, me toise de haut en bas.

— Quand je t'appelle, retourne-toi ! Je n'aime pas me salir les mains en touchant les déchets.

Je sens le poids du regard de Bane sur moi. Il doit sans doute mentalement me demander qui est cet abruti, mais je n'en ai pas la moindre idée.

— T'as pas choisi le bon gars pour t'éclater, je siffle. La prochaine fois que tu me parleras mal, je te ferai bouffer le bitume et ensuite tu goûteras à la semelle de ma chaussure qui s'écrasera sur ta gueule de con.

Il ricane. Les cheveux rasés sur les côtés, des boucles d'oreilles dans l'arcade et la mâchoire tellement serrée qu'on jurerait qu'il se retient de chier.

— C'est toi qu'on appelle Madmax ?

— Qu'est-ce que tu me veux ?

— T'as baisé ma meuf ? Mes potes t'ont reconnu, ils m'ont dit que t'as niqué ma copine dans ta bagnole.

— Sont vachement sympas, tes potes, ils me laissent baiser ta meuf et après seulement ils te tiennent au parfum ? Si j'étais toi, je changerais de potes.

Il serre les dents et le poing.

— Fais gaffe aux prochains mots qui vont sortir de ta bouche.

S'il croit qu'il me fait peur, il va être déçu. À la limite, il m'offre un soupçon d'adrénaline.

— C'était elle ?

Il brandit son téléphone et me montre un selfie de lui avec une jolie blonde. J'esquisse un petit sourire, ce qui l'agace.

— Je l'ai probablement regardée sous un angle différent, si tu vois ce que je veux dire.

Bane me pousse pour m'éviter de m'en prendre une. J'en ai rien à foutre de ce mec, de sa meuf et de ses états d'âme.

— Sérieusement, tu me fais quoi avec ta photo ? je lâche d'un ton blasé. Je ne me souviens déjà plus de la nana que je viens de me taper, alors ta meuf, je l'ai oubliée depuis longtemps.

— Tu es vraiment un fils de pute.

— Fallait pas te déplacer pour ça, je suis déjà au courant. Et une dernière chose, si j'ai baisé avec elle, c'est qu'elle était plus que consentante, et on n'a absolument pas parlé de toi.

Cette fois, son poing m'arrive en pleine tronche, mais je le lui rends dans la seconde qui suit.

— Je vais te défoncer la gueule.

Je sors mon plus beau sourire.

— Viens.

— Mads, putain ! braille Bane.

Il s'interpose entre le mec et moi.

— Laisse tomber, il est désolé, ajoute mon meilleur pote.

— Pas du tout, je réponds.

Bane me défie du regard de l'ouvrir une fois encore. Je n'ai pas besoin qu'il me défende ni qu'il joue les conciliateurs entre ce connard et moi. C'est mon problème, pas le sien. Et puis je ne force jamais personne à baiser avec moi, si j'ai couché avec sa nana, c'est qu'elle en avait envie et c'est tout. Si elle l'a trompé, ce n'est absolument pas mon souci. Je ne demande pas un justificatif de domicile ni un curriculum vitæ quand je dégaine.

— Ce n'est pas sa faute, d'accord ?

Mais il fait quoi ?

L'autre blaireau fulmine carrément. Ses narines sont presque aussi dilatées que celles d'un taureau enragé.

— Tu veux dire qu'il n'a pas fait exprès de retirer son pantalon et d'entrer et sortir de sa chatte ?

— Tu ne peux pas le comprendre…

Le gars balance un uppercut à Bane qui titube et s'effondre dans un bruit sourd. Je suis sur le point de sauter sur le mec, mais plusieurs choses clochent, comme l'autre qui regarde Bane bizarrement, le fait que mon pote soit inerte au sol et le sang qui coule sur le macadam.

Crac.

— Bane ?

Le cœur battant, je me tourne vers l'agresseur qui s'enfuit au triple galop. *Merde.* Je suis tiraillé par l'envie de lui courir après pour lui faire regretter d'avoir touché mon meilleur ami, mais je tombe à genoux à côté de Bane. Mes mains tremblent quand je tente de le réveiller en lui palpant le visage, mon cœur tressaute quand il ne réagit pas.

— Bane… mon pote…

Crac, crac.

Mon âme se disloque quand je lui caresse la tête et vois le sang sur ma paume. La peur au ventre, j'approche les doigts de sa gorge pour y trouver son pouls, mais je ne le sens pas.

Crac, crac, crac.

J'ai mal. Très mal.

À l'instant, ce que je ressens est brutal, transcendant, destructeur. Une larme coule sur ma joue. Je me sens crever, comme Bane.

Il y a dix ans

Mon corps est brisé, meurtri.

J'ai mal physiquement, et ça ne cesse jamais. La douleur persiste, car les monstres ont faim, sans relâche, et qu'ils se nourrissent de moi en permanence.

Ils m'aiment, comme l'a dit l'homme au chapeau.

Ils m'aiment de façon percutante, dégradante.

Ils me souillent, me salissent, me flagellent, me frappent.

Je veux mourir, mais ils arrêtent toujours avant de me délivrer de cette existence, ils me laissent avec suffisamment de vie pour continuer de subir.

Je tremble comme une feuille devant l'adulte qui me fixe alors que je suis sanglé au mur, les bras et les jambes écartés. Offert en pâture pour nourrir les monstres. Je l'avais vu quand on me vendait dans la cage. De tous les démons qu'il y avait ce jour-là, lui particulièrement semblait être ravagé jusqu'à la moelle.

Il ne parle pas.

Il me regarde.

Ses yeux sont remplis de promesses et sont pourtant dépourvus de la moindre émotion humaine. Quand il s'approche de moi, mon sang se glace. Je voudrais que le sol s'effondre, que le mur m'engloutisse. Je ferais n'importe quoi pour éviter les sévices atroces qu'il va me faire subir.

— Crac, dit-il contre mon oreille.

Je frissonne à la sensation ignoble de sa bouche contre ma peau, de la chaleur qui se dégage de son haleine fétide.

— C'est mon bruit préféré. Crac, crac, crac…

Mon cœur bat à tout rompre dans ma poitrine.

— Ça exprime le son que font certains corps durs, secs et solides, soit en se frottant violemment, soit en éclatant.

Notre Père, qui êtes aux cieux…

— C'est celui que font les insectes quand on les écrase. Ils font crac, crac, crac.

Donnez-moi la force de me libérer du mal…

— C'est ce que tu vas me donner, ce que ton corps va me chanter. Tu vas faire « crac », car tu es aussi faible et insignifiant qu'un insecte.

Aidez-moi, Seigneur…

— Mais ne t'en fais pas, j'aime ça les insectes.

On me jette dans une des cages au sous-sol. C'est ici qu'on dort ou qu'on attend qu'on vienne nous chercher. La seule lumière éclairant cet endroit provient d'une petite lucarne. Il fait jour, mais j'ai perdu la notion du temps.

Allongé à terre, je me recroqueville sur moi-même. J'ai froid, et mon corps est si sensible que chaque respiration est une souffrance. J'ai cru que mes os allaient rompre sous les coups de ce démon. Les larmes coulent tandis que le souvenir abject et répugnant de l'homme aux insectes s'ajoute aux autres.

Crac, je ne suis qu'un insecte.

Crac, crac, crac, ce bruit bourdonne en moi.

— Ne t'inquiète pas, au bout d'un moment tu ne fais qu'un avec la douleur.

Je me redresse à la hâte bien que j'aie mal.

Au bout de la cage se trouve une fille dont les cheveux noirs tombent sur son épaule et son visage. Elle porte une robe que je devine bleue sous le sang et la terre. Nos regards se croisent, elle n'exprime aucune souffrance, aucune tristesse. Ses traits sont impassibles. Comme si elle ne ressentait ni émotion ni douleur.

— Tu es là depuis longtemps ? je demande.

— Deux semaines, répond-elle. Ne compte pas t'échapper et n'espère pas non plus qu'on viendra nous sauver, on va crever ici.

Je secoue la tête.

Elle me rit au nez.

— Si tu ne meurs pas pendant qu'ils jouent avec toi, ils te tueront quand tu seras trop faible ou trop amoché.

Elle est aussi froide et glaçante que cet endroit.

Crac, mon âme se brise.

Crac, mon esprit se brise.

19. Mack sort les crocs

Mackenzie

Je n'arrive pas à dormir.

Je me retourne inlassablement dans mon lit. Rien n'y fait, le sommeil me fuit. C'est si frustrant d'avoir des insomnies quand on a irrépressiblement envie de se reposer, mais que notre cerveau ne nous fout pas la paix. Je crois que je suis stressée, mon esprit carbure et refuse de se mettre en veille.

Je pense à lui. *À Mads.*

Il ne mérite même pas que je me tracasse pour lui, et pourtant je rejoue continuellement notre dispute jusqu'à son départ depuis des heures. Je suis en mode répétition. Comme chaque fois qu'une situation m'angoisse. Je n'ai pas le moindre contrôle là-dessus… Bon sang, je déteste tout ce que je suis en sa présence. Que je sois la Mackenzie silencieuse ou celle qui se défend, j'ai juste l'impression qu'il fait ressortir le pire en moi. C'est toujours pareil, je ressasse encore et encore. Et aujourd'hui ne déroge pas à la règle. Je suis là, à perdre mon temps avec lui alors qu'il est ignoble.

Je me redresse et allume ma lampe de chevet. Il est presque 2 heures du matin, je suis couchée depuis deux bonnes heures. Je me frotte le visage en attrapant mon téléphone.

Quand il est parti, on aurait cru qu'il était quelqu'un d'autre. Comme s'il s'était égaré dans un recoin de son esprit après que…

Non, non, non !

… que j'ai dit quelque chose.

Je refuse de m'en vouloir. Tout ce qui sort de ma bouche quand il est là, c'est sa faute. Oh ! bon sang, je le déteste de réussir à me faire culpabiliser comme ça !

J'ai la tête dans le cul quand je me réveille le lendemain. Je me suis endormie sur le canapé, sur les coups de 4 ou 5 heures du matin, après m'être sans nul doute explosé la rétine à mater des trucs sur mon portable pendant des heures dans le noir. Je reste allongée encore un peu, luttant difficilement contre mes paupières qui se ferment toutes seules. Je finis par me redresser pour mettre mon téléphone en charge et aller me laver. Dans ma chambre, je scrute l'étagère avec toutes les mains en argile que j'ai pu faire. Certaines sont entrelacées, d'autres sont plus simples… toutes ces mains sont celles d'individus dont j'ai croisé la route. J'ignore pourquoi, à l'instant T où je les ai regardés, leurs mains ont exprimé quelque chose. Comme un vieil homme qui a levé le bras pour appeler un taxi ; un papillon s'est alors posé sur son index, qui était plus haut que ses autres doigts recourbés. Je n'ai pas encore déniché les prochaines qui atterriront ici. Je n'ai pas vraiment eu le temps de m'en soucier, je dois dire.

Je me cherche des vêtements pour aujourd'hui. Ouvrir mon armoire et contempler toutes ces fringues que j'aime et qui me donnent confiance en moi me fait sourire. C'est sans doute un peu idiot, mais je trouve très satisfaisant d'avoir des habits dans lesquels je me sens moi. Au lycée, je portais des choses le plus souvent informes. Afin de passer inaperçue. Je me suis relookée après avoir vu de nombreuses photos sur l'appli Pinterest. J'ai songé qu'il était temps que j'affirme ce que j'étais et que j'arrête de me cacher. Rachel m'a littéralement poussée hors de la maison quand je le lui ai dit. C'était limite le scoop de l'année, comme si elle attendait depuis des lustres que les mots *je vais peut-être me relooker* franchissent mes lèvres. Elle m'a conduite dans les magasins et m'a même emmenée chez le coiffeur.

Je fixe mes pulls, mes jupes, mes hauts, mes pantalons, mes chemisiers, mes ceintures… Du brun, du noir, du beige, des rayures, des carreaux, tout ce mélange un peu sombre, un peu classe, me réjouit. J'attrape un pantalon en tweed marron avec un top à col roulé et des sous-vêtements avant de me diriger vers la salle de bains pour me laver.

J'apprécie d'être sous le jet d'eau chaude, après une nuit stressante, c'est agréable de décompresser. Rachel entre dans la salle de bains au moment où j'enroule une serviette autour de ma poitrine. Quelque chose ne va pas. Son visage est déformé par la tristesse, et ses joues ruissellent de larmes.

— Rachel ?

Je manque de glisser sur le carrelage quand je la rejoins. Elle sanglote comme un bébé.

— Qu'est-ce qui se passe ? Tu me fais peur. Rachel…

Ma cousine fond dans mes bras, enfouit le visage dans ma poitrine et me serre avec force. Troublée par son comportement, je ne peux que la blottir contre moi pour lui donner le réconfort dont elle a besoin. On finit par nous laisser glisser jusqu'au carrelage. Quand elle s'éloigne de moi, je caresse ses joues pour chasser ses larmes.

— Qu'est-ce qui se passe ?

— C'est Bane…

Boum boum. Boum boum.

Le sang bat à mes oreilles alors que mon cœur, lui, se serre. Les mots qu'elle prononce me font l'effet d'une balle. Il y a des fois où on est heureuse à la simple vue d'une garde-robe qu'on chérit, et puis d'un coup quelque chose de tragique nous heurte de plein fouet.

Étrangement, c'est lorsque j'ai vu la joie de vivre s'éteindre sur le visage de Rachel que j'ai compris qu'elle était amoureuse de Bane. Trois jours se sont écoulés depuis qu'elle m'a annoncé le drame et elle n'a plus souri. Elle n'est même pas rentrée hier... j'ai essayé de l'appeler dans la nuit à plusieurs reprises, mais elle n'a pas répondu. Elle n'est pas le genre de personne à se laisser abattre d'habitude, ce qui m'inquiète beaucoup.

Je ne suis pas allée en cours aujourd'hui, parce que le moral n'était pas là et que je voulais être à la maison au cas où Rachel reviendrait. Quand mon téléphone vibre sur mon bureau, je l'attrape à l'arrache. J'ai comme un profond soulagement en découvrant le prénom de ma cousine sur l'écran.

Bon sang, elle va bien !

— Allô ?

— Salut, dit-elle d'une petite voix.

— Tu n'es pas rentrée hier... est-ce que tu vas bien ? je demande.

— Je devais rester seule. Tu n'es pas en cours ?

— Non, j'attendais ton retour. Je m'inquiète pour toi, tu sais. Qu'est-ce que tu as fait cette nuit ?

— J'ai marché dans New York. J'avais besoin de temps pour réfléchir, pour penser un peu à moi. Ce qui est arrivé à Bane, ça nous rappelle qu'il suffit d'un rien parfois...

Sa voix tremble à travers le combiné.

— Rachel...

— Je vais bien, je vais bien, affirme-t-elle. Je rentre ce soir, ne t'en fais pas. Je dois me laver et me reposer. Mais je voudrais que tu me rendes un service.

— Tout ce que tu veux, je dis.

— Mads, j'ai essayé de le joindre plusieurs fois, mais je n'y arrive pas. J'aimerais que tu le trouves.

— Mads ? Tu as conscience de ce que tu me demandes ?

— Oui, je sais… mais je m'inquiète pour lui. Celui qui doit le plus souffrir de ça, hormis les parents de Bane, c'est bien lui. Je veux juste que tu t'assures pour moi qu'il va bien. J'ai peur qu'il fasse une connerie.

Je n'ai pas vraiment envie de me confronter à Mads. Honnêtement, j'angoisse totalement à l'idée de le voir. Il est toujours odieux avec moi quand tout va bien, et je doute que ce qui est arrivé à Bane le rende plus doux. *Au contraire.*

Mais… c'est pour Rachel et, comme elle en bave en ce moment, je me sens obligée d'accepter cette corvée. Je ne peux rien lui refuser. Et cette fois ne déroge pas à la règle.

— D'accord, je vais essayer de le trouver. Tu as son adresse ?

— Je t'envoie le lien via Google Maps, comme ça, tu connaîtras le chemin… Merci, Mack.

Après avoir raccroché, je frissonne en pensant à la mission qui m'attend. Je n'ai pas les épaules taillées pour ça, je ne suis pas assez courageuse pour affronter un Mads en plein chagrin, mais je vais le faire.

Oui, je vais y arriver.

Il me faut une bonne vingtaine de minutes à pied pour me rendre à l'adresse de Mads. Rachel ayant gardé la voiture, j'ai eu la flemme de prendre les transports. J'avais aussi besoin de me préparer mentalement à cette rencontre. Même si avec Mads tout ne se passe jamais comme ça devrait et que je vais soit perdre mes moyens soit trouver la force de lui répondre, il faut que j'imagine ce que ça va être. Quand j'arrive devant une grande maison à la façade blanche et aux volets sombres, je me dis que ça ne m'étonne pas qu'un noceur comme lui vive dans une si vaste demeure. Tel que je le connais, ça doit être la fête tous les jours, ou du moins tous les week-ends. Les rideaux semblent être tirés. J'ignore s'il est là, mais il y a une berline noire chromée garée devant le garage, donc avec un peu de chance il s'agit de la sienne.

J'avance dans l'allée.

Je redoute ce qu'il y a derrière cette porte. Je crains l'état dans lequel il est. Je ne sais pas si je vais affronter un Mads triste ou méchant. L'un comme l'autre, je n'y suis pas vraiment préparée de toute façon.

Je sonne à l'entrée. Mais au bout de quelques longues secondes je n'ai pas de réponse. Alors je recommence. Je serais tentée de gueuler que c'est moi mais, s'il est là et vu à quel point il m'apprécie, il serait capable de faire exprès de jouer au roi du silence.

Finalement, du bruit résonne. En tendant l'oreille, j'entends même des insultes. Ça s'annonce plutôt mal, mais au moins il est en vie. Mon cœur bat la chamade quand il entrebâille la porte. Il plisse les paupières en rageant à cause de la lumière, puis pose le regard sur moi. Hormis l'indifférence mêlée de haine qui découle de ses yeux gris, je remarque surtout qu'ils sont rouges et qu'il a des cernes énormes. Il a l'air au trente-sixième dessous.

Bon sang, qu'est-ce que je suis censée faire ?

— Mads…

Il n'y a que sa tête et un bout d'épaule qui dépassent de la porte, mais il doit être torse nu. J'ai l'impression de l'avoir réveillé.

— Tu veux quoi ? lance-t-il.

Le timbre de sa voix ne m'a jamais paru si rauque.

— Je…

Je perds mes moyens. Il me semble toujours si intimidant. Je me suis tellement effacée face à lui qu'il m'est difficile de l'oublier. Et puis, cette fois, il y a Bane… Bien que Mads ne se prive pas pour être odieux, je ne tiens pas à l'être moi-même. Il doit traverser quelque chose de douloureux. Je ne peux pas m'empêcher de croire et d'espérer qu'il est méchant parce qu'il ne veut pas que je le voie vulnérable. Je n'y pense que maintenant… j'aurais dû dire non à Rachel. Personne n'a envie d'être vulnérable devant les gens, et surtout devant quelqu'un qu'on déteste.

— J'ai assez mal comme ça pour que tu ne viennes pas m'achever.

Il tente de fermer la porte, mais, je ne sais pas pourquoi, je mets mon pied pour la bloquer.

— Qu'est-ce que tu fous ?

Si je le savais…

— Dégage de chez moi, la Despotique. Ce n'est pas un endroit pour toi…

Il dit ça d'un ton tellement abject qu'il aboie presque quand il parle. Je sens les effluves d'alcool dans son haleine. Finalement, j'ai le droit au Mads méchant, triste et ivre. Comme si ça me faisait plaisir d'être là, tiens, et de profiter de cette étrange bombe à retardement qu'il est ! Pourtant, je ne bouge pas, je persiste.

— Rachel était inquiète pour toi. Elle m'a demandé de venir et…

— Fous le camp d'ici, Mackenzie. Je n'ai pas envie de voir ta gueule ni de subir ta présence, je souffre assez comme ça.

C'est blessant. C'est très vexant.

Agacée, je pousse le battant pour l'ouvrir. J'ai l'impression qu'il ne s'y attend pas, car il disparaît de l'encadrement, probablement emporté par son élan. Ça ne me ressemble en rien d'agir de la sorte et, honnêtement, je ne me l'explique pas tout à fait.

— Mais qu'est-ce que tu me veux ? Tu vas me gronder ? Me dorloter ? Me forcer à t'obéir ? Je suis impatient de voir ça.

Il s'enfonce dans la maison. Le cœur battant je ferme la porte derrière moi et m'avance vers ce qui me semble être le salon. Difficile de bien voir, la pénombre est presque totale.

— Ma cousine s'inquiète pour toi, alors je viens m'assurer que tout va bien.

— Ça va super, Mackenzie. Je pète le feu. Maintenant que tu as fait ta B.A., que tu as resserré un peu plus encore la pression autour de ton balai et que tu peux témoigner que je ne suis pas mort, tu peux te barrer ?

Je manque de tomber sur quelque chose. Je me retiens sur ce qui me semble être le bras du canapé. Mads ricane.

Énervée, je me dirige vers la fenêtre pour écarter les rideaux. Je les ouvre d'un coup, baignant la pièce de lumière. Les insultes au bout des lèvres de Mads se ruent vers moi. J'ai le temps de voir deux choses : la ruine qu'est son salon avec des bouteilles d'alcool jonchant la table et le fauteuil, et aussi la cicatrice qui lui barre le torse.

— Ferme ça, putain !

Il attrape les pans du rideau et les tire, mais il est tellement brusque qu'il en arrache une partie. Quand je lève le regard vers lui, je remarque que l'ombre et la lumière ont pris possession de son visage. La lumière accentuant ses iris gris et l'ombre lui offrant une forme de masque qui camoufle le reste de ses traits.

Mon cœur bat un peu plus vite, alors qu'ainsi son expression a une profondeur supplémentaire. Ses yeux reflètent plus d'émotions qu'il n'en dira jamais.

— Je peux savoir pourquoi tu es bourré en pleine journée ? je m'enquiers.

— Je ne te demande pas pourquoi tu es chiante à longueur de temps, alors fous-moi la paix !

Je le pousse vigoureusement. Il éclate de rire.

Je recommence, je sors une fois de plus de mes gonds. C'est incroyable à quel point c'est systématique quand il s'agit de lui.

— La dernière fois qu'on a joué à ça, tu t'es pété des doigts, alors fais gaffe, Mack.

— Mais c'est quoi ton problème ?

Mads plisse les yeux, mais reste silencieux, et je rouvre le rideau.

— Tu es une plaie, Mackenzie.

— Non, il y a ta tronche juste à côté de la définition.

Le salon est vraiment dans un sale état. J'imagine qu'il n'a pas bougé de là depuis l'incident… et qu'il n'a pas dû ingurgiter grand-chose non plus à part de l'alcool.

— C'est terrible ce qui est arrivé à Bane, et je suppose que c'est pour ça que tu es aussi bourré et répugnant, mais…

— Répugnant ? répète-t-il.

— Tu sens le fennec et, dès que tu ouvres la bouche, j'ai l'impression de me prendre une bouffée de whisky en pleine tête. Alors oui, tu es répugnant.

Il se passe une main dans les cheveux et, tout en me fixant dans le blanc des yeux, il se penche sur le canapé et attrape sous quelques canettes ce qui ressemble à un T-shirt. Je tente de ne pas scruter la cicatrice qu'il arbore et dont j'ai tant entendu parler par les filles du lycée. J'ai entendu tant de choses différentes sur son origine.

— Je me fous royalement de ce que tu penses de moi. Je fais ce que je veux.

— Je sais que tu…

— Non, aboie-t-il. Tu ne sais rien, Mackenzie. Tu ne sais rien de moi ni de ce que j'éprouve, alors arrête. Je vis mes émotions comme bon me semble, si j'ai envie de me bourrer la gueule, je le fais. Toi, tu ne ressens rien, tu ne peux pas comprendre.

Je m'approche de lui. J'ai les mains qui tremblent, je suis furieuse. Je devrais me montrer complaisante, avoir un peu de pitié pour lui, mais non. Tout le monde prend des pincettes avec lui et assiste à ses débordements avec presque de l'admiration, mais moi je ne suis pas de ces gens-là.

— Tu ne sais rien de moi non plus. Moi, tout ce que je vois, c'est que tu es là à te morfondre, à picoler plus d'alcool qu'un poivrot les jours de fête et que ça ne change pas beaucoup de d'habitude, en fait. Tu es triste pour ton meilleur ami ou tu es juste Mads ?

Il a un rictus. Il n'aime pas ce que je viens d'énoncer, mais tant pis. Mes mots sont peut-être violents, mais ils sont sincères.

— Qu'est-ce que t'as dit ?

Il s'avance vers moi.

— T'as très bien entendu, je réponds.

Mads est si près que c'en est un peu perturbant. La dernière fois qu'il était si proche, il m'a prise dans ses bras avant qu'on s'écarte l'un de l'autre. Il émane de lui quelque chose de dangereux et, bien que je le craigne, je reste droite, fière, et surtout je ne dévie pas le regard du sien.

— Ne joue pas, Mackenzie.

— Sinon quoi ? Tu n'aimes pas quand on te dit la vérité ? C'est pourtant le cas.

— Arrête !

Il se penche vers moi.

— Non, je me suis écrasée trop souvent, mais plus maintenant. Explique-moi pourquoi tu es bourré. Pourquoi il y a des cadavres de bouteille partout et pourquoi c'est ma cousine qui est tous les jours au chevet de Bane et pas toi. Elle s'inquiète tellement pour lui et pour toi que je suis venue… Bane n'est pas mort, il est…

— C'est tout comme, me coupe-t-il d'une voix lasse, dépourvue de la moindre émotion.

Je le gifle, étonnamment j'ai l'impression qu'il se laisse faire. Je n'en reviens pas d'entendre ça, à la limite j'aurais préféré qu'il m'insulte.

— Tu es un enfoiré. J'ai du mal à croire que tu parles de ton meilleur pote, je ne comprends même pas pourquoi il est ami avec toi.

— On ne te demande pas de piger.

— Va te faire foutre.

— Je voudrais bien, mais il n'y a personne de baisable ici.

Il ricane, mais le temps d'une brève seconde ses yeux gris reflètent une grande détresse, ce qui me désarçonne un peu. L'instant d'après, il se penche pour attraper une bouteille sur la table. Alors qu'il l'ouvre, je la lui arrache des mains et je la jette à terre. Elle se fissure au sol, mais je m'en fous.

— Mack !

Il prononce mon surnom dans un sombre rugissement, ce qui me fait déglutir. D'accord, je n'aurais peut-être pas dû en arriver là, mais il le mérite. Je veux bien croire qu'il est dévasté, je le perçois, je l'ai vu quelques secondes dans ses yeux, mais je ne comprends pas sa réaction. Les gens font ce qu'ils peuvent pour surmonter les épreuves, mais quand même… boire comme un trou ne rime à rien, ça n'aidera personne.

— C'est quoi ton putain de problème ? Tu ne peux pas me laisser gérer comme je le veux ? Pourquoi tu viens me faire chier alors que je ne t'ai rien demandé et que ce qui se passe ne te regarde pas ? Tu cherches quoi à la fin ?

— Tu ne gères rien, tu picoles, c'est différent. Pendant que Bane est entre la vie et la mort, toi tu es là à te morfondre. Il se bat pour vivre, et toi tu glandes. C'est minable… c'est si facile d'attraper une bouteille et de chouiner plutôt que de rester fort et d'épauler son ami.

— Un mot de plus et je te dégage de chez moi sans la moindre douceur. Tu es prévenue, Mack.

— Tout ça parce que tu n'aimes pas qu'on te dise la vérité ? je réplique.

Disant cela, j'enfonce un doigt dans son torse.

— Pourquoi tu bois autant ? Pourquoi t'es pas avec lui ?

— FERME TA PUTAIN DE GUEULE, MACK !

Il hurle tellement qu'il s'en arrache la voix sur la dernière syllabe. Je sursaute comme une folle et, bien que mon cœur batte la chamade, je reste stoïque pour lui montrer qu'il aura beau me crier dessus je m'en fous.

— NON ! Je ne fermerai pas ma gueule.

— Tu devrais parce que là tu es en train de me mettre à bout. Et t'as vraiment pas envie de me voir comme ça.

— Tu ne m'as jamais ménagée, pourquoi je prendrais des gants avec toi ? Si tu n'aimes pas ce que tu entends, c'est sans doute parce qu'il y a un peu de vérité.

— Je t'ai dit de la fermer.

— Je ne suis pas un chien, je ne t'obéis pas au doigt et à l'œil.

Je le pousse. Il m'agace. Tout ce que j'aimerais, c'est qu'il se rende compte qu'il fait n'importe quoi.

— Tu commences sérieusement à me les briser. C'est marrant deux secondes ton nouveau genre, là, mais n'abuse pas, je t'assure que les répercussions ne te plairont pas.

— C'est si difficile pour toi d'admettre que tu déconnes ? Toi qui te dis franc, tu parles ! Tu voudrais que je me casse d'ici en baissant les bras pour avoir une excuse pour continuer. Tu m'as tellement persécutée, et je devrais te ménager parce que tu traverses une mauvaise passe ? Même pas en rêve.

Je le pousse encore. Son regard est noir, ses iris sont aussi froids que l'acier. Cette fois, il m'attrape le poignet.

— Arrête.

— Non.

Il me sonde, mais je ne flancherai pas. Il faut croire que j'ai un cœur finalement, car je ne parviens même pas à laisser la personne que je déteste le plus dans la merde.

— Je vais te faire payer ça.

— Je n'ai pas peur. Tu aboies fort, c'est tout.

Je me rends compte que je retenais mon souffle quand il s'incline davantage vers moi et que j'ai besoin d'air pour respirer. Avec lui, tout peut arriver mais, aussi odieux soit-il avec ses paroles, je suis prête à parier qu'il ne me fera jamais mal physiquement.

— Tu changes juste de sujet parce que tu ne veux pas admettre que tu déconnes et que tu es faible, c'est tout…

Il a un rictus et il se penche afin de poser le front contre le mien. Je n'ai même pas le réflexe de bouger, j'en suis incapable. Pas si j'espère le faire réagir. Et, bien que cette proximité me perturbe, je tente de le cacher.

— Qu'est-ce que tu veux entendre, putain ? Que c'est ma faute s'il est comme ça, que c'est à cause de moi ? Que je ne suis qu'un pauvre type déglingué, taré ? Tu attends quoi, Mack ? Que je te dise que je ne peux pas le regarder en face, que je n'ai pas le droit d'être auprès de lui ?

— C'est pas bientôt fini les conneries ? C'est que des lamentations, ça. Si tu t'en veux à ce point, agis autrement qu'en picolant. Va à son chevet pour t'excuser, c'est la moindre des choses.

Son expression meurtrière se trouble. Entre la colère et la tristesse se mêle un sentiment qui ressemble à de la culpabilité. Brusquement, il se redresse et s'écarte de moi. Je le regarde s'éloigner.

— Pour quoi faire, il va sans doute…

— Je t'interdis de dire ça ! je crie. T'as pas le droit de sceller son sort juste parce que c'est plus facile pour toi de croire ça ! Comment tu peux…

— Il est dans le coma, c'est clair que c'est bon signe.

— BANE EST VIVANT ! BANE EST VIVANT, MERDE ! Toi en revanche, c'est une autre histoire… Lui il lutte pour se remettre, et toi tu baisses les bras… comme si tu avais déjà décidé de sa mort.

Mads grogne, mais bizarrement ne dit rien de plus. Je crois qu'il se rend compte que les tristes mots que je viens de prononcer sont vrais.

— Ressaisis-toi, bon sang ! T'es déjà pas bien vivant, si tu ne te bats pas un minimum pour ta foi et la guérison de Bane et qu'il ne se réveille pas, tu t'en voudras toute ta vie.

— Qu'est-ce que ça peut te foutre ?

Il se prend le visage dans les mains alors j'en profite pour faire volte-face et trouver la cuisine. Je souffle un peu tout en cherchant un verre propre, puis je le remplis. J'inspire calmement quand je reviens dans le salon. Mads me lance un regard en biais jusqu'à ce que je lui jette l'eau froide en pleine tronche.

— PUTAIN, tu es…

Alors que le liquide ruisselle sur sa peau, je le coupe :

— Ça me fout que, même si je ne t'aime pas, je ne te souhaite pas de vivre avec ça. Ça me fout que, même si je ne suis qu'une merde pour toi, je ne peux pas te laisser dans cet état.

Il semble calmé. Je le vois sur son visage et dans son regard. Ce n'est pas très net, mais j'arrive à le percevoir. Je crois que mes derniers mots ont fait mouche, ou peut-être est-ce l'ensemble du truc. Je demeure sur mes gardes, car avec lui rien n'est jamais certain. Je devrais probablement m'en aller mais, je ne sais pas pourquoi, j'ai envie de rester. Du moins pour le forcer à se doucher, à avaler autre chose que de l'alcool et à aller voir Bane. Son cas ne devrait pas me préoccuper, mais je ne suis pas comme lui.

— Je ne partirai pas tant que tu ne seras pas lavé, que tu n'auras pas dessoûlé et que tu ne m'emmèneras pas à l'hôpital.

— Qu'est-ce qui te fait croire que je vais t'emmener ? Que je vais simplement suivre tes conseils débiles ? Putain, je dois être crevé pour ne pas t'avoir déjà foutue à la porte.

— C'est sans doute parce que personne ne te parle comme moi que tu m'écoutes. Je ne t'apprécie pas, alors je ne prends pas de pincettes, je te dis ce que je pense sincèrement. Et… je crois que quelque part tu le comprends.

Son regard gris devient plus profond.

Touché. Mes mots font mouche, et il n'arrive pas à le cacher. Lentement, il se redresse, il attrape le verre à moitié vide sur la table et le boit sans respirer, en me fixant. Je tente d'ignorer la perle d'eau qui glisse sur son menton, puis disparaît dans son cou. Il pose le récipient en s'essuyant d'un revers de la main. Je me sens rougir sans vraiment comprendre pourquoi.

— Tu veux vérifier que je me lave bien ? demande-t-il en passant devant moi.

20. Sa nuque, bordel !

Mads

Je lève le visage vers le pommeau de douche, espérant que l'eau chaude m'aide un peu à atténuer mon mal de crâne.

J'ai l'impression de revenir de loin. Je peine à redescendre et à me connecter avec la réalité. Avant que Mack débarque ici comme une tornade, j'avais la sensation de flotter dans les ténèbres et qu'elles s'enroulaient profondément autour de mon cœur dès que je voulais m'en sortir. J'ai passé deux jours dans l'ombre, dans le noir. Si elle n'était pas arrivée, je crois que j'aurais continué ainsi… J'ai légèrement vrillé quand Bane est tombé. J'ai eu l'impression de sombrer. Quelque part entre ma tristesse et ma rage, j'ai dû trouver un accès de bon sens pour appeler les secours. Ils l'ont réanimé dans l'ambulance. J'ai tout vu, horrifié.

Il est revenu d'entre les morts, mais il ne s'est pas réveillé. D'après le médecin, le coup qu'il a reçu était plus violent qu'il n'y paraît. Tout ça, tout ce qui est arrivé, c'est entièrement ma faute. Si je n'étais pas si faible, on ne serait pas sortis, et rien de tout ça ne se serait produit. Il ne se serait pas interposé pour me défendre, et son crâne n'aurait pas heurté un caillou au passage. Je frissonne en y repensant. Le sang sur ma main, son corps inerte, les secours…

Putain.

J'ai peur. Peur qu'il ne se réveille jamais. Peur de vivre avec sa mort sur la conscience. Peur de perdre l'une des personnes que j'aime le plus au monde et de me retrouver encore plus seul sur cette Terre. Je crains également qu'il m'en veuille, qu'il réalise enfin que je ne mérite pas son amitié.

Je suis un lâche, je suis faible, je ne sais pas affronter les situations qui m'effrayent. Tout ce à quoi je suis bon, c'est me plonger dans la démesure pour échapper à ce à quoi je dois faire face.

Je secoue la tête.

Bon sang, je suis frustré qu'elle ait débarqué chez moi comme ça. Elle est où, la Mackenzie qui s'effaçait et qui n'avait aucun caractère ? À croire qu'elle a su mûrir et pas moi. Cette notion me fait grimacer, car quelque part c'est vrai, c'est avéré. Encore une fois, je suis à la traîne, enchaîné par mes peurs et mes faiblesses, tandis que le monde autour de moi évolue.

Ruminant mes pensées emmêlées, je termine de me laver. Je passe une main sur le miroir et fixe mon reflet. J'ai des cernes énormes et la mine basse. Je baisse le regard et caresse ma cicatrice du bout des doigts. Dire qu'elle l'a vue. Bon sang, je l'ai laissée voir ma vulnérabilité deux fois en l'espace de quelques jours. À croire que je le fais exprès.

Je me sèche rapidement et enfile des vêtements propres avant de descendre. Quand j'arrive au salon, je remarque qu'il ne reste plus une seule bouteille. Je grogne, je ne lui ai pas demandé de faire ça. Je la découvre dans la cuisine. Elle est occupée. Mais, comme elle est dos à moi, je ne vois pas à quoi. Elle a peut-être trouvé du cyanure finalement. J'observe son port de tête quelques secondes, puis ses vêtements. Elle a un pantalon noir ainsi qu'un pull marron. Je suis troublé quand elle se tourne vers moi, je ne sais pas bien comment réagir à sa présence ici. Je crois que je suis content qu'elle m'ait sorti de ma léthargie, mais en même temps je lui en veux qu'elle m'ait découvert comme ça…

Je considère néanmoins que Bane est plus important que ce qu'elle m'inspire, du moins pour le moment. J'ai peur de lui rendre visite, mais ça fait trois jours, et je suppose qu'il faut que je le voie. J'ai honte des mots qui ont franchi mes lèvres, j'ai honte d'avoir pensé que c'était fini pour lui alors qu'elle a raison, s'il est dans le coma, c'est qu'il n'a pas abandonné, c'est que d'une certaine façon il se bat.

— Il n'y avait rien dans le frigo, alors j'ai fait des toasts au beurre de cacahuète.

Elle pose devant moi une assiette avec deux sandwichs.

— Je dois m'inquiéter de la présence d'un quelconque poison ?

Une étrange étincelle scintille dans son regard. Il est incontestable qu'elle ne ressemble plus à la Mackenzie qui était avec moi au lycée. Quelque part entre le lycée et aujourd'hui, elle a changé. C'est réellement troublant pour moi parce qu'elle éveille une autre sorte d'intérêt maintenant qu'elle a décidé de se glisser à un même pied d'égalité que moi et qu'elle me rend les coups que je lui donne.

— Non, en revanche méfie-toi, j'ai peut-être mis du verre brisé dans tes draps et tes chaussures.

Je sens mes joues s'étirer en un petit sourire.

— Tu aboies beaucoup toi aussi, mais est-ce que tu mords ?

— Tu mords, je mords.

Voilà qui est prometteur.

J'attrape un des sandwichs avant de croquer dedans.

La première bouchée m'écœure un peu. Pas parce que ce n'est pas bon, mais parce que je n'ai pas mangé beaucoup ces derniers jours, et mon estomac a un peu de mal à accepter le mélange sucré-salé.

— T'as changé, Mackenzie.

Elle lève les yeux vers moi, et ses joues rougissent. J'ai l'impression que ses iris mauves me disent qu'elle aime les mots que je viens d'émettre. Elle m'a surpris aujourd'hui, je ne peux pas lui retirer ça.

— Non, j'ai juste cessé d'être dans ton ombre.

Je ne réponds pas, je lui souris. J'attrape le second sandwich avant de me diriger vers le jardin. L'immensité du ciel bleu m'accueille. Je ne l'avais pas vu depuis deux jours. Trop occupé à me lamenter et à boire. Je pourrais le prier afin qu'il aide Bane à s'en tirer, mais il n'a jamais vraiment été clément pour moi, alors je n'y crois pas.

Il va s'en sortir.

Je l'espère. Je ne sais pas vraiment ce que je deviendrais sans lui. Il est tellement important dans ma vie qu'il est comme l'air que je respire, indispensable.

En allumant une clope, je me dis que j'ai déconné.

Lorsque je sens la présence de Mackenzie, je lève le visage vers le ciel et je crache la fumée de ma cigarette.

— Merci pour aujourd'hui, je marmonne en baissant les yeux.

Elle ne répond pas, elle se contente d'esquisser un petit sourire.

J'éprouve un drôle de pincement au cœur lorsque je gare ma voiture sur le parking. Le trajet s'est fait en silence, bien que Mackenzie soit là. Difficile de songer que je passe du temps avec elle sans lui lancer un flot constant de venin en pleine tête. Ce qui arrive à Bane est plus fort que ce qu'elle m'inspire. Je crois même que j'apprécie ce calme pour une fois. Je veux juste penser à mon meilleur ami, que j'ai lâchement abandonné.

— Je vais faire la peinture de ta sculpture, je gronde d'un ton bourru.

Je tiens à respecter ma promesse à ma mère.

— Ce n'est pas urgent, répond-elle.

— Demain.

— Tu ferais mieux de rester auprès de Bane.

Je secoue la tête en coupant le moteur. Mackenzie défait sa ceinture.

— Je n'aime pas rester sans rien faire quelque part, j'ai l'impression de perdre mon temps. Bane préférerait sans doute que je te donne un coup de main plutôt que de glander à côté de lui.

Elle opine sans répondre. Nous sortons de la voiture. L'hôpital, un gros bloc de béton repeint en blanc imposant, se dessine face à moi. Je déteste les établissements médicaux, ils ont quelque chose de triste et de flippant. J'ai séjourné quelque temps dans une aile psychiatrique quand j'étais gosse, pour qu'on m'aide à gérer ce que j'avais vécu.

Lorsqu'on arrive dans la chambre de Bane, je suis surpris de découvrir Larissa à son chevet. Elle relève vivement la tête, un sourire aux lèvres en me voyant d'abord, puis une moue plus contrariée quand elle repère Mackenzie.

— Qu'est-ce que tu fous ici ? je jette d'un ton nonchalant.

Je suis peut-être un peu en colère contre moi-même qu'elle soit au chevet de mon ami et pas moi.

— Je suis venue rendre visite à Bane, c'est normal, lance-t-elle joyeusement.

Je me retiens de lui dire que Bane ne l'aime pas et qu'il n'aurait probablement pas envie qu'elle soit là. Cela dit, je ne comprends pas bien pourquoi elle est ici, nous n'avons de contacts que pour baiser ensemble, le reste du temps je me comporte comme un con et elle comme une peste. Mackenzie derrière moi demeure silencieuse.

— C'est si terrible ce qui arrive.

Je m'avance dans la chambre. Quand mon regard se porte sur Bane, j'ai un énorme pincement au cœur. Ce que je ressens en voyant mon meilleur ami, inconscient dans un lit, est indescriptible. Lui qui sourit toujours, lui qui croque la vie à pleines dents, c'est un peu dur.

— Je m'appelle Larissa, tu es qui ?

— Mackenzie.

Quelque chose contre mon épaule me sort de mes réflexions. Je pense qu'il s'agit de la main de Mackenzie, mais c'est celle de Larissa. Je me libère d'un mouvement.

— Est-ce que tu gères, mon lapin ?

Ses mots me font tiquer.

— Ne m'appelle pas comme ça, je gronde. Je ne suis pas un lapin.

Je me contiens. Idiot de croire qu'un petit surnom puisse horripiler quelqu'un à ce point, mais celui-ci plus que tout autre me glace le sang. Je puise en moi pour ne pas la dégager de cette chambre, car ce diminutif me détraque la tronche – c'est comme ça qu'on m'appelait dans cette maison.

— Tu peux nous laisser ?

Elle me scrute, puis pose le regard sur Mackenzie. On dirait qu'elle est agacée ou étonnée. Probablement le fait que je lui demande de partir, mais je m'en fous carrément. Je n'ai pas envie qu'elle soit là. Nous ne sommes en rien des amis, et Bane ne la supporte pas. Elle n'est venue que pour se faire bien voir ou pour se rincer l'œil, et je trouve ça malsain. C'est le genre à se prendre en selfie avec Bane ou juste lui pour l'exposer sur ses réseaux sociaux afin d'attirer de la fausse sympathie et de la pitié.

— Très bien.

Elle attrape son sac.

— Si tu as besoin de quoi que ce soit, tu connais mon numéro.

Comme si…

La gorge serrée, je me rapproche de Bane. C'est dur de le voir comme ça. Je ne sais pas comment me comporter. Je ne sais pas trop comment gérer ça alors qu'il est difficile pour moi d'admettre qu'il est dans cet état par ma faute. Je m'avance à son chevet.

— Salut, mon pote. J'ai mis du temps à revenir…

— Tu veux que je te laisse ? demande Mackenzie.

— Non, reste.

Elle hoche la tête quand je tourne la mienne vers elle, et il n'y a pas un mot de plus. Nous sommes deux ennemis qui avons sorti le drapeau de paix pour un instant. *Pour Bane.* Si les choses n'étaient pas si graves, je songerais même qu'il l'a fait exprès. Je l'observe lorsqu'elle retire sa veste et la pose sur une chaise. Elle remet gracieusement ses cheveux derrière ses oreilles, et on dirait qu'elle se souvient qu'elle les a coupés. Je crois qu'elle a eu raison d'aller chez le coiffeur, son visage est plus éclairé de cette façon. Je tourne brusquement les yeux en réalisant la direction qu'ont prise mes réflexions.

Merde.

Trois jours ont passé.

Bane est toujours dans le coma, quant à moi, je vis avec de drôles de pensées dans la tête. La seule chose positive, c'est que je n'ai pas bu une goutte d'alcool depuis que Mack est venue. Je ne veux pas être minable quand il se réveillera. Enfin, plus minable que je ne le suis déjà. Alors, je me suis dit que le prochain verre que je prendrais ce serait avec lui, pour trinquer à son retour parmi nous.

— J'ai terminé la peinture de Mackenzie. Elle est magnifique. Ma mère va l'exposer dans sa galerie. Elle m'a demandé de l'accompagner… Tu imagines deux secondes Mackenzie et moi à un vernissage ? C'est absolument suicidaire.

Je me frotte le visage.

Je suis crevé alors que je ne fous pas grand-chose. Mais le temps s'étire inlassablement depuis que Bane est dans cet état. Je ne supporte pas les quatre murs qui forment sa chambre. Je n'aime pas cette espèce de jaune moutarde qu'ils ont mis sur les cloisons ni les bruits constants des machines. Je n'aime pas non plus voir mon meilleur ami inconscient, branché à toutes sortes d'appareils.

Tout ce que je veux, tout ce que j'espère, c'est qu'il me revienne. Ma putain de vie n'a vraiment aucune saveur sans lui. Bon sang, je savais que j'aimais ce connard, mais pas autant. Incroyable à quel point on se rend compte comme les gens nous sont précieux et indispensables quand ils ne sont plus là.

Les parents de Bane viennent tous les jours, Rachel aussi. Pas besoin d'être un génie pour comprendre qu'elle est amoureuse de lui. Je suis tellement égoïste que je ne sais pas si c'est réciproque. Il y a de fortes chances. Rachel était contente de me découvrir à son chevet. Quand elle a débarqué dans la chambre et nous a vus, Mackenzie et moi, elle a fondu dans mes bras. Je n'ai pas eu le temps de reculer ni rien, j'ai remarqué sa détresse, mais aussi son soulagement à ma présence. C'est là que j'ai compris qu'elle tenait tellement à Bane qu'elle s'était fait du mouron pour moi.

— Je vais te dire un truc, mec. Et ça a intérêt à te sortir de ce putain de coma cette nuit.

Je me redresse de ma chaise et je pose une main sur son épaule.

— Sa nuque… elle m'obsède.

Je quitte la chambre sur ces mots.

21. Mack sort tout court

Mackenzie

Penchée sur mon bloc d'argile, un casque sur les oreilles pour écouter un peu de musique, je me dis que le temps est vraiment étrange en ce moment. Mads a terminé la peinture de ma sculpture, et c'est horriblement frustrant d'admettre qu'elle est encore plus belle qu'avant. Matilda, sa mère, l'a encore plus adorée. Elle n'a pas essayé de critiquer le choix des couleurs que j'ai fait. Elle nous a même proposé d'organiser un vernissage.

Un vernissage.

Avec Mads.

Idée complètement suicidaire.

Ma tante et ma grand-mère ont sauté de joie quand Rachel et moi leur en avons parlé. Rachel va bien. Elle ne va pas mieux, mais elle relativise. Elle a une positivité infaillible. Je suis si fière d'elle.

Je me focalise sur mon bloc d'argile. Mais malgré la musique que j'ai dans les oreilles j'ai du mal à me concentrer. Je pense au professionnalisme de Mads. Je l'ai observé en action et je crois qu'il m'a fascinée. Il était différent, calme… comme si en peignant il se libérait de tout ce qui le met en colère d'habitude. Sa façon de tenir son pinceau, de le tremper dans la gouache, de l'appliquer sur l'argile, de réfléchir en silence à son travail. La paix et la concentration sur son visage. Je ne sais pas, j'ai eu l'impression que cela lui faisait du bien.

Je sursaute quand je sens une pression sur mon épaule. Je me tourne, alors que Zoey me sourit.

— Salut, dit-elle quand je retire mon casque.

— Bonjour ! Tu vas bien ?

Elle hoche la tête.

— Tu avais l'air perdue dans tes pensées.

— C'est possible.

— Dis-moi que j'ai interrompu de mauvaises idées et pas des bonnes.

Je hausse un sourcil en songeant à ses mots. Elles n'étaient ni vraiment l'un ni vraiment l'autre.

— Vous avez fini de bosser, Mads et toi ? demande Zoey.

— Oui.

— J'aurais tellement aimé voir la sculpture achevée. Elle était déjà si jolie.

— Je l'ai en photo, mais ça ne reflète pas la réalité. Matilda l'a emportée pour un vernissage.

Zoey écarquille les yeux.

— Waouh, mais c'est génial !

— Oui… honnêtement, je ne réalise pas vraiment. Elle ne va peut-être pas se vendre, mais c'est dingue. Parfois, je me dis que c'est un canular et qu'on va se foutre de ma gueule.

Angoisse, bonjour.

— Tu as zéro raison de stresser, tu es vraiment douée. Profite de toutes les occasions qui s'offrent à toi, c'est le meilleur moyen pour gagner de l'expérience.

— On croirait entendre ma grand-mère, je ronchonne.

Elle me lance un regard en biais.

— Ne te vexe pas, je suis désolée…

Zoey éclate de rire.

— Les grands-mères sont des modèles de bon sens, il n'y a pas mieux qu'elles pour apporter un jugement sage et éclairé, alors, je ne le prends pas mal.

Je ne peux pas lui donner tort, je pense souvent ça des paroles de Nonna.

— Tu es en train de sculpter quoi ?

— Des mains, je réponds.

— Et elles appartiennent à qui, ces mains ?

À la manière dont mes joues rougissent, j'ai l'impression que c'est un secret honteux. C'est peut-être le cas. La gêne s'empare de moi quand je me remémore à qui elles appartiennent.

— Personne en particulier, j'aime juste faire des mains. Je trouve qu'elles expriment beaucoup de choses.

Mon amie hoche la tête, pourtant je suis convaincue qu'elle se dit qu'elles ont bien un propriétaire. C'est idiot, mais je ne veux pas qu'elle sache que je suis en train de représenter les mains de Mads. Rien que l'idée que je me l'avoue me perturbe déjà, mais je les ai tellement observées quand il peignait que je n'ai même pas réfléchi en me mettant à sculpter. Je les ai même dessinées sous plusieurs angles dans mon carnet à croquis.

— Tu me montres les photos de ton renard fini ?

— Oui, attends.

Je me nettoie les mains avant d'aller chercher mon téléphone dans ma veste. Quand je déverrouille l'écran, je remarque que j'ai deux appels en absence et plusieurs messages. Tous viennent de Rachel. J'appuie sur le premier, terrifiée, et lis :

BANE EST RÉVEILLÉ !

J'attendais cette nouvelle avec tellement de ferveur que mes jambes en tremblent. Mon cœur bat comme un fou dans ma poitrine. Je me sens si heureuse.

— Mack ?

Je me tourne vers Zoey, elle me regarde curieusement.

— Tu pleures ?

C'est lorsqu'elle le dit que je m'en rends compte. J'essuie mes larmes d'un revers de la main. Le soulagement de savoir qu'il est réveillé est puissant. Rachel doit être tellement contente. Mads aussi. Je ne peux même pas imaginer le bonheur qu'il doit ressentir. Ce qui est arrivé à Bane l'a profondément meurtri.

— Tout va bien ?

— Oui, c'est un ami. J'ai appris une bonne nouvelle… je vais y aller, je suis désolée.

Elle secoue la tête.

— Mais non, vas-y. Je vais ranger ton matériel.

— Tu es sûre ?

— Certaine.

Je lui souris en attrapant mes affaires.

— Merci, Zoey.

Sur ces mots, je file.

C'est officiel. Rachel et Bane sortent ensemble. Ce qui devait n'être qu'un plan cul s'est transformé en quelque chose de bien plus fort. Je suis contente pour elle, pour eux. Mais surtout que Bane ne garde aucune séquelle du coup qu'il a pris et de sa mauvaise chute.

— Tu es vraiment magnifique, j'affirme alors qu'elle tourne sur elle-même pour exhiber sa robe bleue.

— Tu aimes ? Sincèrement ?

C'est la quatrième qu'elle me montre. Elles lui vont toutes à ravir, mais visiblement elle hésite encore. Je crois que, de toute façon, quoi qu'elle porte elle sera jolie, quoi qu'elle porte Bane la trouvera jolie et que la robe finira à terre quelque part.

— Oui, sinon j'aurais dit : elle est moche, ta robe, elle te donne une allure de grand-mère.

Elle sourit. Ce sourire qui ne la quitte plus depuis des jours.

— Dis-moi, tu es sûre que tu ne veux pas m'accompagner ?

Voilà. Nous y sommes. Le temps du marchandage est arrivé. Remarque, elle a attendu la veille cette fois au lieu de commencer son harcèlement plus tôt.

— Certaine.

— Si je peux me permettre…

Elle fait une pause dramatique et plante ses yeux bleus dans les miens. Je la connais sur le bout des doigts. Elle ménage son suspense, elle prend le temps de mettre en ordre les arguments qu'elle va me donner pour essayer de me persuader de venir avec elle.

Elle et Mads ont visiblement organisé ensemble une fête pour célébrer la guérison et le retour de Bane. Ils sont plus proches, ce qui me fait un peu flipper… même si je suis vraiment contente pour elle. Mes sentiments sont assez mitigés, c'est bizarre. Après que j'ai poussé Mads à bout pour lui faire comprendre qu'il exagérait, il s'est installé une forme de trêve entre nous. Je crois qu'il a pris conscience que son meilleur ami était plus important qu'être odieux avec moi. C'était assez déroutant lorsqu'il peignait ma sculpture, mais d'un autre côté c'était aussi terriblement apaisant de ne pas sentir une boule d'angoisse dans ma gorge et ma poitrine. Maintenant que Bane est sorti d'affaire et qu'il se porte bien, j'ai peur que Mads redevienne comme je l'ai toujours connu. Je ne veux pas que ce rapprochement entre ma cousine et lui serve de prétexte pour qu'on se voie plus souvent. Ce n'est pas parce qu'il y a eu une trêve que c'est fini.

— Je t'en prie, je dis finalement. Que je te permette ou pas, tu vas le faire de toute façon.

— Tu me connais si bien.

— T'as pas idée…

— D'accord, alors à quoi je pense ? s'enquiert-elle avec un sourire.

— Tu penses aux bonbons que t'as achetés pour Halloween et tu te demandes si le paquet va tenir jusque-là ou pas. Tu sais très bien que non. Ah, et tu penses aussi à Tom Holland.

Elle soupire telle une *drama queen.*

— Je pense toujours à Tom Holland, cet homme est un rêve. Mais tu te rends compte que j'ai viré sa photo de mon fond d'écran de téléphone pour en mettre une de Bane.

Rachel agite son portable devant mon nez. À bien y regarder…

— Tu te rends compte un peu ?

— Je me rends compte que Bane a carrément un air de Tom Holland surtout.

Je n'avais jamais fait attention, mais sur ce portrait il y a quelque chose.

— Je saiiiiiis, piaille-t-elle dans un couinement hystérique. Il est si beau…

Elle est complètement gaga mais, quelque part, je crois que je comprends.

— Tom ou Bane ?

— Les deux, me répond-elle.

Je ris.

— Tu sais qu'on aperçoit ses fesses dans le film *Chaos Walking* ?

Elle me dévisage, bouche bée.

— T'as maté un film avec lui sans moi ? Et j'ai raté ça, moi ? Doit bien y avoir un gif de ses fesses sur Internet.

Rachel pianote sur son téléphone.

— Bon sang, faut que je regarde ce film. Mais je te vois venir, toi… tu essayes de me faire changer de sujet. Et donc, pour en revenir à ce qu'on disait, Bane serait si content que tu sois là. Tu es son amie, et puis tu as aidé Mads. Il m'a dit qu'il voulait te remercier.

— Je ne l'ai pas aidé pour avoir des remerciements, il n'a pas besoin de le faire, je veux dire. Je vais m'ennuyer, je n'ai pas été invitée, et puis me retrouver dans une fête avec Mads c'est de la science-fiction.

— C'est ridicule, après tout vous allez bien faire un vernissage ensemble.

— Ça aussi, c'est une grosse connerie.

— Moi, je ne pense pas. C'est même plutôt une chance de changer les choses.

Je lève les yeux au ciel. Je n'y crois pas vraiment.

— Maintenant que Bane va mieux, il va certainement redevenir lui…

— Non, pas forcément, lance Rachel en s'asseyant sur son lit à côté de moi. Je trouverais ça dommage alors que, quelque part, ça marquait une évolution dans votre relation.

Elle dit le mot *relation* comme si nous en avions vraiment une. Je ne dirais pas tout à fait ça…

— On va s'amuser, et puis tu n'oublies pas que tu as promis à ma mère de sortir un peu ?

Je l'attendais, cet argument. Et je n'ai rien d'imparable à lui opposer.

— C'est vrai…

Je soupire exagérément et je me laisse tomber sur le matelas, sauf que je n'avais pas anticipé le mur, et ma tête atterrit dessus dans un gros « boum ». Je couine de douleur alors que Rachel éclate de rire à côté de moi.

— C'est le karma, ça.

— Ne parle pas de lui, je grogne, il ne m'aime pas.

— Si ça ce n'est pas un signe que tu dois venir, je ne sais pas ce que c'est.

Dit comme ça, le karma m'envoie beaucoup de signes… Je reste encore un peu dubitative. D'un côté, je pourrais y aller pour tenir la promesse que j'ai faite à Rachel de sortir au moins une fois et, de l'autre, ça éveille toutes ces choses bizarres que je refoule en moi vis-à-vis du sexe par exemple. Je songe qu'à mon âge ça ne devrait pas être honteux de ne rien y connaître et d'être vierge, et qu'il pourrait y avoir tant de raisons qui poussent une fille ou un garçon à ne pas sauter le pas trop vite, mais je me demande combien d'entre eux trouvent ça dégoûtant à cause de leurs parents.

J'ai déjà eu des copains, mais je ne suis jamais allée plus loin qu'un baiser. Parce que je n'avais pas envie et parce que j'avais peur. J'avais l'horrible crainte qu'on me parle de ma mère, qu'on me compare à elle. Et sans me mentir à moi-même je trouvais mes parents dépravés de faire des choses comme ça dans leurs vidéos, alors je me suis dit que ce n'était pas pour moi, parce que je n'étais pas comme eux.

— Est-ce que tout va bien ? demande Rachel.

— Oh ! bon sang, je viens de faire une rétrospective de mes angoisses en deux minutes… c'était intensément morose.

— À quoi tu as pensé ?

— À l'inexistence de ma vie sexuelle.

— Tu sais, ce n'est pas parce que tu te rends à une fête qu'il y aura du sexe…

Je lui lance un regard en biais.

— Tu as raison, il y en a très souvent, mais tout le monde ne couche pas… Tu ne dois pas prendre un badge à l'entrée avec écrit : « je veux baiser » ou « je ne veux pas baiser ». Remarque, ce serait pratique, mais ça créerait peut-être une forme de clan.

J'esquisse un petit sourire.

— Quelle est la probabilité pour que quelqu'un ait une trouille monstre du sexe et trouve ça dégoûtant à cause de ses parents ?

— Le sexe est toujours traumatisant à cause des parents. On n'a pas envie de les imaginer même si on sait qu'ils s'y adonnent. Que tu couches ou non ne te définit pas en tant que personne. Tu as le droit de prendre ton temps, de le faire beaucoup, de pratiquer des choses un peu sales, voire BDSM. Tu as le droit d'aimer le faire vite, le faire fort ou le faire lentement. Tu as le droit d'aimer le *dirty talk*…

— Je sais.

— Moi, je crois que ça se débloquera quand tu auras envie, quand tu seras face à quelqu'un qui mettra tes sens et tes hormones sens dessus dessous.

— C'est comme ça avec Bane ?

— Oui, répond-elle avec un sourire. C'est flippant même parfois, quand tu t'aperçois de ce pouvoir qu'il a sur toi. Il ne devrait pas faire battre ton cœur comme ça, il ne devrait pas créer une telle dépendance à ton corps, pourtant c'est le cas, tu le ressens jusque dans tes entrailles…

Dit comme ça…

— Tes parents, c'est juste un métier, ce qu'ils font, ça ne reflète pas la réalité. Enfin, l'acte si, mais c'est du cinéma. Ce n'est pas parce que tu as des relations sexuelles que tu seras comme eux…

— Je ne sais pas, c'est si bizarre ce que j'éprouve. J'aurais tellement honte qu'un mec me dise des choses comme Mads a pu le faire, qu'on l'apprenne…

Rachel affiche une petite moue, je crois qu'elle comprend ce que je ressens.

— Je te l'ai déjà répété mille fois, il faut assumer. Il ne faut pas que tu te laisses désarçonner, ça ferait trop plaisir aux gens.

Je sais qu'elle a raison.

— Un jour, tu seras prête à mettre de côté tes angoisses et tu verras, ça ira, ce sera magique. D'ailleurs, si tu te sens en confiance, tu devrais te masturber. Pour te connaître. Parce que c'est important de découvrir son corps et ce qu'il aime. On n'a pas forcément besoin de quelqu'un pour jouir, c'est important de le savoir aussi.

Je hoche la tête. Je ne sais pas pourquoi, ses mots me semblent sensés.

— Si tu veux rester à la maison, je ne rentrerai pas tard alors.

— Non, c'est bon, je vais venir. J'ai dit que je ferai un effort.

— Quoi ? Oh ! *my fucking God*, je suis trop heureuse !

22. Le Mads avant la tempête

Mackenzie

C'est plein à craquer. Je ne sais pas pourquoi j'ai cru que ce serait une fête en petit comité pour le retour de Bane. Au lieu de ça, je me retrouve dans un bain de foule, sans vraiment y avoir ma place. Il y a certainement des gens très sympas, mais je n'ose pas faire le premier pas. Je ne me vois pas m'incruster au milieu d'une conversation ni interrompre quelqu'un pour taper la discute…

Une grande bannière sur laquelle sont écrits les mots *Welcome Home, Warrior Bane* pendouille au mur. Des ballons dissimulent par endroits la décoration de Halloween. La musique est assez forte. De Macklemore à Dua Lipa, en passant par Ariana Grande ou encore Coldplay, il y en a pour tous les goûts. Certains dansent, d'autres parlent, d'autres encore s'embrassent. La salle à manger est devenue une salle de jeux, sur la télé des mecs font des courses de *Mario Kart* alors que la table accueille un bière-pong. Appuyée contre la fenêtre du salon, je vois la partie. Mads la dispute avec un garçon que je ne connais pas. Il faut dire que je ne connais pas grand monde. Visiblement, il doit y jouer souvent, car ils sont en train de gagner.

Rachel était avec moi jusqu'à maintenant, mais elle est partie chercher à boire. Le temps commence à s'étirer, d'autant plus que j'ai l'impression d'être la seule à faire bande à part. Remarque, c'est une bonne chose que je sois venue, ça me conforte dans l'idée que je ne suis pas faite pour ça et que, même quand je suis dans ma bulle à sculpter ou à lire, eh bien, je m'y sens mieux qu'ici. J'attrape mon téléphone dans la poche de mon pantalon pour regarder l'heure quand un truc gelé me dégouline dessus.

— Oh ! mon Dieu, je suis si désolée…

Je baisse les yeux alors qu'une grosse tache marron souille mon chemisier en soie blanc. Manquait plus que ça pour m'envoyer le signe que je n'ai rien à faire à cette fête. Le tissu mouillé me colle à la peau et révèle presque la dentelle de mon soutien-gorge. Ça sent l'alcool et le soda. Je relève la tête et fais face à une jolie blonde dont le regard est navré. Elle est vêtue d'une robe rouge assez courte, et sa bouche est recouverte d'un gloss assorti. Elle a des allures de mannequin.

— Vraiment, je suis désolée… on m'a bousculée. Il y a tellement de monde.

J'ai l'impression de la connaître, de l'avoir déjà vue quelque part. Sans doute à la fac ou à l'association peut-être.

— On se connaît, non ? me demande-t-elle.

Je hoche la tête sans pour autant réussir à me souvenir.

— Oh ! mais oui, tu étais à l'hôpital avec Mads.

Ça me revient au moment où elle le dit.

— Oui.

Elle me sourit davantage. Au chevet de Bane, j'ai eu la sensation que Mads ne voulait pas de sa présence. Mais il est toujours difficile de comprendre pourquoi il est en colère, j'en sais quelque chose. Puisqu'elle est là, c'est que tout va bien. En revanche, pas moyen de me souvenir de son prénom, je crois qu'il commençait ou terminait en A.

— Je suis tellement navrée pour ton chemisier, il est magnifique en plus. C'est du satin ?

— De la soie, je réponds.

— Je n'ai pas de mouchoirs… pour essuyer.

— Ce n'est rien, ce n'est pas grave.

— Tu rigoles, il va être fichu si on ne fait rien. Il y a une salle de bains en haut, on pourrait essayer d'enlever la tache.

Je suis étonnée qu'elle se donne autant de mal pour moi. Je suis tellement dans mon coin que personne ne fera attention que je sois sale ou non.

— D'accord, je vais y aller.

Elle pose son verre sur la table après avoir bu ce qu'il restait, puis elle glisse un bras sous le mien.

— Je t'accompagne. Dans une fête, il vaut mieux se déplacer à deux quand on est des filles, tu vois ce que je veux dire ? On est plus fortes à deux si on tombe sur un mec bizarre ou bourré un peu trop insistant.

Dit comme ça, c'est vrai que c'est plus prudent.

— D'accord, je réponds. Tu as raison.

Elle me guide en me tenant fermement. Nous quittons la foule et le salon pour nous diriger vers le corridor. Nous prenons l'escalier. On évite de nombreuses personnes qui discutent ou qui s'embrassent.

— Alors on est toutes les deux dans la même fac. Tu étudies quoi ?

— L'histoire et l'art. Et toi ?

— Les sciences, on ne dirait pas comme ça, mais je suis férue de chiffres et de physique, lance-t-elle joyeusement. Comment tu as connu Mads et Bane ?

— On était au lycée ensemble.

— Ils étaient aussi sexy et populaires à l'époque ?

— Oui, je réponds bêtement.

Elle laisse échapper un soupir.

— Ah, je n'en doute pas. Mads est trop canon. Vous êtes sortis ensemble ?

Je suis étonnée de cette question, mais c'est sans doute parce que je suis un peu trop coincée. Si elle savait les rapports que j'entretiens avec lui, elle ne me le demanderait pas.

— Non, pas du tout.

À l'étage, le couloir mène à plusieurs portes closes. Elle semble connaître le chemin, car elle se dirige d'un pas décisif vers celle de gauche. Elle frappe pour voir s'il y a quelqu'un. Une rousse nous ouvre aussitôt.

— Entrez, j'ai bientôt fini.

Elle me fait entrer la première et referme derrière elle.

— Qu'est-ce qui s'est passé ? demande la rouquine en me regardant à travers le miroir.

Elle remet du rouge à lèvres.

— C'est ma faute… j'ai renversé mon verre sur elle. On va essayer de retirer la tache. Comment tu t'appelles, au fait, je ne m'en souviens plus ?

— Mackenzie. Et toi ?

— Larissa.

Elle fait couler l'eau au robinet. Je me sens un peu mal à l'aise maintenant qu'on est ici et qu'il y a une personne en plus. Heureusement, la salle de bains est assez grande, et ce n'est pas l'espace qui manque. J'observe la pièce discrètement : douche à l'italienne, baignoire à pied et vasque à l'ancienne, c'est magnifique et presque plus spacieux que mon salon. On pourrait largement être deux de plus sans se bousculer, mais je me sens quand même à l'étroit. Je me dis que j'aurais pu le faire seule, après tout. Je ne sais pas trop comment expliquer l'angoisse qui me lèche la peau soudainement. Une mise en garde ? L'instinct ? Je crois surtout que c'est à cause de la pression que j'ai pu avoir de Mads.

— Retire ton chemisier, lance Larissa, je vais le nettoyer.

— Non, c'est pas la peine, je vais juste mettre un peu de savon.

Elle s'approche de moi tout en réappliquant elle aussi son rouge à lèvres.

— De quoi j'ai l'air ? s'enquiert-elle.

Elle me prend au dépourvu, elle me déconcerte, elle me demande ça d'un ton tellement étrange. Mais ce sont les frissons qui glissent sur mon échine qui me perturbent.

— Tu es jolie…

— Je sais, répond-elle avec dédain.

Je croise son regard et je vois son vrai visage, un mélange de méchanceté et d'indifférence à mon égard. Ses yeux pourtant clairs reflètent quelque chose de sombre et de mauvais. On dirait qu'elle est en colère et que celle-ci est dirigée contre moi. Je ne saisis pas très bien ce qui se passe, et la boule d'angoisse que je connais si bien se loge dans mes entrailles et me paralyse. Je ne veux pas ressentir ça, pas encore. Et avant que j'aie pu reculer elle écrase son tube de rouge à lèvres contre mon chemisier et le barbouille de maquillage.

— Oh ! mon Dieu, je suis si désolée…

Quand elle sort les mêmes mots qu'elle a eus plus tôt dans le salon, je comprends qu'elle a alors fait exprès de renverser son verre sur moi afin de m'amener ici. Je relève les yeux pour essayer de trouver du soutien auprès de la rousse, mais celle-ci s'est assise sur le rebord de la baignoire et regarde son téléphone avec un sourire.

Défends-toi, Mack. Ne te laisse pas faire.

— Laissez-moi… partir.

Le bégaiement revient. Ce sentiment terrible qu'on va se moquer de vous, qu'on va vous mettre minable, ne m'avait pas manqué. Je ne comprends même pas ce qui se passe. J'imagine plein de choses, et ça me rend encore plus confuse. Est-ce que c'est Mads qui l'envoie ? Pourquoi elle m'a choisie ?

— Pas avant d'avoir nettoyé cette tache, voyons.

Elle crochète mon chemisier et, bien que je parvienne à reculer, elle arrive à en arracher les premiers boutons. Elle éclate de rire alors que le tissu en lambeaux pend. Je me retrouve quasiment en soutif devant cette furie, et l'autre qui regarde toujours son portable semble filmer la scène. Les larmes me montent aux yeux. Je ne sais pas me battre et je ne veux pas me battre. J'aimerais juste comprendre.

— Tu ne vas quand même pas te mettre à pleurer comme un bébé ? Bon sang, c'est pitoyable.

— Je ne comprends pas…

Lorsqu'elle me gifle, puis agrippe mes joues entre ses doigts, je me sens acculée, piégée.

— Mads, il n'est pas à toi, crache-t-elle. Il m'appartient à moi. Avec ton vieux look de prof de fac, tu te prends pour qui ? T'as rien à faire avec lui, vous n'êtes pas compatibles. Moi, en revanche…

Mads ? Je ne pige pas pourquoi elle me parle de lui. Elle imagine des trucs et me persécute pour du vent.

— Pardon ? je réponds. Qu'est-ce qu'il vient faire là-dedans ?

— Donne-moi les ciseaux ! siffle-t-elle à sa copine.

L'autre saute de son perchoir, toujours le téléphone en l'air, et lui apporte l'instrument métallique. J'ai le corps engourdi, le sang qui bat dans les oreilles et le cœur en vrac. Et puis j'ai peur. Tellement que je suis incapable de me rebeller. Elle fait glisser la lame glacée sur ma joue et sourit.

— Si je te vois l'approcher encore une fois, je te cisaille la tronche.

— Tu fais quoi, L. ? demande l'autre nana.

— Je vais retirer la tache de cette grosse tache.

Elle pouffe comme une vraie hyène, et sa copine l'imite. La rousse me tient, et je n'ai pas la force de bouger pour me défendre. Quand elle se met à découper mon chemisier, je me retiens de pleurer. La porte s'ouvre soudainement à la volée. On sursaute toutes les trois. Je ne sais pas qui est la plus effrayée par Mads, mais mes jambes me lâchent, et je m'écroule au sol. *Ce n'est pas vrai !*

— Je peux me joindre à la petite fête ?

Il s'avance vers nous. La rousse recule vers l'évier, on dirait qu'elle a peur. À raison, car il émane de lui quelque chose de terrible, de prédateur.

— Ton téléphone, lui demande-t-il, d'un calme olympien.

Cependant, une sombre menace plane dans le ton qu'il emploie. C'est le Mads avant la tempête.

— Donne-moi ton putain de téléphone avant que je vienne le chercher.

Elle s'excuse et pousse un couinement quand il le balance contre le mur. Il explose contre la cloison et s'écrase au sol dans un bruit sec.

— Si je vois une seule vidéo de ça, ça va chier. Maintenant, casse-toi de chez moi, si je te retrouve en descendant, je te dégage à coups de pied.

La rousse obéit sans un mot, mais laisse échapper un sanglot. Les bras autour de la poitrine, je l'observe, il n'a aucun regard pour moi, il est concentré sur Larissa.

— Mads, c'est pas ce que tu crois.

Elle s'éloigne de lui, mais il lui saisit le poignet et la plaque contre la paroi de la douche. J'ai le cœur qui bat quand il fait un pas pour se rapprocher d'elle. Larissa sourit comme une idiote, mais je lis dans ses yeux qu'elle a peur de lui. Je pourrais presque avoir pitié d'elle si je n'avais pas un horrible sentiment de honte. La honte d'avoir été humiliée par ces deux filles et d'être défendue par un mec qui s'en servira probablement pour se foutre de moi. Il était la dernière personne que je voulais voir.

— Deux contre une, c'est petit, tu ne trouves pas ? Je savais que tu n'avais pas beaucoup de moralité, mais là c'est pathétique.

— Tu…

— Ta gueule, je ne veux pas t'entendre, Larissa, siffle-t-il.

— Je t'interdis de me parler comme ça, s'écrie-t-elle. Pour qui tu te prends ?

— Je te parle comme tu le mérites.

— Toi qui traites les filles aussi mal que de vieilles capotes, tu te permets de me critiquer ? Et si tu allais boire une bière ou deux, histoire de te rendre plus cool ? Tu es chiant à mourir quand tu es sobre.

Je ne vois pas son visage, mais j'imagine sans mal qu'il n'aime pas ce qu'elle dit. Vu comment ils se parlent, j'ai encore plus de mal à comprendre pourquoi elle m'a blessée. Et vu comment il m'a toujours traitée je ne saisis pas non plus pourquoi il me défend.

— Il y a quelques jours de ça, tu étais en train de décharger ton flingue dans mon cul, je te signale, et là tu me parles comme à un chien ? La prochaine fois que tu auras besoin de moi, tu n'auras qu'à fourrer des ronces.

— La seule différence entre les ronces et toi, c'est qu'elles ne l'ouvrent pas pour dire de la merde.

— Va te faire foutre.

— Tu es une fichue garce, et je vais être clair avec toi : Mack est à moi, alors si je te vois lui adresser un seul mot, l'approcher, spéculer et même lui jeter un coup d'œil, je m'occuperai de ton cas.

Je déglutis, perturbée par ce qu'il vient de dire. Larissa éclate de rire. Elle me lance un regard dédaigneux avant de reporter son attention sur Mads. J'ai l'impression d'être dans une autre dimension.

— Et qu'est-ce que tu vas faire, Mads ? Tu vas me frapper parce que j'ai légèrement abîmé ton joujou ? Comment tu peux passer d'un caviar comme moi à de la pâtée pour chien bon marché comme elle ? C'est pitoyable.

— Te ruiner, Larissa, éructe Mads. Je te ruinerai sur tes réseaux sociaux, sans le moindre état d'âme. J'irai montrer à ton papa chéri le comportement de sa fifille, histoire de ruiner sa réputation. Je ferai ça sans la moindre douceur. J'en ai rien à foutre de toi.

Ses mots sont aussi percutants que son ton est glaçant.

— J'ai peur, ironise-t-elle en lui frappant le torse.

Il lui attrape la main. Elle tente de se la jouer détendue, mais en réalité elle a vraiment peur. Elle essaye juste de se barricader derrière une façade de peste et de femme forte. Cependant, il ne lui ferait jamais mal physiquement, je le sens. *Et l'espère.*

— Tu devrais.

— Lâche-moi, sinon je hurle.

— Tu piailles si souvent et tu insupportes tellement les gens qu'ils ne bougeront pas un doigt pour toi, alors vas-y, si ça te fait plaisir.

Je ne la connais pas, mais dans son regard moins assuré je comprends qu'elle a conscience que Mads a raison. Je pourrais ressentir un peu de compassion pour elle, je pourrais dire à Mads d'arrêter son petit numéro, mais je n'y arrive pas. Mes lèvres sont aussi soudées que mon corps engourdi. J'ai eu peur, et cette peur est toujours présente, elle bourdonne à mes oreilles.

— Je m'abaisserai à ton niveau, et tu sais que j'en suis capable. J'en ai rien à foutre que tu sois une fille. Tu lui fais encore du mal, je t'en ferai tout autant, voire plus. Et maintenant tu te casses de chez moi.

Il la lâche, elle tente de le repousser violemment, mais il ne bouge pas d'un pouce, il ricane même.

— Tu es qu'une merde, Mads. Quand tu seras lassé d'elle, pas la peine de revenir.

Lorsqu'elle s'enfuit, je me sens soulagée. Malheureusement pas autant que je l'espérais. J'aurais voulu que Larissa emporte avec elle ma honte, mes angoisses et ce terrible ressenti de n'être rien d'autre qu'une moins que rien. Mais non, ces sentiments s'attachent à moi comme des lianes et se resserrent autour de mon cœur et de mon âme à chacune de mes respirations. C'est sans doute pour ça que j'ai si mal à chaque bouffée d'air.

— Mack…

— Laisse-moi, je souffle.

À travers les larmes qui coulent sur mes joues, je perçois qu'il s'agenouille face à moi. Pourquoi m'a-t-il défendue ? Pourquoi fallait-il que ce soit lui ? Pourquoi me voit-il comme ça, si minable ? Pourquoi ne me fiche-t-il pas la paix ?

— Laisse-moi ! Fous-moi la paix !

Je le déteste.

Je le déteste de me voir aussi misérable, je le déteste de me voir aussi fragile, je le déteste de voir mes larmes et ma détresse, je le déteste pour les mots qu'il a eus ce soir et tous ceux avant. Je le déteste d'être encore là et de profiter du spectacle navrant que je donne à guichet fermé.

— Putain, mais pourquoi tu restes là alors que je te demande de partir ? Ça t'excite de me voir comme ça ? Encore une de tes humiliations dont tu peux être fier.

— Mackenzie, calme-toi.

Je secoue la tête et j'agite les bras quand il fait un pas vers moi. Je ne veux pas qu'il m'approche, je veux simplement qu'il se casse. Je veux Rachel, je veux rentrer à la maison. Il croit qu'il lui suffit de me défendre pour être absous de tout ce qu'il a pu me faire ?

— Recule ! Dégage !

Ma voix déraille, elle est tellement hystérique que je ne la reconnais pas. Je ressens la peur dans mon cœur, elle me lèche la peau. Ce qui vient de se passer, c'est… injuste. Cette furie et sa copine m'ont fait du mal pour lui. Encore une fois, ce que je subis, c'est à cause de Mads.

— Je viens d'être agressée par une fille que je ne connais pas. Je viens d'être agressée par une de tes harpies.

Des sanglots se mêlent à ma rage.

— Elle avait une paire de ciseaux, elle a coupé mon chemisier, elle voulait me taillader… Elle a appuyé la pointe des ciseaux contre ma peau. Tout ça à cause de toi…

— Mack…

— À cause de toi, Mads ! je hurle. Elle m'a menacée parce qu'elle ne voulait pas que je t'approche…

J'éclate d'un rire parfaitement fou et irrationnel. J'ai l'impression que quelqu'un a pris le contrôle de mes sentiments et de mes émotions, et les met à nu. Je ne les maîtrise plus. Tout ce que je ressens est violent. Ma poitrine me fait mal, et ma respiration est chaotique. Le regard de Mads sur moi est plus lourd que jamais. À travers mes larmes, je suis incapable de lire sur ses traits ce qu'il éprouve à me voir comme ça.

— Je me suis fait agresser pour toi. C'est injuste, c'est pas normal.

Toute cette scène me semble tellement irréelle que j'en perds le fil.

— Je te déteste, je te hais et j'ai subi ça à cause de toi… On ne se supporte pas, mais cette salope hystérique m'a interdit de t'approcher. Tiens tes meufs en laisse !

Il se pince l'arête du nez avant de passer la main dans ses cheveux.

— Même quand ce n'est pas explicitement toi, tu me gâches quand même la vie.

— Je sais, lâche-t-il finalement.

Est-ce que je laisserai toujours les gens me traiter comme une moins que rien ? Je suis minable. Je ne déteste pas seulement Mads, je me déteste moi aussi. Des sueurs froides viennent me lécher la peau, alors que les battements de mon cœur accélèrent. J'ai mal partout. À l'estomac, au ventre, à la tête. J'ai l'impression de perdre pied, de perdre le contrôle de mon corps et de céder la place à toutes ces émotions négatives qui gravitent dans mon esprit. Tout m'oppresse, tout me blesse, tout…

Mads
Il y a dix ans

Assis contre les barreaux de la cage, je regarde la petite fenêtre qui donne vers le jardin. Il n'y a qu'à cette place qu'on voit un bout du ciel. J'ignore quelle heure il est, je sais juste qu'on doit être vers le soir.

Quand le bruit de la serrure rompt le silence, je me roule en boule au fond de ma prison. Un homme en noir pousse devant lui la fille avec qui je partage cette cage. Elle manque de tomber, mais se rattrape aux barreaux. Il ouvre, et elle y entre sans un mot.

Elle ne parle jamais.

Elle n'exprime jamais rien.

Alors que je tremble, alors que je fais des cauchemars, alors que j'ai peur, elle reste si calme qu'elle me donne la sensation d'être un robot.

— Reposez-vous bien, les petits lapins. Demain, on recommence.

Je réprime un frisson. Les jours se suivent et se ressemblent. Chaque jour, je suis à la merci des monstres qui se nourrissent de moi et de tous les enfants qu'il y a ici. Je ne vois que Numéro 11, mais je croise les autres quand on nous emmène dans cette vieille bicoque pourrie.

Quand l'homme nous laisse seuls avec une gamelle d'eau, je me redresse. Elle me regarde bizarrement tandis que je m'installe à ma place.

— Pourquoi tu te mets toujours ici ? demande-t-elle.

Elle s'assied en face de moi et entoure ses genoux de ses bras. On dirait qu'elle n'a jamais mal, mais je sais ce qu'ils lui font subir.

— Parce que d'ici on voit le ciel.

— Et alors ?

Son ton est moqueur.

— Alors, quand je le regarde, j'oublie où je suis.

Elle secoue la tête, un sourire amer sur les lèvres.

— Tu veux regarder avec moi ?

Elle écarquille les yeux et hoche la tête. Numéro 11 s'assied à mes côtés et laisse ses iris errer à travers la fenêtre.

— Il y a des étoiles.

Pour la première fois, on dirait qu'elle ressent quelque chose. En silence, elle pose la joue contre mon épaule. Jusqu'à me retrouver ici, je n'avais jamais prêté attention au ciel, je ne l'avais jamais vraiment vu. Je savais qu'il était au-dessus de ma tête, c'est tout... Depuis que je l'observe de cette prison, je donnerais tout pour en profiter directement. Alors que je suis dans cette cage qui me retient prisonnier, il est ma liberté.

— Je ne t'aime pas, dit-elle. Parce que tu veux vivre alors que je veux mourir.

— Je ne veux pas mourir ici.

— On va finir comme tous les autres avant nous. Pourquoi ce serait différent pour nous ?

— Je ne sais pas…

Au plus profond de mon cœur, j'espère qu'au moins une personne a remarqué que nous avions disparu. Même une seule personne peut changer notre avenir.

23. Le violet contre le gris

Mackenzie

J'ai la sensation d'être dans un cocon de douceur et de chaleur quand je reprends mes esprits. Je me love contre cette délicatesse, voulant prolonger ce moment de calme et de tendresse encore un peu. Contre ma joue, je sens quelque chose de lisse ainsi qu'une odeur que je ne connais pas et, sous un étrange bruit liquide, un boum boum rapide. Il me faut quelques secondes de plus pour réaliser que je suis mouillée et que de l'eau tiède coule sur mon visage. Lentement, j'ouvre les yeux et je prends conscience du torse nu qui se dessine devant moi. J'ai un mouvement de recul, mais des bras solides me maintiennent fermement. Je découvre alors que je suis assise à califourchon sur les cuisses de quelqu'un et qu'on me berce avec précaution.

— Tout va bien, tu es en sécurité avec moi.

Cette voix rauque tout près de mon oreille provoque un petit rire nerveux en moi, et des frissons glissent le long de mon échine. On entend de ces choses parfois… et on se retrouve dans de drôles de positions aussi.

— C'est nouveau que je sois en sécurité avec toi ! je réplique d'un ton railleur.

Son corps, qui tressaute contre le mien à cause de son hilarité, me trouble un peu. J'ai l'impression d'avoir la tête qui tourne légèrement. Je n'ai pas bu une goutte d'alcool et pourtant j'ai la sensation d'être ivre. L'accumulation de cet instant et de celui avec Larissa probablement.

— Tu te sens mieux ?

Sa voix est aussi douce que la soie, tout comme son étreinte. J'opine.

— Pourquoi on est sous la douche ?

— Tu as fait une crise de panique, alors je t'ai mise sous l'eau et je t'ai bercée pour te calmer.

Je me souviens.

Il s'est baissé à mon niveau, je n'avais pas envie qu'il me voie dans cet état ni qu'il se moque de moi, et soudain j'ai perdu pied dans le tourbillon d'émotions qui vibraient en moi. Et j'ai fait une crise d'angoisse devant lui.

— D'accord…

J'ai du mal à associer Mads aux mots qu'il vient de prononcer, mais je suis bel et bien là, contre lui, sur lui… alors je reste silencieuse. Il m'a aidée, il a pris soin de moi. Dans n'importe quelles circonstances, je me serais méfiée de lui, mais ce soir je suis littéralement vidée de toute force et de tout désir de me battre. J'ai envie d'une trêve, j'ai besoin de retrouver de l'énergie, et la seule que j'ai à disposition est celle de Mads.

— On reste comme ça aussi longtemps qu'il le faudra, murmure Mads contre ma peau.

Lentement, je lève la tête vers lui, alors qu'il baisse la sienne vers moi. Nos regards plongent l'un dans l'autre. Le violet contre le gris, l'améthyste qui se mêle à l'argent. Le contrôle contre la démesure, Mackenzie qui est entrelacée à Mads…

Ce n'en est que plus troublant, plus encore que lorsque je me suis rendu compte que j'étais dans ses bras pendant l'*escape game*. Dans l'intimité de la douche, dans la chaleur de cette étreinte et de la condensation, tout est… différent, étrange. L'eau qui ruisselle de ses cheveux et coule sur son visage a quelque chose d'aussi dangereux que poétique.

— Pourquoi tu ne m'as pas laissée seule ? je demande.

— Je ne suis pas un enfoiré au point de te laisser faire une crise de panique chez moi.

— Ça dépend des jours, alors…

Je m'attends à recevoir la foudre de son regard, mais il n'en est rien. J'ai envie de lui signaler qu'il est probablement à l'origine de mes angoisses, mais les mots ne sortent pas. Je suppose qu'il ne sert à rien de les dire maintenant…

— Heureusement que je suis dans un bon jour. Ça va aller, tu penses pouvoir te relever ?

— Oui.

Il m'entraîne avec lui quand il se redresse. Une fois debout sur mes jambes, je titube un peu et glisse sur le carrelage. Mads me maintient contre lui.

— Tu veux rester sous l'eau encore un moment ? Tu as mal quelque part ?

— Juste un peu engourdie, c'est bon.

Je secoue la tête, alors il coupe les robinets, puis s'éloigne de moi. Je ne dis rien, mais je ressens un drôle de manque de ne plus être dans ses bras. Je le regarde sortir de la douche. Sur son dos, il y a de petites cicatrices similaires à celles qu'il a sur le torse. Son corps ressemble à celui d'un guerrier qui aurait vécu nombre de batailles. Je le déteste et pourtant j'ai envie de les toucher, de les guérir et de connaître leur histoire. Tandis qu'il revient vers moi avec une serviette, je me dis qu'il a lui aussi un passé et qu'il n'est peut-être pas si rose que ça.

— Pourquoi tu es torse nu au fait ?

Il me regarde tandis qu'il s'essuie sans se cacher. J'ai l'impression qu'il veut m'intimider, et ça marche, je me sens rougir. Quand il défait les boutons de son jean, je me tourne pour ne pas mater. J'entends son ricanement et je m'empourpre encore plus. Étonnamment, il ne me traite pas de frigide ni de ce genre de choses. Pour la première fois, on se respecte en tant qu'individus, sans moqueries, sans jugements, sans insultes.

— Ton chemisier était déchiré, et je ne voulais pas que tu te sentes en position d'infériorité ni mal à l'aise.

Mon cœur a d'abord un loupé avant de battre plus frénétiquement. En protégeant ma vulnérabilité, il a sacrifié la sienne. Je ne crois pas que cet acte puisse gommer toutes ces fois où il a mal agi, mais il me redonne un peu la foi… Je le regarde par-dessus mon épaule en enroulant la serviette autour de moi.

— Alors je t'ai mis mon T-shirt, tout simplement.

— Merci.

— Reste là, je reviens.

De la poche de son jean, il sort une clé qu'il enfonce dans la serrure de la porte. Il entre dans une pièce attenante à la salle de bains, j'ai le temps d'apercevoir un bureau placé contre la fenêtre, j'imagine que c'est une chambre. Je grelotte un peu. Je me sens exténuée. Le harcèlement, la crise de panique et Mads, c'est bien trop d'émotions éclectiques en une seule fois. Je n'aurais jamais dû venir ici. Décidément, le karma s'acharne, ou alors il y a quelque chose que je ne comprends pas.

Quand Mads revient, il porte un bas de jogging avec la veste qui va avec, sauf qu'elle n'est pas zippée et que, de ce fait, elle donne une vue plongeante sur son torse. Je vais m'en vouloir d'avoir dit ça plus tard, mais jamais une tenue de sport ne m'avait semblé aussi sexy que maintenant.

— Ce sont des vêtements propres, lance-t-il en les posant sur le bord de la vasque. Tu n'auras qu'à me rejoindre à côté quand tu auras fini.

Je fixe la porte entrouverte avec un peu d'appréhension et je sursaute quand il vient vers moi. Lentement, il m'attrape par la nuque et me force à lever les yeux vers lui. Je m'en retrouve légèrement décontenancée et ne sais rien faire d'autre que de glisser le regard dans le sien.

— Quand je te dis que tu n'as rien à craindre, alors tu n'as rien à craindre, Mackenzie.

— Tu me permets de douter un peu ?

Dans quel monde avons-nous basculé pour que Mads et Mack soient si proches sans qu'un flot de venin les assaille ? Peut-être est-ce une nouvelle sorte de lutte…

— Oui, répond-il calmement. Ce soir, il n'y a pas de bagarre, pas de gagnants, pas de perdants. Juste Mackenzie et Mads.

— Je ne veux pas que tu aies pitié de moi. C'est pire que tout…

Quand il se penche et colle le front contre le mien, tout en maintenant sa prise sur ma nuque, j'ai l'impression que mes entrailles sont sens dessus dessous. Il est moins proche que dans la douche, quoique…

— Je n'ai pas le moindre intérêt pour les gens dont j'ai pitié, je ne leur accorde aucune attention, alors… je n'ai pas pitié de toi. On recommencera à se battre demain, ça te va ?

— Oui, je souffle.

Son regard tombe sur mes lèvres, et cette impression dans mon ventre persiste. On dirait qu'il a envie de moi, mais cette idée traverse ses iris argentés si vite que je suis perdue. Je n'ai pas les armes pour jouer avec lui. D'autant que c'est la première fois qu'il est comme ça avec moi. Un tremblement m'échappe, ce qui le sort de sa rêverie.

— Ici, c'est ma chambre, elle est toujours fermée à double tour, tu ne crains rien. Personne n'y pénètre sans mon autorisation. Change-toi.

— D'accord…

— Je t'attends de l'autre côté.

Je fixe la porte quelques secondes quand il la ferme derrière lui. Quelque part, loin, loin, loin dans mon esprit, j'imagine qu'elle s'ouvre à la volée et qu'il se rue sur moi pour m'embrasser. *C'est ridicule.* Depuis quand j'ai envie qu'un mec aussi détestable avec moi m'embrasse ? Je secoue la tête et je commence à me déshabiller. Les vêtements tombent au sol dans un drôle de « splash ». Une fois nue, je m'enroule dans la serviette et je m'avance vers le miroir. Je veux essuyer la buée quand je remarque qu'il y a un mot d'écrit dedans :

« Mads a une petite bite. »

J'aime à imaginer que c'est Bane qui a laissé ce message. Je souris en pensant que parfois, Rachel et moi, on fait pareil.

J'efface la condensation et je contemple mon reflet.

Mon mascara waterproof n'est pas vraiment waterproof, et je ne ressemble plus à grand-chose si ce n'est à un chaton mouillé. Je me frotte le visage et les yeux afin de nettoyer ce carnage, puis je me sèche le corps et les cheveux. Je les démêle rapidement avec les doigts, puis j'enfile les vêtements qu'a déposés Mads et je me retrouve bientôt moi aussi en jogging. C'est un peu large, mais au moins j'ai chaud.

Une fois prête, je lève le bras pour frapper à la porte, mais je suspends mon geste en l'air. J'ai peur de ce que je vais trouver de l'autre côté, de ce qui va se passer, de comment il va se comporter. Bien qu'il se soit montré clair sur notre pseudo-trêve, je sais que rien n'est jamais certain avec lui. L'angoisse me prend légèrement à la gorge. C'est idiot, qu'est-ce qui pourrait se produire de pire ce soir ? Alors, je frappe et j'ouvre la porte. Mads est assis sur son lit. Il relève les yeux vers moi, mais je détourne la tête pour découvrir sa chambre.

— Tu te sens mieux ?

— Oui.

Un grand bureau est face à la fenêtre, et de chaque côté des étagères. Une avec des livres et une autre avec du matériel de dessin et de peinture à foison. Dans un coin de la pièce, non loin de la commode de nuit, plusieurs toiles sont empilées. Sans doute des œuvres à lui. Il n'y a pas de photos ni de décorations au mur, juste un poster de la Voie lactée.

— Lève la tête.

J'obéis à son ordre sans réfléchir et je découvre le plafond avec un émerveillement sans pareil. Je crois même que je tourne sur moi-même pour l'admirer totalement. J'ai l'impression d'avoir plongé dans un univers de fantasy. Un mélange de bleu roi et de bleu de minuit recouvre toute la surface, par-dessus cette voûte céleste il y a des étoiles dorées par centaines. Au niveau du lustre, un soleil dont les rayons s'étirent, et autour de lui des cercles concentriques. Et, sur cette infinité de cercles, les planètes du Système solaire. Les mots me manquent pour décrire à quel point c'est enchanteur et féerique.

— C'est incroyable. C'est toi qui as peint ça ?

Je l'entends qui s'approche de moi.

— Oui. J'aime le ciel.

C'est la première chose que j'apprends de lui, enfin quelque chose de vraiment sincère. Aussi insignifiant que ça puisse paraître, ça ressemble à un pas en avant. J'ai envie de lui poser des tas de questions, mais rien ne me vient.

— Qui aurait cru que tu serais dans ma chambre en chair et un os un jour ?

— La faute de ta copine.

— Ce n'est pas ma copine, grogne-t-il.

Dire qu'elle ne voulait pas que je l'approche, on peut dire qu'elle a raté son coup.

— Pourquoi tu m'as défendue ? je demande en me tournant vers lui.

Mads quitte le ciel des yeux pour reporter son attention sur moi. Il lève la main, et le bout de ses doigts me frôle quand il déplace les cheveux qui me collent à la joue. Un sourire en coin se dessine sur son visage.

— Personne n'a le droit d'être odieux avec toi.

Dans ses iris gris, un tumulte de chaleur, si subtil que je me demande presque si je l'imagine.

— Personne à part moi.

Mon cœur s'enflamme, mon pouls s'embrase.

Ma haine se meurt le temps d'une respiration, soufflée par cette déclaration ambiguë et ce jeu très dangereux qui se produit entre nous.

— Fais attention, Mads, on pourrait croire que tu tiens à moi.

Le vacarme réchauffe de nouveau son regard et, à l'instant où un sourire aussi bouillant que le soleil fend son visage, ses lèvres fondent sur les miennes. J'ai le cœur qui explose dans la poitrine. Je n'ai même pas le réflexe de reculer, au contraire, j'agrippe sa veste dans mes poings pour m'accrocher à lui… j'ai tellement envie qu'il m'embrasse que ça me fait mal. Je n'aurais jamais cru de ma vie que je laisserais cet homme m'embrasser. Cet homme qui…

Nos regards se croisent à travers ce baiser, et soudain nous nous poussons mutuellement. J'ai la sensation que ces parts de nous qui se battent l'une contre l'autre depuis si longtemps ont fait front commun. *Difficile d'effacer cette haine.*

Le gris affronte de nouveau le violet.

La démesure défie de nouveau le contrôle.

Mads contre Mack.

La tension est palpable, presque trop. Toutefois, c'est aussi extrêmement difficile d'oublier ce désir dangereux qui vient de naître et ce souffle déroutant qui vibre tout contre ma peau.

— Je te déteste, je chuchote.

Ses yeux reflètent une étincelle d'excitation.

— Moi aussi, dit-il en attrapant mon visage entre ses mains.

Soupirs contre grognements.

Nos bouches s'unissent de plus belle dans un baiser sauvage. Je tremble comme une feuille, soumise à une passion qui ravage mes entrailles et mon être tout entier. Je suis soufflée par cette faim insatiable de lui que je ressens. Je m'agrippe de nouveau à son gilet et je tire dessus pour qu'il se baisse davantage. Ses mains quittent mes joues, et il répond à mon ardeur, me blottit contre lui avec force, possessivité. Comme s'il n'avait jamais envie de me laisser partir. Je m'enivre de son goût capiteux, de son parfum boisé, de ses muscles puissants, des sensations qu'il fait résonner et frémir en moi. Grisée, je lui mords la lèvre. Un peu trop fort, mais il ne dit rien, au contraire, il réaffirme sa prise sur ma nuque et guide mon visage comme il le souhaite pour m'embrasser encore plus passionnément. Des mouvements de nos langues qui dansent l'une avec l'autre à la symbiose de nos corps, tout est… parfait. Comment est-ce simplement possible que ce cocktail Molotov de nous soit aussi délicieux ? Quand le souffle nous manque, il quitte mes lèvres et pose le front sur le mien.

— Putain…

Son timbre rauque vibre. J'ouvre les yeux et croise son regard. Je sais ce qu'il ressent, je crois ressentir la même chose. Désir et incompréhension s'arriment aux sentiments que l'on éprouve déjà l'un envers l'autre.

— Mack ! Mack ?

La voix de Rachel s'élève dans le couloir, suivie par celle de Bane. Je souffle, Mads est plus rapide que moi, il se dirige vers la porte de sa chambre et la tire. Rachel et Bane débarquent, le visage inquiet.

— Qu'est-ce qui se passe ? Vous…

— Elle s'est fait agresser par Larissa, lance Mads. Tout va bien.

Rachel me prend dans ses bras. Je m'abandonne contre elle. Étrangement, je me sens bien. Du moins, je me rends compte que ce n'est pas le fait d'avoir été malmenée par deux harpies le plus troublant…

24. Le vernissage

Mads

Je déteste les cravates.

J'ai à peine noué la mienne que j'ai l'impression d'étouffer, alors je la retire et la balance sur mon lit. Un costard bleu marine et une chemise blanche suffiront largement. Pour le reste, je n'aurai qu'à dégainer un sourire ou deux, et ça fera l'affaire. Ce soir, c'est le vernissage qu'organise ma mère. Il y aura quelques-unes de mes peintures. J'y vais rarement, en fait. Une fois, j'ai complètement paniqué au milieu de ce bain de foule. Bien que j'apprécie l'art, je n'aime pas trop ce genre d'événements. Les gens riches et excentriques y pullulent. Un peu les mêmes que ceux que j'ai pu côtoyer dans le passé. Et je déteste ça. Ils me mettent mal à l'aise, ils me dégoûtent. Je préfère largement mes toiles et mes pinceaux à ces soirées mondaines qui fourmillent de faux sourires et d'hypocrisie. Ma mère le sait, je pense qu'elle m'a demandé de venir pour soutenir Mackenzie. Comme c'est la première fois qu'une de ses œuvres sera exposée, elle a sans doute jugé bon qu'elle soit accompagnée. Pour éviter de me sentir acculé par tous ces gens, je n'aurai qu'à me focaliser sur la Despotique – Mackenzie.

Je glisse mon téléphone dans la poche intérieure de ma veste et je descends. Je trouve Bane au salon. Il est vautré dans le fauteuil avec Rachel. Ils sont inséparables, tous les deux. Moi, tout ce qui m'importe, c'est que Bane aille bien. Quand je suis retourné le voir le lendemain après lui avoir dit mon secret sur Mackenzie, il avait ouvert les yeux. J'aime à croire que c'est cette petite révélation qui lui a donné la force de se réveiller, bien qu'il ne m'en ait pas parlé. Je ne peux même pas décrire les sentiments qui m'ont ravagé de le découvrir les paupières ouvertes. Plus encore de savoir qu'il n'avait aucune séquelle de cette soirée.

— Waouh, tu es très élégant ! lance Rachel.

Je lui souris. Quelque chose me dit qu'ils vont me faire la morale avant mon départ et exiger que je me comporte bien avec Mackenzie.

— Je ne suis pas certain d'apprécier que tu le complimentes comme ça, soupire Bane. Il est moche en plus.

J'élève fièrement mon majeur vers lui, ce qui le fait rire.

— Tu es presque à la hauteur de Mack. Elle est magnifique, ajoute Rachel.

— Il y a eu un miracle dans la nuit alors, je rétorque.

Rachel plisse les yeux et se redresse légèrement.

— Ne dis pas de mal de ma cousine. Elle va te mettre à genoux un jour. Et peut-être même ce soir.

— Personne ne me met à genoux.

Surtout pas elle.

— Ne désespère pas, ça va arriver.

Je grimace.

— Tu as intérêt à bien te comporter avec elle à ce vernissage sinon je presserai tes pruneaux tellement fort qu'ils te ressortiront par les oreilles.

Je souris.

— Je tâcherai de m'en souvenir, même si je ne suis pas certain de réussir à être sage.

— N'essaye pas, commente Bane. Fais-le.

— Tu sais bien que je ne fais jamais ce qu'on me dit de faire, je lance en claquant la porte derrière moi.

Je m'installe derrière le volant et je tape l'adresse sur mon téléphone. Le vernissage a lieu au Ritz-Carlton, un hôtel de luxe. J'y suis déjà allé quelques fois avec mon père, puisqu'il était adhérent de leur club. Ma mère est passée à l'association hier pour me donner sa carte et donc accès à tout ce que je veux.

Je mets le contact.

Je pourrais confier mon véhicule à l'un des voituriers, mais je préfère me garer plus loin. Je fixe l'immensité de l'immeuble qui s'élève fièrement face à moi. Avec son style néoclassique et ses magnifiques colonnes à l'entrée, sa beauté n'est plus à faire. Le portier s'incline en me découvrant.

— Bonsoir, monsieur, bienvenue au Ritz-Carlton.

Il m'ouvre.

— Passez un bon moment, monsieur.

— Merci.

Je mettrais facilement cent dollars sur la table qu'il insulte les clients dans sa tête. Surtout quand il voit de jeunes crétins comme moi alors qu'il trime toute la journée à satisfaire des gros richards pour un salaire de misère. Le sas est grand et empli de voyageurs qui attendent avec leurs valises ou sont au téléphone. Il y a un autre portier à l'entrée.

— Vous n'avez pas de bagages, monsieur ?

— Non, je réponds. Je passe juste la soirée ici.

Je fouille la poche intérieure de ma veste et j'en sors la carte d'adhérent de mon père. La simple vue du bristol le fait se redresser comme un I. Signe évident qu'ils doivent obéir au doigt et à l'œil, et que le job tient probablement à un fil quand un des membres est mécontent. Bon sang, je hais ce genre de principe.

— J'assiste au vernissage qui a lieu dans l'hôtel.

— Oh ! très bien, monsieur. Excusez-moi pour cette demande incongrue.

Il attrape la poignée de la porte et s'incline légèrement en l'ouvrant.

— Merci.

J'entre enfin dans le grand vestibule.

Du carrelage en marbre crème au lustre impérial en diamant suspendu au plafond, tout est grandiose, magnifique. Un vrai enchantement pour les yeux. Les piliers sont en marbre, l'énorme guichet à la réception aussi. Il y a du monde, les nombreux fauteuils et canapés en velours sont presque tous pris.

J'arrache le regard à tout ce fric et m'avance vers l'accueil pour demander mon chemin. C'est une femme, à peine plus âgée que moi, qui arrive vers moi.

— Bienvenue au Ritz-Carlton.

— J'aimerais savoir où se trouve le vernissage.

— Bien sûr, il a lieu ici, au rez-de-chaussée, dans notre plus grande salle de réception.

Je hoche la tête.

— Vous prenez ce couloir-ci, vous vous laissez guider jusqu'au bout, vous tomberez alors devant nos deux salles principales, ce sera là.

— Merci, je réponds.

Je m'y dirige sans réelle envie.

La seule chose qui m'intrigue à propos de ce soir, ce sont les mots de Rachel à propos de Mackenzie. Je suis curieux de la découvrir. Et pourtant, pas pressé. Je ne l'ai pas revue depuis qu'on s'est embrassés le week-end dernier. Je n'en reviens toujours pas de l'avoir embrassée. Je ne comprends même pas comment j'ai pu faire ça… et recommencer d'ailleurs. Comme si la haine avait pris une autre forme tout à coup. Celle de l'appétit sexuel, du désir. J'oublie les filles que je me tape d'habitude en un claquement de doigts, alors pourquoi je suis incapable d'effacer ce putain de baiser de ma mémoire ? Ça me reste perfidement en tête. *Cette vile tentatrice, elle m'a…* Je perds le fil de mes pensées quand elle apparaît dans mon champ de vision. Ma Despotique s'est transformée en un savant cocktail de contrôle, d'harmonie et de sensualité. Je la regarde à deux fois, littéralement soufflé par cet enchantement. Mackenzie est vêtue d'une robe en satin bleue qui semble avoir été cousue sur elle. Elle épouse son corps, tombant sur ses formes féminines avec volupté. C'est ma couleur préférée. Difficile de feindre que ça ne me plaît pas. Quand elle se tourne, mon putain de palpitant s'affole. Je dois avouer que le verso est tout aussi ravissant. Sa robe est lacée dans le dos, laissant à quiconque le plaisir d'admirer sa peau. Mes yeux remontent vers sa nuque au moment où elle glisse gracieusement la main dessus. J'aime à croire qu'elle sent ma présence et mon attention, et qu'elle en éprouve de la gêne et de la crainte. Elle me mettrait presque à genoux, si elle avait le moindre pouvoir sur moi…

— Tu es très beau, mon fils.

Je sursaute, alors que ma mère me scrute avec un grand sourire. Elle pose la main sur mon épaule.

— Qu'est-ce que tu admires comme ça ?

— Rien, je réponds.

— Oh ! une œuvre d'art qui n'a pas de prix, dit-elle en regardant dans la direction de Mackenzie. Elle est ravissante, tu as raison.

— Je n'avais pas remarqué.

— Menteur.

Elle rit.

— Il y a foule ce soir.

— Oui, je suis contente.

— Tu choisis toujours très bien les lieux d'exposition.

— Avoir de la ressource en toute circonstance, c'est très important dans la vie. J'ai déjà vendu deux de tes peintures. Il n'en reste plus qu'une. Je vais retourner à mes invités, va rejoindre ton amie.

Quitte à choisir entre des mondains pleins aux as et Mackenzie, je la choisis, alors je m'avance vers elle. Elle se tourne au moment où j'arrive. En me voyant, elle rougit. Elle me scrute, elle aussi.

— Je ne savais pas que tu pouvais mettre une telle robe avec l'énorme balai que tu as dans le cul, je lance.

Mackenzie s'approche de moi.

— Et toi tu as réussi à dissimuler tes cornes et tes sabots fourchus sous ton costume ? Personne n'est dupe, tu es un démon.

Je souris.

— Je les ai fait couper, juste pour toi, succube.

Ses yeux mauves sont rehaussés chacun d'un trait d'eye-liner, ce qui agrandit son regard, mais ce n'est pas ça qui me rend dingue, non, c'est l'étincelle de défi qui brille dans ses iris.

— Tu veux boire quelque chose ? je demande. De la javel ? De l'alcool à brûler ? De l'acide chlorhydrique ? Quel est ton poison dans ton monde ?

— Le sang de mes ennemis, siffle-t-elle. Si j'avais dans l'immédiat du cyanure, je n'aurais pas à te supporter.

— Voilà qui nous fait un point commun.

Je lui tends mon coude afin qu'elle s'y accroche, mais elle me lance un étrange regard.

— C'est une soirée mondaine, il faut se fondre dans la masse. Mademoiselle la Despotique, puis-je ?

— Je vous en prie, Monsieur le Taré.

Elle glisse un bras sous le mien. Je crois que pour une fois la fête risque d'être amusante et cinglante. Je m'arrête devant le bar. Derrière le serveur sont alignées toutes sortes de bouteilles, mais je doute qu'il y ait des sodas.

— Vous n'avez rien sans alcool ? demande Mackenzie.

— Je peux vous faire un cocktail ?

— Merci.

— Et pour vous, monsieur ?

— Une coupe de champagne.

J'aurais bien pris un verre de whisky, mais je dois rentrer après et je n'ai pas envie de picoler devant ma mère, même si elle n'est pas née de la dernière pluie.

— Il y a du monde, soupire Mackenzie.

— Ma mère a le chic pour trouver les endroits parfaits pour ses réceptions. Sa renommée ajoutée à tous ces bourgeois qui sont clients de l'hôtel, ça fait bon ménage visiblement.

— J'ai l'impression de ne pas appartenir à ce monde.

— C'est pas une impression, c'est la réalité. Et ce n'est pas plus mal. C'est pareil pour moi.

Elle glisse le regard dans le mien.

— Odieux comme tu es, tu te fonds pourtant bien dans la masse.

— Merci.

— Pardon ?

— Merci pour le compliment.

Mackenzie soupire. Au moment où elle veut ouvrir la bouche, le barman prend la parole.

— Voilà votre cocktail, madame. Et votre coupe de champagne, monsieur.

— Merci, je réponds en proposant de nouveau mon bras.

Mack l'attrape en grognant, et nous nous éloignons légèrement de la foule.

— Je vois mal l'une de ces personnes acquérir mon renard.

— Prends la pose à côté, et je t'assure que tous ces vieux excentriques pleins aux as te l'achèteront, ta sculpture.

— Seigneur, plutôt crever. On dirait que tu n'aimes pas ce genre de soirées ?

— En effet, je ne suis ici que pour faire plaisir à ma mère. Tous ces gens respirent l'hypocrisie. Ils sont là uniquement parce que c'est bien vu d'indiquer dans leur curriculum vitæ de mondains qu'ils sont venus à cette exposition. La plupart n'y connaissent rien en art, mais vont quand même acheter des trucs, juste parce que c'est cher.

— Tu acceptes pourtant leur argent pour tes toiles. Ça ne te pose pas de problème ?

— Pas le moins du monde, ils en ont tellement qu'ils ne savent pas quoi en foutre.

— Tu crois que tu vaux mieux qu'eux ? s'enquiert-elle. C'est adorable.

— Je soulage le poids de leur porte-monnaie en alourdissant le mien. Et je le dépense dans des soirées et des choses qui les choqueraient à tout jamais. Tout comme toi d'ailleurs.

Je lui lance un coup d'œil en biais, elle répond à mon regard avec tellement de véhémence que je me demande comment elle a pu me cacher ce caractère toutes ces années. *Quel gâchis !*

— Et si ça te pose un problème, j'en ai rien à foutre.

— Je n'en attendais pas moins de toi, réplique Mackenzie. Toujours classe et délicat.

Elle a comme un air condescendant.

— Moi au moins je m'éclate dans la vie. Je ne passe pas mes journées à me faire chier dans ma petite bulle contemplative à me masturber intellectuellement.

— Tu utilises trop de mots compliqués pour toi. Tu vas nous faire un AVC.

Elle brille de haine et de sarcasme.

— Garce.

— Je te retourne le compliment. Tu ne sais rien de moi. De ma vie, de mes activités. Tu ne sais rien de rien, alors arrête de me dénigrer. Ce n'est pas parce que je n'ai pas une vie de débauche et de luxure que je ne m'éclate pas.

— Qui dénigre qui maintenant ?

— Toi, c'est toujours toi qui me rabaisses, Mads. Et ce, depuis le début. Moi, j'en ai rien à cirer de ce que tu fais. Tu devrais essayer.

— Je pourrais, mais là, ce soir, j'ai rien de mieux à foutre. C'est difficile à admettre, mais je préfère te supporter que de supporter tous ces gens-là. Alors, dis-moi, comment on s'amuse dans ton monde ?

Alors qu'elle ouvre la bouche, ma mère nous interpelle. Elle est avec une dame d'un certain âge vêtue d'une robe cape bleu nuit.

— Madame Adley, je vous présente Mackenzie Hayes, la jeune fille qui a réalisé la sculpture que vous venez d'acquérir.

Comme je suis placé en face d'elle, j'ai tout le loisir de la voir rougir et même se décomposer sous l'effet de la surprise. Elle sourit timidement.

— Enchantée, mademoiselle. Votre œuvre est tout à fait exquise. J'ai eu un véritable coup de cœur en la découvrant et je suis très heureuse de l'ajouter à ma collection. Vous pensez en créer d'autres ?

— Je…

Elle angoisse de nouveau. Son visage a beau rester lisse en apparence, ses yeux trahissent les émotions qu'elle ressent.

— Bien sûr, mais je ne sais pas encore… si elles seront à vendre.

La dame lui sourit.

— Mackenzie a d'autres styles, lance ma mère. Elle fait également des œuvres plus classiques.

— La sculpture permet de percevoir d'autres visions sur le monde et la société. Les mêmes sujets sont traités de manière subjective par les artistes, et les œuvres nous invitent à nous interroger afin de comprendre le message du sculpteur dans sa globalité. Elles incitent à se remettre en question, à ouvrir son esprit et à faire l'effort de se forger une opinion propre sur un sujet. Je trouve ça absolument fascinant. Je n'ai malheureusement pas l'âme d'une artiste, je sais à peine dessiner une voiture, mais j'ai l'argent pour encourager l'art et les jeunes prometteurs.

— Merci, dit Mackenzie.

— Matilda a ma carte, si vous avez quelque chose de nouveau à me proposer, elle fera le lien entre vous et moi. Excusez-moi, je vais rejoindre mon mari. Matilda, on se voit d'ici la fin de la soirée.

— Bien sûr, répond ma mère.

Mackenzie la salue d'un signe et, tandis que la dame s'éloigne, son visage se décompose et elle paraît soudain horrifiée. Elle semblait déjà angoissée par sa discussion avec cette femme, mais là on dirait qu'elle rêve que le sol l'engloutisse. Je tourne la tête et découvre alors, stupéfait, ce qui la tourmente.

Ses parents.

— C'est pas vrai, siffle-t-elle entre ses dents.

— Pardon ? s'étonne ma mère.

— Oh ! rien, je…

— Mackenzie !

Ses parents l'ont remarquée et ils arrivent fièrement vers elle. Ils sont assez bien habillés. Son père est grand, relativement costaud, sa mère a l'air minuscule à côté de lui. Mackenzie tient plus du côté paternel, notamment ses traits, même si elle a le nez retroussé de sa mère. À mesure qu'ils avancent, je vois sa gorge se contracter, ses poings se serrer. Elle semble surprise et aussi très mal à l'aise. Visiblement, elle ignorait qu'ils allaient venir et elle n'en est pas heureuse du tout.

— Bonjour, mon trésor, lance joyeusement sa mère en l'enlaçant.

Mackenzie lui tapote maladroitement l'épaule. Je n'avais encore jamais rencontré d'acteurs pornos. Ma mère n'est pas vraiment une femme coincée, elle est même très ouverte d'esprit, mais je me demande comment elle réagirait si elle le savait.

— Qu'est-ce que vous faites ici ?

— Nonna m'a dit que tu avais un vernissage, on n'avait pas envie de rater ça.

Le malaise est palpable, mais je crois que personne ne s'en rend compte à part moi. Le regard que Mackenzie me lance est terrible. Il cumule à lui seul une myriade de sentiments. Peine, colère, angoisse, fureur… et peut-être aussi un peu de pitié et de peur. Ses yeux me hurlent d'aller me faire foutre et en même temps m'implorent d'oublier ça.

J'éprouve une drôle de chose dans la poitrine, comme ce que j'ai ressenti quand j'ai vu Larissa et sa copine lui faire du mal. Une rage sourde et une extrême possessivité. Cette fois, c'est pareil, et je n'arrive même pas à expliquer pourquoi.

— Tu nous présentes, chérie ?

— Oui… bien sûr. Je vous présente Matilda, c'est elle qui a organisé ce vernissage. Matilda, mes parents.

— Tu ne me présentes pas ? j'interviens.

Elle roule des yeux. L'emmerder, c'est plus fort que moi. Je pratique cette discipline depuis tellement longtemps que c'est une seconde nature, c'est vital. Je veux qu'elle se concentre sur moi, qu'elle enrage à cause de moi, qu'elle m'en veuille, qu'elle bouillonne, qu'elle oublie tout le reste et se focalise sur ce que je lui inspire. Je refuse de me faire doubler par les autres, je suis le seul qui dois lui faire ressentir tout ça.

— Et voici Mads, le fils de Matilda.

— Je suis ravie de vous connaître, votre fille est très talentueuse.

Je les écoute se présenter, Mackenzie regarde au sol avec tellement d'insistance qu'on dirait qu'elle le trouve magnifique. Elle a tellement honte d'eux qu'elle préférerait disparaître. C'est peut-être ma faute, quand j'y réfléchis…

— Vous êtes artistes, vous aussi ? demande ma mère. Vous faites quoi dans la vie ?

Je donnerais cher pour connaître ses pensées à l'instant où ses poings se resserrent, pour savoir ce qui la tourmente comme ça.

— Oui, nous sommes artistes également.

— Vraiment ?

— Nous sommes acteurs, ajoute la mère de Mackenzie.

Je relève la tête en même temps que Mackenzie. Non, ils ne vont quand même pas le dire comme ça de but en blanc ?

— Nous sommes acteurs pornographiques, finit par avouer sa mère.

Ah, bah si !

Mackenzie jure entre ses dents, elle le fait si bas que j'ai l'impression de l'avoir rêvé, quant à ma mère, elle est bouche bée. Moi, je pense que c'est le meilleur vernissage auquel je suis jamais allé.

— Maman, je t'en prie…

— Quoi, chérie ?

— Je n'ai…

— C'est mon métier, je suis actrice, je fais des films pornographiques et je ne vois pas pourquoi je devrais en avoir honte.

— Kenzie, elle est mal à l'aise, lance son père.

— Mais il ne faut pas. Il serait temps qu'elle comprenne que ce n'est pas une tare. Il n'y a pas de sot métier.

Comme elle parle un peu plus fort, les gens se retournent vers notre petit groupe. Mackenzie, elle, a les joues rouges, et son regard maudit le monde et surtout sa mère.

— Toi tu es artiste, tu fais de la sculpture. Mon métier à moi, c'est de mettre en scène mon corps, de me donner en spectacle devant l'objectif. Vous trouvez ça gênant ? demande-t-elle à ma mère.

— Non.

Impossible de savoir si elle le pense ou pas. En tout cas, le père de Mack reste silencieux.

— Tu vois, pas de quoi rougir ou avoir honte. Tout le monde fait l'amour, tout le monde pratique le sexe, c'est naturel. Nous le faisons juste devant la caméra.

Je ne dis pas un mot, en réalité je comprends un peu le malaise de Mackenzie.

— Le renard de votre fille a été acheté ce soir. Je pense qu'elle a un bel avenir si elle le veut.

— Je suis fier de toi, lui dit son père.

— Vous avez une œuvre préférée de Mackenzie ? s'enquiert ma mère.

— Oui, elle m'a fait une sculpture de ma grand-mère. La seule photo qu'il me restait d'elle s'était dégradée avec le temps, mais Mackenzie a réalisé son visage en argile.

Mackenzie esquisse un sourire. J'ai l'impression qu'elle en veut moins à son père, et surtout qu'il est moins égoïste que sa mère.

— Tu vois, ma chérie, déclare cette dernière, toi aussi tu sais te servir de tes dix doigts. Tu sais faire de belles choses avec, tu dois probablement tenir ça de moi, d'ailleurs. Moi aussi je sais me servir de mes mains.

Elle agite les doigts dans les airs comme une folle. Cette femme n'a pas le moindre respect pour sa fille, sa passion et son boulot.

— Toi tu modèles, moi je masturbe. Toi tu manies l'argile, moi je manie les chibres. Toi tu…

— On a… compris, maman.

La quadragénaire regarde Mack avant de me faire un clin d'œil.

— Et donc, Mads, est-ce que ma fille se sert de ses doigts sur vous aussi ?

Mackenzie ne cherche même pas à répondre. Comme elle l'a trop souvent fait avec moi, elle s'efface. C'est comme si elle avait renoncé à se battre. Cette femme me donne envie de la gifler. Elle est malsaine et dérangeante.

— L'art est plus complexe que se foutre deux doigts dans le cul. L'excès de bukkake est visiblement nuisible à la vue.

Mackenzie relève la tête au moment où je l'attrape par le poignet pour l'entraîner avec moi. Sa mère me regarde comme si j'étais fou. Je n'ai même pas le temps de dire au revoir à la mienne que j'ai déjà franchi la moitié de la salle. Ma mère me connaît, elle comprendra. Quant à Mackenzie, elle me suit sans la moindre résistance.

25. Scream Therapy

Mackenzie

— Qu'est-ce que tu fais ?

— Je vais dans un endroit moins guindé où l'air sera moins nauséabond.

— Je…

Nous traversons le hall à toute vitesse, puis nous arrêtons devant les ascenseurs. Un liftier nous accueille et nous salue quand les portes s'ouvrent. Mads demande le dernier étage. Lorsque nous sortons, il m'entraîne vers un passage qui mène encore plus haut sans dire le moindre mot.

— Tu veux me pousser du toit et maquiller ça en suicide ?

— Ne me tente pas, Mack.

Quand nous arrivons sur le toit, l'air frais me revigore et picote mes joues rouges. Mads me lâche et avance, les yeux rivés au ciel. Je le regarde quelques secondes, troublée par l'étrange calme sur son visage et par ce qu'il a fait pour moi.

J'ai tellement honte.

Les sentiments que j'éprouve sont si amers et blessants. Je me sens minable. Ma mère est… je la déteste. Elle ne change jamais. Elle me met toujours dans l'embarras. Parfois, je me demande pourquoi elle m'a gardée. Et souvent, la seule réponse que je trouve, c'est qu'elle pouvait continuer à travailler lorsqu'elle était enceinte et donc exciter ce genre de fétichistes. Cette simple idée me donne la nausée.

Je voyais cette soirée comme un tremplin pour mes angoisses. Je l'avais soigneusement préparée. Bien sûr, j'ai beaucoup bafouillé, mais ce n'est pas si facile de surmonter sa timidité et ses phobies. Je savais que j'allais rencontrer du monde et qu'ils seraient forcément critiques sur mon œuvre, mais je m'étais dit que c'était une bonne chose pour moi. Au lieu de ça, je suis là, sur le toit d'un hôtel de luxe en compagnie d'un mec qui m'a fait chier pendant des années avec ma mère, à angoisser à cause d'elle parce qu'elle ne cesse de parler d'elle pour m'humilier.

— Je me suis dit que tu avais besoin de souffler un coup.

— C'est drôle que tu penses ça en voyant quelqu'un d'autre que toi me rabaisser.

— Comment ça ?

— Je trouve ça plutôt marrant que tu me proposes de souffler, alors que toi tu ne m'as jamais laissé le moindre répit, je lâche d'un ton sarcastique. Tu n'as pas l'impression que c'est hypocrite ?

Ses iris gris sont plus sombres sous le ciel de nuit. Ils rencontrent les miens, et je ne cille pas. Je refuse de baisser les yeux alors que j'ai enfin l'occasion de lui dire ce que je pense.

— Tu joues les bons samaritains, tu crois que c'est chevaleresque, ce que tu viens de faire, mais non. Tu n'as même pas conscience de ta propre hypocrisie.

Je le déteste d'avoir assisté à ça, je le déteste d'avoir pris mon parti, je le déteste de m'avoir amenée là, je le déteste d'avoir vu à quel point j'étais minable et d'être resté avec moi en cet instant alors que je veux juste qu'on me fiche la paix. Et surtout, je le déteste pour tout le mal qu'il m'a infligé.

— Je ne pige rien de ce que tu dis.

— Et c'est bien ça le problème. Tu ne piges pas ce que tu m'as fait.

— Qu'est-ce que je t'ai fait ? Je me suis foutu de toi quelques fois à propos de ta mère ?

Il n'a même pas conscience des conséquences de son harcèlement, même pas conscience de la force avec laquelle il m'a brisée. À l'heure actuelle, je ne suis pas satisfaite de la vie que je mène. Je n'ai pas réussi à m'épanouir dans une relation avec des étrangers, car je crains toujours qu'ils me blessent et m'humilient. Ma confiance en moi a été totalement détruite au lycée et ne s'est jamais reconstruite.

— Je ne me suis pas dit du jour au lendemain : « Tiens, je vais être minable aujourd'hui. » Tu as contribué à la ruine de ma personnalité, de mon ego. Tu m'y as même beaucoup aidée. Tu étais aux premières loges, tous les jours, pendant deux ans, Mads.

Je souffle en gardant les yeux rivés sur mes mains, qui tremblent sous l'effet de l'adrénaline.

— Deux ans de remarques cinglantes, désobligeantes, humiliantes. Deux ans de regards noirs, moqueurs, froids. C'est vrai qu'elle est drôle, Mackenzie, avec son balai dans le cul, mais bon sang c'est ta faute si je suis devenue aussi réservée et frigide ! Parce que tu étais là avec tes critiques perfides et ton sourire pervers à me rabaisser parce que ma mère était une actrice porno, parce que je ne savais pas m'amuser. Je suis le produit de ton harcèlement, Mads.

J'inspire un grand coup. Si je pouvais, à l'instant je me prendrais dans mes bras pour me féliciter d'avoir réussi à dire ça sans trembler, sans bafouiller. Ça ne change pas grand-chose, mais ça me fait beaucoup de bien de l'avoir dit. Peu importe l'histoire qu'il trimballe, il m'a persécutée sans répit pendant deux ans et il a besoin d'en prendre conscience. Je ne pourrai jamais être son égale sinon.

— Cette période a causé des crises d'angoisse chez moi. Quand je vais quelque part où il y a du monde, comme en cours, à l'association, je garde tous les sens en éveil, et mon radar mental est aux aguets pour détecter le moindre signe d'alerte. Je ressens de la honte aussi de ne pas avoir su ou pu me défendre par moi-même et je crois que c'est le destin qui nous a remis sur la même route, pour que je puisse enfin te dire ça. Tu m'as harcelée, Mads, et en te découvrant ici je devais m'affirmer, sinon tu m'aurais piétinée une bonne fois pour toutes.

Je laisse échapper un râle de soulagement. J'avais besoin de ce moment de vérité, peu importe qu'il soit décidé ou non à l'entendre. Je n'attends rien de lui, si ce n'est une remarque ou un rire moqueur, aussi quand il détourne la tête et passe une main dans ses cheveux mon cœur a un loupé. On dirait qu'il n'arrive plus à me regarder. Ce geste au demeurant innocent est le premier signe de respect qu'il a envers moi. Pour une fois, il ne riposte pas, ce sont mes mots qui pèsent et pas les siens. Muet, il s'avance vers le vide et s'appuie contre le rebord.

— La ville est vraiment magnifique, dit-il.

Le silence s'installe tandis que la vue qui s'étend devant nous est merveilleuse. Les éclairages urbains scintillent de mille feux. De ceux des voitures aux lumières des buildings et des magasins, on croirait que la métropole s'est habillée comme si elle voulait se faire remarquer depuis l'espace.

— C'est vrai.

— Ici, on est un peu plus près du ciel. Ta mère est toujours comme ça ?

— J'espère que ton idole est à la hauteur de tes espérances, j'ironise. Moi, elle surpasse toujours les miennes…

— On dit qu'il ne faut pas rencontrer ses idoles, lâche-t-il avec un haussement d'épaules. Je vais te donner un scoop ; je m'en branle de ta mère, Mack. Je n'en ai absolument rien à foutre.

J'ai un rictus.

— Je devrais te croire, alors que…

— Oui, tu devrais. Mackenzie, je n'ai jamais vu un seul de ses films, si ce n'est le premier quand on l'a découverte. Tu pensais vraiment que je me masturbais devant toutes ses vidéos ?

— Tu…

Mads éclate de rire en me contournant. Nos regards se croisent quand il pose sa veste sur mes épaules.

— Ta mère est une grosse connasse et…

Je déglutis, troublée par cette attention.

— … et je ne l'aime pas. J'en ai rien à foutre, tu devrais essayer parce que visiblement c'est ce qu'elle fait.

Ses mots me blessent terriblement et pourtant ils ne me choquent pas. Parce que je le sais et qu'il a raison.

— Pourquoi je parlerais d'elle avec toi ?

— Parce que je m'y connais en mélancolie et que, de toute façon, on est ici tous les deux après qu'elle nous a révélé son charmant visage…

Il semble sincère quand il arrache son regard du ciel pour me fixer. Il me lâche un sourire en coin avant de s'approcher du bord. Qu'est-ce qui me dit qu'il ne va pas se foutre de moi et se servir de mes confidences ? Qu'est-ce… le cours de mes pensées s'interrompt, comme si je savais que cette fois ce serait différent.

— Quand j'ai fêté mes dix-huit ans, elle m'a appelée, je lance. Elle n'était pas là, elle avait un tournage. Elle était en visio, et soudain son producteur est arrivé. Il m'a annoncé que ma mère lui avait déjà parlé de moi, qu'il avait vu des photos et que maintenant que j'étais majeure, si je voulais commencer une carrière dans le X, il pourrait faire de moi une star. C'était vraiment merveilleux comme cadeau d'anniversaire…

— Waouh, elle place la barre assez haut comme parent de merde, siffle Mads.

Je le rejoins en glissant les bras dans sa veste. Comme nous sommes au sommet d'un toit, il y a plus de vent.

— Ouais… elle est plutôt douée.

La vue vers le bas est vertigineuse.

— Le pire, c'est qu'il m'a rappelée l'année suivante, ce gros dégoûtant. Il a souligné que ma mère commençait à vieillir et que je pourrais faire fureur. Il disait qu'il pourrait s'occuper personnellement de ma carrière, qu'il avait des idées de scénarios avec elle et moi…

— Sale enfoiré lubrique.

Je suis étonnée qu'il réagisse ainsi pour moi, mais quelque part j'en ressens un peu de bien. Mads se penche vers moi. J'ai un mouvement de recul, ce qui le fait sourire. Il laisse échapper un petit ricanement. Dans ce costume, il est… sexy. Sa chemise rend son corps encore plus saillant.

— Ne bouge pas, dit-il.

J'aimerais vraiment savoir pourquoi je suis incapable de lui désobéir quand il s'avance. Mon cœur tambourine comme un fou, c'est limite déplacé et incompréhensible. Il tend la main vers moi. Je le regarde ouvrir les pans de sa veste et glisser les doigts à l'intérieur de la poche. Il est si proche de moi que je crains qu'il n'entende les battements de mon palpitant. Je ne veux pas qu'il sache que sa présence m'affole.

— Je récupère juste mon paquet de clopes.

J'aimerais à nouveau comprendre pourquoi je suis déçue qu'il ne m'attrape pas par la nuque pour m'embrasser. Bon sang, comment je peux être déçue qu'il ne m'embrasse pas ? Lui, ce mec si… Il s'éloigne d'un pas, mais il râle, alors je glisse les mains dans les poches de sa veste. Je trouve un briquet.

— C'est ça que tu cherches ?

Nos regards se croisent, et je la vois, cette même ardeur qui s'est emparée de nous dans sa chambre.

— Merci, dit-il en allumant sa cigarette.

La fumée qu'il recrache m'obsède, ou bien ce sont ses lèvres, je l'ignore. Tout ce que je sais, c'est que cette tension inexplicable me rend nerveuse et fébrile. J'ai tout autant envie de lui arracher les yeux que sa chemise. C'est tellement obscur pour moi de ressentir ça et c'est incroyablement perturbant. Pourquoi est-ce que j'ai à ce point envie de lui ? Pourquoi lui ? Je détourne le regard. Mais je repense à ma mère, à ce qu'elle lui a dit. En fait, ce n'est pas plus mal qu'elle ne soit jamais là finalement. Je suis certaine que Matilda va me traiter bizarrement maintenant qu'elle le sait. C'est évident. Je devrais m'excuser auprès d'elle, peut-être…

— Tu as vendu ta sculpture ce soir, alors franchement, ta mère, qu'est-ce qu'on s'en fout ? Lâche-toi, Mack. Libère-toi. Exprime-toi pour toutes ces fois où tu t'es contrôlée, pour tous les moments où tu as enfoui ce que tu éprouvais.

— Je n'ai pas besoin de me lâcher. Je vais bien.

— Putain, si !

Je secoue la tête. Je n'ai pas besoin de me lâcher, je ne comprends même pas ce qu'il veut dire. La déception que je ressens va finir par passer, comme toujours.

— Vis, merde ! Fais abstraction du balai que tu as dans le cul, de ton désir de tout maîtriser, et défoule-toi. Je te jure que c'est addictif.

— Je… ne saisis pas.

Il éclate de rire et se met à hurler comme un damné. Je ne prête même pas attention à ses mots, je l'observe simplement, troublée par son comportement et par cet étrange calme qui se lit ensuite sur son visage.

— Pourquoi tu… pourquoi je crierais comme ça ? Je ne suis pas comme toi.

Mads sourit encore. Décidément, j'ai plus vu son sourire ces dernières semaines que pendant nos années lycée.

— Tu ne peux pas être comme moi, je suis unique. Mais laisse-moi t'aider, pour toutes les fois où je t'ai enfoncée.

Ses propos sont vraiment perturbants ce soir, et lui aussi. Mais je me méfie, c'est un démon après tout.

— Et écoute-moi : lâche prise et hurle. Crie ta rage au monde. Ça s'appelle la *scream therapy.*

— « *Scream Therapy* », c'est…

— C'est une méthode islandaise. En gros, ils disent qu'il est bénéfique d'utiliser la thérapie par les cris primaires quand nous n'arrivons pas à exprimer nos frustrations et les choses un peu plus viscérales. Alors, fais-moi confiance et gueule un bon coup.

— Et je… je crie quoi ?

— Peu importe, une phrase, un mot, une syllabe, on s'en fout. Hurle, Mackenzie, ou c'est moi qui te fais crier.

Je rougis comme jamais.

— Pardon ?

— Tu as parfaitement compris et, je te préviens, j'ai des manières peu orthodoxes. Surtout pour toi.

Sous le sourire en coin qu'il arbore, je le sens sérieux. J'angoisse intérieurement. C'est idiot, ce n'est fait de rien, mais même là-dessus j'ai peur d'être jugée. Pourtant soudain je lâche :

— VA TE FAIRE FOUTRE, MAMAN !

J'enchaîne avec un cri perçant, mais au fur et à mesure que ma voix m'échappe un drôle de soulagement libère ma poitrine. L'euphorie provoquée par cet exutoire est nourrissante.

— Alors ?

— Merci.

— Voilà, maintenant tu cries au lieu de ruminer. Et tu te concentres sur moi. Je suis une compagnie tellement agréable.

— Oui, Mads, tu es agréable. C'est le premier mot auquel on pense quand on parle de toi.

— Sexy. Le premier, c'est sexy, agréable ensuite si tu veux.

Je soupire en levant les yeux au ciel et, s'étant rapproché de moi, il me bouscule.

— Tu peux me détester de toutes tes forces, mais tu ne peux pas nier que je suis super canon, dit-il d'une voix rauque.

Je glisse le regard dans le sien et j'affiche un grand sourire. Il est perturbé une seconde, mais c'est réel et je m'en nourris fièrement.

— Alors j'imagine que ça marche dans les deux sens, n'est-ce pas, Mads ?

— Oublie ce que j'ai dit, c'était ridicule.

— C'est pas juste, je suis incroyable dans cette robe, je lance. Un adversaire digne de ce nom l'avouerait.

Iris gris contre iris violets. De nos corps émane une chaleur presque incandescente, et tout autour de nous la tension, tel un marionnettiste, se joue de nous.

— C'est vrai, comme tous les succubes, tu es magnifique. Surtout en bleu.

Mads qui avoue une faiblesse a quelque chose de très envoûtant. Je me rends soudain compte d'une vérité effarante : quand on a déjà embrassé quelqu'un, il plane au-dessus de nos têtes une impression irrésistible et particulièrement dangereuse que ça va recommencer.

— Et, comme tous les démons, tu es fourbe.

J'ai tellement fui son regard, tellement baissé les yeux que je n'y arrive plus. Du moins avec lui. J'observe son visage, je lis la panique et le désir dans son expression. Il me veut, mais il déteste ça. *Comme moi.* Dans l'infinité de l'univers et dans toutes les autres dimensions possibles, je me demande s'il y a un Mads et une Mack qui se jettent voracement sur les lèvres de l'autre. J'en rêve.

Merde !

— Tu vois, c'est quand même plus amusant quand tu arrêtes de ruminer et que tu te concentres sur moi.

— Ça ne te suffit pas d'être le centre de l'attention tous les jours de l'année et avec tout le monde ? Tu en quémandes même à ta pire ennemie ?

— Je fais avec ce que j'ai sous la main.

— Je te déteste.

— Mes mots préférés, soupire-t-il. Ils m'excitent.

— Tu me gâches tout le plaisir, je siffle en grimaçant.

— L'inverse me décevrait. Bon, tu as vendu ta sculpture, j'attends un merci.

— Estime-toi déjà heureux que je ne te pousse pas dans le vide.

Il ricane.

— Dis-moi, Mack, on fête ça comment dans ton monde ?

Je lève les yeux au ciel. Voilà qu'il reprend notre conversation là où on l'avait laissée avant qu'on nous interrompe au vernissage. Je commence à retirer sa veste, ce qui attire son attention sur moi. Il me regarde, je le sais, et bien que je me sente troublée je crois qu'il l'est plus encore.

— Pas comme dans le tien, c'est certain. Si tu passais une journée avec moi, je te couperais le souffle, Mads.

— Voilà qui m'intéresse. Parce que si tu passais une journée dans le mien tu n'aurais plus envie de repartir, il faudrait même dire au revoir à ton joli balai.

Je comble l'écart entre nous et je plaque les mains contre son torse pour lui rendre sa veste. Nos doigts se frôlent quand il l'attrape. Et, au vu de son sourire en coin et de cette vibrante étincelle qui scintille dans ses yeux, je sais qu'il l'a fait exprès.

— Je prends le pari, Mads.

— Moi aussi, Mack. Coupe-moi le souffle.

Sur ces mots, je fais volte-face et me dirige vers l'escalier pour rentrer. Je sens son regard sur moi, ses iris flamboyer dans mon dos. Il lâche un grognement rauque qui me fait frissonner sur la nuque.

— Bonne nuit, redoutable succube.

— Joyeux cauchemars, vil démon.

26. Peintures et barbotines

Mackenzie

Je suis venue à l'association quasiment toute la semaine, je me suis sentie d'humeur créative. J'ai croisé Mads une fois, et on s'est simplement salués. Sans sarcasmes, sans insultes, c'était apaisant. Peut-être qu'il commence à y avoir un peu de respect entre nous. *J'aimerais beaucoup.* Je crois que ma guérison doit commencer par là. J'ai passé les deux dernières séances avec Zoey, et nous avons même mangé ensemble hier soir. C'était super sympa, nous sommes ensuite allées voir *Spiderman* au cinéma. Je m'aperçois que Zoey est la première personne à qui j'accorde un peu de confiance, à part Rachel bien évidemment. Avec elle, j'arrive à discuter sans craindre qu'on se moque de moi. Aujourd'hui, je suis seule, mais ce n'est pas plus mal, j'ai l'habitude de l'être quand je crée. Je me suis même mise à la poterie, ça faisait longtemps que je n'avais pas manipulé l'argile de cette façon. La dernière fois, c'était pour une vidéo TikTok. J'aime travailler sur de gros blocs et leur conférer un peu plus de vie à chaque coup de couteau, comme le renard ou les autres sculptures que j'ai pu faire.

La poterie, c'est plus cool, moins contraignant, même s'il faut une certaine maîtrise pour réussir à donner forme aux objets. Dans la pratique, je trouve la poterie plus relaxante. Je prends de la barbotine[1] dans ma paume pour m'aider à creuser mon matériau.

— Il n'y a plus que nous.

Arrachée à ma bulle créative, je sursaute. Lorsque je relève le nez, je croise le regard de Mads. Il semble calme, apaisé. J'arrête la girelle[2], et ses yeux se posent sur mes mains enduites d'argile.

— Qu'est-ce qui se passe ?

— Il ne reste plus que nous, et c'est l'heure de fermer.

— Déjà ?

Je réalise que je me suis exprimée à voix haute quand Mads arbore un drôle de sourire entendu. Comme s'il comprenait ce que c'était que de se perdre dans son art. Il est vêtu d'un simple T-shirt noir légèrement distendu au col et recouvert de quelques taches de peinture, et d'un jean également déchiré aux genoux.

— Je vais ranger, je me dépêche…

Je n'avais tellement pas fait attention à l'heure que je me sens frustrée de devoir arrêter aussi brutalement.

— Prends ton temps, Lévi m'a demandé de fermer et de laisser la clé dans la boîte aux lettres en partant.

Comme je hoche la tête, il tourne les talons. J'attrape délicatement la tasse que j'étais en train de façonner et la dépose sur une planche pour la terminer la prochaine fois, puis je me lave les mains. Quand je me retourne, Mads est derrière moi.

— Je me dépêche.

— C'est juste que tu as un peu de peinture sur le front.

— De peintu…

— Juste ici, me coupe-t-il en faisant glisser son pinceau au-dessus de mes sourcils.

Ma bouche s'ouvre sous le coup du choc.

Le sale petit enfoiré.

1 Pâte liquide composée d'argile et d'eau destinée au coulage ou pour joindre deux pièces d'argile.

2 Plateau tournant qui fait partie du tour de potier.

— Mais tu es un fou, toi.

— J'ai mis du violet, s'esclaffe-t-il. Histoire de l'accorder avec tes yeux.

Je me rue sur le seau de barbotine et, sans réfléchir, je lui en balance au visage. Je me mordille la lèvre pour ne pas pouffer. Parce que, mine de rien, je ne l'ai pas raté. Le liquide glaiseux coule de ses cheveux.

— Oups, je n'ai pas fait exprès.

L'éclat dans ses iris gris est plus clair et joyeux que jamais. J'attrape encore de la boue et je m'avance vers lui.

— Attention, il ne faut pas gâcher, on ne gaspille pas les matériaux.

Il peine à rester sérieux. Comme il ne prête pas attention à la table derrière lui, il titube, et j'en profite pour me précipiter vers lui. Je ne réfléchis pas avant de soulever son T-shirt pour enduire son torse d'argile et d'eau. Quand je retire mes mains, je plaque son maillot à même sa peau afin que ça colle bien.

— Mack, tu joues avec le feu.

— Tu as commencé, je réponds.

— Je sais, dit-il en tartinant le contenu d'un tube de gouache sur mes bras nus. Oh merde, je ne sais pas ce qui m'a pris, ajoute-t-il en étalant la couleur.

Nos rires résonnent dans un son harmonieux quand nous nous dégageons l'un de l'autre pour nous armer de munitions. Je fonds sur la barbotine et y plonge les mains pour l'asperger. Il en reçoit sur les cheveux, les joues, son T-shirt. En réponse, il m'envoie de la peinture façon geyser, que j'arrive à esquiver en me retranchant derrière la table. J'entends son rire tandis que je relève la tête de ma cachette pour voir ce qu'il fait. Il s'empare à son tour du seau et me barbouille le visage.

— Il paraît que c'est bon pour la peau.

C'est froid, c'est gluant, et je n'ose imaginer la tronche que je dois me payer avec cet accoutrement, mais je vis. À cette seconde précise, je sens mon cœur qui bat, je sens l'adrénaline dans mes veines, je sens mon esprit qui lâche prise.

Je finis par sortir de mon coin en me protégeant le visage avec le bras. Sur une des tables non loin du box pour la poterie, je trouve des bouteilles de peinture. Je les dévisse à l'arrache et asperge Mads qui accourt vers moi.

— Tu n'oseras pas.

— Je fais de l'art.

Il parvient à esquiver ma salve de couleurs et m'en dépose dans les cheveux, je le poursuis dans la salle et manque de glisser quand il revient sur ses pas, mais j'arrive quand même à lui en envoyer dans le dos. L'éclat de mon rire résonne avec le sien et me déstabilise, à moins que ce ne soit l'argile et la peinture au sol.

— Oh ! putain…

Mads me rattrape, mais perd l'équilibre et m'entraîne dans sa chute. L'atterrissage n'est pas tendre avec nous, mais la joie me fait passer outre à la douleur.

Allongés à terre l'un à côté de l'autre, on se regarde, le sourire aux lèvres. Je ne l'avais encore jamais vu aussi apaisé et détendu, tout comme je ne lui avais jamais vu un sourire aussi doux et sincère. Je me rends compte qu'il est beau comme ça. Lorsqu'il déplace une mèche de cheveux collée à mon front, je suis heureuse d'avoir le visage multicolore pour l'empêcher de remarquer ma rougeur. Je lui souris et je comprends que, moi non plus, je ne lui avais jamais souri aussi librement qu'aujourd'hui.

— On fait peur à voir, je soupire.

— Nous, encore, c'est rien. La salle est dans un état…

Je ris à nouveau. J'ai la flemme de regarder, car je sais qu'à un moment il faudra bien nettoyer. Lentement, je tourne la tête vers le plafond. L'euphorie et l'adrénaline de notre bataille font encore battre mon cœur. J'ai l'impression de ne pas m'être sentie aussi bien depuis des mois.

— Il manque quelque chose à ce plafond, je dis.

Le ricanement de Mads est agréable.

— Comme des étoiles ?

Il fait référence à sa chambre, tout comme moi d'ailleurs.

— Oui. Après avoir vu le plafond de ta chambre, on rêve de le retrouver partout. C'était vraiment magnifique.

— Ça m'a pris quelques heures mais, la satisfaction une fois que j'ai eu fini, c'était grandiose. Je me suis allongé sur le sol recouvert de plastique et je l'ai fixé, ébahi. J'avais du mal à croire que c'était moi qui avais fait ça. Quand j'ai commencé à le réaliser, je voulais juste mettre un peu de vie par-dessus le blanc terne. Une fois que ça a été repeint en bleu, j'ai continué avec d'autres couleurs. Les formes, les mouvements, les dessins sont venus tout seuls, sans que j'y réfléchisse… au fur et à mesure, le bleu est devenu une Voie lactée. J'aime peindre pour ça.

— Te perdre ?

— Ouais.

Je me réfugie dans la sculpture pour les mêmes raisons, alors je me sens vraiment connectée à ce qu'il dit.

— Je ressens la même chose. Quand d'un rien tu conçois tout un monde et que ton imagination s'égare dans son immensité. Je ne me lasserai jamais de cette sensation puissante que j'éprouve quand je sculpte, parce que je suis ailleurs et que j'existe.

— Quand l'univers se rétrécit aux coups de pinceau que je donne, c'est grisant de liberté et de vie. J'aime apporter un côté surprenant à mes toiles. Sur certaines, lorsqu'on les observe de face, on voit une couleur, mais si on les regarde de côté on en remarque une autre, et parfois même la lumière change tout. J'aime être capable de partager des choses rien qu'avec quelques mélanges de couleurs et de formes.

L'écouter est apaisant. Pour la première fois, il n'y a pas de gouffre entre nous.

— Pourquoi la sculpture ? demande-t-il.

— Ça m'a subjuguée, je réponds avec passion. Comment, à partir d'un bloc d'argile, c'était possible de créer des bustes, des visages, des animaux ? J'étais curieuse et j'ai ressenti le besoin de comprendre. Je ne pensais pas avoir un quelconque talent d'ailleurs.

— PUTAIN, MAIS…

Je me redresse subitement, le cœur battant, et je croise les yeux de Lévi. Mads, lui, prend tout son temps.

— Je peux savoir ce qui s'est passé ici ? demande Lévi, l'air effaré.

— On a fait de l'art, répond Mads en carrant les épaules.

Son ton est calme, nonchalant. Il me tend sa main, que j'accepte. Je regarde autour de nous, il y a de l'argile et de la peinture à nos pieds, là où nous sommes tombés, sur la table et le plan de travail du box réservé à la poterie.

— Quoi ?

— On a laissé parler notre créativité. Il sert bien à ça, cet endroit, à créer ?

— Tu… vous avez vu votre état ? Et le sol et les…

— Ça se nettoie, et je rapporterai des matériaux pour remplacer ceux qu'on a utilisés.

— Bien. Je tiens à ce que ce soit nickel quand j'arrive demain matin, je veux que le sol brille.

— Je peux effacer les traces de nos conneries, je ne peux pas faire de miracles.

Ils éclatent de rire, comme deux enfants. Je pouffe à mon tour.

— Je venais récupérer un dossier que j'avais oublié sur mon bureau. Enfin, j'imagine que j'aurais pu tomber sur une scène plus traumatisante que celle-ci.

Je rougis à son allusion sexuelle.

— Nettoyez-moi ça et foutez le camp d'ici.

Il tourne les talons, et nous n'attendons même pas qu'il soit hors de notre champ de vision pour glousser comme deux idiots.

— Je ne savais pas que j'avais besoin de ça, de ce défouloir…

Les mots m'ont échappé sans raison, mais je comprends qu'ils étaient nécessaires, comme ce répit entre nous. Je la sens encore, cette exaltation dans mon cœur. Mads relève la tête vers moi et me sourit. Je crois que ce moment est l'un de mes préférés. Un de ces instants fugaces qui restent gravés longtemps dans l'esprit.

— Moi non plus, dit-il en souriant. Alors merci, Mack.

Mads
Il y a dix ans

— Regarde ça, chéri. C'est aussi tendre que du beurre. Il est aussi facile de le couper qu'un steak saignant.

Je pourrais hurler si je n'avais pas un bâillon dans la bouche. La femme en face de moi a les mains recouvertes de mon sang. Entre ses doigts, elle tient un cutter qui vient de me lacérer le torse.

J'ai tellement mal que je me sens partir.

Lorsque je reprends mes esprits, la douleur est toujours là. Ce qui signifie une seule chose : je suis encore en vie. Je suis toujours dans la même pièce, avec toujours les mêmes personnes. La femme est assise sur une chaise, sa poitrine est couverte de fluide écarlate, et l'homme est à quatre pattes entre ses cuisses.

Je ferme les yeux quand elle croise mon regard.

— Je t'interdis de fermer les yeux. Garde-les ouverts, mon lapin, ou je te scalpe encore.

Alors j'obéis. Soumis par la peur.

Elle suce ses doigts pleins de sang, puis d'une autre main appuie sur la tête de son mari avant de crier.

— Tu vas venir, me dit-elle.

— Non…

— Ce n'est pas une question. Je veux qu'il te remplace.

L'homme se relève, me détache. Comme je titube et tombe à cause de la douleur, il me donne un coup de pied. Un peu plus, un peu moins…

Parfois la souffrance est pire. Parfois c'est la peur.

Quand les deux surviennent en même temps c'est insoutenable.

— Ne lui fais pas de mal, dit-elle en se redressant.

Elle me prend par le poignet, me caresse les cheveux, puis m'embrasse sur la bouche. J'ai plus peur que mal. Son baiser me dégoûte, il fait naître un autre genre de sentiment en moi, dans mes entrailles. Je n'aime pas ça. La femme s'assied sur sa chaise. Elle guide mes mains sur sa poitrine, son sexe. Elle me force à la palper, resserre sa poigne autour de mon bras quand je ne la touche pas assez fort. Je sens les larmes couler sur mes joues. Elle les essuie en me souriant.

— Agenouille-toi, me dit-elle.

Je m'exécute.

— Bien, mon lapin. Maintenant lèche.

Quand j'ouvre les yeux, je crains d'être enfermé dans une chambre avec un démon, je suis soulagé de voir que je suis dans la cage. Instinctivement, je veux voir la lumière qui filtre par la lucarne.

— Ne bouge pas, tu vas te faire mal.

Je lève le regard vers elle. *Numéro 11.*

Je me rends compte que ma tête est sur ses genoux et qu'elle me caresse le front. Elle esquisse un sourire malgré la fatigue et la douleur.

— Tu vas bien ? je demande.

— Oui.

Elle est maître de ses émotions. Alors que je pleure, que j'ai peur, elle reste stoïque. Je ne sais pas grand-chose d'elle. Je ne connais même pas son prénom. Nous n'avons pas le droit de parler, nous sommes des numéros. On se comprend dans nos silences, dans nos regards, dans les coups que l'on voit chez l'autre. Ces derniers jours, nous sommes devenus la bouée de l'autre. Dans l'ombre de cette cage, dans l'horreur de cet endroit, elle est comme cette petite lucarne qui nous éclaire : une lumière.

— Des nouveaux sont arrivés, chuchote-t-elle.

Ses mains tremblent sur mes joues, et la peur me lape la peau. Ses caresses sont une bénédiction.

— Et nous, on est amochés… Ils vont nous tuer demain, je l'ai entendu.

— On doit partir, je dis.

Numéro 11 rit aux éclats.

— Tu sais bien que c'est impossible.

Elle a raison, mais c'est difficile à accepter.

— Je préfère mourir plutôt que de continuer comme ça. Je n'ai pas choisi d'être là, mais au moins je passe la dernière nuit avec toi.

Je me redresse et je me rends compte du nombre de bleus qu'elle a sur le visage, les bras, le corps. Elle prend soin de moi alors qu'elle est aussi mal en point que moi. Tous les jours, elle souffre autant que moi. C'est injuste.

— Je ne veux pas mourir, je souffle. Je veux nous sauver. Je suis désolé…

Elle secoue la tête et m'embrasse le front.

— Dis-moi comment tu t'appelles.

Je chuchote mon prénom contre son oreille et elle contre la mienne.

— Mackenzie.

27. Pas du même niveau

Mads

Rien.

Rien de ce qu'elle pourra prévoir ne pourra me couper le souffle. Mais j'en rêve. J'en fantasme même. Je prends tout ce qui serait susceptible de m'évader. Je pense encore à elle dans sa robe bleue, à sa honte, puis sa fougue et son désir. Ça ne devrait pas m'atteindre, et pourtant je ne cesse de me le rappeler. J'avais envie d'elle sur ce toit. Une furieuse envie. Je mentirais si je disais que je n'avais pas refrené mon ardeur pour ne pas l'attraper par la nuque et la serrer dans mes bras en l'embrassant comme un damné.

Putain, c'est pas vrai.

Mackenzie a quelque chose que les autres n'ont pas : mon intérêt. Et ça, c'est dangereux. Même pour moi.

J'enfile un jean et baisse les yeux sur mon torse. Je pose le pouce sur la cicatrice et je la trace. Je suis toujours surpris que la peau de cette balafre soit si douce, alors que son souvenir est si douloureux. Quand je pense au nombre d'histoires que j'ai racontées aux filles à propos d'elle, je m'étonne de ne pas avoir oublié sa vraie signification. Je n'ai jamais dit à aucune de mes conquêtes la vérité. Je mets mon pull et je me redresse. Je dois passer prendre Mackenzie dans trente minutes et je lambine. Encore un peu et on pourrait dire que je crains de la voir.

Ressaisis-toi, mec.

Je me gifle mentalement et je glisse mon portable dans la poche arrière de mon jean.

Mackenzie est déjà dehors quand j'arrive. Elle a troqué sa robe contre un look plus classe. Je klaxonne, ce qui attire son attention.

— Bonjour, dit-elle. La prochaine fois si tu klaxonnes, je me casse.

Rien que pour l'emmerder, je recommence. Elle me sourit.

— Non, ça ne marchera pas. Tu ne te défileras pas, sauf si tu as peur de passer un bon moment avec moi.

Fichue Mackenzie.

— Je ne crois pas aux miracles, mais on ne sait jamais.

Elle boucle sa ceinture, le sourire aux lèvres. Cette fougue qu'elle a trouvée je ne sais où ne la quitte plus. Et ça me plaît. Mack est si sûre d'elle, si enthousiaste, qu'elle me rend presque impatient.

— Quelle direction je dois prendre ?

— Je peux l'entrer dans ton téléphone ? demande-t-elle.

— Vas-y.

Mackenzie remet mon téléphone sur le support et boucle sa ceinture. L'adresse me semble erronée.

— L'aérodrome ? Tu es certaine ?

— Non, je suis stupide, j'ignore comment utiliser un GPS. Et je ne répondrai à aucune question sur la destination. Tu verras bien sur place.

— Quand je pense qu'on s'est lancé le pari débile de passer du temps ensemble, on n'est vraiment pas nets, je bougonne.

— Alors qu'on sait que je vais gagner, soupire-t-elle.

Je ne trouve rien à dire quand on arrive aux abords de l'aérodrome. D'accord, c'était plutôt bien choisi puisque je lui ai avoué que j'aimais le ciel. Mais je ne suis pas impressionné. J'ai du mal à croire que ça c'est quelque chose qui fasse partie de son quotidien.

— Qu'est-ce qu'on fout ici ?

— Tu verras bien.
— En quoi c'est ton quotidien, Mack ?
— Même réponse.
Elle me sourit.
— Tu peux te garer sur le parking.
Je lui obéis. Son visage est radieux, comme si elle était heureuse d'être là. Elle sort de la voiture, je la suis après avoir coupé le moteur. Il y a un petit avion sur la piste. Un mec est penché dessus.
— Salut, Lex !
— La petite Macky.
L'homme aux cheveux grisonnants, avoisinant les soixante ans, la prend dans ses bras.
— Lex, je te présente mon ami Mads.
Il me tend la main, mais la retire quand il voit le cambouis qui la macule, il s'essuie rapidement sur son pantalon avant de réitérer son geste.
— Enchanté, monsieur, je dis.
Il me sourit. Il semble content de voir Mackenzie.
— Pareillement. C'est ton baptême de l'air ?
— J'ai déjà pris l'avion plusieurs fois, je réponds.
— Tu verras, c'est différent.
Un téléphone sonne, et il s'excuse avant de partir en décrochant. Je reporte mon attention sur Mack, qui est en train de fixer l'appareil avec amour.
— Je vais voler avec lui ? je demande. Le but était de passer la journée avec toi, pas que tu me refiles à quelqu'un d'autre.
Mackenzie me regarde par-dessus son épaule, elle sourit puis me tire la langue. Voilà un comportement taquin qui m'excite plutôt assez. Je m'approche d'elle. J'aimerais lire dans ses pensées et savoir pourquoi elle semble si heureuse.
— Mads, je te présente Skywalker, dit-elle en caressant l'avion du bout des doigts.
— Vous avez l'air intimes.
— On se connaît assez bien. Skywalker est un ULM à deux places. Plus particulièrement, c'est un TL-2000

Sting S4. C'est un appareil de tourisme. L'un des plus rapides et des plus modulables de sa génération et de sa catégorie.

Je hoche la tête. Je suis ignare en aéronautique, en revanche elle semble avoir quelques notions.

— Viens, suis-moi.

Elle s'avance vers un immense hangar ouvert, il y a trois petits avions et même un quatrième suspendu au plafond. Dans le fond, un escalier qui mène à un poste de travail et, tout contre les murs, des étagères débordant d'outils en tout genre. Deux mecs en bleu de travail sont penchés sur les moteurs d'un des avions. Ils nous saluent brièvement. Un vieux poste de radio façon années 1980 diffuse des chansons de rock. Mackenzie s'avance vers un tableau rempli de photos. On peut y voir l'évolution de l'aérodrome au fil du temps et plein de visages souriants ou non qui fixent l'objectif. Je ne m'attendais pas vraiment à un endroit pareil.

— Je suis là, dit-elle en souriant.

Elle pointe un cliché en couleurs. Une Mackenzie rayonnante d'une dizaine d'années est debout sur les ailes d'un avion. Au pied du zinc, un homme avec une veste en cuir et des lunettes d'aviateur.

— Et lui, c'est qui ?

— Mon grand-père, répond-elle.

— Tu viens souvent ici ? je demande.

— Un peu moins depuis quelques mois.

Je sursaute quand je sens une main sur mon épaule.

— Ce n'est que moi, gamin.

Lex est revenu. Il fixe le tableau en même temps que nous. Je ne le connais pas, mais il a l'air d'être quelqu'un de bien.

— Alors, Macky ? J'étais content d'avoir de tes nouvelles, on ne t'a pas vue souvent ces derniers temps.

— Désolée, Lex. Avec les examens du lycée et mon entrée à l'université, je n'ai pas pu venir. Mais je suis là.

— Mais c'est vrai, tu vas à la fac. Tu étudies dans le coin ?

— Oui, à Columbia.

Il a un regard empreint de satisfaction. Le genre d'expression qu'elle doit chercher chez sa mère.

— C'est super. Lewis serait fier de toi.

Mackenzie hoche la tête, les yeux brillants.

— Merci d'avoir accepté ma demande.

— Je ferais tout pour la petite-fille de Lewis. Bon, le Skywalker est prêt. La révision a été faite, il est en parfait état de vol. Il n'attend plus qu'on le fasse voler. On commence quand tu veux.

— Super ! lance-t-elle. On y va. Tu viens ?

Je hoche la tête, bien que légèrement dubitatif. Il n'y a que deux places dans l'ULM, et Lex ne nous suit pas. J'observe Mack qui regarde l'avion, puis qui y monte.

— Ce n'est quand même pas toi qui vas piloter, je lâche.

— Ça, c'est assez misogyne, même de ta part, Mads. Assieds-toi à côté de moi, je dois te couper le souffle.

Je fais le tour de l'appareil et je m'installe à ses côtés. Lex, que je n'avais pas vu arriver, me donne un casque.

— Comme ça vous pourrez communiquer.

Puis il claque la portière derrière moi et contourne l'engin pour rejoindre Mackenzie.

— Profitez bien, les enfants.

Quand il ferme de son côté et que Mackenzie pose un casque sur ses oreilles, je prends enfin conscience que c'est elle qui va piloter. *Putain de Mack, si je m'attendais à ça !* Je la regarde appuyer sur plusieurs boutons avec sérieux et fixer un écran numérique qui affiche tellement d'images et d'informations que c'en est un peu troublant. Les hélices qui se mettent en route font du bruit.

— On y va, tu es prêt ?

— Vas-y.

Je ne sais pas pourquoi je m'obstine à croire qu'elle est incapable d'une telle chose. Sans doute parce que ça m'oblige à la voir autrement. J'ai encore la sensation qu'elle va me jouer un mauvais tour. Elle sait voler, elle va vraiment le faire…

Je laisse mon cœur sur la piste quand les roues quittent le sol et qu'on s'élève tous les deux vers l'infinité bleue du ciel.

Putain, je n'en reviens pas.

— Renard, ici Hérisson, lance Mackenzie. Tu me reçois bien ?

Il y a un petit blanc.

— Je te reçois cinq sur cinq.

— Je vais couper le casque le temps du vol.

— Hérisson ? je dis.

Elle tourne la tête vers moi.

— Ils avaient tous des identifiants d'animaux quand ils volaient, alors j'ai choisi le mien pour mes huit ans. Je trouvais les hérissons super mignons. Mon grand-père se faisait appeler Aigle.

Elle reporte son attention sur l'écran tout en tenant fermement le manche.

— Comment tu sais faire ça ? je demande.

— Mon grand-père était pilote, explique-t-elle. Il a fait des escales dans tous les pays du monde. Il a décollé de France, du Japon, du Brésil, d'Espagne… de partout. Il était amoureux du ciel, amoureux des avions et de liberté. Il me disait que le ciel était son terrain de jeu, sa liberté.

Ses derniers mots me parlent tout particulièrement.

— Était ?

— Il est mort il y a deux ans. Une attaque cardiaque.

— Je suis désolé. Je l'aurais beaucoup aimé, je crois.

— Il t'aurait détesté, réplique-t-elle. Tu m'as tellement harcelée, Mads, qu'il t'aurait botté les fesses.

— Alors je l'apprécie encore plus. Il t'a appris à piloter ?

Mackenzie hoche la tête.

— Oui. Une fois à la retraite, il venait souvent ici. Il m'a donné énormément de cours. Sans parler des vols qu'on a faits ensemble. Je savais absolument tout. Je connaissais chaque bouton et chaque chose présente sur le tableau de bord quand j'avais à peine treize ans. J'ai passé mon brevet pour mes dix-huit ans, mais je n'ai jamais pu l'emmener avec moi. J'aurais voulu être de l'autre côté de la barre. En fait…

Elle se tait, elle semble réfléchir.

— Tout va bien ? je demande.

— En fait, je n'ai plus volé depuis sa mort. Je suis revenue une fois ou deux. C'était hypocrite de faire croire à Lex que j'étais occupée. En vérité, je comprends que je n'étais pas prête. Tu es le premier à m'accompagner en l'air.

On dirait qu'elle est triste et, en même temps, qu'elle éprouve aussi du bonheur. Je ne sais pas trop comment me comporter. Jusqu'à maintenant j'ai été odieux et, là, je me retrouve dans un putain d'avion avec elle aux commandes en train de la trouver plus *badass* que toutes les femmes que je connais. Mes pensées sont désordonnées, c'est le jour et la nuit. Elle devient plus dangereuse qu'elle ne l'a jamais été.

— Je suis désolé que ce soit moi.

Ces mots m'échappent, mais je suis sincère.

— Non, en fait, je suis heureuse d'être là.

Ses yeux mauves se rivent aux miens quelques secondes.

— Même si c'est avec toi, parce que je te coupe le souffle, je le sais. Et même si tu me trouves chiante à mourir je sais que, ça, ça te laisse sur le cul. Et c'est très excitant de te clouer le bec.

J'ai envie de l'embrasser, là, tout de suite. De la faire taire avec mes lèvres, d'empoigner cette nuque qui m'obsède tant et de lui couper le souffle à mon tour. Pire que ça, j'ai envie de bien plus que de l'embrasser. J'ai envie d'elle tout entière.

— Indubitablement, je soupire. Tu m'as vaincu avec un putain de revers que je n'avais pas vu venir. Mais on vit pour ça, non ?

— Pour se prendre un revers ?

— Pour espérer qu'on nous coupe le souffle, je m'exclame. Crois-moi, je me vengerai, Mack.

Elle éclate de rire.

Un putain de rire joyeux qui résonne autour de nous, mais surtout à mes oreilles et contre mon cœur. Un rire qui l'habille mieux encore qu'une robe bleue. Un rire que je ne lui avais jamais entendu et qui est vraiment joli.

— Dis-moi ce que veut dire tout ce charabia, je lâche en montrant le tableau de bord.

On se regarde derechef. Je devrais être rassuré de voir qu'elle semble tout aussi troublée que moi, mais c'est très dangereux. On se déteste et on se trouble, et ça, c'est le pire des cocktails Molotov.

— Ici… tu as l'anémomètre, commence Mack, ça fournit la vitesse de déplacement de l'avion par rapport à la masse d'air. Là, c'est l'indicateur d'altitude, c'est un instrument de bord qui mesure l'assiette et l'inclinaison d'un aéronef par rapport à l'horizon. Là…

Elle continue de m'expliquer les différents indicateurs, et j'écoute comme un enfant avide de savoirs et d'histoires. Je n'aurais jamais imaginé qu'elle puisse me clouer le bec, et pourtant c'est arrivé. J'ai dû mal à assumer les pensées qui me viennent à l'esprit, mais je suis heureux d'être là et nulle part ailleurs.

Sa voix me guide tandis que je lève la tête pour fixer la voûte que j'aime tant. Je suis si près que j'ai l'impression que je peux même la toucher et me blottir contre elle. C'est incroyable à quel point je me sens apaisé. La vie ne m'a jamais semblé plus agréable qu'aujourd'hui. C'est meilleur que tout. Meilleur que toutes les soirées, toutes les cuites, toutes les nanas que j'ai baisées. C'est réel, j'ai une conscience aiguë de cette sensation dans mon corps, cette flamme qui réchauffe les ténèbres.

— Bordel de merde, Mack ! On vole ! Tu voles !

— Ça te plaît ?

— Si ça…

Je stoppe ma phrase, comme gêné de lui montrer un élan sincère de gentillesse. Je le suis un peu en vrai. On ne renie pas ce qu'on est après tout.

— C'est pire que ça.

Elle ne dit rien, alors qu'elle aurait pourtant maintes occasions de le faire, ce que j'apprécie. Je continue de regarder le ciel, je me nourris de lui, je puise dans ses forces invisibles. Je ne sais pas bien comment décrire les sentiments qui m'envahissent, je comprends seulement qu'à cet instant l'enfant apeuré qui sommeille en moi sourit un peu. Pour la première fois depuis longtemps, je suis heureux d'être quelque part, heureux d'être moi. C'est absolument incroyable que ce bout de bonheur brut, je le ressente en sa compagnie.

— Tu caches bien ton jeu, Mackenzie.

— Mack, dit-elle.

— Pardon ?

— Je préfère qu'on m'appelle Mack plutôt que Mackenzie. Quand j'entends le Kenzie, je pense à elle.

— Je n'avais jamais fait gaffe.

— Elle s'est dit que ce serait un hommage de me baptiser par rapport à son nom de scène. C'est à la fois touchant et horrifiant, quand on la connaît.

— Tu as parlé avec elle après le vernissage ? je demande.

— Ça faisait deux ans que je ne les avais pas vus. Physiquement en tout cas. Elle est repartie après m'avoir signalé qu'elle était déçue de mon comportement de gosse gâtée et que si je me sentais bien dans la haute société, eh bien, j'avais qu'à y rester.

On ne sait jamais ce qui se cache derrière une porte, je suis bien placé pour le savoir. On ne sait pas ce qui se passe chez les gens à l'intérieur de leurs maisons. J'ignorais que la honte qu'elle ressentait quand je l'emmerdais à propos de ses parents était nourrie par une relation conflictuelle et ambiguë avec sa mère.

— Mais j'ai revu mon père. Il s'est excusé pour elle. Il ne me l'a jamais dit de façon directe, mais je crois qu'il voulait un enfant quand elle s'est retrouvée enceinte et qu'elle, non.

— Il semblait vraiment fier de toi au vernissage.

Elle esquisse un sourire.

— Waouh, c'est l'altitude qui te fait dire des trucs gentils ? ironise-t-elle. Je devrais peut-être redescendre.

Je souris.

— Je n'ai aucune chance de gagner après ça.

— Je ne suis pas désolée, je croyais que tu cherchais un adversaire à ta taille.

— Là, c'est moi qui ne suis plus de taille.

Je fixe le ciel.

— Merci, Mack.

28. Combats (très) rapprochés

Mackenzie

Je soupire en fixant l'heure sur mon téléphone. Il n'est pas encore 8 heures, mais j'ai déjà l'impression que cette journée de cours va être interminable.

— Bonjour, je voudrais un café avec supplément « faites que cette journée passe vite ».

Le serveur me claque un sourire.

— Si j'avais la recette de ce supplément, je ne serais pas ici à préparer des cafés.

Je le regarde me tourner le dos pour remplir un gobelet. Je pose la main sur ma nuque, je ne sais pas pourquoi, je sens une petite pesanteur. Comme le poids du stress ou de la fatigue. Ça ne me ressemble pas de ressentir ça.

— Si tu veux que ta journée passe vite, viens avec moi, on va s'amuser, Mack.

Je me retourne comme une furie, ce qui fait s'esclaffer mon interlocuteur. Je rougis tandis que nos regards se croisent. Il porte un jean craqué au niveau des genoux et un pull noir sous sa veste en cuir.

— Qu'est-ce que tu fais là ?

— Sensiblement la même chose que toi. Mettez un deuxième café, s'il vous plaît, et ajoutez deux muffins au chocolat.

— Je préfère au caramel, je dis.

— Qu'est-ce qui te fait croire que c'est pour toi ? demande-t-il en souriant.

Touché.

— Tu devrais arrêter de sourire, Mads. C'est flippant, on n'a pas l'habitude.

Il se place à côté de moi et tire un billet de son portefeuille.

— Je vais régler les deux boissons et remplacez un des muffins au chocolat par un au caramel.

— Je n'ai…

— Ça me fait plaisir, me coupe-t-il.

Il prend les cafés et le sachet avec les gâteaux, et se dirige vers la sortie sans me laisser le temps de déceler s'il est sincère ou pas. Je le suis d'un pas nonchalant.

— Alors, tu n'as pas répondu à ma question, lance-t-il une fois que nous sommes dans la rue.

— Quelle question ?

— M'accompagner au lieu de rester à la fac. Considère que ça fait partie de notre deal de passer une journée entière loin de ta petite vie.

— Je ne vais certainement pas sécher tous mes cours.

— Et pourquoi pas ? demande Mads.

— Parce que je n'ai pas envie de rater mon année pour…

— Pour moi ?

— Pour toi, pour n'importe quoi, c'est pareil. Je ne veux pas rater les cours, Mads. C'est important pour moi.

C'est la même histoire : chaque fois, j'ai l'impression que parce que j'aime la fac et être exemplaire dans ce que j'entreprends, c'est mal ou risible. C'est assez frustrant de toujours justifier ses choix.

— Tu crois que tu vas planter ton année si tu en loupes un ?

Mads a son petit air arrogant que je déteste, celui qui te fait douter de tes décisions et de tes idées.

— Je crois que j'ai le droit de le penser et de ne pas vouloir en manquer.

Il secoue la tête en esquissant un sourire.

— Toujours en train de contrôler.

— Je ne vois pas en quoi ce serait contrôler les choses d'aller simplement en cours.

— Ça t'arrive de faire des choix sur un coup de tête ?

— Non, et alors ? je bougonne.

— Alors il est temps d'essayer.

Je lui prends un des gobelets et j'en bois une gorgée.

— Non, je ne manquerai pas les cours.

— On sort quand même ensemble ce soir, et j'en ai rien à foutre que ce soit pas sur ton planning. Tu viens, et c'est non négociable. Tu mettras un jean avec un pull.

— Tu…

— Fais-moi confiance, dit-il d'un ton autoritaire.

Je lui lance un regard en biais.

— Te faire confiance ? On ne fait pas confiance à un démon.

— Sauf si on a envie de s'amuser. (Il s'approche de moi.) J'ai perdu à l'instant où on a scellé le deal. J'aurais dû me rendre compte de ta perfidie. Mais je peux au moins te faire tourner la tête.

— Tu peux essayer.

— Ce soir, dit-il en s'éloignant.

La seule chose qui me frustre, c'est ce muffin au caramel qu'il emporte avec lui.

Ce défi avec Mads a des allures de rencard. Ça nous oblige à passer du temps ensemble. Et bizarrement ce n'est plus comme avant… la colère et ce fossé qui sépare nos deux mondes sont toujours présents, mais maintenant le désir s'ajoute à l'équation. Et je ne suis pas certaine d'assumer ça.

Entre ce que je suis et ce que je ressens, j'ai l'impression qu'il y a un gouffre immense. Éprouver de l'attirance et du désir pour lui me donne la sensation de me renier moi-même. D'ailleurs, je crois bien que ces mots, je les lui ai déjà dits. Comment je peux avoir envie de lui alors qu'il s'est comporté de manière horrible tant de fois ? Peut-être parce que depuis quelque temps il s'est montré humain, mais ça ne change rien du tout. Comment ça pourrait effacer tous ces sentiments négatifs et oppressants qu'il a pu me faire éprouver avant ?

Je n'en sais rien.

J'ai envie de le désirer et en même temps je me le refuse. Comment je pourrais avoir confiance en lui, qui s'est toujours moqué de moi ? Comment je pourrais assumer ce que je suis avec lui ?

Je suis vierge, il baise n'importe qui.

Je contrôle tout, il ne prend rien au sérieux.

Je suis du clan des invisibles, lui de celui des populaires.

Je suis Mackenzie, il est Mads.

Je me frotte le visage en râlant. C'est ridicule, je suis ridicule. Et pourtant, ce flot de réflexions ne me quitte pas depuis des jours. Depuis la soirée du vernissage, mon cerveau cogite. Je suis plus préoccupée par nos conversations que par ma mère. Je devrais penser à mes cours et m'occuper de mon avenir, au lieu de ça je réponds au jeu très maso de Mads. Je devrais probablement annuler cette nouvelle sortie avec lui, mais je n'ai pas envie de me défiler.

Lorsqu'il se gare devant l'immeuble, j'ai le cœur qui bat la chamade. C'est fou à quel point je me sens apeurée et extatique en sa présence. C'était beaucoup plus drôle quand c'était à mon tour. D'ailleurs, qu'est-ce que c'était bon de retourner dans les airs, que ce moment était apaisant !

— Salut, succube.

— Bonsoir, démon.

— Alors, cette journée de cours ?

— Enrichissante, je réponds. Instructive. C'était chouette.

Je boucle ma ceinture.

— Dis-toi que ce soir ça va être la même chose.

— On va où ? je demande.

Je perçois au sourire qu'il esquisse qu'il ne va rien me révéler. C'est de bonne guerre après tout. Mais j'ai un peu peur. Je connais assez Mads pour savoir qu'il sort n'importe où et que ce n'importe où ne fait absolument pas partie de mon quotidien. C'est difficile d'accorder sa confiance, encore plus à quelqu'un avec qui on passe son temps à se chamailler. Pourtant, une part de moi se dit que peu importe où il m'emmènera, il prendra soin de moi.

— T'as pas peur qu'on te voie avec moi ? je lance.

Le ricanement qui lui échappe me donne des frissons. Bon sang, c'est quand même flippant et très maso de laisser son « ennemi » décider. Je ne sais même pas comment j'ai pu lui permettre de m'embrigader dans un deal aussi con. Ça ne me ressemble pas du tout, mais il a cette horrible tendance à me faire sortir de mes gonds. Des années de silence et voilà le résultat.

— Pas là où je t'emmène.

Je réprime une grimace, et une petite boule de stress se forme sous ma poitrine. L'angoisse et la peur sont des sentiments tellement dévastateurs et perfides.

— Ne t'inquiète pas, je ne te lâche pas d'une semelle.

— Ah ! je souffle d'un ton dédaigneux.

— Ça va te changer, mais ça ne va pas te tuer.

— C'est vrai que c'est vachement rassurant comme précisions.

Il conduit à travers la ville et même en dehors. Au fur et à mesure qu'on s'éloigne de chez nous, ma panique grandit, mais elle s'accompagne d'une forme étrange d'adrénaline que je ne connais pas. Lorsqu'il se gare sur un parking improvisé occupé par quelques trentaines de voitures, j'ai le cœur qui bat à tout rompre.

— On est arrivés ?

— Oui.

— Mais on va où ? Il n'y a qu'un vieux bâtiment abandonné.

— C'est tout l'intérêt.

— On dirait que tu veux te débarrasser de moi.

— Possible.

— Va te faire voir.

Il ricane comme le démon qu'il est, ce qui me donne envie de griffer son visage parfait. Mads me sourit, et nous descendons de la voiture.

— Surtout, tu restes près de moi.

Je lève les yeux vers lui alors qu'il se place à mes côtés après avoir contourné son véhicule.

— Mads… je ne suis pas à l'aise. Fous-toi de moi autant que tu veux, c'est… je ne suis pas rassurée.

Je ne sens qu'il m'attrape le poignet qu'au moment où il m'empêche de faire un pas supplémentaire. Je me tourne vers lui.

— C'est une soirée de combats clandestins, lâche-t-il dans un soupir.

Il comble l'écart entre nous tandis qu'à l'annonce de ce qu'on va faire mon cœur s'emballe. Ou peut-être est-ce sa présence si près de la mienne qui met mon palpitant dans cet état.

— Il y a des paris autour de mecs qui s'affrontent dans des tournois illégaux. Puisque je ne peux pas égaler le fait que tu m'aies emmené dans les airs, je peux juste passer cette soirée à te faire découvrir les lieux qui m'aident à m'évader pour tenter de t'emporter loin de ta réalité.

Il n'y a ni colère ni moquerie dans sa voix. Juste le Mads qu'il devient parfois depuis que cette Larissa m'a humiliée. Je crois que j'aurais pu être amie avec ce Mads-là.

— C'est honnête. Et… parmi ces endroits, il y a quoi ?

— Tout dépend. J'aime regarder des combats, j'aime aller au planétarium, j'aime la pièce dans laquelle je peins… Le planétarium n'était plus suffisant après notre balade en avion, alors j'ai voulu t'amener ici. Toi tu contrôles les moindres aspects de ta vie, sans surprise. Moi je me sens vivant dans l'excès. Il aurait été hypocrite de te conduire dans un endroit qui ne me ressemble pas. Mais si tu as peur je ne te forcerai pas.

Mads me tient toujours le poignet, et ses iris gris ont des nuances plus sombres dans la pénombre. Il est sincère, sans doute plus qu'il ne l'a jamais été avec moi.

— Non, je viens. Mais d'abord, puisque tu veux me montrer un endroit qui te ressemble, dis-moi ce que tu as fait quand je t'ai sorti de taule, sincèrement.

Il sourit à ce souvenir.

— Je me suis fait prendre en train de me battre avec un mec qui avait accroché ma voiture sur le parking. Les flics sont passés, j'étais ivre, ils m'ont embarqué. Rien de palpitant.

— D'accord…

— T'as l'air déçue.

— Je ne sais pas, te connaissant, j'imaginais un truc plus salace…

Cette fois, il sourit.

— Mais je suis prête, fais-moi découvrir ça. J'ai laissé mon balai aux vestiaires.

Mes mots semblent animer un lourd désir dans son regard. Lorsqu'il se penche vers moi, c'est tout mon être qui vibre de l'espoir qu'il m'embrasse encore. Ses lèvres se posent presque contre mon oreille.

— Ne dis pas des choses comme ça, tu vas commencer à me plaire, Mack.

Ah !

— Viens.

Il me guide alors vers la porte. Mads me presse contre lui quand nous entrons, également quand il paye et surtout quand on se fraye un chemin dans le bâtiment délabré. Je pourrais râler de cette surprotection, mais bizarrement elle me rassure. Je suis soufflée par le nombre de personnes présentes. Des hommes, des femmes, de tous âges, de toutes ethnies.

— Aujourd'hui, c'est légèrement différent de d'habitude, lance Mads.

— C'est-à-dire ?

Il pointe une énorme cage improvisée avec du grillage.

— Aujourd'hui, c'est un *survival*. En gros, au lieu que ce soient deux gars qui s'affrontent comme dans un match traditionnel, c'est plusieurs qui se battent en même temps. Le dernier debout rafle tout.

— C'est violent… Pourquoi ils font ça ?

— Parce qu'ils veulent de l'argent, parce qu'ils cherchent de l'adrénaline, parce qu'ils n'ont que ça ? Il y a peut-être d'anciens champions, des lutteurs à qui une vilaine blessure a fermé les portes des compétitions officielles. Tout un tas de raisons peuvent pousser ces gens à faire ce qu'ils font.

— Tu dis ça alors que tu me critiques sans cesse, je réplique. C'est assez hypocrite.

Il baisse les yeux vers moi et grogne.

— C'est pas pareil.

— Si, et tu le sais, mais tu ne veux pas l'admettre, c'est tout…

Je souffle et, j'ignore pourquoi, je le frappe au torse. Son regard devient amusé et agacé, et même excité… Difficile de s'y retrouver dans cette myriade de sentiments et d'y résister. J'ai l'impression de fondre sous cette intense chaleur.

— C'est quoi ton problème avec moi ?

Est-ce que je le cherche en plein cœur d'un bâtiment paumé au milieu de nulle part, dans lequel ont lieu des combats illégaux ? Possible. C'est plus fort que moi.

— Il y en a trop, je ne sais pas par où commencer.

— Tu es…

— Tu titilles mon intérêt, lâche-t-il comme s'il avait du poison sur le bout de la langue. Tu le suscites comme aucune autre, et je te déteste pour ça. C'est frustrant de penser à quelqu'un qu'on déteste, c'est presque maso.

— J'en sais quelque chose, je souffle.

Il se rapproche de moi, arrime un bras autour de mes hanches et se penche davantage, ce qui m'effraye et m'excite en même temps. Désirer aussi fort quelqu'un qu'on n'aime pas, c'est comique et, il a raison, extrêmement masochiste.

— C'est ta faute si on en est là, tous les deux.

— Ma faute ?

— Évidemment. Avant tu ne répondais pas.

— Alors j'aurais dû continuer de fermer ma gueule pour que tu puisses jouer les connards tranquillement ?

— Oui.

Je lui lance un regard noir qui lui arrache un petit sourire.

— Cela dit, là maintenant, c'est le non qui prime, parce que ça me rend fou que tu me tiennes tête. Et putain, ça me perturbe que tu aies des yeux aussi inoubliables.

Inoubliables.

— Tu es vraiment…

— Je sais, dit-il.

— En plus, tu as pris mon muffin avec toi ce matin.

Il rit, puis il fait battre mon cœur plus fort quand il agrippe délicatement ma nuque et se penche vers moi. Ses lèvres effleurent les miennes et bon sang, à la façon dont je tremble contre lui, j'ai l'impression que j'attends ça depuis des jours.

— Salut, Madmax !

Mads s'éloigne de moi. J'ai à peine le temps de goûter à sa peau qu'il est déjà parti. Un homme d'une trentaine d'années nous regarde tous les deux. Je baisse les yeux au sol, frustrée d'avoir été arrachée à ce moment.

— Salut, répond Mads.

— Tu veux prendre un pari aujourd'hui ?

— Non, je ne me suis même pas renseigné sur les participants. La prochaine fois.

— Pas de souci, j'ai l'impression que t'as déjà remporté la mise de toute façon.

Je relève la tête au moment où il tourne les talons. Mes joues sont rouge écarlate, et même si j'ai envie de dire quelque chose je m'abstiens. Il baisse les yeux vers moi et m'entraîne vers l'un des murs non loin de la cage où se déroulera l'affrontement. Est-ce que c'est mal de désirer qu'il me plaque contre ce mur et m'embrasse ? Est-ce que c'est mal de vouloir se brûler ?

Bon sang, il faut vraiment que je me calme !

— Tu fais des paris d'habitude ? je demande.

— Oui, avec les gains des ventes de mes peintures. Je ne gagne pas à tous les coups, mais ça ajoute un peu de piment et d'adrénaline quand on regarde un combat d'avoir misé un peu d'argent.

Une soudaine euphorie monte dans la pièce. Les gens s'amassent tous devant la grille et commencent à crier. Les bras de Mads s'enroulent à nouveau autour de ma taille, comme des lianes protectrices et possessives. J'ai le réflexe de me dégager, mais comme il est dans mon dos il se penche vers moi et pose les lèvres presque contre mon oreille.

— Je préfère m'assurer que tu ne crains rien. Ça ne mc plaît pas non plus de te toucher.

— Menteur.

Mes mots sortis de je ne sais où sont aussi faibles qu'un chuchotement, mais au grognement de gorge qui lui échappe je sais qu'il m'a entendue.

— Je ne veux pas qu'on t'amoche ni qu'on t'emmerde. Je ne te partage pas.

— Pardon ?

— Je ne te partage pas, Mack. Ce n'est pas parce que je te déteste que je suis prêteur pour autant.

— Je…

— Alors je laisse mes mains autour de toi, parce que tu es à moi.

Ses mots sont dérangeants, dangereux et… excitants à la fois. Ils me détraquent, ils malmènent mes pensées et les troublent. Je ne devrais pas aimer cette idée et, pourtant, j'éprouve une forme d'effervescence inconnue.

— Le combat va commencer, chuchote-t-il après quelques secondes.

C'est brûlant, ce que je ressens au fond de mes entrailles. C'est un feu sauvage qui m'embrase. Un feu que j'avais jusqu'à maintenant contenu et refoulé parce que je trouvais ça dégoûtant. Je ne dis pas que ce n'est plus le cas, je constate simplement que j'ai envie d'y goûter.

— J'ai hâte.

Bien que je ne sois pas certaine d'aimer ce spectacle, je suis sincère. Et curieuse.

Un homme entre dans la cage, habillé d'un costard, il a un micro dans les mains. Je ne me sens pas vraiment à l'aise, mais je ressens quand même une drôle d'impatience. C'est même assez grisant et envoûtant. Je suis loin de ma vie, loin de mes angoisses, loin de mon contrôle habituel et… pour la première fois depuis longtemps j'ai le sentiment de vivre pleinement. Et c'est terrible que ce soit auprès de lui. Et pourtant ce soir, ça me semble si logique…

— Ce soir, un combat pour élire le Champion de l'arène, hurle le présentateur. Qui rejoindra Freki, le gagnant en titre, pour un duel entre deux grands héros ?

Les spectateurs s'époumonent. Au milieu du brouhaha, j'ai l'impression d'entendre des noms ressortir du lot. Mads, lui, reste calme et silencieux.

— Aujourd'hui, ils sont dix en lice. Ils ont la rage, ils veulent en découdre, ils ont les crocs. Et vous, vous avez les crocs ?

Des hurlements d'abord désordonnés, puis en chœur retentissent, accentués par le cliquetis des grillages que les gens secouent avec impatience.

— Tu ne fais pas « ahou » ? je lâche d'un ton railleur.

— Il faut beaucoup plus que des mecs dans des cages pour me faire crier au loup.

— Hé, mais c'est cette tapette de Madmax.

Je sens à son corps qui se tend que quelque chose ne va pas. Mads se tourne, je l'imite, et nous faisons face à un inconnu super costaud qui, accompagné de deux nanas, le toise comme une merde. Je jette un coup d'œil à Mads. Il est furieux. Et triste. Ce combo rend son regard plus noir que jamais. Sa mâchoire est crispée, et les veines de son cou et de ses bras ressortent.

— T'es pas en train de chialer sur le parking parce que ta tarlouze de pote est tombée ? se moque son interlocuteur.

Je comprends alors qu'il parle de Bane et, bien que je ne sache pas d'où vient cette haine entre eux, je n'aime pas ce type. Sa façon de ricaner et l'écho des gloussements de ses deux copines me donnent envie de les frapper. Le calme et le silence de Mads laissent filtrer une rage sourde. Je le sens.

— On n'est toujours pas quittes, toi et moi. Faudrait que je baise ta nana pour ça.

Il me regarde et me fait un clin d'œil. Il me donne la nausée et la chair de poule.

— Touche-la et tu ne pourras plus jamais rien toucher de ta vie, tellement tes os seront en miettes.

Il éclate de rire et s'approche, mais le poing de Mads s'enfonce dans son visage avec une telle force que je laisse échapper un petit cri.

— Je vais te démonter comme ton pote, hurle alors l'autre.

— Tu vas réussir cet exploit tout seul ?

Il tente de frapper Mads, qui l'esquive et lui donne un uppercut avant de le plaquer contre le mur.

À la façon dont il tremble, à la manière dont ses traits sont crispés, à la douleur qui se lit dans ses yeux, je vois qu'il est dévasté. Quoi qu'il se soit passé le jour où Bane est tombé dans le coma, cet homme était là, et d'une manière ou d'une autre il semble tout aussi responsable.

Mads le frappe à nouveau et encore. Bien que l'autre soit plus grand et plus imposant, il est acculé par la puissance et la rage de Mads. Il me glace le sang, il me fait peur. Je prends tout à coup conscience de la force brute qu'il a.

— Mads, arrête, je lance.

— Attends-moi dans la bagnole, gronde-t-il d'une voix gutturale. Ne te mêle pas de ça.

— J'y vais avec toi.

Il grogne. Son adversaire ricane.

— Écoute ta copine, elle ne pourra plus parler quand elle aura ma bite dans la bouche.

S'il pense que je vais me laisser intimider ou me laisser envahir par mes émotions, il se trompe. Je ne suis pas comme ça. Mads, lui, se laisse emporter par ses menaces, et l'autre parvient à lui mettre un revers. Mais il a quelque chose d'animal, quelque chose de particulièrement vivace dans le regard, et il l'écrase de nouveau contre le mur. Cette fois, la main plaquée sur sa gorge.

— Je vais te faire pareil, éructe-t-il. Je vais le venger.

Le ton de sa voix est calme, et ses mots sont une promesse. Si je n'interviens pas, il va se le reprocher toute sa vie. Et je ne veux pas qu'il subisse la même chose que Bane. Dans un élan de courage, j'attrape le bras de Mads.

— Arrête, ne fais pas ça ! je m'écrie.

— Je t'ai dit de ne pas te mêler de ça.

— Viens avec moi. Tu pourras te défouler sur moi ! je hurle.

Le regard qu'il me lance s'éclaire un instant. En une seconde, j'y vois la promesse de goûter à un feu ardent et redoutable.

— Tu crois que tu peux…

— Tu pourras décharger ta haine. J'encaisserai ta colère. Ce mec n'en vaut pas la peine. Ne perds pas la tête à cause de lui. Perds-la plutôt à cause de moi.

— Putain, ta gueule, Mack. Tu crois qu'il…

— Sans doute pas, je réponds.

Je ne suis pas certaine des mots qu'il allait employer, mais je tente.

— Tu ne mérites pas de devenir fou à cause de lui. Bane te foutrait un pain dans la tronche s'il te voyait.

Alors que l'autre au mur est en sang, Mads le frappe à nouveau, je sens que les larmes me montent aux yeux, mais il le lâche subitement. Il demeure muet quand il m'attrape et m'entraîne avec lui. Je me rends compte quand il prend la direction de la sortie que du monde s'était agglutiné derrière nous.

Mads reste redoutablement silencieux une fois sur le parking, de même dans la voiture et lorsqu'il démarre en trombe. La tension est étouffante dans l'habitacle, et les minutes qui nous séparent d'une énième crise de colère sont pesantes. J'ai le cœur qui bat à cent à l'heure quand, arrivé devant chez moi, il s'arrête brusquement. Mads défait sa ceinture et m'embrasse avec une telle fougue que j'en tremble de toute part. Après quelques secondes d'une ferveur à couper le souffle, son regard rencontre le mien. Ses yeux gris sont le berceau d'une myriade de sentiments dévastateurs et prometteurs. C'est à peine possible de respirer sous le joug d'une attention pareille, pourtant je me sens vivante.

— Dis-le, souffle-t-il.

— Je te déteste.

Ses lèvres fondent à nouveau sur les miennes, et l'intensité avec laquelle il m'embrasse me cloue littéralement sur place. Comment peut-on ressentir autant de plaisir avec un simple baiser ? Comment peut-on vouloir mettre sa vie sur pause, juste pour ne jamais s'arrêter ? J'encaisse son désir ardent, sa colère refoulée, et il me donne tout sans compter, sans la moindre limite. Je prends tout, j'accuse le coup.

Je plonge, je sombre dans ses abysses.

J'étouffe petit à petit et je perds le souffle dans sa luxure.

J'ai l'impression d'être un phénix. De devenir poussière et de renaître à ses lèvres. Tendrement, il glisse la main derrière ma nuque et l'agrippe, puis éloigne sa bouche de la mienne.

— Merci.

Je hoche la tête, incapable de dire quoi que ce soit. Il se rassied à sa place et je baisse le nez vers ce désir invisible qui me tord les boyaux. J'ai envie de lui. Je crève pour lui. Tout ce qui me révulse, tout ce qui me fait peur, c'est à lui que je veux le donner. Alors je détache ma ceinture et, guidée par mon instinct, je grimpe sur lui. Il est effrayé, je le vois dans ses yeux. Il me déteste toujours. Ça aussi je le lis dans son regard. Mais le vacarme que forment son envie et sa frustration est plus fort que le reste.

Cette fois ce sont mes lèvres qui affrontent les siennes. Nos bouches dansent, se caressent. On se veut, on se désire, c'est primitif, c'est nutritif, c'est animal. Je le découvre en glissant les doigts sur ses épaules, son cou, puis ses cheveux. Sa main, comme éternellement attirée par ma nuque, l'agrippe encore. Et, dans ce cocktail Molotov de nous, nos langues se rencontrent, et l'intensité n'en est que décuplée.

Mads arrime l'un de ses bras à ma taille et, comme guidée par son corps, je me frotte contre lui. Le grognement qui lui échappe est sourd et résonne dans l'habitacle de la voiture.

— Me défouler sur toi, siffle-t-il en posant le front contre le mien. Tu…

— Ça fonctionne, je rétorque.

Il se passe la langue sur les lèvres. Cette langue que pour une fois je n'ai pas envie d'arracher.

— Plutôt bien.

— Je ne suis pas partageuse moi non plus.

Mads esquisse un sourire.

— C'est un jeu très dangereux. La haine n'en sera que plus forte quand on reprendra nos esprits.

— J'ai envie de toi, je souffle.

De sa main sur ma nuque il me force à relever un peu la tête pour que je puisse plonger les yeux dans les siens.

— Mais ?

J'ai honte des mots qui sont sur le bout de mes lèvres, mais je dois les dire. Je ne dois pas en avoir honte.

— Je ne l'ai jamais fait.

J'ai l'impression que tout son corps se crispe. Dans son regard, il y a quelque chose qui ressemble à du dégoût et d'autres choses.

— Je viens de me rappeler que je n'ai pas de capotes et… putain, on fait quoi ?

Je me prends une tonne de briques sur le coin de la tronche. La douche froide est sévère, et l'angoisse se forme dans ma poitrine. Je devrais bouger de ses genoux, quitter cette voiture, mais je n'y arrive pas.

— Je vais y aller.

Je me dégage de lui maladroitement et enclenche le klaxon. Je suis mortifiée. Humiliée. Je suis en colère contre moi d'avoir cru que lui dire que j'étais vierge était une bonne idée, d'avoir pensé que c'était positif de céder à ce stupide désir. Mes doigts tremblent quand je quitte la voiture. Je claque la portière sans un mot, et Mads démarre en trombe. Alors que je me dirige vers l'appartement, des larmes de frustration inondent mes joues.

Je le déteste.

29. Le souverain des enfoirés

Mads

Elle est vierge. *Putain !*

Ses mots m'ont perturbé, paniqué. Cette notion qu'elle n'avait encore jamais fait l'amour avec quelqu'un m'a vraiment déglingué la tête. Je me suis remémoré ma propre première fois et tout ce que j'avais subi. Et soudain toute mon envie d'elle a été balayée par l'idée que je ne pouvais pas gérer ça. Comment je pourrais être la première fois de quelqu'un ? Comment je pourrais être sa première fois à elle ? C'est impossible.

Et pourtant j'y pense encore. Je la revois sur moi, les joues rouges, sûre d'elle, le désir voilant ses foutus yeux mauves. Elle était aussi belle qu'excitante. Aussi sensuelle que dangereuse. Et putain, je bande rien qu'avec ces images. Dans cette maudite voiture, je n'avais jamais désiré une fille comme ça. Jamais avec les tripes. Je ressentais mon désir de la tête aux pieds. Même Larissa, qui pourtant est ouverte à absolument tout, ne m'avait jamais retourné la tête comme Mackenzie.

Je me gifle mentalement.

Mais je ne suis pas fait pour ça. Je ne peux pas gérer quelque chose d'aussi… délicat. J'en suis parfaitement incapable. Comment cela serait-il possible alors que je suis né du chaos et que je me complais dans la démesure ? En plus, on se déteste. Alors c'est vraiment grotesque.

Je me frotte le visage, espérant encore et toujours que l'eau qui coule du pommeau m'aide à nettoyer les impuretés qui souillent mon esprit, mais rien n'y fait. Qu'elle m'ait confié ça était une bonne chose, c'était le signe qu'elle et moi c'est n'importe quoi. Quand je pense que je l'ai laissée corrompre mon cerveau à tel point que j'en ai oublié que je la détestais.

Je finis par émerger de la douche.

J'en ai pas dormi de la nuit. Il faut vraiment que je passe à autre chose. Je ne sais pas ce que je vais faire ce soir, je n'ai pas vraiment envie de sortir ni de boire d'ailleurs. Bane est occupé avec Rachel. Ils dînent dans sa famille.

Je me frotte les cheveux et enfile un jean quand la sonnette de la porte d'entrée retentit. J'attrape une veste à capuche que je mets dans l'escalier. Je ne la ferme pas, car j'ai chaud. Lorsque j'ouvre, je m'attends à tout, sauf à elle.

— Ma…

— Va te faire foutre. Tu es le pire connard de la Terre.

Je soupire.

Je suis tiraillé entre plusieurs sentiments de la voir là si hargneuse. Son regard est noir, son visage crispé par la colère. J'ai l'impression de ne pas être le seul à avoir pensé à ce qui s'est passé dans la bagnole. Je n'ai vraiment pas envie de parler de ça ni de me justifier. J'aimerais qu'on puisse oublier, mais elle ne peut pas, car je l'ai humiliée une fois de plus…

— Tu n'étais pas obligée de te déplacer pour me dire ça, je lâche.

— Si, c'était vital que tu le saches.

— Si tu te sens mieux, tu peux retourner chez toi.

Je veux claquer la porte, mais elle la retient avec la main. Bon sang, elle ne va pas me foutre la paix ni me faciliter la tâche.

Le karma, connard !

— Non, parce que t'as pas idée de ce que ça m'a coûté de t'avouer ça à toi. De te… bon sang, je n'en reviens même pas de t'avoir dit ça.

Elle est en colère contre moi, mais pas seulement. Comme lorsque nous étions dans la salle de bains après que Larissa lui a fait du mal. Elle est sauvage et, bien que le contexte ne s'y prête pas, plus belle que jamais. Le fait qu'elle m'en veuille à ce point prouve qu'elle avait autant envie de moi que moi d'elle. C'est à la limite du surnaturel, cette attirance.

— Je ne sais pas ce qui m'a pris de m'imaginer que je pouvais te dire ça. Je ne comprends pas comment j'ai pu croire que ce serait différent cette fois. Tu es le roi du chaos et l'empereur des connards.

— Faut choisir un titre honorifique, je ne peux pas être les deux.

Ses narincs se dilatent.

— Le souverain des enfoirés, ça te va ? Même là, tu continues de te foutre de ma gueule. Tu m'as humiliée si souvent, Mads, dit-elle en me repoussant, que j'en ai oublié le compte. Tu t'es moqué de moi et tu m'as insultée pendant des années, mais cette fois c'était encore pire. Je te déteste tellement que je suis dévastée d'avoir voulu me perdre dans tes bras.

Je plisse les yeux. Ses mots me rendent dingue.

— Tu m'as laissée t'avouer ça, puis tu m'as regardée avec un tel degré de dégoût et tu m'as abandonnée là comme une merde. Et je me hais d'être ici à faire une scène alors que je devrais m'en foutre royalement.

Elle me pousse encore une fois et, comme je titube car je ne lui oppose aucune résistance, elle finit par entrer dans la maison. Je crois qu'elle ne me fera jamais assez mal pour égaler toutes les saloperies que j'ai pu lui dire depuis notre première rencontre.

— Tu viens me faire chier alors que t'as pas vraiment envie que ce soit moi qui te prenne ta virginité, Mack.

Je suis sidéré, perturbé qu'elle me fasse une scène ici à propos de ça. Je ne pensais pas qu'elle m'en voudrait à ce point. Elle reste bouche bée quelques secondes, puis la colère redonne de la brillance à son regard.

— Mais qu'est-ce que tu en sais ? C'est à moi d'en décider.

— Et moi j'ai le droit de ne pas avoir envie de faire ça. Je ne suis pas le gars qu'il te faut. Putain, on ne s'apprécie même pas, et toi tu viens gueuler chez moi parce que je suis parti sans te déflorer !

Mackenzie ignore tout de moi. Absolument tout. Qu'elle me prenne pour un insensible si ça l'arrange, je m'en fous. J'ai tant de raisons qui prouvent que je ne suis pas le mec qu'il lui faut.

— J'ai toutes les raisons du monde de ne pas vouloir te baiser. À commencer par le fait que je ne t'aime pas. Et aussi parce que les vierges, ce n'est pas ma came. Tu crois que nous, les mecs, on bande comme des porcs quand on entend le mot *vierge* ?

— Tu es… je regrette tellement que tu aies pu voir à quel point j'avais envie de toi. Je suis dégoûtée de m'être montrée si vulnérable devant toi.

— Désolé, mais je n'ai pas le pouvoir de remonter le temps, tu vas devoir vivre avec ça.

Elle est rapide, et sa main atterrit violemment sur mon visage. Sa gifle me pique la joue.

— Qu'est-ce qui te donne le droit d'être si odieux ? hurle-t-elle.

Tant de choses.

— C'est quoi ton problème ? Qu'est-ce qui t'a un jour incité à me prendre en grippe jusqu'à me harceler comme tu l'as fait ?

Je l'attire tout aussi brutalement à moi en lui saisissant le poignet.

— Moi, je gueule tout aussi fort qu'elle. Moi, je prends le droit d'être comme je le veux. Tu as eu une chance, maintenant fais gaffe à tes prochains gestes parce que je te rendrai coup pour coup.

— Ne te gêne pas, Mads. Comme ça, ça achèvera ton CV de souverain des enfoirés.

— Putain, tu es là, et tu viens me faire chier juste parce que je t'ai pas baisée ?

Elle tente de me gifler à nouveau, mais je l'en empêche. Dans son regard, je lis tant de sentiments que c'en est troublant. Elle ne m'avait jamais permis de voir ses émotions à vif comme aujourd'hui et… putain, je dois être fou pour trouver ça beau.

— Je t'interdis de te foutre de ma gueule. Tu n'as pas le droit, ni maintenant ni avant… je ne te le permettrai plus. Je ne serai plus ton défouloir, Mads. Jamais. Quand je tournerai les talons, toi et ton chaos, vous n'existerez plus pour moi.

Mackenzie se débat pour s'éloigner de moi. J'ai envie de la laisser faire, pourtant ma main reste accrochée à elle, presque désespérément. Aussi fou que cela puisse paraître, j'ai l'impression que c'est le gosse en moi qui s'attache à elle.

— Crois-moi quand je te dis que je ne suis pas le gars qu'il te faut. Ce n'est pas pour t'humilier, c'est pour t'épargner.

Le font plissé, elle me regarde bizarrement. Je tente de lutter, de garder pour moi le poids de ce secret qui me hante, mais je suis fatigué d'être Mads aujourd'hui.

— Pardon ?

— Je suis un chien, je baise comme on me l'a appris, je crache soudainement. T'as pas envie de le faire avec moi parce que je suis un être odieux, mais aussi abject.

Ma voix déraille, je suis troublé par les révélations qui m'échappent même si elles ne veulent pas dire grand-chose. Je ne sais pas me maîtriser, je suis impulsif dans tous les sens du terme, mais je contrôle toujours mon secret honteux, quitte à passer pour le pire des enfoirés. Cette fois, je suis à nu, comme je l'ai trop souvent été enfant. À la manière dont elle m'observe, je pressens qu'elle a compris une part de la noirceur qui m'habite, et ça me fait mal. Personne ne souhaite entendre ce genre d'histoire, et je n'ai pas non plus envie de la raconter.

— Mads…

Je la lâche brusquement.

Parce qu'elle porte le même prénom que cette fille avec moi, parce qu'elle a cette même façon d'intérioriser son ressenti, elle me rappelle sans cesse mon passé. Elle n'y peut rien, et moi non plus, mais j'agis de manière instinctive, comme une barrière de protection. Tous les prétextes ont toujours été bons pour éloigner les gens de moi – du véritable moi. Aujourd'hui, son pétage de plomb et ses sentiments à vif ont fait remonter quelque chose en moi. Ils ont réveillé celui que j'étais dans cette cage.

— Jude, je souffle avec douleur. C'était mon prénom avant que je devienne Mads.

30. Celui qu'il est

Mackenzie

— Jude ? je murmure, perplexe.

Je sais qu'il ne plaisante pas, aux sentiments qui se lisent dans son regard. Ce même regard que j'avais aperçu une fois à l'association et qui, aujourd'hui mis à nu, est plus troublant que jamais. Il a toujours émané de Mads une force de caractère incroyable, mais cette armure vient de tomber en lambeaux sous mes yeux. J'ai quand même honte d'admettre que je jubile un peu, après ce qu'il m'a fait…

— Oui.

Il y a tant de choses qui se bousculent dans ma tête, mais elles se sont envolées. Je ne sais plus bien comment me comporter. Je suis toujours furieuse, mais je suis aussi égarée dans les révélations qui lui ont échappé. J'ai l'impression que son passé se reflète sur les nombreuses balafres qu'il porte sur le corps. Comme cette grande cicatrice qui lui traverse une partie du pectoral gauche et descend jusqu'à ses abdos en une ligne légèrement courbée. Son vécu est sans doute beaucoup plus sinistre que les histoires héroïques que j'ai entendues.

— Jude…

— J'ai besoin d'un verre, soupire-t-il en se dirigeant vers le salon. Tu es libre de te barrer si tu veux. La discussion est close.

Je demeure seule dans l'entrée quelques secondes. La porte est toujours ouverte. Je pourrais m'échapper. C'était mon intention il y a quelques minutes, mais… plus maintenant. Je ne saurais dire pourquoi, mais je ne peux pas partir. Je sens au fond de moi que je dois rester, alors je ferme derrière moi avant de le rejoindre. Il est en train de se servir un whisky.

— J'en veux bien un.

Se tournant vers moi, il me toise d'un drôle d'air. Je m'attends à ce qu'il m'envoie chier, mais il sort un deuxième verre. Il dégage quelque chose de particulièrement sombre, comme si les fantômes de son passé avaient formé un étrange voile de noirceur autour de lui. La tension est intense, même si je suis incapable de la décrire pour autant. Mads me tend un verre et bois le sien cul sec avant de grogner et de s'en servir un autre. Je l'imite et, bien que le liquide me brûle la gorge, ça me réveille. J'ai l'impression qu'un peu d'alcool ne sera pas de trop pour entendre certaines choses.

— Comment je dois t'appeler ? je demande.

Il hausse les épaules, perturbé par ma question.

— Juste entre nous, tu peux m'appeler Jude, ou Mads. C'est comme tu veux, ce n'est pas important.

Un choix au demeurant simple et pourtant qui ne l'est pas. Je n'ai toujours connu que Mads, et ce soir c'est Jude qui est devant moi. Comme une autre part de lui. J'ai envie de croire que s'il m'a avoué son véritable prénom c'est qu'il avait besoin que je le nomme ainsi. Mais rien n'est évident, car s'il en a changé c'est qu'il ne voulait plus qu'on l'appelle comme ça.

— Pourquoi avoir changé pour Mads ?

— J'ai changé de nom quand mes parents m'ont adopté.

Adopté.

Voilà qu'en l'espace de deux minutes j'en sais plus sur lui que depuis des années.

— J'ai choisi celui-là parce que je le trouvais cool et qu'il me donnait l'impression d'appartenir à quelqu'un de fort, comme Max Rockatansky.

Je secoue la tête.

— C'est le héros du film *Mad Max*, interprété par Mel Gibson, explique-t-il. Max était un prénom trop commun alors j'ai préféré m'appeler Mads. Je ne voulais plus être Jude, je tenais à être quelqu'un d'autre.

Sur ces mots, il se dirige vers la cuisine. J'ai tellement peur de l'accompagner que mon cœur se met à battre la chamade quand je m'avance à sa suite. Il est encore perturbé et, s'il y a quelque chose qui ne le quitte pas, c'est cette intensité qui émane de lui. Il est comme une tempête, indomptable, capricieuse et surtout dangereuse. Son regard croise le mien avant qu'il ouvre la porte qui mène au jardin et y disparaisse. Je le rejoins en silence.

— J'aime le ciel, dit-il, les yeux rivés vers ce dernier. Quand tu m'as emmené voler, je me suis senti tellement libre, pour la première depuis une éternité. Je suis incapable de décrire ce pouvoir qu'il a sur moi, il m'apaise et me protège. Il y a quelques années, pendant un temps qu'on pourrait presque qualifier d'infime, je voyais le ciel depuis une petite lucarne. Cette fenêtre c'était un rêve, quand je regardais à travers elle, j'avais l'impression de m'évader un peu de l'endroit où j'étais.

J'ai peur de comprendre à travers le mystère de ses paroles ce qu'il a vécu.

— Tu étais où ? je demande.

— Dans un repère de monstres.

— Tu…

Il esquisse un drôle de sourire avant de baisser la tête vers moi.

— Donne-moi ta main.

Je lui obéis, alors il la guide vers son torse. Mes doigts touchent la peau douce de sa cicatrice. Quand son regard croise à nouveau le mien, je le soutiens.

— J'ai raconté tellement d'histoires sur cette cicatrice. À toutes les meufs que j'ai baisées et qui voulaient savoir, à toutes les personnes qui l'ont vue dans des fêtes ou sur le campus, j'ai inventé tellement d'anecdotes que c'est devenu un mythe pour tout le monde.

— Qu'est-ce qui s'est passé en vrai ?

— On s'est amusé sur moi avec un cutter, répond-il sans émotion.

J'écarquille les yeux. Je ne m'attendais pas à ce qu'il me dise la vérité comme ça.

— J'étais attaché et j'étais la chose d'une femme ce jour-là. Elle avait payé pour jouer avec moi et elle y a pris plaisir.

Au fur et à mesure qu'il parle, il trace sa cicatrice avec le bout de mes doigts. J'ai le cœur aux bords des lèvres. Ses derniers mots m'ont glacé le sang.

— Je ne… comprends pas.

— Il n'y a pas grand-chose à comprendre, Mack. Simplement que cette cicatrice n'a rien d'héroïque. Honnêtement, j'aurais voulu mourir là-bas.

Mads finit par me lâcher la main, il se rapproche de la maison et s'affaisse le long du mur, j'ai des frissons à le découvrir comme ça. J'aimerais le réchauffer, me blottir contre son cœur et ses pensées, et les guérir. Il m'a toujours semblé si fort et sûr de lui qu'il est troublant de le voir aussi vulnérable et humain. Je m'assieds à côté de lui.

— Qu'est-ce que tu fais ? demande-t-il. Laisse-moi, Mack.

— Je vais rester un peu, le ciel est vraiment magnifique ce soir.

Il souffle, levant le visage vers la voûte céleste. Mads ne dit rien, il ne me repousse pas, il ne part pas non plus. Je ne veux pas l'abandonner, même après tout ce qu'il m'a fait subir, j'en suis incapable. C'est viscéral, ce désir que je ressens d'être auprès de lui en cet instant. Les secondes passent et se transforment en minutes. Il n'y a pour seule conversation que le bruit de la ville au loin et celui de quelques oiseaux. Quand je sens sa tête se poser contre mon épaule, je ne bouge pas. Il reste dans son silence, mais ce geste me prend au cœur, car il est plus intime que les baisers qu'on a pu échanger. Dans cette étrange parenthèse, je le rencontre pour la première fois. Le Mads qu'il est au fond de lui, celui que peu de monde connaît. Uniquement ceux qui savent qu'il s'appelle Jude.

— L'été de mes dix ans, on m'a emmené dans une immense bâtisse victorienne. J'ai naïvement suivi un homme qui m'avait proposé du boulot pour me faire de l'argent de poche.

Je pose la tête contre la sienne, en retenant ma respiration tant je crains d'entendre ce qu'il va dire.

— En fait, il cherchait et attirait des enfants pour les amener à des mecs qui en faisaient des jouets et des esclaves sexuels au service de ses clients. J'ai été un de ces gosses.

Il doit sentir la cadence de mon cœur qui s'affole. Cette révélation me brise de toute part. Je n'aurais jamais imaginé qu'il avait subi quelque chose d'aussi atroce dans son enfance.

— Tu as…

Mes mots finissent par devenir muets. Que dit-on à quelqu'un qui a vécu l'enfer ? Soudain, je me sens honteuse d'être venue ici parce que je me suis sentie humiliée qu'il m'ait laissée seule après que je lui ai révélé que j'étais vierge. Je me trouve tellement futile et débile.

— Je suis resté dans cet enfer deux semaines, peut-être plus, reprend-il, mais j'ai connu les pires monstres et les pires sévices qu'ils peuvent infliger à leurs proies. Ils m'ont rabaissé, tabassé, violé tous les jours pendant deux semaines. Parfois plusieurs fois par jour. Ils ont mis en jeu ma virginité, et l'enchère la plus haute l'a remportée…

Sa voix déraille. Je dirais même qu'il y a des sanglots. J'ai la gorge si nouée que je n'arrive pas à émettre un son. Si son histoire m'ébranle jusque dans mes tripes, comment peut-il vivre avec le poids d'un tel passé ?

— Jude…

Mes doigts cherchent les siens, et ils s'entortillent ensemble. Je suis la pire des épaules sur laquelle il puisse s'appuyer pour parler, car je suis incapable de trouver les mots pour l'aider. Quand il ôte sa main de la mienne, je ne m'attends pas à ce qu'il s'effondre sur moi et pose la tête sur mes genoux. Je ne sais pas quoi faire alors je plonge les doigts dans ses cheveux avant de les retirer maladroitement.

— Continue, souffle-t-il. S'il te plaît.

Ses mots sont comme une prière. Elle me touche en plein cœur. Je lui caresse le crâne, perturbée par tout ce qui tourbillonne en moi.

— Comment ça s'est terminé ? je demande. Tu t'es échappé ?

Il secoue la tête.

— Après plusieurs semaines, on était…

— On ?

— Je n'étais pas le seul gosse. Il y en avait avant moi, il y en avait au même moment. Après ce temps passé là-bas, j'étais dans un sale état. La femme qui m'a fait cette cicatrice m'avait vraiment amoché. Et quand les enfants étaient trop abîmés, soit ils mouraient de leurs blessures, soit on les achevait. Ils allaient se débarrasser de moi, mais des flics ont débarqué dans la maison et ont mis fin à ce carnage.

Je ressens un profond soulagement, même si l'histoire de Mads est terrible.

— Seigneur, je… mais tes parents ?

— Ma mère m'a abandonné à la naissance, ensuite j'ai été trimballé de foyer en foyer. Personne ne se soucie des gosses comme moi. Nous sommes malmenés dans des familles d'accueil qui ne font ça que pour le fric et qui nous traitent comme des sous-merdes. Ils cherchaient des gamins comme nous, car personne ne les réclame ou pas tout de suite.

— C'est pour ça que tu aimes tant le ciel ? Parce qu'il te donne la sensation de liberté ?

— Quand j'étais dans cette maison, il n'y avait pas de lumières, enfin elles étaient toujours artificielles. Les fenêtres des chambres dans lesquelles on nous emmenait étaient barricadées. Lorsqu'on n'était pas sollicités, on était dans un sous-sol, mais il y avait une petite lucarne sur l'extérieur. On ne voyait le ciel que dans un endroit particulier, je m'y installais tout le temps et je priais stupidement pour pouvoir sortir de là.

— Je suis désolée que tu aies enduré tant de mal.

— Ce n'est pas la douleur le pire.

— Comment ça ?

— Le pire, c'est le sentiment de peur.

J'ai des frissons au son de sa voix.

— La peur est une gangrène. La douleur n'est rien à côté, parce que la souffrance physique finit par s'estomper. La peur, elle se propage, elle te dévore lentement, vicieusement… Je savais que ça allait se produire, qu'ils allaient venir et que je n'avais pas les armes pour leur désobéir.

— Tu as encore peur ?

Il tourne la tête pour me regarder, alors mes doigts quittent ses cheveux pour sa joue.

— J'ai peur de moi, dit-il dans un souffle. Je crains de ne jamais trouver quelque chose qui en vaille la peine et d'avoir toujours cette existence de débauché, parce que c'est parfois la seule chose qui arrive à me faire oublier que je ne suis qu'une carcasse sans vie.

— Tu n'es pas une carcasse. Tu es un homme qui a été brisé par des monstres et qui malgré tout est encore là. Il en faut du courage pour continuer à vivre avec ce traumatisme. Tu as subi tant d'atrocités, tu aurais pu devenir pire…

Je ne sais pas vraiment comment expliquer les mots que je viens de prononcer.

— Désolée, c'était maladroit, je veux dire que…

Il se presse contre ma main, comme s'il se reconnaissait dans mes propos et qu'il les comprenait.

— Cette idée me hante souvent. Parfois, je me pose la question et je conclus que j'aurais pu être pire que le gars que je suis aujourd'hui. Que j'aurais pu devenir comme eux, que j'aurais pu être aussi ignoble que les gens qui m'ont fait du mal. Cette idée me glace le sang.

— Tu n'es pas comme ça, tu es là…

— Qu'est-ce que tu en sais ? demande-t-il.

— Parce que tu trembles dans mes bras et que tu as peur rien qu'en le disant. Tu es un démon, pas une saloperie de monstre.

Il esquisse un semblant de sourire et ferme les yeux. Je laisse ma tête partir en arrière et fixe le ciel. J'aurais bien besoin de boire quelque chose, mais je ne veux pas bouger de là alors qu'il a l'air bien.

— C'est quoi les excuses que tu as sorties à propos de ta cicatrice ?

À ma surprise, il m'offre un nouveau sourire.

— J'ai raconté que j'avais eu un accident de moto et qu'on m'avait tragiquement ouvert le torse pour me sauver la vie.

— Pas mal. Quoi d'autre ?

— Une fois, j'ai dit que je m'étais presque battu à mort avec un cambrioleur et je l'ai décliné en version « j'ai sauvé une femme de son mec violent ».

Je glousse comme une idiote.

— Le mensonge que je sors à tout bout de champ, c'est le coup du sauvetage héroïque.

— Le sauvetage, c'est un vrai classique. Et quel genre de sauvetage ?

— En tout genre, répond-il. Incendie, accident de la route, chat coincé dans un arbre, noyade, j'ai joué à fond la carte du « Mads est un super-héros », et chaque fois ça fait mouche. Une fois, j'ai même raconté un truc improbable à la *The Revenant*.

— Genre tu t'es fait attaquer par un ours ?

Il hoche la tête sur mes genoux.

— Je ne sais plus si j'ai parlé d'un ours ou d'un tigre, mais la nana me regardait avec des yeux énormes et après elle m'a sucé comme si elle me remerciait.

Je réprime une grimace. Bien qu'il ne se soit jamais caché d'avoir plein de filles dans son lit et de sortir à outrance, il n'avait jamais parlé comme ça avec moi.

— Seigneur, c'est n'importe quoi !

— Tu préfères quelle version, Mack ?

Je baisse les yeux vers lui.

— La vraie, parce qu'elle est authentique et parce que je fais partie des privilégiés à qui tu n'as pas menti, je réponds honnêtement en caressant doucement sa mâchoire.

Mads hoche de nouveau la tête, et nous nous laissons bercer par le calme de la nuit.

31. Réparer ses erreurs

Mackenzie

Je suis réveillée par une douce pression sur la joue.

— Mack ?

Lorsque j'ouvre les paupières, je croise le regard de Mads. Il n'est plus aussi apeuré que tout à l'heure, au contraire, son expression semble sereine. Comme si s'être confié lui avait fait du bien. Je secoue la tête pour dissiper le brouillard de fatigue que j'ai dans les yeux et je me rends compte qu'on est toujours dehors.

— Il est quelle heure ?

— Tard.

On a dû s'endormir entre deux phrases échangées sur son passé. Il m'aide à me redresser en me tendant la main. Son gilet n'est toujours pas zippé et laisse apercevoir sa peau ambrée, son corps sculpté et sa cicatrice. J'ai envie de poser les paumes dessus, comme pour essayer de le soigner. Je sais que son cafard s'est estompé, mais je sais également que ses démons ne le quitteront jamais.

— Bon sang, je ne sens plus mon cul.

— Je n'y suis pour rien, malheureusement.

Il émet un rire rauque. Je me demande s'il est Mads ou s'il est Jude. Il est sans doute un peu des deux.

Jude. Dire qu'il s'appelle Jude.

— Viens, il caille.

— Forcément, tu es quasiment torse nu.

Mads laisse échapper un sourire en coin. Je le suis à l'intérieur de la maison. Il est temps que je rentre chez moi, je suis crevée.

— Je vais y aller, j'ai un peu de chemin à faire.

— Tu es à pied ?

— Oui.

Il fronce les sourcils.

— Tu ne repars pas comme ça à cette heure-ci. Ça peut être dangereux dehors. Tu vas dormir ici.

— C'est bon, je t'assure.

— Désolé si je t'ai donné l'impression que tu avais le choix. Je ne veux pas que tu rentres seule.

Il a raison, c'est sans doute mieux si je passe la nuit chez lui. On ne sait jamais ce qui peut se produire. Mais, bon sang, je sais que c'est une très mauvaise idée que je m'attarde en sa compagnie. Nous arrivons en silence devant le corridor qui mène à trois destinations possibles : l'étage, le salon et la sortie. La dernière option est sans conteste préférable. Les deux autres sont plus problématiques. Je suis restée parce qu'il le fallait et, même si j'ai appris une histoire tragique, je ne le regrette pas. Maintenant, c'est différent.

— Non, je…

— J'avais envie de toi dans la voiture, me coupe-t-il. Une furieuse envie. Je ne veux pas que tu imagines que ce n'était pas le cas. Quand je repense à toi sur mes genoux, je…

Je me tourne vers lui, les joues rouges.

— Tu ?

— Je bande, Mack. Rien qu'à l'idée de t'attraper la nuque et de t'embrasser comme un dément, j'ai le cœur qui bat parce que même si c'est une idée de merde c'est tellement bon !

Ma nuque… j'avais cru comprendre qu'il aimait la toucher, pas que ça le rendait fou.

— Donc tu avais envie de moi et dès que tu as su que je ne l'avais jamais fait ça t'a coupé toute envie ? C'est classe…

Il s'avance vers moi.

— Non, absolument pas. Je me suis forcé à refréner mon désir de te posséder, je t'assure, mais tu es vierge, Mack.

— Pas la peine de me le rappeler, surtout pour me faire comprendre que c'est une tare, je bougonne.

— Ce n'est pas une tare, mais je ne suis pas celui qu'il te faut pour ça. Putain, maintenant que tu as appris ce que j'ai vécu, tu le sais que je ne suis pas le mec qu'il te faut. Je suis brisé, je suis démesuré. Je baise des meufs qui n'attendent que ça, je les oublie dans la seconde où on a terminé. Je suis juste celui que tu as envie d'avoir pour t'éclater ou quand tu veux de la dépravation. Pas pour une première fois.

Je déglutis, mais je n'ai pas peur.

— Je ne crois pas qu'il y ait vraiment de mec pour ça. Ce mythe de la virginité est sacrément pesant. Soit on doit la garder pour le mariage, soit on doit la perdre avec la bonne personne. Soit on est timide et réservée, et alors on est chaste, soit l'inverse. Parfois, on veut juste s'en débarrasser sans tout le protocole, les trompettes et les pétales de roses…

Il semble tellement intense, et j'ignore pourquoi.

— Et tu n'es pas ce que tu as vécu, tu n'allais pas me violer, Jude. Tu voulais me baiser, tu avais envie de moi, de…

— De ? demande-t-il.

J'ai honte des mots salaces qui peuplent mes pensées, mais je ne devrais pas et encore moins avec lui. C'est juste que je ne parle jamais de cul, et le faire avec Mads, c'est limite risible. Mais notre relation a évolué ces derniers temps. Enfin, je crois…

— Tu voulais posséder la Despotique Mackenzie.

Ses iris gris flamboient d'une telle intensité que c'est vibrant, presque électrique.

— Ma, corrige-t-il. Tu as dit « la », c'est « ma » Despotique. Je suis dépravé, Mackenzie.

— Je… si je suis encore vierge, c'est à cause de mes parents et aussi à cause de toi. J'avais déjà honte d'eux et des propos constants de ma mère, et toi tu m'as tellement humiliée avec ça que tu as fini par rendre le sexe encore plus sale à mes yeux… Je ne voulais pas faire quelque chose de spécifique à ma mère, je refusais qu'on m'associe à elle, et le comble, c'est que je te dis ça à toi.

Je ne sais même pas ce que je cherche en lui avouant ça. Le faire culpabiliser ? Lui faire comprendre que bien qu'il m'ait laissée, mon désir ne s'est pas estompé ? Il m'a raconté ce qu'il a vécu, mais je le connais, il ne souhaite pas qu'on devienne mielleux avec lui, et ce n'est pas mon intention.

— Encore une chose à ajouter aux saloperies à mon actif te concernant, on dirait, déclare-t-il, la voix vibrante.

Je hoche la tête en plantant le regard dans le sien. Mads avance d'un pas. Je reste stoïque, mais je sens déjà l'effet qu'il me fait. C'est incroyable de se sentir aussi désarçonnée par quelqu'un d'autre et surtout par lui, mais je ne peux pas y résister.

— Il faut que je répare ça alors.

Je ne m'attends pas à cette réponse, aussi quand il saisit mon visage et m'embrasse j'en ai la respiration coupée.

— Et que je te montre ce que tu as raté, ajoute Mads en plaquant la paume sur ma nuque. Tu en as envie ?

— Oui, je souffle. C'est incompréhensible, mais oui. Et toi, Jude ?

Il semble surpris par ma question, mais ses yeux gris ont un tel éclat que c'en est presque éblouissant. Doucement, il attrape ma main et la pose sur son sexe. Je sens la gêne empourprer mes joues. Il est dur, épais contre mes doigts. Ça m'envoie un drôle de coup dans le bas-ventre.

Il me veut lui aussi.

— Tu n'as pas idée.

— Tu me montres ? je demande.

Pour toute réponse, ses lèvres fondent sur les miennes en même temps qu'il me soulève dans ses bras. Je m'accroche à son cou et je l'embrasse en retour. Il me dévore, comme s'il n'allait jamais pouvoir se rassasier de moi. Tout ce qu'il y avait dans la voiture est là. L'envie, le désir, l'alchimie. En plus puissant encore. Quand je heurte quelque chose dans mon dos, je m'arrache à sa bouche et comprends qu'il s'agit du mur proche de l'escalier. Comme je porte une jupe longue, je sens ses mains sur ma peau nue, et c'est délicieusement troublant. Je crève d'envie qu'il me touche partout. Quitte à me perdre avec lui, autant y aller à fond.

— Tu es belle, putain.

C'est étrange pour lui de le dire.

C'est perturbant pour moi de l'entendre.

On recommence à s'embrasser. Chaque fois est plus intense, plus ardente. Comme si on n'avait jamais fini de goûter l'un à l'autre. Je m'écarte quand le souffle me manque, mais Mads semble affamé, et sa bouche dévore ma mâchoire, mon cou et descend encore…

— J'ai faim de toi, chuchote-t-il contre ma peau.

Je suis avide, il est insatiable.

Pour une fois, nous sommes sur la même longueur d'onde, et c'est diablement sexy.

— Tu me rends fou.

La tête en arrière, je laisse échapper un râle de plaisir. Poursuivant ses gestes, il ouvre les boutons de mon gilet et esquisse un sourire en découvrant mon soutien-gorge en dentelle. Il en frôle les coutures du bout des doigts avant de faire glisser le tissu pour libérer mes seins. Le souffle de ses mots silencieux caresse ma peau, sur laquelle se dessinent des centaines de frissons. Il effleure le galbe de ma poitrine, puis l'un de mes tétons. Il le titille avec le pouce avant de le lécher. *Oh merde !* Je pourrais le laisser me faire ça pendant des heures. Je m'accroche à lui, réprimant le plaisir qui me tord les boyaux. Voyant l'effet que ça me fait, il aspire mon mamelon plus fort entre ses lèvres. Je voudrais le toucher, le caresser, lui donner ce même plaisir, mais la position ne le permet pas.

— Jude…

Encore.

Son prénom m'échappe dans une étrange intonation mêlant supplique et poésie. Il me rend folle, et pour une fois j'aime ça.

— Mack, gronde-t-il. Accroche-toi.

Je ne réalise pourquoi que quand je prends de la hauteur. Mes jambes sont sur ses épaules, et la tête de Mads entre mes cuisses. Je plonge les mains dans ses cheveux alors qu'il ricane.

— Qu'est-ce que…

— Ne t'agite pas, Mack.

Je me sens terriblement vulnérable et malgré tout, excitée. Il est si sûr de lui, si intense, et il me fait chavirer.

— Écarte ta culotte, ordonne-t-il.

Je ne réfléchis pas. À peine ai-je obéi que ses lèvres glissent le long de mon sexe avec délectation. Je sursaute, mon corps est pris de frissons incontrôlables. J'empoigne ses cheveux, je n'ai aucun moyen de fuir, aucun moyen de m'éloigner, je suis à la merci de sa langue et du plaisir qu'il fait monter en moi. Sa langue finit par se poser sur mon clitoris. Je pousse un gémissement rauque. La déferlante de sensations me foudroie. Le désir est implacable, violent, et son ascension tellement fulgurante que l'orgasme me submerge tout entière sans me laisser le choix. Mads reste tout contre moi alors que mon corps est secoué de spasmes.

— Déjà, dit-il contre ma bouche, une fois que mes pieds touchent de nouveau le sol. J'avais encore faim de toi.

Ce faux reproche me fait frissonner de plus belle, je n'ai pas le temps de répondre qu'il me saisit par la main et m'entraîne à l'étage, jusque dans sa chambre. Mads m'attrape le visage et m'embrasse de tout son soûl. Je me serre contre lui, je pose les paumes sur son torse. Je touche ses pectoraux, ses abdos et sa cicatrice. Je glisse les doigts jusqu'à son jean, que je déboutonne. Nos regards se croisent quand j'empoigne son pénis et le caresse. Je veux lui rendre la pareille, le faire chavirer lui aussi, lui clouer le bec, alors je descends son jean et son boxer. Sans un mot, je m'agenouille et je prends son sexe dans ma bouche pour le sucer dans sa longueur. Les hanches de Mads ont un soubresaut, ce qui me fait sourire. Je ne pense à rien, j'occulte tout, pour lui, pour moi, pour nous. Les poings de Mads sont crispés et sa respiration plus saccadée.

— Putain, Mack…

Ses mains se perdent dans mes cheveux, ses doigts se resserrent autour. Je joue avec lui, je me délecte de lui. Je caresse son gland avec la langue, je l'aspire plus fort et je continue de le sucer plus profondément. Il se tend et grogne. Doucement, il m'agrippe le menton.

— Viens par ici. Je te veux.

Il m'aide à me redresser et nous fait basculer sur son lit. Son visage sous les étoiles peintes au plafond est magnifique. Il est si calme et je me sens si sereine. Je caresse son sourcil tailladé, sa mâchoire, avant que nos lèvres se joignent à nouveau. Nos corps se pressent l'un contre l'autre, et inlassablement nos mains se découvrent. Je déglutis en percevant la dureté de son sexe contre ma culotte. Bien que débraillée, je suis encore habillée, mais je me sens plus belle que jamais. Puis, mue par un désir primaire, je frotte mon bassin contre le sien, accentuant ce vacarme flamboyant qui nous correspond. Il grogne contre ma bouche, alors je recommence et pousse un petit gémissement.

— Attends, je prends un préservatif.

Il sort un étui brillant du tiroir de la table de nuit. Je le regarde enfiler la protection, subjuguée par son aisance. J'ai peur, mais je me sens en confiance. *Foutue ironie.* Mads me pénètre d'un seul et intense coup de reins. Je rejette la tête en arrière en criant mon plaisir. Sa bouche se pose sur ma gorge. Il m'embrasse, me dévore le cou, puis descend vers ma poitrine. Sensuellement, il caresse mes seins avec ses lèvres avant de sucer mon téton. Un gémissement m'échappe.

— Jude…

Dès qu'il entend son prénom, son rythme devient plus sauvage, plus passionné.

— Tu préfères Mads, je suis…

— Non, ça me rend dingue d'être en toi et que tu m'appelles comme ça, et ça m'affame encore plus…

À ces mots, Mads accélère la cadence de ses coups de reins, et chaque mouvement me semble plus rapide, plus profond, plus intense. Je m'accroche à lui, au lit, et me laisse aller. Sa queue gonfle davantage en moi, alors je remue les hanches pour attiser cette folie, et on s'embrase ensemble. Nous jouissons en même temps, accusant, front contre front, ce vacarme étourdissant.

Mads
Il y a dix ans

Je me réveille en sursaut. J'entends de l'agitation et de drôles de sons qui viennent d'en haut. Il se passe quelque chose, mais j'ignore quoi. Je baisse les yeux, Mackenzie s'est endormie contre moi. Je pose la main sur son bras frais quand des bruits qui ressemblent à des coups de feu résonnent.

— Mackenzie ?

Elle ne bouge pas. Elle ne réagit pas.

— Mackenzie, réveille-toi ! Il se passe quelque chose…

Je la bouscule, mais elle demeure silencieuse, froide et… immobile. Je me redresse en tremblant quand je comprends qu'elle est partie cette nuit, qu'elle a fini par mourir dans cette cage sans avoir pu revoir le ciel avec moi. Je m'agenouille à son chevet, mes larmes tombent sur ses joues.

— Je suis désolé. Pardon, Mackenzie.

Je presse mon visage contre le sien, j'essaye de lui donner un peu de chaleur. La vie est injuste, cruelle. Pourquoi nous avons subi ça ?

Je pousse un cri quand la porte s'ouvre à la hâte. Des lumières éclairent la pièce, m'éblouissent. Je me protège les yeux et je me recroqueville au bout de la cage.

Ne pas parler, ne pas bouger, ne pas se débattre.

Quand on le fait, la canne de l'homme au chapeau nous punit.

— Il y a des enfants ici ! lance une voix.

La grille s'ouvre. Je tremble comme une feuille.

— Tout va bien, c'est fini.

Je relève la tête. Un inconnu s'agenouille face à moi.

— Tu ne crains rien, mon garçon. Plus personne ne te fera du mal.

Je frémis quand il me tend la main, j'ai même un mouvement de recul. J'ai peur. Peur de lui, peur de tout, peur de moi.

— C'est terminé, je vais te sortir de là.

— Vous êtes qui ? je dis, les larmes aux yeux.

— Je suis un policier, et les autres sont mes amis.

— C'est pour de vrai ?

— Oui, c'est fini. Tu vas sortir d'ici. Je suis désolé, mon garçon. J'ai fait le plus vite possible.

Il retire sa veste en cuir et la pose sur mes épaules. Elle est lourde et elle pèse sur mes blessures, mais elle me donne chaud. Quand je remarque que des personnes sont penchées sur Mackenzie, je me redresse.

— Non ! Ne la touchez pas ! Vous allez lui faire du mal ! Mackenzie, on lui a fait déjà trop de mal ! Je veux rester avec elle !

— Ne t'inquiète pas, dit le flic. Viens, je vais t'amener à l'ambulance.

Il me prend dans ses bras.

Pour la première fois depuis de nombreux jours, on ne me brutalise pas. On prend soin de moi, on me soigne.

Pour la première fois depuis de nombreux jours, je vois le ciel dans toute sa grandeur. Il est immense, sombre, couvert de nuages. Comme s'il avait décidé de s'accorder avec moi…

Je suis libre aujourd'hui.

32. Mon survivant à moi

Mads

— C'est moi ! j'annonce en poussant la porte de la maison.

— Dans le salon, répond ma mère.

Je retire mes chaussures à l'entrée et je m'avance. Je craignais vraiment cette maison avant. Pas qu'elle ressemblât à celle où j'avais été enfermé, mais elle empestait le fric. Mes parents avaient de l'argent, comme les monstres que j'avais pu côtoyer. Ma mère est en tenue décontractée aujourd'hui. Jean, pull et chaussettes pilou. Je souris de la découvrir vêtue comme ça, elle qui est toujours en tailleur ou en robe chic pour son boulot. Elle affiche un grand sourire en me regardant. Je suis chanceux d'être tombé sur elle.

— Que me vaut l'honneur de cette visite, en plein week-end en plus ? s'enquiert-elle.

— J'avais envie de passer vous voir.

Elle penche la tête sur le côté et, le front plissé comme si elle me suspectait de venir pour lui demander un service, elle m'observe quelques secondes.

— Je suis enchantée.

Je me pose près d'elle et je la presse dans mes bras. Son étreinte n'a pas changé depuis notre rencontre, elle est toujours aussi aimante, ce qui me rassure un peu. Elle et mon père sont les premières personnes à avoir voulu de moi. Sincèrement j'entends, sans désirer me souiller, me frapper ou autre…

— J'ai interrompu quoi ?

Elle plonge la main dans un saladier de pop-corn.

— J'étais en train de regarder la série *Virgin River* sur Netflix.

— Connais pas, je dis.

— Ça ne m'étonne pas, il n'y a pas de pistolets laser, de dragons, ni de roploplos à tout va.

J'éclate de rire.

— Si un jour ils font une telle série, je veux absolument la mater. Pistolets laser, dragons et roploplos, je répète, toujours hilare. Je devrais peut-être envoyer le pitch à Netflix.

Elle sourit, son expression est emplie de joie. Ma mère semble apaisée de me voir serein, il faut dire que ce n'est pas vraiment ma spécialité.

— Comment se porte Mackenzie, au fait ?

— Je ne sais pas, pourquoi ?

Ma voix est légèrement haut perchée. Depuis quand je monte dans les aigus comme ça ? *Quel abruti !*

— Je ne l'ai pas revue depuis le vernissage, ajoute-t-elle. Je n'ai pas eu le temps de passer à l'association.

Elle veut sans doute faire référence à la prise de bec avec ses parents.

— Aux dernières nouvelles, elle allait bien, je réponds d'un ton plus détaché cette fois.

Putain, il ne faut surtout pas que je pense à elle. Ce n'est pas le moment de me remémorer son corps nu contre le mien quand on a remis ça…

Bon sang !

Je l'ai entendue filer au petit matin après notre nuit ensemble. J'aurais pu la surprendre, l'interrompre, mais je me suis dit que si elle avait décidé de s'enfuir comme un ninja c'est qu'elle ne voulait pas de confrontation et qu'elle en avait besoin. Je crois qu'elle craignait ma réaction, après tout, on n'a pas seulement couché ensemble, je lui ai parlé de mon passé. Je lui suis peut-être même reconnaissant d'être partie, je ne sais pas comment j'aurais réagi en fin de compte.

— J'ai eu mal au cœur pour elle. Sa famille est vraiment… particulière. Sa maman ne m'a pas spécialement semblé aimante.

Je soupire. Ses mots créent une drôle de pression dans ma poitrine.

— J'ai cru comprendre qu'elle est toujours comme ça.

— Ce que tu lui as répondu au vernissage, c'était…

— Excuse-moi si je t'ai fait honte, je la coupe. Sa façon de parler m'a soûlé. Elle m'a paru méchante et embarrassante.

Ma mère me tapote la cuisse.

— En réalité, je suis contente que tu l'aies fait. C'était nécessaire, pour elle comme pour Mackenzie d'ailleurs.

Dans le mille. Évoquer tout ça me fait penser à ce qu'elle m'a froidement balancé sur le toit de l'hôtel. C'était différent des reproches qu'elle m'a assénés quand Larissa l'a agressée. Cette fois, elle a mis cartes sur table, me déballant tout ce que je lui avais infligé au lycée.

— Qu'est-ce qui se passe entre vous deux ? Il y a comme un malaise, mais je ne sais pas comment l'expliquer. Quand je vous ai rejoints, on aurait dit que vous vous détestiez, mais que vous aviez envie de l'autre en même temps.

Échec et mat.

— Quand je l'ai défendue devant sa mère, c'était un moindre mal.

— Comment ça ?

— On se hait, je réponds de but en blanc.

— Je ne comprends pas.

— Je lui ai fait du mal, maman.

Je tourne la tête vers elle quand elle m'attrape le menton pour me regarder. C'est la première fois que je m'avoue ça, la première fois que je le dis à voix haute. Bane s'en voudra d'avoir manqué ça.

— Tout en elle éveille ce que je m'évertue à fuir depuis que je suis sorti de cette maison de l'enfer.

— Jude…

Elle ne m'avait pas appelé comme ça depuis longtemps. Je vois à son regard qu'elle craint de m'avoir blessé, comme si prononcer mon prénom faisait le même effet que celui de Voldemort. Mais en réalité je suis heureux de l'entendre. Quand Mackenzie m'a appelé comme ça, ça m'a fait du bien. Je crois que j'aurais voulu qu'aucune autre femme ne m'appelle comme ça. Elle est la seule à qui je pouvais le dévoiler.

— On s'est revus à l'université, mais Mackenzie était au lycée avec moi. Elle a un an de moins. Disons qu'au secondaire je l'ai harcelée méchamment. La retrouver m'a fait remonter des souvenirs.

— Mais pourquoi elle plus qu'une autre ?

— Tu te rappelles qu'il y avait plusieurs enfants avec moi ?

Elle opine, les yeux tristes.

— Je partageais une cage avec une fille qui s'appelait Mackenzie. (La bouche de ma mère s'ouvre, et elle hoche la tête.) Elle avait les cheveux noirs et, contrairement à moi, elle était stoïque. Elle gardait toujours pour elle ce qu'elle ressentait. Elle souffrait, mais elle ne le disait pas. J'imagine qu'elle aurait pu ressembler à Mack si elle n'était pas morte. Mack me fait penser à elle.

Ma mère me caresse maladroitement le crâne comme Mackenzie l'a fait quand je lui ai parlé de mon passé, aussi je ne l'en empêche pas. Quelque part, j'apprécie ce moment de tendresse.

— Ces derniers temps, j'ai été pas mal troublé de la revoir, elle a remué le couteau dans la plaie sans comprendre ni deviner pourquoi d'ailleurs. Alors j'ai beaucoup picolé, je suis sorti assez souvent aussi afin d'oublier pendant quelques heures ou me changer les idées.

— Et moi qui t'ai obligé à la côtoyer pour que tu peignes sa sculpture. Pourquoi tu ne m'as rien dit ? On aurait fait autrement.

— Je n'avais pas envie que tu saches qu'elle me perturbait, je lui avoue honnêtement.

— Jude, elle n'est pas la Mackenzie de ton passé.

Je le sais.

— Je sais, je soupire, mais c'est plus fort que moi : quand je suis près d'elle, elle me laisse un goût amer sur les lèvres. Pourquoi nous avons subi ça ? Pourquoi l'une est morte et l'autre en vie ? Pourquoi Mack lui ressemble autant ? Quand elle est à côté de moi, elle craquelle l'armure que je tente de reconstruire chaque jour. Alors instinctivement je me défends en lui faisant du mal.

— Peut-être que si tu apprenais à la connaître, tu verrais que c'est une personne à part entière et non un fantôme de ton passé. Et qu'il est injuste de ta part de la punir pour une chose à laquelle elle ne peut rien.

Je fourrage dans mes cheveux et m'affaisse contre le dossier du canapé. Ses mots ne font qu'alourdir la drôle de pesanteur qui me prend à la poitrine.

— Mais elle ignore tout ça depuis tout ce temps et elle te laisse la malmener ? Je ne t'ai pas élevé comme ça.

— Elle ne disait rien, mais elle a changé. Elle me tient tête maintenant.

Je pourrais lui dire qu'elle sait pour mon passé et qu'on a couché ensemble, mais je garde ça pour moi.

— Et c'est tant mieux ! lance ma mère. Je suis certaine que ça te fait du bien qu'elle te résiste. Parce qu'elle se différencie de l'autre, non ?

Je n'avais jamais vraiment réfléchi à ça. J'ai bien conscience que ça me rend fou quand elle me répond, mais je n'avais pas réalisé que ça pouvait être positif.

— Je sais que tu uses et abuses des soirées parce que ça t'aide à oublier pendant quelques heures, mais ne désespère pas. Un jour, tu trouveras quelque chose de merveilleux. Et je t'interdis de continuer de faire du mal à Mackenzie.

Je la regarde se redresser, elle est sûre d'elle. Elle ne balance pas ça au hasard, je sais qu'elle est sincère. Quand je pense qu'elle est au courant de toutes mes conneries, mais qu'elle ne dit rien. Elle n'en a pas honte, elle ne me juge pas, elle me laisse gérer mes démons. Cette femme est sans nul doute la plus fabuleuse au monde.

— Je vais me préparer un thé, tu as envie de quelque chose ? demande-t-elle.

— Un chocolat chaud.

Je la suis dans la cuisine. En passant devant l'escalier, je vois des photos de nous, de moi quand j'étais plus jeune.

— Maman ?

Elle me regarde par-dessus son épaule.

— Pourquoi tu as voulu de moi ?

Se retournant de nouveau vers le frigidaire ouvert, elle en sort une bouteille de lait.

— Je te voulais, toi, parce que les autres ne te voulaient pas, dit-elle calmement. Je te voulais, toi, parce que je souhaitais t'offrir tout ce que tu n'avais pas eu. Je t'ai voulu, toi, plus que les autres, car tu étais debout malgré ton histoire et que tu étais farouchement magnifique. Je t'ai voulu parce que je désirais t'aimer, je savais que ce serait dur, mais j'étais sûre qu'un jour on aurait une alchimie exceptionnelle. C'est atroce, mais ce que tu as vécu m'a apporté la plus belle âme que je connaisse.

Elle m'avait sans doute déjà transmis ça dans ses gestes affectueux, jamais de vive voix. Je ne le lui avais jamais demandé de peur d'entendre la réponse puisque je ne comprenais pas pourquoi mes parents avaient eu envie de m'adopter, moi.

— Merci d'avoir voulu de moi.

— Je peux te retourner le compliment.

Elle sourit. Ses yeux sont légèrement brillants. J'aimerais la rendre heureuse et, rien qu'une fois, lui dire que je vais bien pour qu'elle ne s'inquiète plus.

— Tu es un survivant, Jude. Mon survivant à moi, et je suis fière que tu sois à moi et à personne d'autre.

Je la serre dans mes bras. Fort. Je me nourris de sa tendresse, de son amour et de sa chaleur. Je sais la chance que j'ai, je la mesure.

— Mmh, qu'est-ce qui sent si bon ?

Bane débarque dans la cuisine, il est suivi de Rachel. J'ai l'impression qu'on ne s'est pas vus depuis une éternité, lui et moi. Depuis qu'il est sorti de l'hôpital, on n'a pas vraiment fait grand-chose ensemble. Il est bien avec Rachel, et je n'ai pas envie de le déranger. Rachel me sourit, alors je réponds en la saluant. Elle est vraiment jolie, même vêtue d'un pull de Bane, et elle semble heureuse. J'imagine que ce n'est pas juste une impression. Bane a ce même air un peu stone sur le visage.

— Pizzas maison, elles sont encore chaudes, j'annonce. Je les ai laissées sur les grilles du four pour éviter qu'elles refroidissent.

— T'as déjà mangé ? demande Rachel.

— Oui. Il y a une pizza au cheddar et au bacon et, sans me vanter, c'est une tuerie. Et une autre à l'ananas puisque Super Bane a des goûts foireux.

— Pourquoi tu ne m'as pas appelé ? demande mon meilleur pote. On t'aurait aidé et on aurait mangé ensemble.

Bane me lance un regard en biais. Il m'observe, cherche à jauger mon humeur. Il est troublé par mon comportement. Je lui ai bouffé tellement d'air et de temps toutes ces années que je le laisse vivre son moment avec Rachel. Je vais bien, voir ma mère et lui parler m'a fait du bien.

— Je n'avais pas envie de vous déranger, je réponds.

Mon meilleur pote se passe une main dans les cheveux et retire son bras de la taille de Rachel, comme s'il se rendait compte soudain qu'il était encore contre elle et que ça pourrait me perturber. C'est idiot. Il a fait tant de choses pour moi toutes ces années que je peux lui fiche la paix.

— Tu veux qu'on se mate un film ou qu'on joue à un jeu vidéo ?

— Je vais vous laisser, ajoute Rachel.

Je m'approche d'elle. Elle me scrute avec de grands yeux un peu inquiets.

— Ce pull te va mieux qu'à Bane, je dis. Et, non, je vous laisse en amoureux, je vais faire un tour.

— Mads, tu…

— On remet la partie de jeu vidéo à une prochaine fois. Ne mangez pas toute la pizza au cheddar, laissez-m'en au moins une part.

Je quitte la cuisine et récupère ma veste en cuir sur le portemanteau.

— Tu vas bien ? demande Bane.

Je n'avais pas remarqué qu'il m'avait suivi.

— Ouais, pourquoi ?

— Tu es sûr que tu ne veux pas qu'on se fasse un truc sympa ensemble ? insiste Bane.

— Mec, quoi qu'on fasse ensemble, ça ne sera jamais aussi sympa qu'avec ta nana.

— Où tu vas ? Je ne veux pas te laisser seul dans une soirée.

Je ne peux pas lui reprocher de me prendre pour un queutard invétéré, mais quand même c'est un peu vexant.

— Je ne comptais pas me bourrer la gueule ni aller niquer à tout va. Bane, je sais que je suis un abruti, mais tout va bien. Je vais sans doute passer un moment au planétarium…

Je le frappe amicalement dans le dos.

J'ai vraiment été un enfoiré avec lui. Il a tellement pris soin de moi qu'il s'inquiète à chacun de mes faits et gestes.

— Et tu me gardes une part, parce que sinon je déboule dans ta chambre et je te défonce. Rien à foutre que tu sois à poil en train de baiser.

Il éclate de rire.

— Promis.

Je vérifie que j'ai bien mon portefeuille et mon téléphone avant de monter dans la voiture.

33. Si tu étais…

Mackenzie

Alors que je sculpte, la musique dans les oreilles, j'ai l'impression que je n'avais pas fait ça depuis une éternité. Il faut dire que j'ai pas mal négligé mon emploi du temps et que j'ai laissé tomber ma rigueur. Zoey n'est pas là aujourd'hui, et il n'y a pas vraiment de monde à l'association. Le samedi, les gens ont certainement mieux à faire. Je ne suis pas vraiment pressée, Rachel m'a envoyé un message pour me prévenir qu'elle passait la soirée avec Bane. En rentrant, j'ai prévu mon planning de révisions pour les partiels qui approchent.

Elle me manque, mais je ne le lui avoue pas. Je sais qu'elle est heureuse avec Bane et je n'ai pas envie d'être la nana frustrante qui lui dit : « Vas-y, meuf, ne m'oublie pas ! » Hors de question qu'elle reste avec moi par obligation ou par pitié… J'aurais aimé qu'elle me dise : « Je vais rester à la maison, on pourra papoter devant une série », j'aurais pu lui raconter tout ce qui me trotte dans la tête.

Ces derniers jours, j'ai pas mal pensé à ce qui s'est passé entre Mads et moi. D'abord son histoire, et puis nous. Il y a eu tant de choses cette nuit-là. Des choses importantes… En partant de chez lui, j'ai cru que j'allais regretter d'avoir couché avec lui, mais non. Parce que ce n'était pas aussi bizarre et dégoûtant que je l'imaginais à cause de l'image de ma mère. C'était… *Merde, c'était dingue*. Je suis tellement troublée qu'avec lui ça ait été si bon. Un mélange sensuel, sauvage et tendre.

Je me remémore ses caresses, ses baisers, sa fièvre.

J'y associe mon corps, ma fougue, mon désir.

Le feu sur la glace.

— Salut !

C'est quand la voix me fait sursauter que je me rends compte que ma playlist s'est arrêtée et qu'à travers mon flot de pensées je n'y avais pas prêté attention. Mon regard rencontre celui de Mads. Les bras croisés sur le torse, il m'observe. S'il n'est pas vraiment étonnant qu'il soit là, le fait qu'il me parle est une autre histoire.

— Bonjour, je réponds.

Mads s'approche de moi, les yeux rivés sur mon œuvre tandis que je retire mes écouteurs. Je ne sais pas comment l'appeler. Jude ou Mads ? Est-ce qu'il regrette de me l'avoir dit ? Je ressens une drôle d'angoisse, celle que j'ai souvent eue auprès de lui.

— Tu sculptes des mains, dit-il. À qui elles appartiennent ?

Il se penche sur mon boulot, et un sourire étire ses joues. Il a très certainement reconnu la cicatrice qu'il a entre le pouce et l'index, et donc il sait que ce sont les siennes. Je ne les avais pas finies depuis que j'avais commencé il y a plusieurs jours.

— Mack, tu sculptes mes mains ? Remarque, je ne suis pas étonné, elles laissent toujours un souvenir inoubliable.

Son air est taquin, son sourire sulfureux et son regard démoniaque. Visiblement, il apprécie énormément cette découverte.

— Ce sont tes mains, mais tu te fais des idées… Dans ma chambre, j'ai une étagère avec plein de mains.

Son sourire est immense, généreux, et l'éclat de son rire sincère m'amuse à mon tour.

— Donc tu as une étagère avec des mains dans ta chambre, Mack.

— Tu es un porc ! Je trouve simplement que les mains sont incroyables. Elles font tellement de choses, elles sont un moyen d'action et d'expression. J'ai dessiné tes mains après t'avoir vu mettre ma sculpture en couleurs parce qu'elles étaient différentes de ces fois où tu étais en colère et que tu avais les poings serrés.

Il se rembrunit.

— Et pourquoi mes mains ? demande-t-il plus sérieusement.

— Elles étaient passionnées. Tu étais passionné même si tu devais peindre quelque chose pour moi, alors je t'ai observé et je les ai ensuite griffonnées dans un carnet pour les modeler dans l'argile.

Mads hoche la tête, un petit sourire entendu sur les lèvres.

— Tu aurais pu sculpter ma bite aussi.

Je m'étouffe.

— Elle est majestueusement belle et imposante. Si tu voulais que je pose, je pouvais.

— Bon, je peux savoir pourquoi tu es là ?

— Tu as quelque chose de prévu ce soir ?

Je rougis instantanément. Alors cette question, je ne m'y attendais pas du tout. Mads qui me propose de passer du temps avec lui, voilà qui me semble aussi irréel que ce qu'on a vécu en couchant ensemble.

— Non, pourquoi ?

Il soupire et penche légèrement la tête pour me regarder.

— Je vais voir un combat de robots, je voulais simplement savoir si ça te tenterait de m'accompagner ou si tu avais mieux à faire.

— Des combats de robots comme dans le film *Real Steel* ?

— Tu connais ce film ? demande-t-il, visiblement choqué.

— J'adore ce film. On se doute de la fin dès le début, mais il est tellement beau.

— J'adore aussi. Même si je te soupçonne d'aimer ce film pour Hugh Jackman.

— Qu'il y ait Hugh Jackman est effectivement la cerise sur le gâteau. Donc, des combats de robots ?

— C'est un tournoi où s'affrontent des équipes d'amateurs qui guident des robots. Alors, tu veux venir ?

Lui et moi, nous avons une relation tellement complexe et ambiguë qu'en réalité je ne sais même pas si on peut dire qu'on a vraiment une relation. Qu'il me propose ça me semble bizarre. Je songe que peut-être on pourrait avoir une relation d'égal à égal, voire être amis. Même si, pour que ces deux choses arrivent, il y a des mots qu'il doit m'adresser. Jamais je ne me sentirai égale à lui sans avoir entendu de sa bouche un « désolé » ou un « pardonne-moi ». Ce qu'il a vécu est terrible, mais je ne comprends toujours pas pourquoi il a été si odieux avec moi en particulier. Que Mads m'invite à sortir ce soir est peut-être le début pour lui de quelque chose qui s'apparente à des excuses…

— Va pour les robots, je suis plutôt curieuse.

Je lis de la surprise dans ses yeux, mais il ne dit rien.

— On part quand ? je m'enquiers.

— Maintenant.

— Ce sont des combats illégaux ? je demande.

— Non, ils sont officiels. Les participants ont des sponsors. Tu imagines le fric que tu perds si tu fais un truc interdit et que ton robot se fait fumer la gueule ? Je ne pense pas que ça vaille le coup.

— C'est vrai… Je ne savais pas qu'il existait des combats de robots. On ne voit ça que dans les films ou les mangas.

— Tu veux boire quelque chose ? Soda ou bière, il n'y a pas trente-six choix.

— Un soda.

Mads hoche la tête et se dirige vers le comptoir bondé. Seule dans le hall, je regarde mon téléphone portable. Hormis quelques notifications sur mes comptes TikTok et Instagram, je n'ai pas de nouvelles importantes. Il revient quelques minutes plus tard.

— Tiens, dit-il en me tendant un gobelet avec un couvercle.

— Merci. C'est un couvercle antidrogue ?

— Oui, on ne sait jamais.

Je souris face à cette attention. Je sais maintenant ce qu'il a vécu, alors ça me touche d'autant plus. On s'avance vers la salle et les gradins. Bientôt, on se retrouve dans un immense dôme. En son centre, un ring sans doute plus grand que ceux prévus pour la boxe. Il est doublé de parois en plexiglas transparentes. Certainement pour protéger les gens des projections de métaux et autres débris de robots. D'un côté, le coin des jurés et, en face, celui des joueurs, puis des rangées de sièges noirs et rouges, quasiment tous occupés par des spectateurs comme nous. Nous sommes assez loin de la scène, mais on voit très bien. Au milieu des conversations et de cette foule qui scande des cris de guerre, j'ai l'impression d'être dans un film. L'endroit est vraiment irréel, je préfère ça aux combats clandestins.

— Tu viens souvent ici ?

— De temps en temps. J'étais presque sûr que ça te plairait mieux que les combats clandestins.

— Et pourquoi m'inviter, moi ? Et ne me dis pas que je suis ton dernier recours sinon je me casse.

— Tu es mon premier choix. À qui voulais-tu que je pense ?

Je ne m'attendais pas à ça et pourtant j'ai l'impression qu'il se fout de ma gueule.

— Quelqu'un que tu ne détestes pas, quelqu'un que tu n'appelles pas « la Succube », « la Despotique » et j'en oublie.

— Ce ne serait pas aussi passionnant.

— Tu m'étonnes.

Je bois une gorgée de soda.

— Pourquoi me faire chier avec une meuf dont je me branle complètement alors que je peux passer du temps avec une fille qui me rend dingue ?

— Et dont tu te branles complètement aussi…

Quelque part, au fond de moi, je ressens le besoin d'espérer que ce n'est pas le cas, que je suis importante. Je veux croire que c'est parce que je l'ai surpris et qu'il a envie de me découvrir davantage maintenant.

— Je ne me fous pas de toi, lance-t-il sérieusement. Sinon, je ne serais pas ici. Tu me connais, tu sais que je ne serais pas là avec quelqu'un dont je me branle. Je ne suis pas du genre à faire des ronds de jambe ni à accepter des renforts arrangés.

— Tu as raison. Qu'est-ce qui a changé ?

— Toi, Mack.

Il esquisse un sourire.

— Tu as changé, et je me rends compte que moi pas. Je n'ai rien à perdre de toute façon…

Ses mots ont quelque chose d'affreusement triste, mais ils sont terriblement sincères. Et, même si j'ai un peu de mal à croire qu'il sera différent de tout ce que j'ai vu de lui, j'ai hâte. Il boit une gorgée.

— Je n'ai jamais laissé la moindre chance à qui que ce soit d'exister à mes yeux. Personne, à part Bane ou quelques potes. Je n'ai jamais eu l'honneur de te connaître vraiment, alors je saisis l'occasion, si ce n'est pas trop tard.

Je dois avouer que ça c'est plutôt surprenant. Je secoue la tête.

— Non. Il n'est pas trop tard.

Il sourit, un sourire authentique, au moment où les premières équipes de participants s'avancent en traînant sur des chariots leur robot. Le public est euphorique, ils scandent les noms des machines avec l'animateur qui chauffe l'ambiance. Je me joins à eux. C'est troublant de faire des choses qui ne sont pas de mon quotidien, de vivre différemment, de découvrir un peu la vie en dehors de mon monde. Je ne fais plus attention à rien quand le premier combat commence. Je me sens fascinée.

Les robots sont téléguidés par deux équipes qui s'affrontent. C'est comme être dans un film. D'un côté il y a *Fire Metal,* un robot cracheur de feu, de l'autre *ED 209,* un robot avec une énorme hélice qui tourne. Le premier choc envoie valdinguer *Fire Metal*. Le heurt fait hurler le public. *Fire Metal* s'avance en crachant des flammes vers son adversaire, qui roule au loin.

— Ça te plaît ? demande Mads en se penchant vers moi.

— C'est impressionnant, je dis. J'adore le spectacle.

Il semble content. Son regard gris est doux. Plus doux que jamais, comme s'il était calme pour une fois. Comme s'il n'avait aucun démon à ses trousses.

— Profite alors.

Les robots s'entrechoquent, se cognent, se fuient et tentent de mettre K-O l'autre en revenant à la charge chaque fois. Les débris jonchent l'arène. La toupie d'*ED 209* endommage son adversaire, mais ce dernier parvient à l'attraper avec son bras et à le soulever au-dessus de sa tête, libérant ses flammes pour essayer de cramer ses circuits.

Il finit par y arriver, lui volant la victoire.

— Tu veux qu'on mange quelque part ? propose Mads à la fin du tournoi. J'ai une faim de loup.

Mon ventre gargouille.

— Moi aussi.

— Il y a un *diner* à deux pas d'ici.

Nous nous installons face à face sur les banquettes rouges vernies. Soudain, je me sens mal à l'aise. J'ai peur qu'on n'ait rien à se dire, qu'il recommence à être désagréable, que je ne sois pas assez intéressante.

— Qu'est-ce que tu étudies ? demande Mads.

— On ne sait même pas ça l'un de l'autre… L'histoire et l'art. Et toi ?

— L'art également. J'étais plutôt doué en peinture, j'ai pensé que ça me plairait de progresser dans ce domaine.

— Et finalement non ?

— Si, j'aime en apprendre plus sur l'art, sur son impact sur le monde, sur les gens, les nouvelles techniques, mais je me fais vite chier. J'ai du mal à me concentrer. Peut-être que j'aurais dû étudier l'astronomie.

— Rien ne t'empêche de changer de cursus.

Mads secoue la tête.

— Je ne suis pas fait pour les cours, rien ne dit que l'astronomie ne m'emmerdera pas aussi. J'ai un foutu trouble de l'attention. J'aimerais juste trouver un boulot qui ne me soûle pas.

Je penche la tête sur le côté.

— Et qu'est-ce que tu veux faire après l'université ? me questionne-t-il à nouveau.

— Devenir restauratrice du patrimoine ou alors commissaire d'exposition.

Mads ouvre la bouche au moment où une serveuse affublée d'un costume rose et blanc et d'un petit chapeau assorti vient à notre table. Elle nous sourit.

— Vous avez choisi ? demande-t-elle.

— Pas vraiment, soupire Mads, mais attendez deux secondes.

Il me tend le menu. Je parcours la carte rapidement. Je n'ai pas mangé depuis le petit déjeuner alors j'ai une faim de loup. Il est tard, mais tant pis.

— Je vais prendre un *roasted chicken* avec des frites et une bière. Et toi, Mack ?

— Et moi… un steak saignant, avec des frites, un Coca et de la salade à côté, s'il vous plaît.

— Un assaisonnement pour le steak ?

— Poivre.

— J'attends ou j'envoie la commande ? demande la serveuse.

Elle doit avoir à peu près notre âge et elle considère Mads avec intérêt. Je l'ai toujours détesté, mais les gens l'ont toujours regardé avec fascination. Ce soir, il porte une casquette noire à l'effigie des Lakers, et avec son pull sombre ça fait ressortir le gris de ses yeux. Je dois avouer qu'il est sexy.

— Vous pouvez envoyer ! lance Mads.

Elle hoche la tête et repart vers le comptoir. Je replie soigneusement le menu en pensant que c'est bizarre d'être ici avec lui. Qu'on se parle tient du miracle. Et dire qu'on a baisé ensemble et qu'on fait comme si de rien n'était. Moi je n'ai rien oublié.

— T'as jamais songé à être sculptrice professionnelle ? Tu en as carrément l'étoffe.

Je relève la tête vers Mads, c'est un peu troublant d'être sous le joug de son regard sans qu'il soit noir ou en colère. En réalité, tout est bizarre, et je ferais mieux de profiter de l'instant plutôt que de ressasser mes pensées toutes les deux minutes.

— Pas vraiment non, je réponds.

Je me suis lancée dans cette activité pour moi, parce que je n'étais pas la fille qui voulait sortir, parce que ça me plaisait. Avant que la mère de Mads m'offre la chance de vendre mes œuvres, je savais par ma famille et mes abonnés sur les réseaux sociaux que j'avais un certain talent, mais pas jusqu'à en faire mon métier.

— J'ai toujours fait ça pour moi. Pas pour l'argent, simplement parce que dans cette bulle je me sens bien, je me sens importante.

Il se passe la main dans les cheveux comme s'il était un peu gêné.

— J'ai parcouru tes comptes Instagram et TikTok, t'as vu le nombre de *followers* en admiration devant tes vidéos ? Tu pourrais en faire ton métier.

— La plupart des commentaires de mecs sont déplacés, du genre : « j'aimerais que ce soit ma bite », « t'as l'air de savoir te servir de tes mains » ou encore « pourquoi tu fais pas ça à poil »…

— Je ne peux pas nier que tu rends l'exercice assez sensuel, en plus d'être douée, même si je foutrais bien un coup de pied au cul à toutes ces petites merdes.

Et soudain je percute : il a consulté mes réseaux sociaux.

Et je percute encore : il me fait des compliments.

— Sensuel ? je souffle comme s'il s'agissait d'un secret.

— Tu es belle, t'as de foutus yeux exceptionnels… Parfois tu portes juste une salopette, parfois tu t'en mets sur le front pour repousser une mèche de cheveux… c'est putain de sexy de te voir travailler.

Je suis rouge écarlate. Je ne sais pas quoi dire, ses mots résonnent à mes oreilles. J'éprouve une étrange satisfaction à découvrir qu'il a pu aimer me regarder. Ça me fait me sentir spéciale. Malgré les milliers d'abonnés et de gens qui ont pu me voir, c'est à travers lui que je me sens particulière. Il m'a tellement cassée avant, il a tant de fois sapé ma confiance en moi qu'inconsciemment – ou pas – il m'en redonne un peu.

— On devrait faire un *featuring* dans une vidéo. On grimperait au million de vues sans souci.

Cette idée me retourne l'esprit. Une image de lui torse nu devant un chevalet me monte à la tête. Je l'imagine mieux que bien.

— Tu as un compte TikTok ?

— Évidemment. Je poste des vidéos de peintures, de mes abdos, des trucs basiques.

— Basiques, ouais.

— Je me mets torse nu, je coince les pinceaux dont j'aurai besoin dans l'élastique de mon pantalon, ça fait toujours fureur.

Je ne m'abaisserai pas à chercher ça sur le Net.

Jamais. JA-MAIS.

Il me sourit en arquant un sourcil, visiblement conscient que cette vision me fait de l'effet.

— Ta salopette, mes abdos, de l'argile et de la peinture, et ça matche parfaitement.

Pourquoi des mots aussi normaux me semblent tout à coup terriblement déplacés et intenses ?

— Depuis… quand on matche parfaitement, toi et moi ?

— Je me posais la même question.

La serveuse nous apporte nos boissons.

— Tu sais mettre en valeur ton art dans les médias que tu postes, tu as déjà une *fanbase*, tu parviens à intéresser les gens, à leur donner envie. Je suis certain que tu arriverais à en vivre.

— Merci. Je pourrais te retourner le compliment.

— Je ne sais pas. À la base, c'était juste une thérapie. Quand j'étais plus jeune, la peinture me calmait, elle me transportait dans une bulle, un monde imperméable où je pouvais oublier mes démons. Au fur et à mesure, c'est devenu une part de moi.

— Je comprends, c'est la même chose avec la sculpture.

Il hoche la tête d'un air entendu au moment où la serveuse nous apporte nos plats. L'odeur de la sauce au poivre me chatouille les narines et stimule mes papilles.

— Bon appétit, je dis.

Nous commençons à manger au rythme des vieux tubes de rock que diffuse une chaîne stéréo.

— C'est bon ? lance Mads.

— Mmh, mmh, je réponds en mastiquant.

Nous discutons entre deux bouchées, je me régale. Mads me pose des questions sur la sculpture, sur ce que je préfère comme style, sur mes études et mon grand-père. Il me parle un peu de lui. C'est agréable, et à la fin mon assiette brille tant il ne reste plus rien.

— Si tu ne devais te nourrir que d'un seul repas jusqu'à ton dernier jour ce serait quoi ?

— De la pizza, je réponds sans réfléchir. Je pourrais tuer pour une pizza. Et toi ?

— Pareil. En plus, celle que je fais est un pur régal. Mais il y a aussi les lasagnes de ma mère, elles sont terribles.

— Tu m'emmènes au resto alors que tu fais des pizzas délicieuses ?

Je souris, avant de m'empourprer pour mon audace. C'est que, pour la première fois depuis toujours, j'ai l'impression de pouvoir lui dire des choses sans craindre qu'il se moque.

— C'est peut-être pour te donner envie de revenir, lâche-t-il en me décochant un clin d'œil.

Je rougis encore plus. Heureusement, la serveuse nous débarrasse et nous propose un dessert.

— Un *Nutella Lover*, lui répond Mads.

— C'est un dessert pour deux.

— Ça tombe bien, on est deux. Tu aimes le Nutella ?

Je hoche la tête, alors elle note dans son petit carnet et s'en va.

— Prochaine question : si tu étais un condensé de quatre personnages fictifs, tu serais qui ?

— Ça mérite réflexion, alors…

Je cogite quelques instants, je pense aux héroïnes que j'aime, celles qui me ressemblent, celles dont j'admire la force, la détermination et les valeurs.

— Je dirais Kat Stratford du film *Ten Things I Hate about You*, Clover des *Totally Spies* parce que j'adorais cet anime, Daria de l'anime du même nom et Veronica Mars. Un top un peu *girl power*, mais ça ne fait pas de mal. Et toi ?

Je suis assez curieuse d'entendre ses réponses à lui.

— J'aime bien ton top, mais je ne connais pas le premier film dont tu as parlé.

— C'est un *teen movie* qui date un peu maintenant puisqu'il est sorti en 1999, mais il est génial. C'est une adaptation moderne de *La Mégère apprivoisée* de William Shakespeare.

— Tu auras qu'à me faire découvrir ça, déclare Mads.

Mon cœur bat. Plus fort.

— À condition que tu me fasses une pizza, j'ajoute.

Il hoche la tête, un sourire en coin étirant ses lèvres. Je le fixe quand il retire sa casquette et passe une main dans ses cheveux pour les ébouriffer. Il me fait craquer. Complètement.

— Donc, mon top à moi, je dirais d'abord Max Rockatansky pour les raisons que tu sais, ensuite Itachi, l'un des héros du manga *Naruto*, Tommy Shelby de la série *Peaky Blinders*, Hank de la série *Californication* et Wolverine.

Que des antihéros. Et d'une certaine façon c'est à son image.

— Des antihéros, je remarque.

— Ouais, c'est vrai. Mais je n'ai rien d'un héros.

Moi je sais que derrière ce caractère autodestructeur, ses addictions et ce regard cynique et désabusé qu'il porte sur tout se cache quelque chose d'autre. Un truc plus doux. Maintenant que je connais son histoire, j'ai conscience que se terre au fond de lui un enfant qui a encore peur du monde.

— Tu es le héros de ta propre vie déjà.

Il glousse avec humour.

— Ça, c'est très cliché, s'esclaffe-t-il. Même pour toi, Mack.

Je ne peux m'empêcher d'éclater de rire, parce qu'il a raison. La serveuse nous apporte le dessert, et mes yeux s'agrandissent comme des soucoupes. Voilà quelque chose d'indécent et de toute beauté. Deux boules de glace vanille et deux au chocolat et aux morceaux de brownie, des biscuits fourrés au Nutella, le tout nappé de Nutella avec éclats de noisettes et de la crème fouettée. La jeune femme pose deux cuillères sur la table. Quand on se retrouve seuls avec notre plat entre nous, je songe que c'est particulièrement étrange.

Lui, moi et de la glace.

— Tu rougis, Mack. À quoi tu penses ?

— Je me disais que toi et moi avec un dessert, c'est curieux.

— Plus curieux que ma tête entre tes cuisses ? réplique-t-il sans se soucier qu'on puisse l'entendre. Je ne suis pas certain. De toute façon, de manière générale, toi et moi faisant autre chose que nous balancer des insultes à la tronche, c'est bizarre. Ça te manque ?

— Pas vraiment, non.

Il sourit.

— Alors, partageons cette glace avant la prochaine bizarrerie.

34. À genoux

Mads

— C'est quoi le truc le plus fou que tu aies fait ? je demande.

— Je crois que voler est assez fou, non ?

Elle n'a pas tout à fait tort, et le petit sourire satisfait qu'elle arbore me donne envie de le lui enlever. En l'embrassant par exemple.

— Je reformule ma question : c'est quoi la plus grosse connerie que tu aies faite ?

Mackenzie rougit et secoue la tête.

— Je ne fais jamais de conneries, dit-elle.

— Alors il faut y remédier.

Elle plisse les yeux, la mine incrédule. Pour le coup, elle est plutôt mignonne.

— C'est-à-dire ?

— On va partir sans payer.

— Mais on…

Son air outré est presque adorable. Son côté irréprochable est vraiment à l'opposé de tout ce que je suis. Et même de tout ce que je fréquente habituellement. Il y a un monde entre nous, et j'en suis peut-être le responsable. L'inviter ce soir m'a semblé normal. Après les quelques moments qu'on a passés ensemble, j'avais envie de prolonger ça, de ne pas me prendre la tête. Je n'ai pas réfléchi, en fait. Pour une fois, j'avais envie de lui montrer une autre facette de moi, d'être une compagnie agréable.

Elle n'est pas cette Mackenzie.

Elle n'est pas elle.

Je dois en prendre conscience.

— C'est interdit de faire ça, on n'a pas le droit.

Je lui souris.

— C'est pour ça que ça s'appelle une bêtise. Il faut prendre un peu de risques, s'amuser, enfreindre quelques règles, vivre.

Elle est écarlate, paniquée, c'est hilarant de voir comme ça semble insurmontable pour elle de faire quelque chose de stupide, voire d'interdit. Je ne fais jamais ça, enfin, ça a déjà dû m'arriver une fois avec Bane. J'ai envie de la pousser à sortir du droit chemin, de la dévergonder un peu.

— Tu viens avec moi ? Parce que c'est maintenant.

— Mads…

La serveuse est seule en salle. Le reste du personnel semble être en cuisine. Comme il est presque minuit, il n'y a plus autant de monde qu'en soirée.

— La serveuse est partie chercher la grosse commande de la table de six. Le temps qu'elle mette les assiettes sur le plateau et qu'elle revienne, ça nous permet de filer.

Mackenzie secoue la tête.

— Lâche-toi, Mackenzie. Tu n'es pas ta mère. Tu n'as pas à toujours être parfaite ni à tout contrôler en permanence. Tu es toi. Lâche prise, fais des bêtises. Tu as le droit.

C'est assez discret, mais je remarque que mes mots la touchent un peu. Son regard dans le mien scintille d'une étincelle encore inconnue au bataillon. Si elle est comme ça, c'est aussi à cause de moi, alors je veux simplement qu'elle se sente libre d'être elle-même.

— Je vais me lever, te tendre la main. Libre à toi de la glisser dans la mienne ou de rester là.

Je me redresse, elle jette des coups d'œil discrets partout. Je pense qu'elle va faillir au moment où ses doigts chauds crochètent les miens. La seconde d'après, je m'élance vers la sortie, Mackenzie à ma suite. Comme nous avons laissé la voiture sur le parking du tournoi de robots, nous courons dehors comme des fous. Plus on s'éloigne, plus je me sens grisé. Je tourne la tête pour regarder derrière moi. Grosse erreur, car tout ce que je vois c'est elle et son sourire. Un sourire similaire à celui qu'elle avait quand nous avons fait une bataille d'argile et de peinture. Un de ces sourires magnifiques que je n'ai vus que trop peu souvent. Elle occulte la ville, le temps. Le monde disparaît et se réduit à cette joie simple qui la transcende.

— Regarde devant toi !

Je manque de justesse de percuter un couple, ce qui la rend hilare.

— Désolé, je gueule sans m'arrêter.

Son rire résonne et me suit jusqu'à ce qu'elle se cogne contre moi quand on arrive à ma voiture. Je baisse les yeux vers elle.

— C'était vraiment pas bien, s'exclame-t-elle, essoufflée. J'ai honte de moi.

Elle me scrute enfin. Ses mots sont en totale inadéquation avec le bonheur qui fait briller ses prunelles.

— Alors pourquoi tu souris ? je lance.

Mackenzie hausse les épaules.

— C'est nerveux.

Comme mon envie de l'embrasser.

— Tu fais ressortir le pire en moi. Regarde ça, je souris comme une idiote alors que je devrais être morte de honte.

— Je peux faire en sorte d'ôter ce sourire.

Elle ouvre la bouche pour répliquer, mais j'inverse nos places pour la plaquer contre la portière de la voiture et je l'emprisonne avec mes bras. La stupeur la rend silencieuse, et elle agrippe ma veste pour me presser fiévreusement contre elle. Mes lèvres fondent sur les siennes. J'avais envie de ça depuis le tournoi et sans doute même avant.

Je ne comprends pas pourquoi j'ai encore envie d'elle alors que je me lasse toujours des filles après le sexe. Je ne m'explique pas non plus comment j'ai pu me retrouver la tête entre ses cuisses à lui lécher la chatte. Je n'avais encore jamais fait ça à personne. Mais là c'était vertigineux, j'avais envie qu'elle perde le moindre de ses repères, qu'elle soit incapable de résister à l'orgasme.

La bouche de Mack se plaque avidement contre la mienne. Elle a tout aussi faim et soif que moi. En cet instant, elle n'a rien de timide ni de réservé, elle se laisse happer par ses sensations. Je me presse davantage contre elle, je veux sentir son corps plus près du mien. Je veux l'emprisonner dans mes bras, la dévorer de baisers, comme un putain d'accro. J'ai l'impression de payer pour tout le mal que je lui ai fait en la trouvant plus désirable que jamais. Je l'embrasse plus fort, plus langoureusement, et elle s'abandonne contre moi en répondant à mon étreinte. Lorsque je m'éloigne d'elle, je me sens troublé.

— Voilà, tu ne souris plus.

Mackenzie passe le pouce sur sa lèvre comme pour apaiser son ardeur ou pour s'en nourrir encore un peu.

— Je te ramène chez toi ? je demande.

— Je veux bien.

Le trajet jusque chez elle est quelque peu silencieux. Pas spécialement parce qu'on est mal à l'aise, simplement on profite de cette étrange paix entre nous. J'aime le fait qu'elle ne se sente pas obligée de parler pour rien.

— Ça t'ennuie si je monte ? J'ai envie de… pisser.

— Non, viens.

Nous prenons l'escalier plutôt que l'ascenseur, puis j'entre dans son appartement. Mack était déjà venue chez moi, mais jamais l'inverse. Pénétrer chez elle me donne l'illusion de faire un pas supplémentaire dans son monde. Elle allume les lumières.

— Les toilettes sont dans la salle de bains. C'est la dernière porte au bout du couloir.

Je m'y dirige sans un mot. Je me lave les mains après avoir utilisé les W-C. La pièce révèle sa personnalité. Il y a deux miroirs et deux lavabos. Un côté est rangé, l'autre est en bazar avec des produits de maquillage qui traînent un peu partout, des brosses et un sèche-cheveux. J'imagine que la partie bordélique appartient à Rachel. Je sors de la salle de bains et m'arrête dans mon élan quand je passe devant un espace éclairé. Mackenzie est au milieu. Au centre de ses créations d'argile, elle est comme irréelle. Elle règne en maître dans cette pièce, elle est la créatrice, la reine.

Je m'appuie contre le chambranle de la porte et je fixe cet endroit rempli d'art, rempli d'elle. On dirait mon petit atelier. Il n'y a ici que des matériaux créatifs. Les étagères sont pleines de sculptures, d'ébauches, d'ustensiles. Au sol dans un coin, des blocs d'argile grise et sous la fenêtre un tour de potier. Au centre de la pièce un grand plan de travail usé par le temps. J'imagine que c'est ici qu'elle bosse le plus souvent. Je fixe, ébahi, les bustes de part et d'autre de la baie vitrée. Ils sont grands, imposants. L'un d'eux semble représenter l'acteur qui joue Spiderman. Puis des corps nus, des poses. Elle trouve son inspiration dans la Renaissance et le nu antique.

Elle a de l'or au bout des doigts.

— Je peux entrer ? je demande.

Elle me lance un coup d'œil par-dessus son épaule et sourit.

— Oui.

— J'ai une pièce de ce genre chez moi.

Je contemple ses œuvres de plus près.

— Je préfère mille fois ces créations au renard.

— Vraiment ?

— Ton travail était magnifique, mais tout ça, ça l'est encore plus.

À mesure que je regarde la vingtaine de masques sur les étagères, j'ai l'impression de recevoir un uppercut en pleine poire. Certaines de ses sculptures sont étonnantes. Elles prennent la forme de visages surréalistes qui s'altèrent et s'étirent. C'est aussi troublant que d'être ici et de voir qu'elle m'enterre chaque fois un peu plus quand je la découvre.

Et j'ai tout à découvrir d'elle.

— Tes œuvres sont magnifiques, et tu ne veux même pas en faire ton métier ? Si ma mère était là, elle ferait un vernissage rien que pour toi. T'as un foutu don, sérieusement.

Et je le pense, putain. Impossible de rester aveugle à sa passion et son talent. Mes mots semblent lui faire du bien. Je suppose qu'après tout ce qu'elle a entendu de ma bouche c'est un doux répit.

— Merci… je n'y ai jamais réfléchi, je n'ai jamais imaginé que c'était envisageable. L'argile me paraît si familière, elle écoute chaque mot dans mon esprit et fait exactement ce que j'attends d'elle. Chaque contact est si apaisant. J'ai trouvé la paix et la joie dans cet art, peut-être qu'un jour j'essayerai d'en vivre.

Je me tourne vers elle.

— C'est laquelle ta préférée ?

— Je ne sais pas. J'aime mes rangées de visages.

— Moi aussi.

La façon dont elle me regarde ne me laisse pas indifférent, son petit sourire satisfait non plus. Est-ce possible de se dire qu'elle est plus belle que jamais dans son univers ? Plus encore que dans cette robe vertigineuse qu'elle portait au vernissage ?

— Alors tu veux qu'on se le fasse, ce TikTok ? je propose.

— Je n'ai pas envie d'achever tous mes abonnés.

Je ricane. Ce nouveau jeu entre nous me tient autant en haleine que le précédent.

— C'est vrai que le risque c'est qu'ils te demandent de mes nouvelles.

Mackenzie arbore une moue exaspérée.

— Et on aurait fait quoi ? me questionne-t-elle.

J'inspecte les étagères pour chercher ce qui se rapproche le plus d'un pinceau ou d'un crayon. Lorsque je trouve mon bonheur, je m'en approche. Mackenzie me fixe quand je me tourne vers elle, le sourire aux lèvres. Sous son regard, je soulève mon pull, et je coince deux crayons et ce qui semble être un outil de sculpture entre mes abdos et mon jean. Mack écarquille les yeux. Voir que je lui plais me rend un peu dingue.

— Quelque chose dans le genre. Je t'aurais laissée utiliser ce que tu veux sur moi. Tu aurais même pu m'apprendre la poterie.

— C'est ça que tu fais sur ton compte ?

Elle est toujours bloquée sur ses crayons fourrés dans mon fute. Son regard n'en dévie pas.

— De temps en temps, ça a beaucoup de succès.

— J'en doute pas, mais si on fait ça, si…

Voilà qu'elle perd joliment ses moyens.

— Comment on va expliquer ça à Bane, Rachel ou… enfin à tout le monde.

— Il n'y a rien à expliquer, on n'a pas à se justifier. On fait ce qu'on veut. Et si les gens sont assez cons pour croire que leur avis sur quelque chose qui ne les concerne pas compte, alors tant pis.

— Tu…

— Je ne me soucie pas de ce qu'on pense de moi, je ne vais pas commencer aujourd'hui. Que je me mette à t'apprécier et même à coucher avec toi ne regarde que nous.

— Ça mérite réflexion.

— Mes mots ou ce merveilleux tableau que tu dévisages ? j'ironise.

— Les deux, répond-elle, les joues rouges.

Elle m'affame et m'affole. Je ne sais pas comment elle est capable d'un tel prodige. Je pensais cela impossible. J'ai l'impression d'être Jude. D'être celui que j'aurais pu être sans mon passé. Je me rends compte à l'instant que je me sens vivant, presque insouciant.

— Tu les exhibes pour que je regarde, non ?

— Entre autres.

C'est quand même troublant d'avoir encore envie d'elle alors que je suis le spécialiste quand il s'agit de n'en avoir rien à foutre et de me lasser des choses. Je me répète, mais ce désir, c'est cuisant. C'est comme être affamé et ne pas réussir à se rassasier. Quelle frustration de savoir d'avance que quoi que je fasse je brûlerai toujours de la dévorer, de la posséder !

— Ce plan de travail est solide ? je demande d'un ton bourru.

— Oui, pou…

Je ne lui laisse pas le temps de finir sa phrase, le « oui » est tout ce que je voulais savoir. Je la soulève et l'assieds dessus. Sa moue est consternée, mais ses yeux brillent d'une passion qui fait écho à la mienne. Comme si elle n'avait jamais émis l'hypothèse que cette table puisse aussi servir de cette manière.

— Jude, souffle-t-elle en agrippant mon pull.

L'entendre prononcer mon véritable prénom fait trembler toutes mes fondations. J'ai l'impression de me scinder en trois.

Le Mads des privilégiés à qui j'accorde de l'importance.

Le Mads des autres à qui je ne montre que la démesure.

Le sien.

Que je sois troublé par sa voix qui m'appelle lui confère un pouvoir unique que je regrette presque de lui avoir donné. Même Bane ne le dit jamais, seuls mes parents de temps en temps.

Jude. J'ai envie de l'entendre encore et encore. Je veux qu'elle le chuchote, qu'elle le crie. J'en ai besoin.

— Qu'est-ce que tu fais ?

Je colle mon front contre le sien tout en agrippant sa nuque. Elle souffle contre moi. Je n'ai pas les idées claires. Elle me fait tourner la tête. Je veux tant de choses et en même temps je déteste les désirer.

— Je ne sais pas…

Enfin si.

Sans terminer ma phrase, je pose mes lèvres sur les siennes et je l'embrasse de tout mon soûl. Je me délecte de son gémissement comme le diable aspirerait une âme damnée pour s'en nourrir. Je suis un démon et j'ai faim d'elle. Alors je me repais.

— J'ai envie de m'agenouiller et…

— Je pensais que personne ne te mettait à genoux.

La passion et la tension dans cette phrase me font bander plus fort. J'ai eu peur de cette Mackenzie quand elle s'est affirmée, j'avais peur de moi, car j'ignorais comment j'allais réagir, mais maintenant tout ce que je veux c'est qu'elle me réponde, se confronte à moi, me rende vivant.

— Il faut croire que tu es mon unique exception, je dis en glissant mes lèvres dans son cou. Et que je t'ai sous-estimée. Je crève de désir de te dévorer, de te lécher. Comme ça, j'ajoute en suçant sa gorge à demi déployée. Là, au centre de ton univers, je veux te faire jouir.

Je l'embrasse, la mordille.

Je me délecte de sa peau, de sa respiration, de son odeur, de son goût.

— Dis-moi que tu as envie de me laisser faire, je grogne contre son corps.

— J'ai l'impression de ne vivre que pour ça, souffle-t-elle.

Je relève le visage, et elle m'attrape par le col avant de m'embrasser avec fougue. Qu'elle soit aussi affamée que moi rend cette pulsion encore plus vivace et intense. Je n'ai jamais autant aimé embrasser une femme ni autant désiré la combler, d'ailleurs. Je suis plutôt égoïste et bizarrement, avec la seule qui n'a jamais cessé de me tourmenter, je n'ai pas envie de l'être. J'agrippe sa nuque et je l'embrasse plus profondément. Lorsque je m'éloigne, son regard voilé fait battre mon cœur. Pourquoi je veux la goûter et la dévorer à ce point ? Ce n'est même pas une question d'excuses et de rédemption, c'est autre chose. Le plaisir, juste ça. Aussi simple et logique qu'un plus un égale deux. *Je la veux*. Le goût de mon ennemie, ses cris, ses désirs. Je veux absolument tout d'elle. Sans limites, sans partage.

Je la déshabille, retirant ses chaussures, son pantalon et son tanga, que je fais lentement glisser le long de ses jambes. Ses joues rouges, sa respiration hachée, ces frissons qui se dessinent sur sa peau, c'est sans nul doute la plus belle œuvre d'art que j'ai admirée de ma vie. Je ne devrais même pas la posséder, la vouloir, je ne la mérite pas du tout, mais je suis un homme égoïste. Lorsque je me penche pour l'embrasser, je m'attends à ce qu'elle fonde dans mes bras, mais elle n'est pas timide. Elle est féroce, elle me rend mon désir sans me ménager, et ça m'excite de voir qu'elle ne se laisse pas faire. Je m'arrache à ses lèvres et je m'agenouille. Mackenzie est magnifique, plus vivante que les statues d'argile qui remplissent cette pièce, plus éclatante que toutes les couleurs que je peins. Pourquoi faut-il qu'elle soit si belle ?

Avec délicatesse, j'embrasse l'intérieur de sa cuisse, la lèche, je me délecte de sa peau douce et de ses mains qui viennent se perdre dans mes cheveux et soudain…

Soudain je comprends ce qui la différencie de toutes les autres filles et ce qui explique pourquoi j'ai envie de la faire jouir avec ma langue. Parce qu'elle ne demande rien.

— Tu es lent, souffle-t-elle alors.

— Méticuleux. Pourquoi, on est impatiente ? je lâche en ricanant.

— Très.

Meilleure réponse.

— Laisse-moi te savourer, on ne te bâcle pas à la va-vite, ma redoutable comète.

— Ta comète ?

J'ai laissé échapper ça.

Soit je l'ignore, soit je l'assume.

— Oui, je murmure contre sa peau.

Ses yeux mauves se fondent dans les miens, puis elle me sourit. Je reprends mes caresses, jusqu'à ce que son sexe m'accueille. J'y glisse la langue, et la vie me récompense d'une insulte savamment soufflée par ma nébuleuse à laquelle je ne résiste plus. C'est différent de l'autre jour, où je l'ai prise contre le mur pour la rendre folle. Cette fois, j'ai plus de temps. Je la lèche langoureusement, sans jamais me poser là où elle le désire. Je peux lui faire du bien, mais je peux aussi la frustrer. J'excelle dans les deux camps. J'enfonce ma langue dans les replis soyeux de son sexe, de plus en plus profondément. Je me délecte d'elle.

Sa respiration saccadée, ses doigts crispés autour de mes cheveux, elle est incroyablement excitante.

— Jude, c'est…

J'ignore ce qui est le plus troublant : qu'elle m'appelle comme ça ou la fin de sa phrase en suspens. Je crève de savoir ce qui suit après ce foutu « c'est ». Le petit cri qu'elle émet lorsque je lèche son clitoris m'excite davantage. *Bon sang !* Je l'embrasse, la caresse, la mordille, la dévore et surtout je me perds dans ce désir cuisant qu'elle fait naître en moi et dans ses sensations, qu'elle exhale sans honte. Je veux son plaisir, et elle me l'offre sans la moindre condition. Tandis que je dessine des cercles autour de son sexe, je sens qu'elle se laisse aller en s'affalant sur la table. Ses hanches remuent, elles partent à la recherche de la jouissance, de ma langue, alors je lui donne ce à quoi elle aspire. Je presse mes mains contre ses cuisses, les écarte davantage pour qu'elle s'ouvre plus, les remonte même vers elle pour me délecter de tout, et pendant que je la dévore à en perdre la tête elle sombre dans l'orgasme.

— Merde alors, soupire Mackenzie.

— J'aime bien quand tu jures.

Je l'attire vers moi pour qu'elle se redresse et je pose mes lèvres contre son front.

— C'est pas vraiment le genre d'activité qui se passe ici d'habitude.

— Je ne suis pas désolé.

— Moi non plus. C'était tout aussi extatique et prenant.

Je glisse une de mes mains sur sa nuque et je la frictionne. Mack se laisse aller, elle aime autant ça que j'aime le faire. Elle semble si fragile sous mes doigts, mais elle ne sait pas que c'est moi qui suis faible et tellement accro à cette foutue nuque que je bande rien que d'y penser quand je suis dans ma chambre. Si elle savait que j'ai envie de recommencer à la dévorer et de bien plus encore…

— Je vais y aller, il est tard.

— Tu…

Je m'écarte un peu pour la regarder dans les yeux. Je crève d'envie qu'elle me demande de rester, mais je ne peux pas le faire si elle ne me dit rien. Il faut qu'elle me le propose.

Le gris contre l'améthyste.

Ses yeux tout droit sortis d'un manga. Les miens aussi froid et glaciaux que des barreaux de prison. Mais il n'y a pas de rancœur, pas de disputes, cette fois. Juste Jude et Mackenzie qui s'apprivoisent et se testent.

— Je n'ai pas de capotes, je lâche comme un con.

Et je crois que je le regrette un peu.

— D'accord… je peux en chercher dans la salle de bains ou la chambre de Rachel.

Elle se laisse glisser jusqu'au sol et quitte la pièce pendant quelques minutes. Quand elle revient, elle ne parvient pas à cacher sa déception, ce qui me rend encore plus frustré.

— Désolée, je n'ai rien trouvé.

Je suis tellement accro à elle que je m'agenouillerais aussitôt si elle me le demandait. Rien que pour lui faire du bien, pour l'aider à oublier cette contrariété qu'elle n'arrive pas à masquer.

— Tu ne veux pas rester quand même et… je ne sais pas, moi, faire ce foutu TikTok ?

Je souris. Ma façon à moi de la remercier, parce que je n'avais pas envie de partir et que je suis trop peureux pour le lui avouer clairement.

— Faisons ça alors, ma comète.

35. *Museum date*

Mackenzie

Je sors de mon dernier cours de la journée avec une migraine. Cinq jours se sont écoulés depuis que Mads s'est agenouillé dans cette pièce que j'aime tant à l'appartement. Juste quelques nouvelles par messagerie interposée, rien d'autre.

Je mentirais effrontément si je disais que je n'ai pas repensé à lui, à tout ça… et tout est confus et étrange dans mon esprit. Je quitte l'amphi en dernier, je déteste les effusions de masse et je préfère attendre que les plus pressés partent. Je glisse mon sac sur mon épaule et je sors finalement. Parmi les gens, parmi le monde, il se distingue des autres. Les mains enfoncées dans son pantalon, ses cheveux noirs et ses yeux gris qui défient quiconque de le faire chier.

Je crois qu'il est là pour moi, mais sans en être certaine, et au vu de notre passé je choisis de tracer mon chemin. Ça va le rendre dingue dans tous les cas, je le sais. En dépit du brouhaha des étudiants, j'ai l'impression d'entendre son rire et soudain je sens une résistance au niveau de mon sac. Lorsque je jette un coup d'œil par-dessus mon épaule, je croise son regard.

— Reste ici, la comète, j'ai à te parler.

Il m'a surnommée comme ça la dernière fois qu'on s'est vus.

C'est troublant.

J'ai envie qu'il continue et, en même temps, qui t'appelle comme ça ?

— Je n'étais pas certaine que tu étais là pour moi. Tu es tellement démoniaque !

— Pour qui d'autre ? répond-il.

Mon cœur fait des cabrioles.

Mads finit par lâcher mon sac, et je me tourne vers lui. Il est lui, mais avec quelque chose de plus. Plus lumineux peut-être, plus attirant aussi.

— Tu fais quelque chose maintenant ?

— Maintenant ? Je te parle.

Il ricane.

— Et après ? demande-t-il en avançant d'un pas vers moi.

— Je ne sais pas, t'as une idée ?

— J'ai toujours des idées.

Mads comble l'écart entre nous et se penche vers moi.

— Je peux t'embrasser, Mack ?

J'ai forcément atterri dans une autre dimension en passant le seuil de la porte de mon cours d'histoire.

— Oui, je souffle bêtement.

Son baiser est court mais intense, surtout quand il attrape mon visage dans ses mains. Je suis complètement happée. C'est la première fois qu'il m'embrasse en public. Peut-être aussi la première fois qu'il s'affiche avec quelqu'un. Autour de nous, c'est comme si les gens s'étaient figés. Comme si on était devenus le spectacle divertissant de la journée.

— Alors tu viens ? J'ai envie d'aller au musée.

— Un *date* au musée ? je m'exclame.

Il rit en m'attrapant le poignet, et nous avançons dans le couloir. Je flanche carrément. Mon sourire doit se remarquer depuis le ciel tellement il est grand. Les gens nous fixent, et j'aperçois Larissa et sa copine rousse. Je déglutis lentement lorsqu'elle dit quelque chose qui fait s'esclaffer son amie. Je ne l'avais pas revue ni croisée depuis qu'elle m'a agressée… c'est troublant qu'elle ait assisté à ça. Sa façon de me regarder me transperce. Elle m'a forcément vue embrasser Mads.

— Mack, ça va ?

La voix de Mads me ramène à la réalité. J'ai un *museum date,* alors tout va bien…

Nous arrivons au Metropolitan Museum of Art, j'ai le cœur qui bat la chamade. Visiter un musée avec lui, c'était quelque chose que j'aurais pensé impossible, mais aujourd'hui c'est simplement logique. Nous gravissons les marches jusqu'à l'entrée en silence.

— Tu viens souvent ici ? je demande.

— Une fois par mois, du moins j'essaye. J'adore cet endroit.

— Tu préfères le musée ou l'observatoire ?

— Je…

Il penche la tête sur le côté pour me fixer. Mads semble réfléchir, mais aussi m'en vouloir de lui poser une telle question.

— L'observatoire, parce que le ciel c'est comme mon refuge. J'en ai besoin. En même temps, l'art m'est également indispensable… Les deux me représentent. Si vraiment je n'avais pas le choix, alors je dirais que je peux ne pas venir ici, mais que je ne pourrai jamais me passer de regarder le ciel.

Ses aveux sont honnêtes et touchants.

— Tu…

Les mots me manquent quand je me rends compte que la fin de ma phrase va être stupide.

— Je ? Crache le morceau, comète.

— Pourquoi ce surnom ? je m'enquiers.

— Ce n'était pas ce que tu voulais dire, grogne-t-il en s'arrêtant avant l'entrée.

— Mais je veux savoir ça aussi.

— Ta première question, sinon tu n'en sauras jamais rien.

Il est intense, joueur, doux, et il est difficile de lui résister.

— Je voulais juste savoir ou te demander… si un jour tu voudrais bien m'emmener à l'observatoire.

Une lueur s'agite dans son regard et elle m'arrache un frisson brûlant.

— C'est déjà prévu.

Le son de sa voix me donne un peu plus chaud encore.

— Et pour le surnom ? j'insiste.

Il secoue la tête et entre dans le musée en me laissant complètement pantoise. Je le suis en grommelant alors qu'il ricane.

— Aussi fourbe qu'un démon.

Nous avançons à l'intérieur. Je suis déjà venue de nombreuses fois, mais j'ouvre néanmoins les yeux comme des soucoupes et m'émerveille. J'aime tout ici, du sol au plafond. Toutes ces œuvres, toute cette culture, c'est tellement magnifique.

— Tu veux aller où ?

— Je te suis, dit Mads.

Bien sûr, mon instinct me porte vers la galerie des sculptures européennes. Mon cœur bondit comme s'il était essoufflé par un trop grand effort. Parmi les classiques en marbre les plus connus du département figurent la *Bacchanale* de Gian Lorenzo Bernini, le portrait de Sabine Houdon ou encore *Persée brandissant la tête de Méduse*. Du XIXe siècle, il y a une vaste collection de Rodin et de Degas.

Je me tourne vers Mads, il a son téléphone dans la main. J'étais tellement fascinée que je ne lui ai pas prêté la moindre attention et que je n'ai même pas pris de photos non plus.

— Tu veux visiter quelque chose en particulier ? je lui demande.

— C'est déjà fait.

Sur ces mots, il m'entraîne vers l'aile gréco-romaine. Tout est somptueux, tout est grandiose, tout est incroyable, et au milieu de tant de beauté je me sens à la fois insignifiante et chanceuse.

— C'est magnifique, je lance d'un ton extasié.

Je tourne sur moi-même au milieu de la galerie pour avoir une vue d'ensemble, mais je me rends compte que les yeux de Mads sont rivés sur moi et, à la manière dont il tient son téléphone, on dirait qu'il n'a pas perdu une miette de ce spectacle.

— Je n'étais jamais vraiment venu dans ces zones du musée, je voulais les voir à travers toi.

Je rougis.

— Tu m'as filmée ?

— Et photographiée aussi. Regarde.

Nous nous plaçons en retrait pour ne pas gêner les gens, et je découvre, ébahie, qu'il a pris énormément de clichés et que je me trouve bien dessus. Je ne fixe jamais l'objectif, je suis perdue dans un monde qui me fait vibrer. C'est comme s'il avait capté un moment d'intimité, comme s'il avait réussi à saisir le bonheur que je ressens d'être là.

— Tu me les enverras ?

— Oui, répond Mads. Mais continue de t'extasier, Mack, je suis là pour ça. Voir l'art à travers tes yeux incroyables.

J'ai un sursaut soudain.

Un sursaut du cœur.

Et je l'embrasse. Je devais sans doute supposer qu'il allait me repousser car, lorsqu'il pose une main au creux de mes reins pour me rapprocher de lui, je sens une douleur agréable dans le ventre.

J'ai embrassé un garçon dans un musée.

J'embrasse Mads dans un musée.

Lentement, on s'éloigne l'un de l'autre.

— Tu avais fait un exposé là-dessus. Je me rappelle, j'avais des cours de rattrapage en sciences, pour mes absences répétées au lycée.

— Un exposé… ? je bafouille, perdue.

— Tu parlais des comètes. Je me souviens encore de tes mots, de tes explications. J'essayais en vain de ne pas écouter, je regardais par la fenêtre de la classe, mais j'ai retenu quand même. Depuis, j'ai presque tout lu sur ces petits astres et je dois avouer que tu m'y fais un peu penser, ils sont si lumineux qu'on les voit depuis la Terre.

Je souris.

— Tu veux manger quelque chose ? demande Mads.

— Tacos ou pizza ?

— Tacos.

Nous descendons les marches du Metropolitan Museum et nous errons dans la ville à la recherche d'un food-truck. Mads commande pour nous, et nous nous installons sur un banc dans Central Park pour grignoter. Le fond de l'air est frais, mais la soirée est un 10/10.

— Pourquoi elle a fait ça, Larissa ?

— Pardon ?

— Se comporter comme ça avec moi, m'agresser à la fête pour Bane. Pendant un moment, quand j'étais seule, j'espérais que tu viendrais, et puis j'ai songé que tu l'avais probablement envoyée…

— Jamais j'aurais fait ça.

— Je le sais maintenant, mais est-ce que vous êtes sortis ensemble ?

— Non, jamais.

— Pourtant, elle ne voulait pas que je t'approche, on aurait dit que vous aviez une espèce de relation privilégiée.

Il éclate d'un drôle de rire. Je suis incapable de l'interpréter.

— Tu te souviens quand je t'ai expliqué que je baisais comme un chien ? Eh bien, avec elle c'était le cas. Quand j'avais besoin d'oublier, de me déchaîner, et essentiellement d'un trou, elle était là.

J'accuse le coup de cette révélation.

— C'était souvent sale et bestial. Pas de câlins, pas de préliminaires, juste de la baise. J'avais seulement besoin d'elle pour me défouler, et Larissa était disponible. Dépravée et ouverte. Entre nous, il n'y a jamais rien eu d'autre que ça.

— C'est une forme de relation, quelque part.

— Je sais.

Peut-être qu'il n'a jamais réalisé qu'à sa manière elle était tombée amoureuse de lui. Parce que dans les moments qu'ils passaient ensemble il était à elle. Et elle à lui.

— Elle n'aurait jamais dû t'agresser, et je n'aurais pas dû lui laisser le temps d'y arriver.

— Je suppose qu'elle te voulait rien que pour elle.

Il grimace, ce qui me fait sourire.

— Elle était juste jalouse de l'intérêt que je te porte.

— C'est insensé : à cette époque-là, on se détestait. Tu parles d'un intérêt.

— Négatif ou positif, il y en avait un. Et cet intérêt ne lui était pas destiné.

Nos regards se croisent.

— Je pense qu'elle n'a pas apprécié que je la foute dehors à l'hôpital alors que tu venais d'arriver avec moi. Elle aurait fait ça avec n'importe qui.

J'opine, je le sais, sauf que c'est tombé sur moi.

— Est-ce que vous avez…

— Mack…, gronde-t-il comme s'il avait deviné ma question. La dernière fois que j'ai baisé avec elle, c'était avant que je couche avec toi. Je n'ai plus envie d'elle depuis un moment.

Un ange passe.

Aucun de nous ne parle, puis il sort son téléphone et pose la tête sur mon épaule. L'écran de son portable affiche les photos qu'il a prises au musée. De moi, de nos selfies, de nous… nous les regardons en silence, puis nous en faisons d'autres.

36. Battements de cœur

Mackenzie

Salut.

C'est absolument ahurissant de recevoir un message de Mads. Remarque, j'ai fait plus ahurissant que de lui envoyer des messages. Je lui réponds aussitôt.

Salut.

Tu as quelque chose de prévu ce soir ?

Pas vraiment.

Je comptais réviser et faire un planning pour la semaine prochaine afin de gérer mes cours, mes loisirs et mes visites chez Nonna.

Je passe te prendre à 21 heures, on mangera après.

J'ai un sourire beaucoup trop niais sur le visage. Je ne devrais pas être à ce point contente de le voir car, si certaines choses ont changé, d'autres me posent encore problème. C'est vrai qu'il n'est plus méchant, mais je n'ai pas oublié. Rectification : je ne peux pas oublier. Je commence à taper quelque chose, puis je l'efface, me rendant compte de ma bêtise.

— Salut ! lance timidement Rachel en passant la tête à l'entrée de la cuisine.

Elle est arrivée si silencieusement que je ne l'ai pas entendue. Elle me semble presque étrangère, ces derniers temps. Je suis contente pour elle, je suis vraiment heureuse qu'elle le soit avec Bane, mais je ne peux pas m'empêcher d'éprouver quand même un soupçon de jalousie. Avant Bane, aucun garçon ne l'avait ainsi tenue à l'écart de moi. Elle ignore tout de ce qui se passe dans ma vie. Que ce soit à propos de Mads, de nous, de notre étrange relation ou de ce qu'on a fait dans mon temple de la sculpture. Elle ne sait rien de cette merveilleuse sensation que j'ai découverte. Sans doute songe-t-elle comme toujours que je n'ai rien de particulier à raconter.

Mais, quand j'y réfléchis, je ne suis pas sûre d'être prête à parler de toutes ces choses que je ne contrôle pas vraiment.

— Bonjour, je dis avant d'enfourner une cuillère de mon *bowl* dans ma bouche.

— Tu as bien dormi ?

Elle se dirige vers la cafetière et se sert un mug. Elle ajoute du sucre et de la crème par-dessus le café. Je me demande si je lui manque un peu moi aussi. Je ne pense pas. Bane comble sans doute toute son attention.

— Bane n'est pas là ?

Ma cousine rougit en secouant la tête.

— Non, il passait le week-end dans sa famille. Ça te dit qu'on fasse quelque chose ce soir, si tu n'es pas occupée à sculpter ou à bosser ?

Je ne lui en veux pas d'insinuer que je serai comme d'habitude obnubilée par ces choses qui me passionnent, mais je suis vexée qu'elle le sous-entende directement.

— Je ne peux pas, je dois sortir.

Elle relève la tête de son café et me fixe. Enfin, je suis consciente de son regard sur moi, car j'ai les yeux rivés sur mon bol. Je sens que je rougis et que, d'une certaine façon, son absence ces derniers temps me donne envie de la priver de cette information.

— Il y a un problème ? demande-t-elle.

Entre nous, tout a toujours coulé de source, Rachel est tant de choses pour moi. Ma cousine, mon amie, ma confidente et aussi mon modèle. Je suis triste qu'elle m'ait délaissée et qu'elle ne s'en rende pas spécialement compte.

— Non, tout va bien. C'est juste un mauvais timing.

— Tu vas faire quoi ? Voir un film ? Boire un coup ? Je peux m'incruster ?

— Je ne sais pas encore ce que je fais.

Ma réponse n'est sans doute pas la meilleure. J'aurais pu prétexter que j'avais un truc d'organisé avec l'association ou que j'allais réviser à la bibliothèque de l'université. Je suis vraiment à chier en ce qui concerne le camouflage.

— Comment ça ?

Ma cousine arbore un sourire et me regarde avec curiosité quand je relève la tête.

— Je vais quelque part avec Mads.

Ses yeux deviennent aussi ronds que des soucoupes. Elle et Bane savaient que nous nous étions lancé le défi de vivre une journée dans la peau de l'autre, mais ils ne sont pas au courant de la suite.

— Ah bon, mais… pourquoi tu ne m'as rien dit ? Comment ça se fait que tu fréquentes Mads ?

— On essaye juste de ne pas s'entretuer, de s'entendre un peu puisque vous sortez ensemble avec Bane et qu'il est indéniable qu'on va être amenés à se voir.

Ce que je dis n'est pas spécialement un mensonge, mais ce n'est pas non plus la vérité. Je n'ai aucune idée de ce qu'on va faire ce soir.

— Quoi, c'est tout ? Tu ne vas rien me dire d'autre ?

Je termine mon bol.

— Non, parce qu'il n'y a rien à dire. Je ne sais pas où on va, je ne sais pas ce qu'il veut. J'attends toujours ses excuses.

Je me redresse et nettoie ma vaisselle. Rachel reste silencieuse. Il ne me semble pas que mon ton soit spécialement cassant ou mauvais. Mais peut-être qu'elle ressent que je suis un peu en colère.

Je sors de chez moi dix minutes avant l'heure de mon rendez-vous avec Mads. Je me sens stressée, d'autant que j'ai pensé à lui la majeure partie de ma journée. Ce n'est pourtant pas faute d'avoir pris mon carnet de croquis pour essayer de préparer ma nouvelle sculpture. Mais en fait je n'ai dessiné que lui. Son visage à lui. J'aurais pu descendre à l'heure pile, mais je tournais en rond à attendre l'heure.

— La comète est en avance.

Je sursaute au son de sa voix et pivote. Mads est là, debout, les mains enfoncées dans les poches de son jean noir.

— Toi aussi.

Il hoche la tête et esquisse un sourire carnassier. Il se dégage de lui quelque chose de particulièrement calme ce soir.

— On va où ?

Son sourire s'élargit. J'ai le cœur qui bat très fort et je ne comprends pas vraiment pourquoi. Quelque part, je crois que je crains qu'il ne me dise : « Tu me fais confiance ? » et que je sois incapable de lui répondre. Et d'un autre côté je sais que c'est parce que je crève encore d'envie de l'embrasser.

— Voir le ciel, annonce-t-il.

Mon palpitant virevolte et papillonne comme si une paire d'ailes avait poussé soudain.

Mads et le ciel.

Lui, moi et le ciel. J'aime ça et je ne suis pas douée pour le lui cacher.

— D'accord.

Nous avançons jusqu'à sa voiture. Comme souvent, une fois qu'on s'enferme dans un endroit tous les deux, il y a une étrange et mystérieuse ambiance un peu lourde. On ne peut pas oublier qu'il m'a fait mal. Ni lui ni moi.

— Tu as passé une bonne journée ? demande-t-il en démarrant.

Je réprime un gloussement.

— Les formules de politesse, ça ne te ressemble pas, je réponds.

— T'as raison mais, si je te dis ce que j'ai réellement en tête, c'est pas très orthodoxe pour un début de conversation.

— Mais ça nous ressemble plus.

— J'adore ton putain de nouveau look. Tes fringues, tes jupes, ta coiffure. Je crève que tu sois si belle, j'ai l'impression de payer le prix de mes conneries.

Mon cœur pourvu d'ailes se remet à voler dans sa cage d'os.

— Si on n'était pas si pressés par le temps, et j'ai vraiment envie de t'emmener là-bas, je m'arrêterais et je te ferais passer sur mes genoux pour t'embrasser comme un démon, puis j'écarterais ta culotte pour te baiser.

— C'est… effectivement pas très orthodoxe.

Mads laisse échapper un rire guttural. Je réprime un frisson, les yeux concentrés sur la route. Mon cœur palpite, mes entrailles sont sens dessus dessous, et je serre les jambes parce que je le désire moi aussi. Et j'aime qu'il me veuille de cette manière.

— On peut faire ce que tu as prévu, et rien ne nous empêche après de vivre cette expérience.

J'ai les joues rouges tellement j'ai honte et un peu chaud aussi. Son rire rauque dans l'habitacle m'incite à lever les yeux vers lui. Ses doigts sont crispés sur le volant et sa mâchoire raide.

— Bon sang, Mack…

Il n'ajoute rien de plus et, comme une idiote, je souris.

Il y a beaucoup de véhicules là où nous nous garons et pas mal de gens sur le parking. Visiblement, nous ne serons pas seuls à observer le ciel. Nous descendons de la voiture. Mads me saisit la main.

— Tu…

— Il y a du monde, ça dissuadera un potentiel kidnappeur.

— C'est vrai que Madmax est connu pour ses frasques. Et pourtant tu ne t'es jamais battu…

— Si, je me suis souvent battu, mais jamais sur un ring pour du fric, effectivement. Mes parents en ont eu assez, et… je préférais tuer mon temps autrement qu'en me prenant des gnons dans la gueule.

Je devine dans cette phrase que, des coups, il s'en était déjà trop pris, et sans parler je resserre les doigts autour des siens pour lui faire comprendre que je suis là. Même si je ne pourrai jamais panser les plaies béantes de Mads.

— On est à Long Island ?

— Oui, répond-il en levant les yeux vers le ciel.

Chaque fois qu'il le fait, je jurerais que c'est Jude qui le regarde, non pas Mads.

— Pourquoi y a-t-il autant de peuple ?

— Pour le lâcher de lanternes.

Il baisse le visage vers moi au moment où ses mots me font sourire. C'est terriblement étrange, mais je ne voudrais être avec personne d'autre en ce moment. Ni même ailleurs. La plage est pleine de monde, Mads me dit d'attendre un peu à l'écart pendant qu'il va acheter une lanterne. Je regarde les gens, puis l'eau noire luisante dans laquelle se mirent quelques étoiles. Je ne sais pas bien quoi dire.

Je le dévore des yeux lorsqu'il revient avec une lanterne orange. Quand il sera l'heure de les lâcher, le ciel s'illuminera de centaines de faux astres qui se refléteront sur la mer.

— Ça va être magnifique, je soupire.

— Mack, je suis désolé.

Douleur. Battements de cœur.

Boum boum. Boum boum.

Je lève les iris vers lui. Les siens me regardent déjà. Il a posé son acquisition sur le sable et glisse la main dans ses cheveux. Ils se complètent. Mads et Jude mélangés, ne formant qu'une seule et même personne. Lui plus beau que jamais, le visage dépourvu de haine, de colère. Juste un homme de vingt et un ans qui m'offre ma délivrance.

— Pour tout. Tout ce qui t'a rendue triste, en colère, honteuse. Pardonne-moi le venin, les insultes, les humiliations. Pardonne-moi de t'avoir étouffée sous ma rage.

Boum boum. Boum boum…

J'ai attendu si longtemps que cette saveur m'enlace dans sa cape de lumière et de chaleur, et je ne suis pas déçue de cette sensation.

Ses mots si magnifiques.

Si désespérés.

Si essentiels à ma vie.

Ils s'imprègnent en moi et alimentent chaque os, chaque organe, chaque cellule. Lorsqu'il se penche et aspire mes larmes sous ses lèvres, je défaille. Et tout contre ma peau il murmure encore :

— Pardon.

Mads.

Jude.

Mon démon.

Mon ennemi.

Celui qui m'a fait du mal.

Celui qui m'a fait du bien.

Je n'avais pas réalisé que je pleurais, j'étais trop occupée à me nourrir de cette sensation grisante que j'attendais depuis très longtemps. On néglige bien souvent l'importance des excuses, on les minimise alors qu'elles sont vitales quand on a vécu un traumatisme aussi impactant qu'un harcèlement.

Tandis qu'il glisse une main sur ma nuque, je rencontre à nouveau son regard. Il est sincère. Ses mots ont la douce promesse qu'à partir de maintenant tout ira mieux. Et même si je n'ai pas encore répondu il patiente.

— En Thaïlande, le lâcher de lanternes est symbole de chance, la tradition voulant que les problèmes de chacun s'envolent vers le ciel avec les lanternes. Je tenais à t'amener ici afin de laver les saloperies que j'ai pu te faire, pour qu'on laisse partir au vent notre passé.

Les mots me manquent, je n'arrive pas à parler.

— Si tu es d'accord, on la lâchera avec les autres. Sinon on s'en ira.

Il ne m'a jamais fixée comme il le fait à l'instant. Avec ce soupçon de peur, comme s'il craignait de ne pas avoir mon absolution. À travers son regard argenté, je comprends quelque chose qui me perturbe et me bouleverse. Il a besoin lui aussi que je lui pardonne pour avancer et clore ce chapitre.

— Mack ?

J'aime qu'il ne m'appelle pas par mon prénom entier, et cette hésitation dans sa voix. Il a peur, il doute. Je ne l'ai jamais vu ployer. Je l'ai vu triste, mais je ne l'ai jamais vu ployer pour qui que ce soit, et ça s'imprime sur mon cœur. Je cherche son front, il se penche et le colle contre le mien.

Ses mots supplient.

Son corps supplie.

Son âme supplie.

— Je te pardonne, je souffle sans cesser de le regarder.

Ma phrase semble le galvaniser, le soigner. Mads sourit et embrasse le bout de mon nez.

— Merci, c'était important pour moi. Tu veux bien qu'on lâche cette lanterne ensemble ?

Je hoche la tête en souriant à mon tour. Mads se baisse pour la ramasser. Bien que j'aie remarqué qu'il y avait foule, j'en prends conscience maintenant. Des cheveux courts, longs, frisés, blonds, roux, bruns. Des couples, des familles, des vieux, des jeunes… Il y a du monde autour de nous mais, en cet instant, seuls lui et moi comptons. Ainsi que cette exquise liberté qui me lape la peau et fait battre mon cœur ardemment.

Quand le compte à rebours arrive à zéro, nous lâchons notre lanterne. Alors qu'elle s'envole avec des centaines d'autres, je sens la main de Mads dans la mienne. Je souris sans quitter le firmament des yeux, je fixe notre passé, que nous avons laissé partir au gré du vent, et je savoure cette nouvelle histoire qui naît entre nous.

— C'est incroyable, dit Mads.

Le ciel est tapissé de centaines de couleurs orangées. C'est l'une des plus belles choses que j'aie jamais vues.

— Oui. Je n'oublierai jamais ce jour.

— Jamais, répète-t-il.

Jamais.

Mads
Il y a trois ans

Des yeux mauves.

Cette fille a des yeux mauves. Comment peut-on avoir des yeux violets ? C'est impossible. Je me pose cette question depuis que je l'ai remarquée.

Recherche Google : Est-ce possible d'avoir des yeux violets ?

Réponse : Les gens qui ont des yeux violets présentent ce qu'on appelle le gène d'Alexandria, une mutation apparue en 1329 sur une fillette nommée Alexandria. Selon les scientifiques, seules les femmes peuvent posséder cette teinte d'iris. La mutation d'Alexandria est en tout cas un phénomène extrêmement rare. Sentez-vous chanceux si vous avez déjà rencontré une personne avec des yeux naturellement violets.

Incroyable.

Des yeux couleur manga.

Mais il y a quelque chose qui ne va pas avec cette fille : elle a les cheveux noirs. Je n'aime pas les nanas avec de longs cheveux noirs. Ils m'évoquent ceux de Mackenzie sans que je comprenne pourquoi. Le temps a eu beau passer depuis cet enfer, un simple détail suffit à me rendre nerveux et à me rappeler ce que j'ai vécu.

— Suivant !

J'avance dans la file à la suite des autres.

La fille aux yeux violets a toujours le nez fourré dans un bouquin, ou alors sur son téléphone. Elle ne relève la tête que pour parler avec ses amies, sinon elle reste dans sa bulle. Elle est réservée et elle fait tout pour se fondre dans le décor. À la voir, on dirait qu'elle aimerait être un caméléon pour pouvoir disparaître de temps en temps.

Encore une chose qui cloche chez elle. Ce tempérament me rappelle aussi le caractère de Mackenzie.

— Suivant !

Je m'approche de la serveuse à la cafétéria du lycée. On dirait qu'elle fait tout pour être désagréable. C'est pas le meilleur job du monde, et elle bosse avec des branleurs de gamins, mais si elle aboyait moins on serait sans doute plus sympas avec elle.

— Burger ou nuggets ? me propose-t-elle.

— Burger.

Peu importe. Ici, qu'il s'agisse de burgers ou de hachis parmentier, on jurerait qu'ils font exprès de rater la bouffe pour que ce soit dégueulasse.

Elle me sert, et mes jambes me guident à la table de cette étrange fille. Elle s'est installée à ma place préférée. Pas que j'en aie quelque chose à foutre des tables de la cantine, qui sont réservées à tel ou tel groupe d'élèves. Juste que celle-ci est près de la fenêtre et que je peux voir le ciel.

— Mads, tu nous rejoins ?

— Viens, il y a de la place, renchérit sa copine.

Je les ignore royalement en me demandant quand elles feront l'effort de comprendre que je n'ai pas la gueule du gars populaire qui veut s'asseoir avec elles pour lancer trois pauvres banalités et cracher sur le dos des gens.

— La place est prise ? je m'enquiers.

La fille aux iris mauve relève la tête.

Le côté timbré en moi ne peut réprimer l'idée sordide qu'avec ce regard elle aurait fait fureur dans la maison des horreurs. Chaque fois que je remarque quelque chose de beau, quelque chose qui sort de l'ordinaire, je ne peux m'empêcher d'y penser. Je me souviens qu'ils adoraient mes yeux gris là-bas.

Putain !

Je m'assieds brusquement sans attendre la réponse.

— Désolé, j'aime bien m'installer ici.

— Moi aussi, chuchote-t-elle timidement.

Je fixe le ciel. Il oscille entre le bleu et le gris. J'aime le regarder ; quand je peux le voir, je sais que je suis libre. Je commence à déjeuner sans grande envie. J'aurais dû manger en ville. Mais comme Bane, mon meilleur pote, est malade aujourd'hui, j'avais la flemme de bouger.

— Le burger est si dégoûtant que tu n'y as pas touché ?

— Je me demande par quel prodige ils font des frites aussi mauvaises.

Je ris. Elle rougit et baisse les yeux. Lentement, elle glisse un marque-page dans son livre et attrape sa brique de lait à la fraise. J'ai toujours admiré les gens qui boivent du lait comme ça, alors que c'est absolument infect.

— Ils se vengent sur la bande de merdeux qu'on est, je pense.

— Ça pourrait être une explication.

Elle a une petite voix aussi. Comme Mackenzie.

— Je m'appelle Mads.

— Mackenzie.

J'ai un rictus.

Crac. Crac.

Mackenzie. Mackenzie. Mackenzie.

Crac. Crac.

J'ai l'impression que mon cerveau disjoncte. Je sens une colère teintée de tristesse vrombir en moi. C'est nerveux et ça explose complètement. Puis ça se répand lentement, progressivement. Comme un venin. Mon visage se crispe, chaque cellule de mon corps la déteste de toute sa force.

Ses cheveux noirs.

Son caractère.

Son prénom.

Elle s'appelle Mackenzie, putain.

Crac. Crac.

Je craque comme un insecte qu'on écrase.

Excepté ses yeux, elle est tout ce que ma sœur de douleur aurait pu être si elle avait survécu à la sauvagerie de nos monstres.

Je me lève brusquement.

C'est injuste. Pourquoi on m'envoie une Mackenzie ?

— Tout va bien ? demande-t-elle.

La ferme.

Tout en toi m'évoque mon passé. Tout en toi me fait mal en ce moment. Tout en toi me lie à elle, à ma cage, à mon malheur.

Putain, c'est trop pour moi.

37. Un uppercut de révélation

Mads

Ça fait une semaine que je lui ai demandé pardon, et elle me l'a donné.

Merde, Mack.

Je n'avais pas réalisé avant de le lui dire que j'avais tant besoin qu'elle me pardonne d'avoir été si lâche, si dur, si con avec elle. J'aurais compris qu'elle refuse mais, quand elle a prononcé : « je te pardonne », j'ai senti ma poitrine se libérer d'un poids que je traînais depuis bien trop longtemps.

Ça m'a fait du bien de voir son visage si serein, si heureux. J'ai eu l'impression de lui donner cet oxygène dont je la privais depuis des années. Elle avait besoin que je m'excuse et, quand j'y pense, je ne méritais pas qu'elle accepte. C'est ce qui prouve qu'elle est meilleure que moi.

Je passe une main dans mes cheveux et je me concentre sur la toile que j'ai devant moi. Je sais absolument ce que je fais cette fois. Et même si je ne laisse pas l'inspiration être une extension de mes doigts ce n'est pas pour autant qu'elle ne m'accompagne pas.

— Salut, mon pote !

Je jette un coup d'œil par-dessus mon épaule. Bane me regarde étrangement. Il s'angoisse pour moi. Je me demande s'il n'arrête jamais de s'inquiéter. À lui aussi je dois des excuses.

— Salut.

— Tu vas bien ?

Je l'entends qui s'avance dans la pièce.

— Ouais. Toi ? je m'enquiers.

— Ça va. Tu veux qu'on sorte quelque part ce soir ?

Je souris, reportant mon attention sur ma peinture. Elle est magnifique, je n'en suis pas peu fier. J'aurai encore quelques finitions à effectuer pour la rendre plus parfaite. Je sais même que celle-là je ne la vendrai pas et ne la confierai pas à ma mère non plus.

— Non, je suis bien à la maison.

Bane semble faire les cent pas derrière moi. Je laisse tomber mon pinceau dans un verre d'eau et m'essuie dans un vieux linge.

— Tu es sûr que ça va ? je lui demande.

— Je me pose la question pour toi, tu as l'air…

Je soupire.

— Toujours aussi connard, mais… j'en sais rien. Tu ne parles pas, tu ne veux jamais sortir. Je ne t'ai pas vu bourré ni fourré dans les emmerdes depuis plusieurs jours.

Il a raison, c'est vrai.

— Tu es mon frère, je m'inquiète pour toi.

— Tu t'inquiètes parce que je ne fais pas de conneries ?

— Je ne suis pas habitué.

Je ricane alors qu'il fixe mon tableau.

— Elle est magnifique, ta peinture. Les couleurs sont fabuleuses. Le ciel… on dirait celui dans *Raiponce*.

— *Raiponce ?*

Il affiche un air penaud.

— Je l'ai regardé avec Rachel.

Je m'abstiens de tout commentaire, mais il perçoit mon amusement et finit par éclater de rire.

— Je lui ai fait mater tous les *Rocky*, je crois qu'elle s'est un peu vengée.

Je me demande s'il a reconnu Mackenzie sur la peinture. Moi, je ne vois plus qu'elle.

— Je sais, je réponds en souriant. Je l'aime aussi, cette peinture. Je vais fumer une clope.

Bane me suit hors de la pièce.

— Tu ne veux pas me dire ce que tu as ? insiste mon meilleur ami.

— Je n'ai pas envie de me bourrer la gueule, c'est tout.

— Non, ce n'est pas tout. Te bourrer la gueule, c'est ta marque de fabrique, je te signale.

— Pas ces derniers temps.

Je m'appuie contre le mur de la maison. Il ne m'a pas suivi dehors. Sans doute se dit-il que je suis une cause perdue. Il n'a pas spécialement tort. Je crois que j'ai changé, mais que je n'en avais pas encore pris conscience. Je tire une taffe, le regard rivé vers le ciel. Sans être différent, il me semble plus clair ces derniers temps. Comme quand j'ai emmené Mackenzie au lâcher de lanternes. Le firmament habillé de centaines de lumières orangées était magnifique. Il scintillait comme jamais. Je réalise que j'ai envie de voyager, pour le découvrir dans d'autres pays. Même s'il ne change pas, j'aimerais admirer une pluie d'étoiles filantes en Espagne, un coucher de soleil sur une plage du Brésil ou encore une aurore boréale en Norvège. Quand Bane sort et me rejoint, j'ai l'impression qu'il me surprend dans un moment de calme.

— J'ai mis une pizza dans le four. Tu veux une bière en attendant ?

— Ouais, je réponds.

Il me la tend en souriant. Je comprends qu'il s'inquiète pour moi, il l'a toujours fait et je ne l'en ai jamais empêché. Même quand ce n'était pas franchement légitime. Me voir autrement que comme j'ai été ces dernières années est sans doute un peu bizarre pour lui. Si à l'inverse il se mettait à faire des conneries comme moi, je me dirais qu'il y a un problème.

— Si tu ne me parles pas, je te botte le cul, grogne-t-il en me donnant un coup dans l'épaule.

— Et par quel prodige tu arriverais à faire ça ? Si tu chantes du Disney en même temps, je te file dix dollars pour voir ça.

— Alors ?

Je bois une longue gorgée et je soupire.

— Ce n'était pas toi qui me répétais qu'il fallait que j'arrête de faire des conneries ?

— Si, mais… il y a bien une putain de raison.

— Je lui ai demandé pardon.

Il fait la moue quand il me regarde, avec la même expression que si je venais de lui poser le problème de math le plus compliqué du monde.

— Mack, j'ajoute en écrasant ma cigarette dans le cendrier. Je lui ai demandé pardon.

Bane ne dit rien, il se contente de sourire avant de boire une gorgée de bière.

— Ce n'est pas rien, lâche-t-il finalement.

— Non…

— Je suis fier de toi !

— Je sais.

— Putain, j'ai l'impression d'avoir raté des chapitres.

— Ce n'est pas une impression. C'est juste que… qu'elle n'est pas elle. Elle n'est pas la Mackenzie qui a souffert avec moi. On a passé quelques soirées ensemble, et je ne la connaissais pas. J'ai tout à découvrir d'elle.

— C'est parce que tu la fréquentes que tu ne sors plus ?

— On se voit, alors je ne vais pas me bourrer la gueule ? C'est ça ton raisonnement ?

— J'entends par là que tu préfères passer du temps avec elle plutôt que dans des fêtes bizarres.

Je n'y avais pas réfléchi de cette façon, mais je peux effectivement considérer les choses de cette manière, quand on y pense.

— Elle te change mieux les idées que tes sorties ?

La question de Bane est sérieuse. La réponse qui me traverse l'esprit l'est tout autant. La révélation me frappe même en pleine poitrine. Elle me suffit. La rendre folle, lui faire l'amour, recevoir ses sarcasmes en pleine tête, ça me nourrit bien plus que toutes les conneries que j'ai pu faire.

Putain.

L'uppercut est violent, son coup me tord les entrailles.

— C'est possible, je marmonne.

Il siffle.

— Merci de t'abstenir de tout commentaire ou remarque du genre « je te l'avais dit », je lâche.

— Pourtant, je le mérite depuis le temps que je te supporte.

Je réprime un petit rire, bien qu'encore sonné par la révélation de Bane. Bien sûr, je savais que je n'étais pas allé en soirée depuis quelque temps, mais je n'avais jamais mis ça sur le compte de Mackenzie. Mais en y repensant, depuis que je flirte avec elle, ces débauches et déboires ne m'ont absolument pas manqué.

— Honnêtement, en te demandant, j'avais peur que tu me sortes une connerie. Je ne m'attendais pas à ça à propos de Mackenzie.

— Moi non plus, je soupire.

— Tu es amoureux ?

Quoi ?

— Putain, non ! je grogne. Je l'apprécie, et on commence à peine à se connaître.

Bane éclate de rire. Je pourrais lui dire que je couche avec elle, je sais qu'il n'irait jamais le répéter à personne, mais je n'ai pas envie de parler des détails, je veux que ça reste entre nous.

— J'étais trop gourmand, désolé. Je suis content que tu ailles bien. Quand je pense que tu t'es excusé… Tu connais l'effet papillon. Si on apprend qu'il y a un tremblement de terre ou un tsunami quelque part dans le monde, tu peux être certain que ce sera ta faute.

— T'as pas honte de me culpabiliser comme ça ?

— Pas le moins du monde, s'esclaffe-t-il en rentrant à l'intérieur.

Je le suis. Dans la cuisine, l'odeur de la pizza commence à embaumer la pièce. J'ai faim.

— Ça te dit, une soirée jeux vidéo ? je demande.

— Grave.

Alors qu'il sort le plat du four, je prépare la vaisselle. Je mets de la sauce piquante sur ma part et mords dedans. On parle de cours quand le bruit sec d'une porte qui claque fait trembler les murs de la maison. Quelques secondes plus tard, Rachel débarque comme une furie. J'aperçois deux secondes la panique sur son visage.

— Je…

On dirait qu'elle est confuse et perdue.

— Ça va ? demande Bane.

Elle fond dans ses bras en secouant la tête. Et sanglote.

— Non.

Maintenant, c'est à Bane de se décomposer en voyant la détresse de sa nana.

— Qu'est-ce qui se passe ? Rachel, qu'est-ce qui t'arrive ? la questionne mon meilleur ami.

— C'est Mack. Je crois qu'il lui est arrivé quelque chose…

Cette fois, c'est mon sang qui ne fait qu'un tour. J'ai vécu l'improbable quand j'étais gosse, et ça ne m'a pas rendu serein du tout. J'imagine le pire.

— Dis-moi ! je grogne.

Rachel relève la tête et s'essuie les paupières en me toisant d'un air horrible.

— Qu'est-ce que ça peut te foutre à toi ? siffle-t-elle.

— Ça me fout, je rétorque, alors déballe.

Elle me fixe avec des yeux aussi ronds que des ballons. Je n'ai pas envie de me justifier auprès d'elle, même si elle le mériterait. Mon cerveau est actuellement en mode répétition sur le fait qu'il est arrivé quelque chose à Mackenzie. Bane opine, et elle inspire doucement.

— D'accord, alors j'étais en train de traîner sur Instagram et je suis tombée sur une story un peu bizarre, je l'ai regardée plusieurs fois et… j'ai l'impression de perdre la tête, mais je crois que Mack a été enlevée ou qu'elle s'est retrouvée avec des folles furieuses.

Un mot me fait trembler jusqu'au tréfonds de moi-même.

Je sens quelque chose vrombir en moi et je n'aime pas ce sentiment. La peur et la colère qui se mélangent et qui noircissent mes pensées.

— Enlevée ? répète Bane en me fixant. Comment ça ? Tu es certaine ?

— Je n'en suis pas sûre, mais elle aurait pu être forcée de suivre quelqu'un.

— C'est quoi, cette vidéo ? je demande.

Rachel sort son portable de la poche de son jean.

— La story n'est plus disponible, mais j'ai fait un *screen*, je ne sais pas pourquoi, je me suis dit qu'il fallait. C'est trois filles qui parlent d'en bizuter une autre. Elle a une cagoule sur la tête, mais j'ai reconnu ses vêtements. Regardez…

Rachel met en route la vidéo. Bane et moi nous penchons dessus. À l'écran, on voit trois filles et une autre qui semble paniquée. Elle est ligotée à une chaise avec un sac sur les yeux. Il est écrit qu'un bizutage du tonnerre se prépare.

Les sentiments qui déferlent en moi sont assez primitifs. Colère, rage, violence, vengeance. Rien de bien constructif en soi.

— Je suis venue ici dès que j'ai découvert ça, je… j'ai essayé de l'appeler, et elle ne répond pas. Elle devait aller à l'association ce soir, et au téléphone Lévi m'a dit qu'elle n'avait pas fait acte de présence.

— C'est Larissa, je siffle.

Son nom est du poison sur mes lèvres.

Cette fille est aussi vile qu'un serpent.

— Tu crois ? demande Bane.

— Ce profil-là, c'est Brittany Martins. Elles traînent ensemble. Larissa n'est pas sur l'image, mais je suis certaine qu'elle est l'instigatrice de cette merde et qu'elle a rameuté une autre de ses sbires.

— Pourquoi elle…

Je n'ai pas vu cette connasse depuis que je l'ai menacée de ruiner sa réputation quand elle a malmené Mackenzie. Et comme je ne suis pas sorti me déglinguer la tête je ne l'ai pas croisée dans une soirée non plus.

— Elle s'en est prise à Mackenzie quand vous avez fait une fête pour mon retour, remarque Bane.

— Oui, mais… Mackenzie n'a aucun lien avec toi ni toi avec cette fille, elle… je n'y comprends rien, sanglote Rachel.

— C'est sans doute sa petite revanche pour avoir été humiliée. Elle ne supporte pas que je l'ignore…

Et soudain je percute. Après notre lâcher de lanternes, Mackenzie et moi sommes allés manger, et elle m'a autorisé à mettre en ligne le TikTok que nous avions fait ensemble. Larissa l'a probablement vu, et j'imagine qu'elle a décidé de se venger. Jusqu'à maintenant, je me foutais royalement de sa vie. Qu'elle se comporte comme une garce ou pas, cela m'était égal. Elle aimait baiser salement avec moi, et c'est tout ce qui m'importait, mais…

Elle n'aurait jamais dû jouer avec moi alors que je l'avais avertie. Si elle fait quoi que ce soit à Mackenzie, je la détruirai comme je le lui ai promis.

— Elles vont lui faire du mal, sanglote Rachel. Il faut les retrouver, je vais lui arracher les yeux et les ongles à cette connasse. On ne touche pas à Mackenzie.

— T'as une idée d'où elles peuvent être ? demande Bane.

— Quand elle n'est pas en cours, car étonnamment elle est assez assidue pour réussir son année et protéger sa réputation, elle traîne dans des endroits glauques et multiplie les aventures et les fêtes débauchées. Elle peut être n'importe où.

Je me frotte le visage avant de passer une main dans mes cheveux. Je fais les cent pas, parce que je dois réfléchir vite. Parce que, le temps qu'on arrive, Larissa aura eu le loisir de lui faire toutes les humiliations et autres saloperies qu'elle pourra.

— Je peux revoir la vidéo ? Il y a peut-être un indice sur l'endroit.

Je la regarde une fois. Deux fois. Trois. Et ça fait tilt.

— Je sais.

Je lance son téléphone à Rachel avant de me précipiter vers la sortie.

— Mais attends ! gueule Bane. Tu vas où ?

— Piétiner cette garce une bonne fois pour toutes.

Alors que j'ouvre la porte. Je sens le bras de Rachel sur le mien.

— Je viens, dit-elle.

38. Danse !

Mackenzie
Quelques heures plus tôt

J'étouffe.

Je suffoque.

Je tremble.

Le tissu que j'ai sur la tête me colle au visage à cause des larmes que je n'ai pas réussi à retenir. Je ne sais pas depuis quand j'ai cette chose sur le crâne, mais le temps me semble très long. J'entends des voix. Des timbres féminins, mais le sang bat si fort à mes oreilles que je n'arrive pas bien à les distinguer.

J'étais en train de prendre mes affaires dans le coffre de ma voiture, pour me rendre à l'association, quand on m'a brusquement enfoncé ce sac sur les yeux.

D'abord, l'angoisse m'a paralysée, je l'ai sentie s'engloutir sournoisement dans tous les pores de ma peau.

Ensuite, un éclair de lucidité m'a fait hurler, mais tout ce que j'ai récolté, ce sont quelques coups un peu partout sur le corps pour m'enjoindre de me taire.

Maintenant, je suis morte de trouille. Je n'ai jamais eu aussi peur de ma chienne de vie. Je veux fermer les yeux et me rendre compte que c'est un mauvais rêve…

J'ai l'impression que la voiture s'arrête. Je me débats, essaye d'appeler à l'aide, mais soudain une douleur me brûle les joues. Je sens qu'on m'attrape le menton. Cette fois, j'entends bien distinctement :

— Ferme ta gueule. Cesse de crier ou je taillade ton adorable visage de pute.

Instinctivement, je me tais, même si je sais qu'on ne me trimballe pas comme ça pour m'emmener au parc d'attractions. Je tente de réfléchir, de comprendre comment j'ai pu me retrouver dans une telle situation. J'essaye de relier des choses pour deviner qui s'amuse ainsi. Je n'ai absolument aucune réponse…

Qui ferait ça ? Pourquoi ferait-on ça ?

Mes sensations me manquent, ne pas voir, ne rien entendre, être baladée comme ça est terrifiant. Je ne sais pas où je suis, et le tissu est trop épais, il n'a aucun trou et ne laisse filtrer aucune lumière. Lorsque je me prends les pieds dans quelque chose que je n'identifie pas, je réprime un sanglot. Je tombe vers l'avant, et personne ne me retient. Je devine un escalier quand quelqu'un me remet debout et me dit de lever les pieds pour avancer.

Plusieurs minutes semblent s'écouler quand on me force à m'asseoir. Je sens qu'on m'attache et j'ai beau me débattre, on me malmène pour me rendre plus docile.

J'ai peur.

Quand on m'enlève enfin la cagoule qui me cachait les yeux, je me retrouve devant un visage familier. Je ne l'avais pas vu depuis longtemps. Et je tombe des nues.

— Lar…

On me jette un seau d'eau gelée en pleine tronche avant même que je parvienne à prononcer son prénom. Je bois légèrement la tasse. Je ne peux pas me rebeller, simplement subir. Elle me sourit et s'approche de moi.

— Tu verrais ta tête…

Je ne comprends pas ce qu'elle est en train de faire.

Je me répétais, depuis cette soirée où elle m'a prise à partie, qu'elle ne m'aurait jamais tailladée comme elle l'avait promis mais, maintenant qu'elle m'a kidnappée et attachée à une chaise, je n'en suis plus si certaine. Bon sang, il faut que je sorte d'ici et que je fuie loin de cette nana.

Elle me rend terriblement nerveuse.

— Qu'est-ce que tu fais ? je demande. Pourquoi tu fais ça ?

— J'ai vu une vidéo de toi et de Mads, qui ne m'a absolument pas plu. Ce TikTok, là… En vrai, je ne pensais plus à lui, et il poste ça comme pour me narguer.

— Tu…

Je voudrais lui dire que ça ne la regarde pas, qu'elle est en train de faire quelque chose de grave, mais les mots sont bloqués dans ma gorge.

— Je ne digère pas que Mads te préfère à moi. Je ne comprends vraiment pas. Il peut avoir tout de moi, mais il te choisit, toi. Explique-moi ce qui te rend si différente à ses yeux ?

Je ne sais pas trop quoi dire ni trop quoi penser non plus. Les phrases refusent de sortir. Elle est… folle. Son regard est complètement hystérique quand elle me fixe. Je n'ai aucune justification à propos de Mads et, quand bien même j'en aurais une, ça ne la concerne absolument pas. Je suis dans l'incapacité technique de comprendre ce qu'elle espère et pourquoi elle m'en veut. Car elle ne semble pas le harceler, aller vers lui… enfin, en tout cas, il ne m'a jamais reparlé d'elle depuis l'épisode de la salle de bains.

— Je ne sais pas.

— Tu es banale, moche… moi, je lui donne tout ce qu'il désire. Tout. Il veut m'enculer, il peut. Il veut me prendre avec ses potes, il peut. Il veut que je le suce, je le fais… j'ai toujours été là pour assouvir ses excès et sa démesure, et toi tu débarques et tu le calmes comme ça… Je ne comprends pas.

Si elle savait.

En plus… tout ce qu'elle énumère, ce n'est que du sexe. Elle ne sait absolument rien de lui. Son passé, son véritable prénom, il est une énigme pour elle.

— Je ne fais rien.

Ma voix tremble quand je m'exprime, parce qu'elle est folle et qu'elle me rend nerveuse à me regarder comme si elle allait me sauter à la tronche.

— Je lui ai tout donné, et il n'a jamais accepté de me lécher, par exemple. Tu te rends compte ? Jamais il ne s'est mis à genoux pour moi.

Je réprime une grimace. Du cul, elle parle encore de cul. Il n'a jamais rien voulu d'autre d'elle, mais je n'imagine pas Mads lui promettre monts et merveilles. Elle savait comment il était et elle l'adorait tant qu'elle était son plan cul. Seigneur, si je laisse transparaître qu'il m'a déjà fait du bien ainsi, elle va définitivement péter un plomb.

— Est-ce qu'il t'a déjà bouffé le clitoris ? demande-t-elle en me caressant la joue.

Cette conversation est surréaliste.

— Non.

Elle soupire, heureusement pour moi, on dirait qu'elle me croit.

— J'en ai plus rien à foutre, mais puisqu'il m'a humiliée et qu'il semble te kiffer je vais tout simplement jouer un peu avec toi.

— Je n'y suis pour rien, je grogne. C'est entre… vous.

— Lui m'a rejetée, m'a laissée tomber pour toi, crache-t-elle soudain. Alors c'est tout comme. Il m'a fait chier, il est naturel que je l'emmerde avec quelque chose auquel il tient.

— C'est stupide.

Une douleur aiguë me pique à la tête quand elle me tire les cheveux pour attirer mon visage à elle.

— Ne dis pas que je suis stupide, salope.

Elle souffle contre ma joue.

— Je vais juste jouer un peu avec toi, comme il a joué avec moi.

Mon cœur bat à tout rompre dans ma poitrine. Il y a dans sa voix une sombre menace que je ne peux que prendre au sérieux. D'une manière ou d'une autre, elle lui en veut sincèrement, et c'est moi qui subis. Elle va vraiment me faire du mal.

— On arrive.

Je l'observe quand elle quitte la pièce. Je tente de dénouer mes liens, mais ils sont solides. Je regarde alors la salle dans laquelle je me trouve. Je suis dans une chambre. Il y a un lit, une commode, un bureau et une tapisserie vintage avec des fleurs. Au-dessus du chevet, de nombreuses photos que je ne distingue pas bien avec la pénombre.

Je n'ai aucun moyen d'appeler Rachel ni même Mads pour les prévenir. Mon portable est dans mon sac, et vu la garce qu'elle est… j'imagine le coffre de ma voiture encore ouvert avec toutes mes affaires à l'intérieur. Si ça se trouve, on me l'a volé à l'heure qu'il est.

Larissa ne revient pas, mais j'entends que ça s'agite et que ça parle au loin. Je suis tout simplement à la merci de cette folle. Quand elle réapparaît dans la pièce, elle est accompagnée de deux filles. Elles éclatent de rire en me regardant, et j'ai la sensation que cette oppression qui avait disparu lorsque Mads s'est excusé a resurgi.

La honte pèse une tonne quand elle pose sa cape de fer sur mes épaules. Et l'angoisse alourdit le tout.

— Et si on la maquillait un peu ? propose Larissa.

J'ai beau me débattre, je n'arrive pas à les empêcher d'étaler des choses que je n'identifie pas sur mon visage. Il n'y a aucun miroir, mais je ne doute pas qu'elles prennent plaisir à me peinturlurer la tête. Quand elles ont fini, elles s'éloignent et m'observent, l'air réjoui. Je retiens mes larmes, mon chagrin et cette putain de honte qui me fait mal.

— Elle est magnifique, soupire une blonde.

Elle sort son téléphone portable, et de nombreux flashs me bousillent les yeux et la gueule.

— Une vraie beauté, s'esclaffe une brune.

J'ai envie de mourir. Je rêve que le ciel s'ouvre sous mes pieds et me fasse disparaître. Je ne mérite pas cet acharnement, je ne le comprends même pas…

— Laissez-moi partir.

— Mais on commence juste à s'amuser un peu, dit Larissa.

Je ravale ma salive et mes larmes.

— Va la détacher. On va jouer.

J'estime mes chances de m'enfuir à zéro. Elles sont trois, je suis seule. Il faudrait un miracle pour que je parvienne à mes fins. Ou alors peut-être que si un mec apparaissait subitement dans la pièce pour faire diversion… Tandis que la brune s'avance vers moi, la blonde sort dans le couloir et revient dans la seconde avec un panier. Je ne vois pas très bien son contenu. Et, alors que les nœuds à mes poignets se détachent, de la musique retentit.

Umbrella, de Rihanna.

— Danse, Mélanie.

Je ne cherche même pas à la contredire sur mon prénom.

— Non, je souffle. Je veux partir.

C'est alors que je reçois un œuf en pleine tête. La coquille s'ouvre, et le blanc gluant coule le long de ma tempe sous leurs rires de hyènes. Celle qui a retiré mes liens tient un téléphone dans la main.

— Danse.

Je refuse à nouveau, et une nouvelle salve dégoûtante est lancée. Certains projectiles atterrissent à terre, d'autres sur moi. J'ai l'impression que c'est irréel, que je vais me réveiller de cet enfer.

— On te dit de danser, salope.

Je ne comprends pas comment on a pu en arriver là. C'est surréaliste, c'est forcément un cauchemar, je vais me réveiller.

Soudain, Larissa brandit une arme à feu vers moi. Ses copines semblent surprises. La peur, elle, me lèche la peau. Et quand elle répète son ordre, cette fois, je me mets à danser. Elles applaudissent, elles rient tellement fort que je n'entends plus la musique.

— Tu vois quand tu veux, Mélanie.

Elle me pointe toujours avec son flingue, et la brune à côté d'elle continue de me lancer des trucs à la tronche. Je crois que je n'avais jamais été humiliée de la sorte. Même Mads n'avait pas été si vil et cruel avec moi. Il me manque aujourd'hui. J'aimerais être avec lui...

Le temps passe, j'ai l'impression d'être coincée dans une boucle qui n'en finit pas. Tout ce que j'espère, c'est un peu d'aide. Tout ce à quoi j'aspire, c'est fuir ces salopes qui me font du mal.

— C'est tellement divertissant, s'esclaffe Larissa. Mais tu es si nulle... Vraiment ce mec est pathétique. Je ne vois pas ce que tu as de plus que moi... Mets-toi à genoux.

— Non.

Elle bouscule sa copine pour s'avancer jusqu'à moi. Je veux riposter quand elle me force à ployer, mais mon corps est paralysé. Je suis incapable de bouger, je ne peux qu'obéir. C'est injuste. Ça ne devrait pas se passer comme ça. Je ne devrais pas subir ça...

Je me retrouve à terre. Probablement maquillée comme une pute, les vêtements couverts d'œufs et de coquilles. La peur me tétanise quand elle pose le canon de son pistolet sur ma tempe. Je crois que je la supplie, Larissa s'esclaffe à nouveau, et puis elle tire.

Mon hurlement m'arrache la gorge.

L'effroi malmène mon cœur comme jamais.

Mais, alors qu'elles rient toutes à gorge déployée, je me rends compte que je n'ai pas mal et que des paillettes volent tout autour de moi.

— Bon sang, tu es une vraie *drama queen*, ma parole.

Elles imitent mon cri, je ne suis pas morte physiquement.

Mentalement, c'est autre chose.

39. La fille que…

Mads

Je tremble de partout quand je tambourine à la porte de Larissa. Mes muscles sont tétanisés, ma colère fait palpiter mes veines. Je n'ai jamais eu envie de cogner une femme avant aujourd'hui.

Elle m'ouvre, les yeux écarquillés.

Visiblement, elle ne s'attendait pas à de la visite.

— Qu'est-ce que tu veux ? lance-t-elle en s'appuyant contre l'encadrement.

— Où est-elle ?

— Je ne vois pas de quoi tu parles.

Elle me jette son putain de sourire de salope. Celui qui n'a rien d'innocent, même si elle feint de l'être. Rachel est plus rapide que moi, car elle saute sur Larissa en lui attrapant une poignée de cheveux. Celle-ci essaye de se défendre, mais visiblement Rachel a une bonne prise, parce que Larissa ne parvient qu'à se débattre sans l'atteindre.

Je dois avouer que c'est assez plaisant. Je n'imaginais pas Rachel si virulente.

— Si tu lui as fait du mal, je t'arrache ton sourire de folle, crache-t-elle. Et tes ongles après.

— Arrête, tu me fais mal.

Rachel tire plus fort sur ses cheveux, alors Larissa hurle comme une vraie furie. Ce n'est pas que ça m'ennuie, je sais qu'elle l'a largement mérité. Sans connaître les détails de ce qu'elle a pu infliger à Mackenzie, je suis sûr qu'elle a dû se montrer peste et garce. Ce qui m'embête, c'est le risque qu'elle ameute ses voisins et qu'on nous foute dehors.

Tout ce que je veux, c'est sortir Mackenzie de là.

Même quand je n'y suis pour rien, j'ai l'impression qu'elle souffre à cause de moi. Je ne pensais vraiment pas que Larissa allait passer à l'acte.

— Arrête de brailler et dis-moi plutôt où est Mackenzie, je grogne.

— Pourquoi tu me parles de ton petit jouet ? Tu n'avais pas interdit de la regarder alors…

— Larissa…, je gronde.

— Va te faire foutre, siffle-t-elle. Je n'ai rien à te dire, surtout pas quand tu amènes tes chiennes de garde.

Bane attrape Rachel avant qu'elle la gifle et l'attire contre lui. Larissa veut fermer la porte, mais je l'en empêche en la bloquant avec le pied. Je pénètre dans l'appartement sans y être invité. Déblatérant des insultes entre ses dents, Larissa s'avance dans son salon comme si de rien n'était.

— Il n'y a personne ici. Tu es vraiment fou, ma parole.

— On a vu une story, je dis. On sait que tu étais avec Mackenzie.

Elle éclate de rire en s'asseyant dans son fauteuil.

— Aucune idée de ce dont tu parles. Il n'y a personne ici.

— Je vais aller vérifier, lance Bane.

Elle me lance un sourire XXL quand on ne se retrouve qu'à deux.

— Ça faisait longtemps que tu n'étais pas venu chez moi.

Larissa soupire exagérément. Je n'ai pas envie de m'amuser avec elle ni de perdre la moindre seconde.

— Où est Mackenzie ?

— Il n'y a personne de ce nom, là. Sauf si… c'est un jeu de rôle et que tu as envie que je sois Mackenzie.

Je souris comme un démon et je m'approche d'elle.

— Tu pourrais essayer tous les jeux de rôle du monde, tu ne seras jamais Mackenzie. Jamais. Alors, ne te fatigue pas. Dis-moi ce que tu as fait.

— Rien. Du. Tout.

— Elle n'est pas là. Il n'y a personne ici, lâche Bane comme une foutue bombe.

Elle éclate de rire.

— Je l'avais dit.

— Qu'est-ce que tu as fait ?

Ma patience s'envole quand elle me gratifie d'un regard qui veut dire « échec et mat ». Si elle croit qu'elle va s'en sortir de cette manière, elle se trompe. Ce que je ressens est terrible. Mon corps, mon esprit, je ne pense qu'à Mackenzie. Savoir qu'elle a été malmenée et qu'elle est probablement seule et malheureuse quelque part fait enfler la rage qui palpite dans mes veines.

Je ne réfléchis pas vraiment quand je saisis Larissa par le bras et que je l'attire vers moi.

— Qu'est-ce que tu as fait ?

— Rien.

Je dérobe alors son téléphone de la poche arrière de son jean et je le balance à Bane qui l'attrape au vol.

— Ne touche pas à ça ! Rends-le-moi ! RENDS-LE-MOI !

— Regarde dedans, je siffle à Bane. Il y a peut-être des photos ou des vidéos de Mack.

Larissa se débat cette fois, elle tente de se libérer de mon emprise pour aller chercher son portable.

— Pourquoi tu t'énerves si tu n'as rien à cacher ? On vérifie juste qu'il n'y a pas de saloperies là-dedans.

Elle tente de me gifler, mais je l'en empêche.

— N'essaye même pas.

— T'as pas le droit de débarquer chez moi et de faire ça, me crache-t-elle au visage.

— Bane, tu trouves ?

— Ouais… C'est moche. Très moche.

Tournant la tête vers lui, je découvre Rachel, la main sur la bouche, les yeux remplis de larmes. Son chagrin accentue mon mal-être. Je n'ai pas besoin de voir ce qu'ils ont vu. Je ne veux surtout pas voir ce qu'ils ont vu, j'ai peur de perdre le peu de self-control qu'il me reste.

— Elles l'ont maltraitée, sanglote Rachel. Même pire que ça…

— Pourquoi tu as fait ça ? POURQUOI ?

Glissant le regard dans le mien, elle m'offre un putain de sourire malsain.

— Tu m'as abandonnée et humiliée pour cette meuf insipide. J'ai juste voulu la rabaisser comme tu l'as fait pour moi. Tu m'as blessée, alors j'ai un peu joué avec ton nouveau passe-temps, CQFD.

Je sens que j'ai un tic nerveux qui déforme mes lèvres en un rictus. Cette nana est vraiment folle à lier, et je ne peux m'en prendre qu'à moi.

— Tu n'aurais jamais dû faire ça.

— Et tu vas…

— Je t'avais prévenue que je te ruinerais si tu l'approchais encore, je la coupe d'un ton sec. Je t'avais bien dit que je m'abaisserais à ton niveau si tu l'agressais une fois de plus.

— Et qu'est-ce que tu vas faire ? Si tu me touches, j'irai porter plainte chez les flics. Je leur expliquerai à quel point tu es lunatique, perverti, méchant… et je gagnerai. Fais-moi des bleus, Mads. Je rêve de te massacrer, moi aussi.

Je souris en hochant la tête.

À l'époque où je baisais avec elle quand j'avais besoin de penser à autre chose qu'à mon passé, j'ai fermé les yeux sur le fait qu'elle était instable et détestable. Aujourd'hui, je le regrette, car la seule fille que j'aie jamais aimée en souffre.

Putain, quoi ?

La seule fille que…

Oh merde. Merde. Merde.

Je suis amoureux d'elle.

— Je ne suis pas un tendre avec les filles, c'est vrai, mais je ne les frappe jamais. Même quand elles le méritent. En revanche, je peux ruiner leurs études, leur popularité, leur avenir.

— Et tu vas faire ça comment ?

— Je crois que la police serait sans doute ravie de recevoir les photos ou les vidéos que tu as prises.

— La police qui va s'occuper d'une affaire de bizutage… ? Laisse-moi rire. Mon père n'aura qu'à envoyer son avocat, et je pourrai recommencer à persécuter ta pauvre petite chérie dans l'heure qui suit.

Larissa gonfle le torse. Elle est sûre d'elle.

— Tu as raison, mais je suis persuadé que la direction de l'université en revanche sera intéressée par le fait qu'une de leurs élèves s'amuse à en martyriser une autre. Je crois même que je pourrais montrer ça à nos camarades. La face cachée de Larissa révélée au grand jour. Ça poussera peut-être d'autres personnes que tu as persécutées à parler. Je pourrais aussi envoyer la vidéo à tes parents.

Elle écarquille subitement les yeux, mais se reprend très vite.

— Mon père a suffisamment d'argent pour laver toutes les merdes et les saloperies que je peux faire. Il l'a déjà fait, ce n'est pas un problème. Il n'aura qu'à donner un joli pot-de-vin à l'université, et l'affaire sera étouffée. Et encore une fois je recommencerai. Tu l'aurais vue avec son sac sur la tête, à brailler et à chouiner quand on l'a attrapée pour lui faire peur. Vraiment aucune dignité.

— Tu l'as kidnappée et séquestrée ? je demande.

— Ouais, appelle ça comme tu veux. C'était le meilleur bizutage de ma vie.

Je sais à quoi elle joue. Elle essaye de me pousser à bout pour que je lui fasse mal et pour qu'elle ait quelque chose à me reprocher.

— Et quand on lui a tiré dessus. Je crois qu'elle était à deux doigts de chier dans son froc. C'était hilarant. Alors vous vous cassez de chez moi maintenant.

— Où est-elle ?

— Qu'est-ce que j'en sais, moi ? On l'a laissée repartir quand on en a eu marre de nous amuser avec cette pleureuse. Elle sanglotait comme un bébé. Elle était pitoyable avec sa dégaine. Si ça se trouve, elle s'est suicidée…

Je l'aime, putain.

Je l'aime, putain.

Je l'aime, je l'aime, je l'aime.

Savoir qu'elle est malheureuse quelque part et seule me rend incroyablement vulnérable et fou. Tout ce dont j'ai envie, c'est être avec elle, près d'elle.

Je m'éloigne de Larissa. Elle nous toise en ricanant.

« Mon père a suffisamment d'argent pour laver toutes les merdes et les saloperies que je peux faire. Il l'a déjà fait, ce n'est pas un problème. Il n'aura qu'à donner un joli pot-de-vin à l'université, et l'affaire sera étouffée. Et encore une fois je recommencerai. Tu l'aurais vue avec son sac sur la tête, à brailler et à chouiner quand on l'a attrapée pour lui faire peur. Vraiment aucune dignité.

— Tu l'as kidnappée et séquestrée ?

— Ouais, appelle ça comme tu veux. C'était le meilleur bizutage de ma vie. »

— Qu'est-ce que c'est ? siffle Larissa, perdue.

— C'est toi, lance Rachel. Non seulement tu as pris des photos quand tu faisais mal à Mackenzie, mais en plus tu avoues de vive voix que tu l'as enlevée et séquestrée. Tu dis même que papa t'a déjà tirée d'affaire.

Elle se décompose.

— Rien ne vaut les aveux, j'ajoute en lui souriant. Des aveux sur ce que tu as fait, sur papa spécialiste des pots de vin pour effacer tes conneries et ton habitude d'écraser les gens.

— Tu as… ne montre pas ça, tu sais très bien que si ça se divulgue ça va ruiner ma scolarité. T'as pas le droit de faire ça alors que tu es le pire des mecs que j'ai connus.

— Je suis une sombre merde, tu as raison, et j'en ai rien à foutre de tes pauvres états d'âme. Il fallait réfléchir à deux fois avant de faire quelque chose d'aussi grave.

T'as même pas conscience de la portée de tes actes. Alors pourquoi on aurait pitié de toi ?

Larissa me toise nerveusement. Tout ce que je veux, c'est que cette chienne se tienne à carreau. De toute façon, elle est tellement peste avec tout le monde qu'un jour elle s'en mordra les doigts.

— Ton père sera toujours là pour te sauver la mise, mais je me demande si un petit scandale médiatique au cœur de l'une des universités les plus réputées de New-york sera bon pour son image. Surtout si on y inclut enlèvement, séquestration et humiliations. Ta famille n'est pas la seule à être riche. S'il faut secouer le cul des parents qui font des dons généreux, ma mère excelle dans ce domaine.

Je m'avance vers elle, empiétant sur son espace personnel.

— Tu as été assez conne pour filmer tes actes, assez conne pour avouer, alors à présent j'espère que tu seras assez intelligente pour comprendre que la prochaine fois que tu t'approches de moi, de mes amis, de Mackenzie, je déballe tout. Absolument tout. Et je te jure que si ça t'éclate à la tronche tu n'auras plus rien. Maintenant, même si ta parole ne vaut pas grand-chose, je veux l'entendre de ta bouche.

— J'en ai fini avec toi. Et tout ce qui te concerne.

— T'as intérêt.

40. Plus fort encore que la démesure

Mads

Elle n'est nulle part.

On l'a cherchée un peu partout.

Chez elle, chez sa grand-mère, à l'association, à l'aérodrome où elle m'a emmené et aussi sur la plage où a eu lieu le lâcher de lanternes. Rien.

Et son téléphone demeure sur messagerie.

Je me sens sur le point de basculer dans un de ces moments où j'ai besoin de picoler et même de sortir pour m'oxygéner la tronche. Il est plus d'1 heure du matin quand je rentre à la maison. Bane est resté avec Rachel dans son appartement, au cas où elle reviendrait. J'attends désespérément qu'ils m'appellent pour me dire que Mackenzie est enfin de retour.

Je prends une douche rapide. J'essaye de trier les sentiments qui m'animent. Je tente de séparer l'angoisse qui me tiraille de l'amour que j'ai pour elle. Je n'avais jamais éprouvé quelque chose d'aussi complet, nutritif, intense. Rien, hormis la douleur de mon histoire. J'ai tellement souffert dans ma vie que j'ai cru ne plus jamais être capable d'émotions si fortes. J'enfile un caleçon avant d'aller dans ma chambre. Quand j'allume la lampe, j'ai l'impression que mon cœur explose, puis renaît de ses cendres. Je ressens une joie sans pareille et en même temps j'ai mal.

— Mack…

Elle est assise sur mon lit, la tête enfouie contre ses genoux repliés sous la poitrine. Je me jette sur elle et l'entoure de mes bras avant même de vérifier si elle n'est pas blessée.

— Bon sang, on t'a cherchée partout, on…

— J'étais ici…

Je vis, je respire, je souffle quand elle niche le visage dans mon cou et s'accroche à moi comme si sa vie en dépendait. Je la laisse faire.

Putain.

C'est terrible, le sentiment de possession que je ressens. C'est terrible, la lave qui afflue dans mes veines de la tenir ainsi contre moi. Je l'ai trop souvent détestée, c'est trop souvent moi qui ai fait naître ce sentiment en elle, et maintenant ça me dévaste.

— Larissa, elle…

— Je sais.

Quand elle relève la tête, je remarque le maquillage grossier qu'elle n'a pas réussi à enlever, et ses vêtements déchirés et couverts de saletés. Ce qu'elle a subi est horrible, et je voudrais nettoyer ce qu'elle ressent.

— Viens, je chuchote.

En silence, je l'entraîne dans la salle de bains. Je suis heureux qu'elle me suive sans rien dire. J'ai besoin de prendre soin d'elle. Je l'aide à retirer son pull, sa jupe, et je vais chercher un T-shirt que je lui enfile. Puis je fais couler l'eau pour lui laver le visage. J'attends qu'elle soit chaude pour mouiller le gant de toilette et y mettre du savon. Elle me laisse faire en silence, et ça me réconforte. En prenant soin d'elle, j'ai l'impression de racheter en partie le mal que je lui ai infligé par le passé.

— Tu te sens mieux ? je demande.

— Un peu…

Je presse le front contre le sien. Elle a l'air exténuée, ravagée. Je m'en veux tellement. Ce que j'aimerais, c'est lui offrir tout ce dont elle a besoin. J'attends qu'elle me dise ce qu'elle veut, je suis prêt à tout pour elle.

— Merci de prendre soin de moi, souffle-t-elle en caressant mon sourcil. Elle vient de ton passé cette cicatrice ?

— Non, je réponds. Je trouvais que ça me donnerait un air de connard d'avoir un sourcil entaillé.

— Tu as raison.

J'embrasse ses doigts qui frôlent mes lèvres. Elle s'est réfugiée chez moi alors que de nombreuses fois par le passé elle s'est sentie aussi triste et ravagée que maintenant par ma faute.

— Pourquoi tu es venue ici alors que tu as dû être malheureuse tellement souvent à cause de moi ?

— Je savais que tu n'aurais pas pitié de moi, je savais que tu prendrais soin de moi, et c'était tout ce que je voulais… ça…

Elle secoue la tête comme si sa phrase était stupide.

— Dis-moi.

— Ça me fait du bien d'être soignée de ta main, et je crois que ça te fait du bien à toi aussi de t'occuper de moi.

Touché.

— Je crois que, lorsque tu me touches, tu guéris un peu de ta culpabilité, ajoute-t-elle dans un souffle. On avait tous les deux besoin que je vienne.

Coulé.

— Et je ne voulais être nulle part ailleurs qu'avec toi. Parce que tu as vu le pire, le faible, le fort en moi.

— Le beau, le conquérant, le joyeux, aussi, je réponds. Tu as raison, je suis heureux que tu me laisses prendre soin de toi. Mack, j'aimerais modifier ce que j'ai dit auparavant.

Elle penche la tête sur le côté et m'observe attentivement.

— Personne n'a le droit de te faire du mal, pas même moi.

— Jude…

Je n'arrive pas à croire qu'elle ait lu si clairement en moi et qu'elle ait compris ce que je ressentais. Mack me sourit, et pendant quelques secondes on se regarde sans parler.

Certaines évidences laissent place au silence, parfois il est bien plus agréable que des mots, bien plus clair.

— Tu as dit que tu avais découvert pour Larissa, comment ?

Je lui raconte alors comment Rachel a débarqué à la maison, comment on a su grâce à la story qu'elle était chez Larissa, et je lui explique tout ce qui s'est passé quand on est allés la voir. Sans omettre de parler de Rachel qui l'a défendue bec et ongles.

— Tu as vu les…

— Non. Juste Rachel et Bane. Je suis désolé que Larissa t'ait fait ça. Je suis désolé de ne pas avoir été là, de t'avoir laissée seule alors que tu devais être terrorisée.

Elle secoue la tête, et ses yeux deviennent brillants.

— C'est pas toi.

— Pourtant, j'ai l'impression que si, un peu. Même si c'est inconsciemment. Si tu savais comme ça me brûle que tu aies subi ça.

— Et tu me soignes encore, murmure-t-elle dans un sourire face à mes aveux.

Je pose un baiser sur son front, un autre sur chacune de ses joues, un sur son nez et un dernier sur son menton. Je veux qu'ils guérissent son âme et qu'ils continuent de la rendre aussi perspicace et forte. Elle est beaucoup trop belle, beaucoup trop pure pour être souillée. Je ne permettrai plus jamais que quelqu'un lui fasse du mal.

— Il faut que je prévienne Rachel que tu es chez moi, elle est morte d'inquiétude. J'imagine que Bane et elle veillent dans votre appartement.

— Mais je veux rester avec toi, souffle-t-elle comme s'il s'agissait d'un secret.

Le bonheur que ces mots me procurent est presque insensé.

— Je vais leur dire que tu es ici en sécurité et que je te ramènerai demain matin.

Elle hoche la tête, alors je l'entraîne dans ma chambre. Après lui avoir déclaré qu'elle pouvait se glisser dans mon lit, j'attrape mon téléphone et j'appelle Bane. Je lui explique la situation avant de raccrocher à la hâte. Je suis sans doute un peu égoïste d'avoir été si expéditif, mais je veux être avec elle. Rien d'autre.

Je m'allonge sous la couette. Mackenzie s'installe sur le côté, alors je fais de même. On se fixe sans se toucher.

— La porte était ouverte, et comme j'avais peur je suis entrée, je suis désolée.

— On est partis à l'arrache, et tu as bien fait. Tu n'imagines pas ce que j'ai ressenti quand je t'ai vue dans ma chambre.

— C'était comment ?

Impossible de résister à cette question, à ce regard.

— Comme si mon cœur explosait et qu'il renaissait de ses cendres la seconde d'après. Comme si je respirais à nouveau correctement après avoir trop longtemps suffoqué.

— Ça fait mal alors ? dit-elle en caressant ma joue.

— Pas vraiment.

À travers son sourire, je comprends.

Je comprends tout.

Tout ce que j'ai ardemment cherché et désiré. Cette chose inconnue après laquelle je courais, ce truc qui m'éloignerait de mes démons et de mon passé, et qui serait plus fort que toutes les bitures et démesures.

C'est elle. *Elle*.

Bane l'a deviné avant moi.

Elle est là depuis si longtemps, et je l'ai rejetée comme un putain de crétin. Ma constante, ma rédemption, elle était auprès de moi depuis toujours, et moi je n'ai fait que la repousser, l'humilier, la bafouer. Maintenant, je n'aspire plus qu'à rattraper mes bêtises.

— Je ne t'ai jamais expliqué pourquoi je t'avais prise en grippe. Pourquoi toi plus qu'une autre.

Elle secoue la tête.

— Avec moi, il y avait une fille. Elle avait des cheveux noirs, elle intériorisait sa douleur et… elle s'appelait Mackenzie.

Ses yeux s'agrandissent légèrement, et j'y lis de la peine. Elle a mal pour moi alors qu'elle souffre déjà bien assez.

— Elle est morte la nuit où on a été libérés. Tu ne m'as jamais rien fait, tu portais juste le même prénom et tu lui ressemblais un peu avec ta façon de tout garder pour toi. Tu me faisais toujours penser à mon passé, et je ne comprenais pas pourquoi j'avais une nouvelle Mackenzie dans mon entourage. Je t'en voulais d'être en vie alors qu'elle ne l'était plus. Je m'excuse de t'avoir fait du mal en souvenir de quelqu'un d'autre.

— Jude…

Elle s'approche de moi, se blottit dans mes bras, niche le haut de sa tête contre mon menton.

— Ce n'est rien, Jude.

— Je ne veux plus que tu sois loin de moi.

— Serre-moi plus fort, souffle-t-elle.

J'obéis.

Je tremble un peu en la serrant contre moi.

Je t'aime, Mackenzie. Plus que la démesure, plus que toutes les limites que j'ai dépassées. Je t'aime de tout mon chaos, de tout mon être.

Mais les mots restent silencieux.

41. Cœur à vif

Mads

J'écrase ma cigarette dans le cendrier à l'entrée de l'association. Cette nuit, j'ai rêvé de Mackenzie, celle qui hante encore mon passé. J'ai rêvé de cette cage, de cette baraque maudite. Mais cette fois c'était différent. Un peu troublant même. En me réveillant, lorsque j'ai senti contre moi la Mackenzie de mon présent, je me suis apaisé. Comme si sa proximité mettait un voile entre mes émotions néfastes et moi. C'était agréable, et en même temps j'ai pigé à ce moment-là que ce n'était pas la première fois que ça arrivait. Sans le savoir, sans le vouloir, elle l'avait déjà fait.

J'ai encore du mal à digérer ce qu'elle a vécu. Et ce que Larissa lui a infligé. Et ne pas être capable de lire ses pensées pour savoir comment elle se sent est terriblement frustrant.

Une fois installé à mon poste, je commence à peindre. Mackenzie m'a dit qu'elle passait la soirée avec Rachel. Moi, j'ai délaissé Bane, qui devait réviser, pour venir ici. Lorsque je pose les premières couleurs sur la toile nue, je me sens guidé par l'inspiration. Et je laisse sa valse tumultueuse m'emmener là où elle veut.

— Mads…

Je préfère quand elle m'appelle Jude, mais je crois que j'aime aussi qu'elle ne le dise que de temps en temps, comme ça, chaque fois qu'elle le fait, je me sens renaître sur ses lèvres. J'avais envie de la voir, mais j'ai l'impression qu'il y a quelque chose qui la dérange.

— Je voulais savoir si tu avais envie qu'on aille manger quelque part.

— Euh…

Elle hésite et me laisse sur le pas de la porte. La fatigue ou alors les larmes lui cernent un peu les yeux.

— Tout va bien ?

— Ça va, oui.

Traduction : elle ne va pas bien.

— Tu peux me parler, je dis en passant une main dans mes cheveux. Tu n'as pas à avoir honte avec moi.

— J'ai besoin d'air, Mads. Je…

Le crochet est brutal.

— Je ne comprends pas.

Mackenzie triture ses doigts. Sa nervosité déteint sur la mienne.

— Ce que j'ai vécu ces derniers mois a été éprouvant. Quand on y ajoute les années de lycée où nous étions ensemble, et puis ce qui vient de se passer avec Larissa, c'est… dur. J'ai l'impression de ne plus être maître de mes émotions, qu'elles sont en suspens à cause de tout ce qui vrombit autour de moi. J'ai besoin de souffler, tu comprends ? J'ai besoin de récupérer et de faire le point avec moi-même.

Elle laisse échapper un sanglot. Elle inspire à pleins poumons et soutient mon regard. D'une certaine façon, ses démons sont aussi coriaces que les miens. J'ai beau m'être excusé et avoir pansé ses plaies, on l'a blessée par-dessus. Elle n'a jamais de répit. Elle est à bout. Son désir de fuir tout ça est plus que légitime.

— J'ai besoin de ralentir ce qu'il y a entre nous. Parce qu'il y a quelque chose, n'est-ce pas ?

— Oui, je souffle en hochant la tête.

Mackenzie m'imite, comme pour assimiler silencieusement mes mots. Ses iris violets brillent légèrement.

J'ai tellement envie de la prendre dans mes bras que mes muscles tressautent nerveusement.

— Je dois m'assurer que ce que je ressens pour toi n'est pas factice ni lié au contrecoup de tout ce qui s'est passé.

— Ce que tu ressens ?

Elle s'approche de moi. Nous sommes seuls au milieu du couloir.

— Tu te rappelles quand je t'ai dit qu'éprouver quelque chose pour toi ce serait me renier ?

— Oui.

Je me souviens de tout avec elle. Du bon comme du mauvais. Forcément, elle est la seule qui a réussi à attiser mon intérêt.

— Eh bien, je crois qu'il est temps que je me confronte à ce raisonnement. Parce que ce n'est pas juste physique, c'est tout. Je suis amoureuse de toi et je veux savoir si c'est réel ou pas.

J'ai souvent eu l'impression de crever mais, là, c'est pire. Cette fois je veux vivre. Ses mots laissent mon corps et ma vie en suspens.

Elle m'aime, mais elle ne sait pas si c'est réel.

Putain.

Comment je suis censé gérer ça ?

— Laisse-moi m'absenter un peu pour voir si c'est réel pour toi aussi.

Je comble l'écart entre nous. Du bout des doigts, je caresse sa mâchoire pour lui faire relever la tête vers moi et je l'embrasse sur le front. Je mémorise la douceur de sa peau et son odeur, puis je pose un autre baiser.

— Je le sais, Mack.

J'ai le cœur à vif.

Je crève de vivre. De vivre à ses côtés.

Mais à la façon dont elle me regarde, mal à l'aise, je comprends que quoi que je dise sa décision est déjà prise. J'aurais beau lui répéter que je l'aime ou le garder pour moi, ça ne changerait rien. Elle a besoin de temps pour elle, elle a besoin d'être loin de moi et, après tout ce qu'elle a subi par ma faute, je lui dois bien ça.

Ma fierté, on s'en branle.

Mes sentiments aussi.

Ce qui compte c'est elle.

— Mais je te laisse faire, ma comète.

Je tourne les talons, la mort dans l'âme.

42. Faire entendre sa voix

Mackenzie

— Mackenzie ?

— Oui ? Pardon, j'étais perdue dans mes pensées.

Ma tante me sourit en me caressant la joue. Puis me contourne pour aller ouvrir la porte. Elle revient suivie d'un valet de chambre qui porte un grand plateau qu'il place sur la table à côté de moi. Il m'adresse un signe amical quand nos regards se croisent. Il doit avoir mon âge.

— Bonsoir, mademoiselle.

Je le salue.

— Si vous avez besoin de quelque chose, n'hésitez pas à appeler la réception et les cuisines. Je suis de service pour la nuit.

— Merci, répond ma tante en le raccompagnant.

Sur la desserte, deux gros cheeseburgers et des frites dans un cornet. Le tout accompagné d'un Coca et d'un verre de vin rouge.

— Le vin rouge, ça se marie vraiment avec le burger ? je lance d'un ton railleur.

— Ne me juge pas. Je le mérite.

Je ris. Ses yeux sont un peu cernés en cette fin de journée, mais ça n'entache pas sa bonne humeur. Rachel lui ressemble beaucoup. Ma tante avait un procès à Los Angeles, alors j'y suis allée avec elle. Partir loin de New York était vital pour moi. J'avais besoin de changer d'air, et de décor aussi. Je voulais me ressourcer et me retrouver avec moi-même. Quand Rachel et moi lui avons raconté ce que j'avais subi avec Larissa, elle a tout de suite accepté de me prendre avec elle. Quelque part, ce procès était une aubaine.

Nous dormons dans la même pièce. Son cabinet d'avocats lui a payé une magnifique suite dans un grand hôtel. Vaste balcon, salle de bains tout en marbre avec douche à l'italienne et baignoire à pied style victorien. Il y a un immense écran plat dans la chambre et même une alcôve spacieuse pour manger à côté. Je crois que je pourrais largement faire ma vie ici.

— Dis-moi, tu penses qu'il parlait de nourriture ou de faveurs sexuelles quand il a souligné qu'il était à notre service pour la nuit ? me demande-t-elle en s'asseyant en tailleur à mes côtés.

Je manque de recracher ma gorgée de Coca.

— Pardon ?

— Il te dévorait des yeux. Je suis certaine qu'il serait intéressé si tu l'appelais.

— Tu…

Oh ! bon sang, j'avais oublié de qui Rachel tenait sa franchise ! Je regrette de ne pas avoir pris de vin finalement. Ma tante est mon exemple, je l'ai toujours admirée d'avoir réussi à nous élever, Rachel et moi, et en même temps d'avoir géré sa carrière d'avocate. J'ai souvent déploré qu'elle ne soit pas ma mère. En tout cas, elle a toujours été plus aimante que celle-ci, et elles ne s'entendent pas très bien, ma tante lui ayant reproché plusieurs fois de me délaisser au profit de son métier.

— Je ne veux pas parler de ça. En plus, tu divagues complètement, je n'intéresse personne.

— Ou alors tu es aveugle, Macky. Je suis désolée de te faire dîner dans la chambre. Ma journée a été éreintante.

— Tu rigoles, c'est le pied ici.

— C'est vrai que c'est pas mal.

Je suis contente d'être ici avec elle. Depuis le début d'année, on n'avait pas eu le temps de se voir beaucoup. Nous mangeons devant une émission de téléréalité. Et je dois avouer que le burger est le meilleur de toute ma vie.

— Est-ce que tu te sens mieux ? On rentre dans deux jours et…

Non. Pas vraiment. Un peu.

Je ne sais pas.

Ici, je souffle, je m'oxygène.

Je ne vois pas Rachel, je ne vois pas Mads, je ne vois pas les mêmes décors. Quand ma tante a des rendez-vous ou qu'elle plaide pour son procès, je me balade à Los Angeles. Je n'y étais jamais allée et j'ignore si c'est à cause de l'hiver, mais je trouve la ville incroyable. Je visite des musées, des galeries d'art, des parcs. Je puise l'inspiration dans tout ce que je découvre et je le griffonne dans mon petit carnet à croquis.

— Je ne sais pas bien. Je me sens toujours honteuse de ce qu'elles m'ont infligé.

Je frissonne en y repensant.

Le maquillage, les œufs, le pistolet.

Et cette méchanceté gratuite et injustifiée.

— Tu n'y es pour rien, tu n'as pas à t'en vouloir pour ça. Les seules à devoir culpabiliser, ce sont elles…

Je réprime une grimace. Je ne crois pas que ce soit le cas. Elles sont sans pitié, elles n'ont pas d'états d'âme. Je ne sais pas de quoi leurs organes sont faits, mais je penche pour un mélange de merde et d'asticots. Je suis certaine que sous tout leur parfum elles sentent la pourriture.

— En réalité, je m'en veux terriblement de leur avoir laissé l'occasion de m'infliger ça et de ne pas avoir riposté. Quand je ferme les yeux, je les entends ricaner comme des hyènes, je revois leurs visages.

— On ne peut malheureusement pas toujours affronter nos adversaires. Elles étaient trois, tu étais seule, si tu avais tenté de résister, peut-être que ça aurait tourné encore plus mal.

— Je sais ce que Rachel et les autres ont fait pour moi, mais j'ai quand même tellement honte. Ils ont protégé mon honneur, ils ont réussi à obtenir les aveux de Larissa pour qu'elle ne diffuse pas la vidéo et qu'elle me laisse tranquille, mais je n'ai pas pu me défendre moi-même. J'ai l'impression que je n'y arriverai jamais.

— Tu sais, je n'aimerais pas être elles. Leurs âmes doivent être noires et très laides.

À croire qu'elle lit dans mes pensées.

— Elles seront toujours malheureuses tant qu'elles ne régleront pas leurs problèmes. Elles seront toujours vides. Toi tu es vivante, tu as des sentiments, tu es vraie. Tu n'es pas faible, Macky. Tu sculptes comme une déesse, tu es intelligente, drôle. Tu n'as tout simplement pas encore trouvé la force de faire entendre ta voix.

Faire entendre ma voix ?

Faire entendre ma voix !

Soudain, je comprends quelque chose d'essentiel.

— Merci, tata.

— Et ce garçon, dis-moi, il trouble toujours tes pensées ?

— Il les a toujours troublées. Il me manque.

Je sens mes joues rosir face à cet aveu. Lorsque j'ai parlé de Larissa, j'ai également raconté mon histoire avec Mads, du commencement jusqu'à notre fin dans le couloir de mon immeuble.

— Je crois que c'est réciproque.

— Je l'espère.

— Si ce n'était pas le cas, il serait encore plus crétin qu'il ne l'est, dit-elle en me souriant. Tu sais, l'amour, c'est étrange, surprenant et masochiste. Et ça ne s'explique pas. L'amour, la haine, c'est la même chose. Ces sensations se vivent à l'identique : passionnément.

Il est plus de 2 heures du matin.

Ma tante dort profondément, et moi je ne cesse de me retourner dans mon lit. Incapable de trouver une bonne position.

En réalité, je cogite. Notre discussion de la soirée ne veut pas me sortir de la tête. Je pense à Larissa. Je pense à Mads. Surtout à lui.

Je l'aime.

Je l'aime plus fort que j'ai pu le détester. Et pourtant je l'ai haï de toute mon âme.

Quand il m'a soignée après les petits jeux de Larissa et de ses sbires, je me suis sentie apaisée. Bien sûr, j'étais mortifiée et honteuse, mais je n'ai pas eu peur de me montrer vulnérable devant lui. Parce qu'il avait déjà vu ça et que je savais qu'il ne se moquerait pas de moi. Dans mon chagrin, il m'a fait du bien. À ce moment-là, je me suis demandé comment, lui qui m'avait tant persécutée, était capable de ça. C'est surréaliste et pourtant… c'est réel. J'ai beau essayer de me dire depuis quatre jours que c'est impossible que ce soit vrai, que je ne peux pas être amoureuse de lui, la réalité me revient en pleine gueule à chaque interrogation.

Je l'aime.

Je l'aime quand il sourit. Je l'aime quand il assure qu'il me veut. Je l'aime quand il me parle d'art. Je l'aime quand ses yeux scintillent dès que je l'appelle Jude.

Je l'aime même s'il est brisé.

Je l'aime même s'il m'a brisée.

C'est réel. Irrévocablement réel.

J'avais besoin de m'éloigner pour le découvrir, même si, quand il est parti en me disant que lui savait déjà que c'était réel, il a emporté un bout de mon cœur avec lui.

43. L'aura

Mackenzie

Rachel était heureuse que je rentre. Lorsque je suis arrivée, elle m'a présenté notre nouveau locataire. Sur le coup, je n'ai pas compris. C'est un chat. Un pauvre orphelin qui était dans une boîte en carton au coin de notre rue. Impossible de résister à sa bouille quand elle me l'a claqué dans les bras.

Nous l'avons appelé Ron.

Parce qu'il est roux et n'arrête pas de ronronner.

Rachel a déjà prévu de lui acheter une petite cape de Gryffondor bien sûr.

Mads ne sait pas que je suis rentrée, j'ai demandé à Rachel de ne rien lui dire et de ne pas en parler à Bane non plus.

— Tu es certaine d'être prête à retourner en cours ? s'enquiert-elle.

— Oui.

Je le suis réellement, même si je stresse beaucoup.

C'est dur de s'accepter dans le monde d'aujourd'hui. C'est extrêmement compliqué de trouver sa place dans une société en constante évolution. C'est également difficile de faire entendre sa voix quand on panique à l'idée même d'aller à un rendez-vous professionnel.

Lorsqu'on descend de la voiture, j'ai une boule d'angoisse dans la poitrine.

— Pourquoi tu m'as demandé ça ? s'étonne Rachel.
— Je dois faire quelque chose.
— Tu es…
— Sûre ? je lâche.
Ma cousine hoche la tête, visiblement perplexe et curieuse.
— Plus que jamais.
— Alors, je t'accompagne.
Je souris.
— Ça me donnera de la motivation.
Nous avançons dans les couloirs de la fac. Comme à chaque fois que je foule ce sol, je me sens chanceuse. Je me suis longtemps et souvent dénigrée, mais je suis quand même étudiante dans une prestigieuse université.
Et je sculpte.
Et je suis jolie.
— Elle est là, souffle Rachel quand nous arrivons à destination.
J'inspire. J'expire.
Je la regarde de loin. Elle est assise à côté d'une de ses sbires, et il y a d'autres élèves aux alentours.
— J'y vais.
— Je ne serai pas loin.
À mesure que j'avance, mon angoisse grandit. Sortir de sa zone de confort, ce n'est jamais facile. Affronter quelque chose de nouveau, non plus. Et je m'apprête à faire les deux. Je n'ai rien à perdre. Dans ce combat, j'ai tout à gagner : faire entendre ma voix.
Comme elle me tourne le dos, elle ne me voit pas.
— Larissa ?
Elle me toise de haut en bas d'un air dédaigneux. Elle semble encore plus me détester. Et quand elle jette un coup d'œil au-dessus de moi j'imagine qu'elle cherche Mads.
— Tu veux quoi ?
— Tu es moche, je siffle.
Ses yeux de biche s'ouvrent en grand, et elle se lève sans me lâcher du regard.

— Tu peux répéter ? crache-t-elle.

— Tu es laide, je déclare plus fort.

Mon cœur bat à cent à l'heure, mes mains sont moites, et j'ai l'impression que ma voix part légèrement en vrille, mais je la toise avec mépris et je reste stoïque.

— Tu as beau mettre autant de parfum et de maquillage que tu veux, la pourriture finit toujours par ressortir.

Je sens que le monde afflue autour de nous. J'entends des rires, des murmures. Je n'ai pas peur et, surtout, je n'ai pas honte. Il est grand temps que je me défende, parce que j'en vaux la peine, parce que je le mérite.

Et que, si je ne me défends pas, je ne pourrai jamais m'accepter.

— Pour qui tu te prends, espèce de salope ?

J'ignore son insulte. En fait, c'est juste un mot. L'un des seuls qu'elle dit quand elle est à court de mots.

— Si on me découpait le cœur, il n'y aurait que du sang. Toi, il en sortirait de la merde et des asticots. Tu es pourrie jusqu'à la moelle.

Un mec éclate de rire à côté de nous, et une fille lance :

— Putain, la vérité est habillée en archéologue.

— J'avais honte de moi de t'avoir permis de m'humilier, de t'avoir laissée me faire mal, mais je me rends compte que c'était idiot. Pourquoi je serais honteuse alors que c'est toi qui es une personne horrible et affreuse ? En réalité, j'ai pitié de toi.

— Je vais te défoncer.

Elle tente de me gifler, mais sa main reste en suspens.

— Je ne crois pas, non, intervient Rachel en lui maintenant le poignet. Tu la touches, je te fais bouffer mon poing.

Rachel la lâche. Je ne l'avais jamais vue si combattante. On dirait sa mère.

Je me sens forte. Soutenue. Comprise.

Je me sens en paix avec moi-même.

— Je n'aimerais pas être toi. Faire du mal aux autres, les insulter, se comporter comme une salope dès que quelque chose ne te sied pas… C'est triste, en fait. Tu es là sur ton piédestal, tu agis sournoisement, tu as toujours ta clique avec toi parce que tu es trop lâche.

— Jalouse de toi ? Plutôt crever.

— VA CREVER ALORS ! lance quelqu'un.

— Tu es une garce, Larissa, renchérit une autre voix.

Je ne m'attendais pas à ce que les gens parlent comme ça. Je voulais lui dire ce que j'avais sur le cœur pour faire entendre ma voix, je n'avais pas pensé à ce que d'autres avaient probablement traversé à cause d'elle.

— Un jour, tu vas tomber sur un adversaire plus fort que toi et tu vas te manger la raclée de ta vie. Tu vivras alors peut-être un quart de ce que subissent ceux que tu traites comme de la merde. Méfie-toi, parce que le karma est extrêmement perfide et douloureux.

Ses yeux reflètent un sentiment de peur et, bien que son visage reste stoïque, elle n'est pas rassurée. Je ne crois pas qu'elle ait vraiment écouté mes mots, je ne pense pas qu'elle change un jour, mais pour une fois peut-être ressent-elle ce qu'elle inspire à ses victimes. Elle regarde autour de nous, probablement pour jauger l'ambiance, mais elle n'est pas au beau fixe pour elle. Moi, je continue de la scruter parce que je ne peux pas faire autrement. Parce que je grandis, parce que je prends de la confiance. Les gens ne cessent de chuchoter et de me soutenir.

— Tu as fini de brailler ? lâche-t-elle d'un ton railleur.

Elle me bouscule en partant, mais je la retiens par le bras.

— Une dernière chose, je lance en souriant. Il m'a léchée. Plusieurs fois.

Je ne sais pas pourquoi j'ai dit ça. C'est sorti comme une bombe. Personne ne peut vraiment comprendre, sauf nous. Mes mots la perturbent réellement.

— Et, si tu essayes de l'avoir de nouveau, n'oublie pas qu'il est à moi.

Elle s'en va comme une furie sous les huées des étudiants. Rachel me prend la main pour nous écarter de la foule et me serre dans ses bras.

— C'est génial, Mack. Ton aura est magnifique quand tu prends confiance en toi.

44. Nouvelle version

Mackenzie

On peut se voir ?

Je t'attends depuis la dernière fois.

Mon cœur virevolte et papillonne. Il me manque. Bon sang, c'est vraiment le monde à l'envers de penser ça, mais c'est ma réalité aussi. Et je la veux, cette réalité. Je veux la vivre. Mon cœur, mon corps et mon esprit me disent que c'est lui.

Je crève de lui.

Je suis à l'association. Tu me rejoins, on peut manger quelque part ?

J'arrive dans une vingtaine de minutes.

Je regarde une dernière fois mon reflet dans le miroir avant de partir. Lorsque je parviens au HangArt, je suis troublée de voir qu'il n'y a aucune lumière. Je tente d'ouvrir la porte, et elle ne résiste pas.

— Mads ?

Pas de réponse.

J'entre et ferme derrière moi. C'est silencieux, il n'y a pas un bruit.

— Mads, tu…

Alors que je pénètre dans la grande salle où tout le monde crée d'ordinaire, je tombe des nues. Il n'y a personne, en revanche des tonnes d'œuvres sont exposées sur des chevalets. Des peintures de moi.

Moi dans l'avion lors de notre pari, moi dans la pièce où je sculpte sur le plan de travail, moi pleine de couleurs quand on s'est battus ici, moi sous une pluie de lanternes, moi qui lui dis que je veux savoir si c'est réel. Une infinité de moi.

Je n'ai jamais rien vu d'aussi beau, je n'ai jamais rien vu d'aussi merveilleux. Les mots me manquent, je ne crois pas qu'ils soient nécessaires face à tant de clarté. J'avance lentement, regardant amoureusement chaque peinture. Elles sont toutes signées de sa main. Alors qu'on se détestait, puis qu'on apprenait à nous supporter, puis à nous aimer, il me peignait. Des moments de nous, de moi. Je me découvre à travers son art et je suis magnifique. Et plus je progresse dans la pièce, plus je remonte le temps.

Moi au début de cette année, moi dans ma robe bleue au vernissage, moi à l'association, moi au lycée, moi effacée. Un pan de vie de moi.

Certains tableaux sont juste des ébauches raturées en noir, une autre a une énorme croix rouge, comme s'il s'en était voulu de m'avoir représentée. J'imagine la frustration qui a dû le rendre fou quand il s'est rendu compte qu'il me dessinait. Je le vois très bien gribouiller ces toiles de rage et me maudire de lui rappeler tant de choses.

Les larmes finissent par me brouiller les yeux.

— Je te peins depuis toujours, lance une voix rauque.

Mads sort de l'ombre et se plante devant moi. À sa vue, mon souffle se coupe. Jude « Mads » Mann. Mon démon. Tout de noir vêtu, les cheveux en bataille, ses iris d'acier qui me dévorent.

— C'est magnifique, je…

Je n'en reviens pas. Toute une vie de moi. Du passé au présent. Je n'ai jamais cessé d'être dans son esprit, même quand il ne le voulait pas.

— Je t'ai haïe pour ça.
— D'où les peintures raturées ?
— Oui, répond-il en hochant la tête. Pourtant, je n'ai jamais pu les jeter. Mon inspiration revenait sans cesse vers toi. J'aurais dû comprendre le message, j'aurais dû deviner que c'était mon putain de cerveau qui m'envoyait un signe chaque fois, mais j'étais aveuglé par ma colère et mon envie de te détester.
Je souris en caressant la croix rouge du bout des doigts.
— Jude…
— J'ai passé une éternité la tête noyée dans l'alcool, dans les filles, dans des endroits terrifiants et glauques, je cherchais quelqu'un ou quelque chose. C'était à en crever. Je grappillais la plus petite miette d'adrénaline, la moindre poussière de folie. Je voulais quelque chose qui m'écarterait de mes démons. Peu importe que ça me fasse mal, peu importe que ça blesse quelqu'un d'autre, peu importe ce que ça coûtait. Chaque fois que je me perdais dans la démesure, j'espérais que ce sentiment d'abandon durerait assez longtemps et qu'il m'éloignerait de ma noirceur. Bien sûr, c'était toujours éphémère. À peine le temps de battre des paupières que ça s'était déjà essoufflé.
Il s'approche de moi, les yeux rivés aux miens. Je remarque à quel point il est serein. Il me dévoile son cœur sans ciller. Même quand il parle d'amour, il est intense.
— Le temps est long quand on sait qu'il nous manque quelque chose, mais qu'on n'arrive pas à mettre la main dessus. Si j'avais su qu'il fallait que je te parle, plutôt que de te crier dessus. Si j'avais su que je devais te sourire plutôt que de te faire la tronche…
Mads s'avance encore.
— Je me suis puni moi-même parce que c'était toi. Depuis le début, c'était toi. Évidemment que tu étais ce que je cherchais depuis tant d'années. La seule fille que je détestais, la seule fille qui éveillait mon intérêt, la seule fille qui remplissait mes tableaux.
Mon cœur bat au rythme de ses pas, de ses mots.

— Jude…

Il comble l'écart qu'il reste entre nous. Cette proximité sans que l'on se touche est suffocante. Je veux me blottir dans ses bras, me lover contre lui et l'aimer aussi fort que je le peux.

Je crève de lui. De vivre notre histoire.

— Tu es mon plus, ce qui me manquait, et si tu savais comme je regrette de ne pas avoir compris !

Je le vois dans ses yeux. Je l'entends dans sa voix.

— Je le sais, je souffle.

Doucement, il se penche et pose le front contre le mien. Mon cœur marque une petite pause.

— J'étais dans l'impasse, et tu as débarqué. Avec ta fougue, ta foutue nuque… Quand tu t'es mise à me répondre, à me tenir tête, j'ai eu peur. Peur de mes réactions, peur de ce changement mais, au fur et à mesure qu'on se haïssait, j'aimais ça. Du jour au lendemain, sans que je comprenne pourquoi, il fallait que je t'emmerde juste pour que tu m'accordes de l'attention.

Je pose les mains sur son torse.

— Te tenir tête m'a donné une meilleure estime de moi, une meilleure version de moi. L'une des meilleures décisions de ma vie.

— La meilleure décision de ta vie a illuminé la mienne. Grâce à toi, nous avons évolué vers une nouvelle version de nous.

Il me caresse tendrement le visage.

— Dans les airs, au milieu du ciel, je crois que c'est là que je suis tombé amoureux de toi. J'aurais voulu rester à voler avec toi pour toujours, tu m'as mis à genoux. Bon sang, qu'est-ce que je pouvais faire ? Cette fille que je pensais incapable de me surprendre m'a subjugué.

Les larmes coulent le long de mes joues.

— Non, ne pleure pas.

Comme sur la plage, il essuie mes larmes.

— Après ce vol, ça a disparu.

— Quoi ?

— Mes conneries, mes besoins de sortie, je n'y suis plus allé. Passer du temps avec toi, apprendre à te connaître, te faire rire, te faire jouir, c'était bien plus vivant, bien plus exaltant… quand j'ai commencé à vivre des expériences avec toi, j'ai vibré. J'en voulais plus et je payais le fait de t'avoir tant repoussée.

Ses mots accompagnés de ses caresses sur mon visage sont rédempteurs.

— Je t'aime, Mackenzie. Plus que la démesure, plus que toutes les limites que j'ai dépassées, plus que je t'ai détestée. Je t'aime de tout mon venin, de toute ma connerie, de tout mon être.

Si le sentiment qui s'imprime dans l'intégralité de mon corps est le bonheur, alors je veux le ressentir chaque jour. Lentement, je me redresse et je pose mes lèvres sur les siennes. Je sens qu'il se retient de me dévorer. Et je le regrette. J'aime quand il me dévore.

— J'ai voulu que ce ne soit pas réel, mais honnêtement je savais que je ne pourrais pas y échapper. Tu es ma réalité, Mads. Je t'aime plus que je t'ai détesté. Et tu sais pourtant combien je t'ai haï.

Il hoche la tête.

— Mack, ma comète.

— Oui ?

— Merci de m'avoir fait grandir, merci de m'avoir fait évoluer. Merci d'être apparue dans mon ciel et de l'avoir illuminé de tes couleurs. Merci d'avoir résisté. D'avoir grandi avant moi et de m'avoir poussé au cul.

À chaque merci, il m'embrasse et me couvre de baisers. À chaque merci, il soigne ce qu'il a brisé. À chaque merci, il me rend plus vivante, plus forte.

— Je t'aime, Jude. Démoniquement.

— Démoniquement ? Ça me plaît.

— Je me doutais bien que le démon que tu es serait flatté.

La façon dont il me regarde me coupe le souffle.

— Tu m'aimes plus que tu as pu me détester ?

— Bien plus fort encore. C'est hors de contrôle.

Il laisse échapper un grognement. Lui qui sait combien j'ai maîtrisé ma vie avant ça…

— Absolument hors de contrôle, j'insiste.

— Redis-le.

Je le répète plusieurs fois. Il m'embrasse voracement, et je m'abandonne dans ses bras. J'ai tant de fois été engloutie par sa haine. Cette fois, je me fonds dans son amour.

Jude
Six ans plus tard, à Rome

Quelle plus belle consécration que de voir ma comète exposer ses sculptures dans une galerie en plein cœur de Rome ? Quand j'ai compris qu'elle était douée, je n'ai jamais douté d'elle, je savais qu'elle serait capable de mettre le monde de l'art à ses pieds. Après tout, elle a bien réussi à me mettre à genoux une fois. Bon d'accord, sans doute un millier de fois.

Mes parents sont fous d'elle. Et ma mère s'occupe de nos carrières, gérant comme toujours d'une main de maître les œuvres qu'on lui confie. À côté de ça, Mackenzie travaille dans un musée où elle restaure de vieilles sculptures. Moi, j'essaye de devenir lieutenant de police. Je peins toujours, mais je veux pouvoir aider les gens comme on m'a aidé à l'époque. Bane et Rachel, quant à eux, ont eu un petit gars la semaine dernière, et j'ai hâte de rentrer voir leur progéniture. Mackenzie ne fait que parler de ça.

Au milieu de tous ces snobinards riches à millions qui lui cirent les pompes, Mackenzie irradie. La comète de Jude n'a pas fini de briller, elle n'en finira même jamais. Son éclat est éternel. Je suis absolument certain que, si nous avons des enfants un jour, elle leur léguera son don. Mais quand je vois tous ces vieux la mater j'ai envie de les fracasser à coups de pelle dans la gueule.

Elle est à moi. Rien qu'à moi.

— Bonsoir, souffle une voix dans mon dos.

Je me tourne.

Les robes bleues m'ont toujours fait perdre la tête. Et cette nuque que ses cheveux au carré ne couvrent pas… Bon sang, mieux vaut que je n'y pense pas ici ! Je ne suis pas certain que ce soit très bien vu de bander en plein milieu d'un vernissage.

Je m'incline vers elle en une révérence. Elle sourit.

— Bonsoir, je dis. J'ai repéré un escalier de secours qui mène sur le toit.

Son sourire est plus beau que toutes les œuvres exposées. Il malmène mon cœur chaque fois qu'il m'est adressé.

— Qu'est-ce que tu attends pour m'y emmener ?

Pas besoin de me le répéter.

Je l'entends qui rit à gorge déployée alors que nous courons vers la sortie. Une fois en haut, par réflexe, je lève les yeux vers le ciel. Clair et parsemé d'étoiles, il est magnifique.

— C'est moi ou il y a une bouteille de champagne et des coupes ?

— Je les ai montées, au cas où tu me demanderais de t'amener ici, je réponds, fier de moi.

Elle se mordille la lèvre et avance vers la rambarde. Elle s'empare de mon regard. Je débouche la bouteille et je remplis les deux verres avant de la rejoindre.

— On fête quoi ? s'enquiert-elle.

— Toi.

Je lui donne son verre et pose le mien sur le rebord de la balustrade.

— Et comment ça se fête ?

Je l'attire dans mes bras. Tels des serpents, ils s'enroulent autour de sa taille, et je l'embrasse de tout mon soûl. Je crois que ces gens qui l'ont accaparée toute la soirée m'ont rendu un chouia possessif. Notre baiser devient profond, plus langoureux. Et, après un long moment, on s'éloigne. Le désir sur son visage est à couper le souffle. Je ne me lasserai jamais de sa candeur. Elle s'entend à merveille avec ma perversion.

— En me mettant à genoux, je murmure à son oreille.

— Non, on…

Trop tard, je suis déjà entre ses cuisses. Je passe sa jambe par-dessus mon épaule, j'écarte sa culotte et je la dévore, glissant ma langue dans les replis brûlants de son sexe. Putain, j'aime tellement ça.

— Oh merde…

Ses doigts se crispent autour de mes cheveux.

Et l'orgasme est fulgurant.

— Déjà ?

Elle rougit, ce qui me fait sourire. Elle se presse contre moi lorsque je me relève. Je la serre plus fort.

— Tu es un démon.

Certaines insultes et expressions demeurent, pour mon plus grand bonheur. Et, comme depuis toujours quand on se balance ces imbécillités à la tronche, on s'aime.

— Ton démon.

Elle hoche la tête, la joie illumine ses iris violets. Même si je ne suis pas digne de cette femme et de cet amour qu'elle me porte, je prends tout. Je saisis toutes mes chances d'être heureux et de vivre. Je crois que je l'ai mérité.

— Mack, ma comète…

— Oui ?

— J'espérais ce soir que tu accepterais de devenir Madame Démon et qu'on s'aimerait pour toujours, toi et moi.

Mackenzie relève doucement les yeux. J'ai le cœur au bord des lèvres. J'y pense depuis un moment. Je veux passer ma vie avec elle.

— Tu…

— Tu veux m'épouser ?

Elle se mord la lèvre et hoche la tête.

— Oui, je veux être Madame Démon.

Je l'embrasse sur le front.

Madame Démon.

Le nez.

Madame Démon.

Les joues.

Madame Démon, putain !

Je picore son visage de baisers, et elle rit dans mes bras. S'il est possible de tomber amoureux d'un son, alors je suis raide dingue de sa joie. Je mesure la chance que j'ai, je la sens dans chaque particule de mon corps. Elle me nourrit chaque jour.

Bordel, je vis.

Playlist ♫

The Weeknd – *Blinding Lights*

Harry Styles – *Adore You*

Halsey – *Without Me*

5 Seconds of Summer – *Teeth*

NF – *Let You Down*

Zayn, Taylor Swift – *I Don't Wanna Live Forever*

Rosa Walton & Hallie Coggins – *I Really Want to Stay at Your House*

Lady Gaga – *Hold My Hand*

Paramore – *Hard Times*

Neon Trees – *Animal*

Neon Trees – *Teenager in Love*

Arctic Monkeys – *Fluorescent Adolescent*

SWMRS – *Lose It*

Counting Crows – *Accidentally in Love*

Twenty One Pilots – *Tear in My Heart*

Lord Huron – *The Night We Met*

Jenny MacKay – *Sentimentale*

Kotomi & Ryan Elder – *Don't Look Back*

Chaos Chaos – *Do You Feel It ?*

Remerciements

À Colyne et Gaëlle, mes deux indispensables. Merci pour ces heures de réflexion, ces débats en coulisse et cette longue conversation qui a fait naître le chapitre 26. Les filles, je suis simplement heureuse d'avoir su m'entourer de femmes merveilleuses comme vous, de personnes de confiance pour m'épauler.

À Jade et Summer, d'avoir donné de votre temps et d'avoir plongé avec moi dans cette aventure. Merci pour tout.

À Roxane, à Sophie, à la team Harper de donner vie à cette histoire.

À Makoto Shinkai qui a écrit *Your Name*, probablement l'une de mes plus belles claques devant un anime. Je le connais par cœur et pourtant j'en retombe amoureuse à chaque fois. Ce film, grâce auquel une simple phrase m'a inspiré ce livre.

À Mack et Mads, pour tout ce que j'ai ressenti avec vous et parce que je me sens vide depuis que je vous ai quittés.

Composé et édité par HarperCollins France.

Imprimé en janvier 2024
par CPI Black Print (Barcelone)
en utilisant 100% d'électricité renouvelable.
Dépôt légal : février 2024.

MIXTE
Papier issu de sources responsables
FSC® C159065

Pour limiter l'empreinte environnementale de ses livres, HarperCollins France s'engage à n'utiliser que du papier fabriqué à partir de bois provenant de forêts gérées durablement et de manière responsable.

Imprimé en Espagne.